insel taschenbuch 4947
Miranda Beverly-Whittemore
Die dunklen Sommer

MIRANDA BEVERLY-WHITTEMORE

DIE DUNKLEN SOMMER

ROMAN

Aus dem Englischen von Anke Caroline Burger

INSEL VERLAG

Die Originalausgabe erschien erstmals 2021 unter dem Titel
Fierce Little Thing bei Flatiron Books, New York

Klimaneutral
Druckprodukt
ClimatePartner.com/14438-2110-1001

Erste Auflage 2022
Deutsche Erstausgabe

Umschlaggestaltung: Rothfos & Gabler, Hamburg
Umschlagfoto: Leonardo Patrizi/Getty Images, München
Satz: Satz-Offizin Hümmer GmbH, Waldbüttelbrunn
Druck: C.H. Beck, Nördlingen
Printed in Germany
ISBN 978-3-458-68247-9

www.insel-verlag.de

Für Caitlin, Christian, Emily, Ingrid, Jenny, Jonah, Rea, Rollin und Sasha – dank euch konnte ich mir die Kinder vorstellen.

Für Quentin und Kitsune – dank euch konnte ich mir die Mütter vorstellen.

Die dunklen Sommer

Zuerst:

»Ich hab's dir doch schon hundert Mal versprochen«, sagte ich und blickte hinunter auf die große grüne Welt. »Sobald wir auf der Autobahn sind, erzähle ich dir die längste, gruseligste Geschichte aller Zeiten.«

»Mit einem verrückten Hund, der einem Kind das Gesicht abbeißt, okay, Saski? Ein ganz schlimmes Kind. Das so böse ist wie ein böser Mann.« Der Wind blies uns in die Haare, bot aber keine Abkühlung. Die Sonne brannte.

»Alles klar, kleiner Bruder. Ein verrückter Hund und ein böses Kind.«

»Schwör's.« Du hast deinen winzigen kleinen Finger hochgereckt. Du bist auf dem Geländer ins Schwanken geraten und hast schnell wieder zugepackt, um dich festzuhalten. Unter deinen Füßen waren vier Stockwerke Luft.

»Hey, du darfst da nicht sitzen.«

»Daddy hat's mir erlaubt.«

»Soweit ich weiß, ist das hier Großmutters Haus.«

Du hast mir die Zunge rausgestreckt. Und bist sitzen geblieben. Unter uns stürmte Daddy aus dem Haus. Er warf unsere Rucksäcke in den Kofferraum und hielt in der langen Zufahrt Ausschau nach Großmutters Mercedes.

»Was guckst du so?«, hast du gesagt.

Daddy drehte den Kopf herum und ließ den Blick über die Rasenflächen gleiten. »Psst.« Ich habe dich vom Geländer gepflückt und auf der sicheren Seite der Dachterrasse auf den Boden gesetzt.

»Auuuu.«

Ich hielt den Finger an die Lippen. Du hast keinen Mucks mehr von dir gegeben. Du warst erst vier, wusstest aber schon zu viel. Ich kroch auf den Knien zurück zum Geländer, drückte das Gesicht gegen die weiße Balustrade und sah, dass Daddy die Suche aufgab. Als er wieder im Haus war, donnerte uns Mutters Stimme aus dem Treppenhaus entgegen: »– kannst du es wagen, so mit mir zu reden?«

Ich schlich zur Terrassentür und schloss sie lautlos, wie von Feenhand. Als ich mich wieder umdrehte, hatte ich deinen kleinen Finger direkt vor der Nase. »Ohne Kleiner-Finger-Schwur giltet es nicht.«

»Gilt es wohl.«

»Aber vielleicht lügst du mich nur an.«

»Ich lüge gar nicht.«

»Wenn wir auf die Autobahn kommen, sagst du vielleicht: nö, keine Lust. Vielleicht überlegst du's dir ja anders.«

»Ich sage nicht keine Lust. Ich hab dir doch gesagt, ich erzähle dir deine Geschichte. Das hab ich eine Million Mal gesagt.« Aber du hattest mich durchschaut, und ich hoffte tatsächlich, dass du vielleicht schon eingeschlafen wärst, wenn wir auf die Autobahn fuhren. Ich würde ganz still dasitzen, Mutter würde sich zu uns umdrehen und mit zärtlichem Blick und weicher Stimme sagen: »Guck doch mal, William, sind sie nicht süß?«, und Daddy würde in den Rückspiegel schauen und ihr die Hand aufs Knie legen. Und der Streit wäre vergessen, auf jeden Fall bis zur Stadt.

»Saski? Bitte?« Du warst ganz verrückt nach Geschichten, besonders deinen eigenen Geschichten, die ich dir dann wiedererzählen sollte. Du hast so lange rumgejammert, bis ich einwilligte. Ich gab nach und verhakelte meinen kleinen Finger mit deinem dicken Raupenfingerchen. Zufrieden hast du dich losgemacht. »Wo ist Topsy?«

Vielleicht war der Hase aufs Dach gefallen, das auf allen vier Seiten steil unter uns abfiel. Aber die langen Ohren, der verfilzte Pelz, das aufgestickte Gesicht, das sich je nach deiner Laune zu verändern schien, ließen sich nirgendwo blicken. Ich stieß mir den Kopf am Geländer, da sah ich Topsy auf dem Boden der Dachterrasse, unter deinem Sweatshirt. Ich zog ihn heraus und warf ihn dir zu. »Mach doch die Augen auf, du Blödi.« Die Sonne brannte betäubend auf uns herunter. In der Stadt würde es noch viel heißer sein. Du hast einen Flunsch gezogen und mit den Tränen gekämpft. Ich habe dich an mich gedrückt und Entschuldigungen geflüstert.

Eigentlich hätten wir noch einen ganzen weiteren Monat bei Großmutter bleiben sollen. Weißt du noch? Wir nannten unsere Besuche bei ihr immer »Die Reise nach Connec-Tikat«. Damit meinten wir den grünen Geruch frischgemähten Rasens, den bekömmlichen Duft von Großmutters Andorn-Lutschbonbons, das Britzeln von Miriams selbstgemachter Limonade. Großmutter und Daddy konnten sich auf den Tod nicht ausstehen, Mutter schlug sich auf eine der beiden Seiten, und die Wochenenden, an denen Daddy aus der Stadt zu Besuch da war, verkamen zu hässlichen, alkoholgeschwängerten Schlammschlachten. Aber von Montag bis Donnerstag waren es nur du und ich und Mutter und Großmutter (und Miriam, die wir aber in Ruhe zu lassen hatten, woraufhin du getrötet hast: »Miriam ist do-of«, wofür du zu zwanzig Minuten Arrest in der Diele verdonnert wurdest). Mehr Glück als diese süßen Sommertage kannten wir nicht.

Wochentage begannen mit Frühstück im Wintergarten, wo wir aus Silbertassen tranken, in denen Mutters Mädchenname eingraviert war, von früher, bevor sie geheiratet hatte. Der Abend wurde um halb fünf eingeläutet, dann weckten wir Mutter, wuschen uns das Gesicht und zogen das an, was Großmutter »richtige Kleidung« nannte, und die Cocktailstunde auf dem steingefliesten Patio begann: silbrige Martinis für die Erwachsenen (außer Miriam) und für uns Likörgläser mit eiskaltem Tomatensaft und Zitronenmonden. Dazwischen lagen herrlich lange Tage – die vielen Zimmer, in denen man Versteck spielen konnte, das Schwimmbad an heißen Nachmittagen, die Dachterrasse zum Spionieren – geistig bewegten wir uns immer weiter weg von New York. Wenn wir dann Ende August zu unserem »wahren Leben« in der Großstadt zurückkehrten, schienen der Gestank des Hot-Dog-Wasserbads, die auf der Park Avenue hupenden Autos und ja, sogar Daddy in seinem Wollanzug aus einem fremden Land zu stammen. Nach dem langen Sommer kannten wir nur noch die Welt von Großmutters großem, weißem, mit Klappläden vor der Hitze geschütztem Haus, die Rasenflächen, die sich bis zu den Hecken und Feldern und Wäldern erstreckten und die Menschen, in die wir uns dort verwandelt hatten: »Lehrte« (dein Wort) mit einem britischen Akzent, oder Piraten, die unter der Lorbeerhecke auf der Lauer lagen, oder Superhelden, die Bösewichter vernichteten (du), oder Monster, die kleine Kinder mit einem Happs verschluckten (ich).

Aber Daddy und Großmutter und Mutter hatten sich zur Cocktailzeit mit einem Gespräch über den Aktienmarkt aufs Glatteis gewagt (am Samstag, als Miriam bei ihrer Familie war); das hieß, Daddy mixte die Drinks (immer doppelte), was dazu führte, dass er sich mit seinen Aktiengewinnen brüstete, während Mutter den Auflauf warm machte. Großmutters Zunge war ebenfalls gelockert, sodass sie ihren Schwiegersohn einen geldgierigen Dummkopf nannte, woraufhin Mutter den Auflauf im Stich ließ und sich mit der Bemerkung auf Großmutter stürzte, sie brauche nur in den Spiegel zu gucken, wenn sie einen Dummkopf sehen wolle. Sie verzogen sich in den Salon. Wir holten uns Feenbrot zum Abendessen. Ich stellte den Ofen aus und flüsterte, dass wir auf Zehenspitzen die Treppe hochschleichen würden. Wir haben uns zusammen ins Bett gelegt. Du hast gesagt, du hättest dir noch nicht die Zähne geputzt. Ich habe erwidert, dass wir uns mit Karies an den Erwachsenen rächen würden. Weißt du noch, wie du darüber gekichert hast? Weißt du noch, dass du nach drei Minuten tief und fest geschlafen hast? Irgendwann stellte Großmutter ihr Hörgerät ab und zog sich in ihren Teil der Villa zurück. Als sie am nächsten Morgen zur Kirche ging, stritten unsere Eltern sich schon so lange, dass vom Auflauf nur noch Käseklumpen und Keramiksplitter auf dem Küchenboden übrig waren. Aber nie im Leben hätten wir uns ausmalen können, dass Daddy auch uns bestrafen und zur um einen Monat verfrühten Abreise zwingen würde. Und zwar, bevor Großmutter vom Gottesdienst zurückkehrte.

Aus einem Fenster unter uns drang das Klirren von splitterndem Glas. Das Licht fiel schräg durch den Teufelsspaziergang – den Hain aus roten japanischen Fächerahornbäumen, die den Übergang zwischen südlichem Rasen und Wald bildeten. Großmutter nannte es »Dämmerlicht«, wenn das Licht so schräg einfiel, selbst an einem sonnigen Julimorgen. Ich wollte in den Wald, aber dazu mussten wir an den Erwachsenen vorbei.

»Kann ich Topsy wiederhaben?« Du warst schon wieder aufs Geländer geklettert. Ernst. Schwankend.

»Den habe ich dir doch gerade gegeben.«

Deine Unterlippe bebte. Du hast auf das Dach unter uns gezeigt, wo Topsy auf den Ziegeln lag, außerhalb unserer Reichweite.

Ich habe sehr laut geseufzt. Du hast angefangen laut zu schluchzen. Jetzt würden sie uns garantiert finden. »Ich hol ihn dir, okay? Aber du musst still sein.«

Du hast genickt und den Rotz hochgezogen. Ich streckte den Arm durchs Holzgeländer. Unmöglich. Ich richtete mich wieder auf und rieb mir den Oberarm. »Ich muss einen Besen holen, damit ich drankomme.«

Du bist vom Geländer zurück auf die Dachterrasse gesprungen und hast dich neben mich gehockt. »Geh nicht weg.«

»Ja, aber was hast du dir dabei gedacht? Topsy aufs Dach zu werfen!«

»Das wollte ich doch nicht! Ich kann ihn mir selbst wiederholen.«

»Nein, kannst du nicht.«

»Nicht sauer sein.«

»Ich bin nur sauer, wenn du selbst versuchst, ihn vom Dach zu holen. Das ist gefährlich, klar?«

War das der Wind in den Baumwipfeln oder das Geräusch von Großmutters Auto? Früher oder später würden sie uns hier oben finden. Aber was sollte ich tun? Was konnte Großmutter unternehmen, selbst wenn sie rechtzeitig wieder da war, um uns noch abzufangen? Ich wollte im Connec-Tikat meiner Träume bleiben, das gab es aber nicht mehr, jedenfalls momentan nicht. Wenn wir nur runter zum Teufelsspaziergang fliegen könnten, in dem die Sonne so wunderschön spielte. Mir wurde ganz wehmütig ums Herz, und jetzt ließ eine Brise die bunten Stoffstücke an den Zweigen der japanischen Ahornbäume flattern. Man hätte meinen sollen, dass Miriam diese Überreste einer von Mutter organisierten Batikaktion mittlerweile entfernt hätte. In unserer Familie, dich eingeschlossen, war Mutter entweder die Lustigste oder die Unangenehmste, je nachdem. Du hast mal zu mir gesagt, mit Daddy sei es nie lustig, aber wenn ich die Augen ganz fest zukniff, konnte ich mir noch vorstellen, wie sein Lachen früher geklungen hatte, das Lachen, das seit deiner Geburt verstummt war.

Das verwunschene Licht im Hain verlosch. Eine Wolke? Nein. Es sah aus, als hätte das Wäldchen etwas Böses gedacht. Selbst wenn wir uns durch das ganze Haus nach unten und unbemerkt über den Rasen schleichen könnten, würden wir auch dort früher oder später gefunden werden. Selbst wenn wir keinen Ärger bekamen, müssten wir mit ansehen, wie weitere Whiskeygläser an den Kamin gepfeffert wurden und Mutter im rosa Schlafzimmer schluchzte. Dann schon besser zur Asphalthitze, den verkrüppelten Tauben und dem staubigen Penthouse zurückkehren, das Daddy »unsere« Wohnung nannte, auch wenn es im Grunde Großmutter gehörte.

»Du bleibst hier. Mit beiden Füßen auf dem Boden.«

»Ich will mitkommen.«

»Das geht aber nicht. Ich bin gleich wieder da, sobald ich den Besen gefunden habe, und dann hole ich dir Topsy, und alles ist wieder gut, ja?«

Du hast nicht sehr überzeugt ausgesehen.

»Wir können ihn auch einfach da liegenlassen.«

»Nein!«

»Dann musst du mich gehen lassen.«

Daraufhin hast du geseufzt. »Aber du vergisst nicht den Kleinen-Finger-Schwur, Saski, ja? Wenn wir auf der Autobahn sind, musst du mir die Geschichte erzählen.« Rasch hast du deine Hosentasche nach etwas Überlebenswichtigem durchsucht, ein Stück blaue Pappe, die ungelenk mit der Schere ausgeschnitten und wild mit Großbuchstaben vollgemalt war. Das Papier war um eine schwarze Feder mit einem goldenen Rand gefaltet. Die Feder flatterte auf meinen Schuh. Ich beugte mich vor, um sie aufzuheben. Ich habe dich mit der goldenen Federspitze am Hals gekitzelt. Du hast gelächelt.

»Das hab ich für dich geschrieben, Saski. Da steht die Geschichte mit dem bösen Hund. Ich habe die Worte für dich hingemalt, damit du es richtig erzählst. Das kannst du nicht lesen. Du kennst die Geheimsprache nicht. Aber macht nichts, ich bring sie dir bei.«

»Ich bin sofort wieder da.«

»Warum ist Superman immer der Gute?«

Ich öffnete die Tür. »Kletter ja nicht aufs Geländer.«

»Können die Guten nicht auch die Bösen sein?«

Im Haus stieß Mutter einen lauten Schrei aus.

Die Feder muss mir aus den Fingern gesegelt sein, als ich das Haus betrat, ich weiß es wirklich nicht mehr. Immer und immer wieder bin ich zu diesem Augenblick zurückgekehrt, häufiger, als ich zählen kann, aber dieser Teil der Geschichte ist immer einfach weg, wie die Feder selbst, das erste in der endlos langen Liste verlorener Dinge. Auch wenn man sagen könnte, dass ich mit der Geschichte, die daraus entstand, etwas Neues gefunden habe.

1

Sieben Uhr in der Früh, Küche. Im hereinströmenden Licht tanzt der Staub. Draußen zetert der Kardinal, ein Vogel, der so stolz ist, dass er seinen lateinischen Namen gleich zweimal führt: *Cardinalis cardinalis.* Ich nippe an meinem Ceylontee und schaue nach dem Sauerteigstarter, der sogenannten Mutter. An diesem herrlichen Junitag ist die Mutter heißhungrig, und ich füttere sie: Einen Teil Anstellgut, ein Teil Wasser, eineinhalb Teile Mehl; zu einem klebrigen Batzen verrühren und am Fenster unter einer schnell galoppierenden Herde von Schäfchenwolken in Leinen hüllen. Als Nächstes vermähle ich den Sauerteig von gestern mit einer Mehlpyramide und einem Spritzer Wasser. Und so beginnen die Mutter und ich von neuem das, was wir auch gestern begonnen haben und vorgestern, und an jedem Tag davor, seit jenem Tag vor sechzehn Jahren, als ich Großmutters großes, weißes, mit Fensterläden verschlossenes Haus zu meinem machte: den Brotlaib für morgen.

Es klingelt an der Toreinfahrt. Mir klebt der Sauerteig an den Händen. Ich will sie mir waschen, aber es klingelt immer wieder, gnadenlos. Manchmal passiert so was. Leute aus der Stadt haben sich verfahren. Welch Erleichterung, als ich einen unbekannten, dunklen SUV auf dem kleinen Schwarzweißdisplay neben der Tür auftauchen sehe. Ich setze einfach meine freundlichste Stimme auf und schicke die Wegsuchenden in die richtige Richtung.

»Sie sind falsch abgebogen«, sage ich in die Gegensprechanlage neben der Tür und tue so, als liefe mir nicht gerade ein Teigklumpen am Arm herunter. »Wo wollen Sie hin? Sie müssen –«

»Saskia.« Besonders scharf ist das Gesicht des Mannes nicht auf dem Display zu sehen, aber Xavier erkenne ich im Schlaf.

Topsy ist ganz weit weg, oben, die Treppe rauf, versteckt in meiner Schublade. Schon jucken mir die Hände, und ich will ihn aus seinem Versteck reißen. Dann kann ich mein Gesicht im Fell vergraben, und dein Geruch macht mich wieder ganz.

»Saskia, lass mich rein.« Xavier weiß es doch besser. Er weiß, dass er mich in Ruhe zu lassen hat – außer. Außer das Kommende ist schlimmer als das, was ist.

2

Du bist gestorben.

Daddy kam ins Gefängnis.

Mutter ging nach Mexiko.

Ich kehrte nicht in unsere Wohnung zurück. Der wuchtige Schreibtisch aus Eiche wurde aus dem Wohnzimmer geschafft, ein neues, in dickes Plastik verpacktes Doppelbett wurde geliefert, und Miriam und ihr Mann zogen ein. Großmutter machte viel Aufhebens darum, dabei war es keine große Veränderung; die arme Miriam war sowieso bereits da, wenn wir aufwachten, und ging erst, wenn es wieder dunkel war, sogar sonntags, und das Haus duftete stets nach Sauberkeit und Murphys Ölseife. Ich sollte Miriams Mann mit dem Schnurrbart Mr. Jacobs nennen. Das fand ich zum Schießen – sollte man dann nicht auch Miriam Mrs. Jacobs nennen? Aber du warst tot, also konnte ich niemandem diesen Witz erzählen.

Mr. Jacobs war pensionierter Polizist, aber Großmutter schärfte mir ein, er sei offiziell ihr Fahrer. Ein Nachhilfelehrer kam, um mir Mathe beizubringen, so freudlos, wie ich es von einem Collegestudenten nicht erwartet hätte. Ich verriet ihm nie, was Mr. Jacobs vor seiner Pensionierung gemacht hatte, auch wenn ich nicht verstand, warum das ein Geheimnis war. Das verwunschene Licht im Teufelsspaziergang kehrte nicht zurück. Die Stofffetzen, die du an die Zweige gebunden hattest, waren verschwunden.

Tief in einer verschneiten Nacht saßen Miriam und Mr. Jacobs in der Küche und tranken heimlich heißen Grog. »Über die ganze Sache ist doch mittlerweile Gras gewachsen«, sagte sie, und er sagte: »Ich will aber wieder in meinem eigenen Bett schlafen, Miri«, und sie erwiderte: »Aber was ist, wenn sie von der Presse aufgespürt wird? Das arme kleine Ding; da würde ich wirklich Gewissensbisse kriegen«, und er erwiderte: »Wenn das Leben eines Kindes von einer Tragödie bestimmt wird, ist es erst richtig tragisch.« Aber es war natürlich klar, Mr. Jacobs sagte das nur, weil er in seinem eigenen Bett schlafen wollte. Eine Woche später zogen sie wieder in ihren kleinen Bungalow auf der anderen Seite des Orts. Am nächsten Tag verkündete Großmutter, ich müsse zurück in die Stadt.

»Aber wohin denn?« Das sollte nicht aufsässig klingen. Es war eine ernstgemeinte Frage, du warst tot, Daddy war im Gefängnis, Mutter war in Mexiko, und unsere Wohnung war verkauft.

»Es ist besser so«, sagte Großmutter, als sei das eine Antwort. Sie legte die Stirn in Falten. »Du brauchst jemanden in deinem Alter, und einen Vormund, der mehr Kraft hat als ich. Außer du möchtest aufs Internat gehen, natürlich.« Sie trank den letzten Schluck Lapsang Souchong. Mit zitternder Hand setzte sie die dünnwandige Porzellantasse auf die Untertasse. »Aber bei den Reichen und Schönen würdest du vermutlich kaum reinpassen, wenn du meine Meinung hören willst.« Von ihren vielen Zimmern hatte ich das Esszimmer immer am wenigsten leiden können; es konnte noch so sonnig sein, dort drin war es immer düster und muffig. Sie nahm meine Hand und machte ein abfälliges Geräusch, als sie den Dreck unter meinen Fingernägeln sah. »Du musst wieder zurück in die normale Gesellschaft.«

Die Familie von Xavier Pierce würde mich aufnehmen. Unsere Großmütter hatten sich kurz nach der Geburt ihrer Kinder kennengelernt, unsere Mütter wiederum hatten zusammen in Bryn Mawr studiert, und Xavier und ich hatten unseren dritten Geburtstag zusammen im Natural History Museum gefeiert. Ich hatte eine vage Vorstellung davon, wie er aussah – volle Lippen, ein goldener Lockenkranz. Als ich ihn das letzte Mal gesehen hatte, beim siebten Geburtstag eines schrecklichen Jungen, der ständig pupste, hatte ich ständig Xaviers Mund beobachtet, wie er redete, lächelte oder das Gesicht verzog. Es hatte mich verblüfft, dass ein Junge so schön und gleichzeitig eindeutig ein Junge sein konnte. Aber wie er war oder wofür er sich interessierte, wusste ich nicht; wir hatten zwar in der Grundschulzeit nur wenige Blocks voneinander entfernt gewohnt, aber unsere Freundschaft entstammte der Generation vor uns, und selbst unsere Eltern waren im Grunde nicht richtig befreundet gewesen.

Großmutter ließ den Blick noch einmal über Miriams Sandwichteller gleiten und schob ihn dann unangetastet von sich. Ich schenkte meinem vor Hunger verkrampften Magen keine Beachtung. Sie teilte mir mit, dass ich nicht die Einzige sei, bei der es große Veränderungen im Leben gegeben habe; ungefähr zur selben Zeit, in der ich bei ihr eingezogen war (ja, genau so drückte sie es aus, als wäre ich aus einer Laune heraus nach Connecticut gezogen), hatte sich Xaviers Familie zum Umzug hinunter nach Chelsea entschlossen. Dass Großmutter mir erlauben wollte, südlich der Zweiundsiebzigsten Straße aufzuwachsen, war das deutlichste Signal, wie dringend sie mich loswerden wollte.

»Aber warum wollen die mich denn?«

»Es ist eine vermögende Familie, falls du das meinst.«

»Gibst du ihnen Geld dafür?«

»Sei nicht geschmacklos, Saskia.« Sie läutete die Glocke. Miriam nahm die Sandwiches wieder mit.

Beim Abendessen, panierte Kalbsschnitzel, führte sie aus: »Die Pierces sind gute Menschen. Jane ist relativ häufig auf Reisen, um für ihre kleine Boutique einzukaufen, zu viel Bemutterung darfst du also nicht erwarten. Aber Philip hat mir versichert, dass er dich gut versorgen wird. Er hat sein Atelier zu Hause, sodass immer jemand da ist, um dich zu beaufsichtigen. In der Kunstwelt sind seine Gemälde übrigens hoch angesehen. Du kannst dich wirklich glücklich schätzen. Ihr Lebensstil ist zugegebenermaßen ein wenig unkonventioneller, als du das hier gewöhnt bist. Aber ich will ganz offen sein, Saskia. Alles ist besser, als dass du von morgens bis abends durch den Wald streifst. Xavier wird sicher nicht mit dir befreundet sein wollen, er ist ein Junge. Das kannst du dir also gleich aus dem Kopf schlagen. Aber du wirst Freundinnen finden. Über kurz oder lang.« Sie ließ die Gabel sinken und wischte sich den Mund mit der Leinenserviette ab. »Denk an unsere Abmachung.« Sie wartete, bis ich genickt hatte, dann sagte sie: »So ist's brav.«

Zwei Tage nach meinem zwölften Geburtstag setzte Mr. Jacobs mich am Loft der Pierces in Chelsea ab. Die Tür zum Gebäude wurde von einer Apfelkiste offengehalten. Im zweiten Stock war eine Filmcrew dabei, einen Mann im Trenchcoat zu filmen, der durch einen riesigen Raum rannte. Dreimal drehten sie diese Szene. Die Crew bestand aus Dutzenden von Leuten, es gab Lampen und Mikrofone und Schminktaschen, Kameras, Klemmbretter, Headsets. Zum ersten Mal seit Tagen stand ich still. Ich merkte, wie weh mir die Füße taten von den vielen Meilen, die ich auf Großmutters Grundstück zurückgelegt hatte, seit sie mich weggeschickt hatte. Mein sonnengebleichtes Haar roch nach dem Wind von Connecticut. In diesem Augenblick war mir klar, dass ich woanders als hier in Chelsea unterkommen musste. Es war nicht fair, diesen fast Fremden die vielen Gründe für mein ruheloses Umherstreifen aufzuhalsen. Aber bevor ich wegrennen konnte, stieg mir der Geruch von Xavier in die Nase: männlicher Schweiß, der leichte Gammelgeruch von zu langsam getrockneten Jeans, Head & Shoulders Shampoo, Cafeteriafritten, Green-Apple-Lolli und Carmex. Überall im Raum wuselte es, aber Xaviers männlicher Geruch direkt hinter mir zog meine gesamte Aufmerksamkeit auf sich. Im Grunde kannte ich diesen langen Körper schon, seit ich ich selbst war. Ich würde also nicht gehen, noch nicht.

Im ein Stockwerk höher gelegenen Loft hatte Philip seit den Siebzigerjahren sein Atelier, damals war er noch Bildhauer gewesen. Genau wie von Großmutter beschrieben, hatte die Familie in Uptown gewohnt, bis Xavier zehn war, dann beschlossen sie, sich auf dieses »Abenteuer« einzulassen, wie Jane mit einer Andeutung von Ekel auf den üppigen Lippen sagte. An meinem ersten Tag war sie allerdings nicht da. Sie war auf Reisen in Ghana und kaufte dort Stoffe und Waren ein, die sie in ihrer Boutique mit tausendprozentigem Aufschlag an die Kundschaft bringen würde.

Das Loft war ein mit Farbspritzern beflecktes Labyrinth aus Leinwänden, Paletten und Spanplatten: Senfgelb an der Decke, Rot an den Fenstern, Tannengrün auf den abgezogenen Bodendielen im großen Raum. Eine einzige gelbe Toilette war in einem schlecht riechenden Verschlag neben der Treppe untergebracht, und die Küche bestand aus einem schwarz angemalten Kühlschrank und einer Kochplatte, um das Take-out aufzuwärmen. Aber der Blick auf das Empire State Building und die Twin Towers und die gesamte, sich nach Osten und Westen erstreckende Stadt – eingerahmt von Fenstern auf fast allen Seiten, die Aussicht nur unterbrochen vom Treppenhaus, Janes gemusterten Vorhängen und Philips abstrakten Gemälden in großen Stapeln – offenbarte auf den ersten Blick, dass die Pierces mit vielem reich gesegnet waren. Jede Menge Geld hatten sie natürlich auch.

Als wir das Loft betraten, schabte die Feuertür über den Betonboden. Direkt hinter der Tür hing ein echt aussehendes impressionistisches Gemälde, auf dem eine Kuhherde trübsinnig Heu kaute.

»Ach, da ist ja unsere allerliebste Saskia!«, rief Philip aus der Mitte des enormen Raums, als er den Blick von einer Leinwand hob, die lang wie ein Auto war. Im Bart hatte er Königsblau. Unter seinem klaffenden Kimono ragten ein breiter, haariger Bauch, graue Champion-Jogginghosen und Volleyball-Knieschützer heraus. Er roch nach Schweiß, Terpentin und Zigarren. Er nahm mir die Reisetasche ab und gab mir Küsschen auf die Wangen. »Ich mache dir dein Zimmer zurecht!« Damit meinte er, dass er einen Teil des Lofts für mich abteilte. Dazu waren zwei Stunden und ein Dutzend aufgegebene Leinwände erforderlich, jede in einer einzigen Farbe: Magenta, Rotbraun, Lila. »Eigentlich unglaublich, oder?«, sagte er, während er sie zu einer improvisierten Wand zusammennagelte. »Dass ich so viel Zeit auf diesen bescheuerten Farbtanz verschwendet habe?«

Xavier baute mir ein Bett aus einem Stapel Holzpaletten, einem Futon und einem neongrünen Überwurf. Er hängte eine Lichterkette auf. Er stieg eine Sieben-Meter-Leiter hoch, um roten Samt über die Fenster zu nageln. »Ich muss Hausaufgaben machen«, sagte er, als er wieder festen Boden unter den Füßen hatte. Etwas wie Schulunterricht hatte ich mittlerweile ganz vergessen. Gleichgültig, wie oft Xavier sich die Haare aus der Stirn schob, sie kehrten am Wirbel immer wieder an die Stelle über dem rechten Auge zurück. Ich stellte fest, dass ich mit meinem Atem auf dem Kissen seiner Lippen landen wollte, was man Kuss nannte, aber in meiner Vorstellung nicht notwendigerweise ein Kuss war. Mit seinem restlichen Körper wollte ich nicht unbedingt etwas zu tun haben; Mund auf Mund erschien mir die effizienteste Art, ihn in mich einzusaugen.

Er bemerkte meinen Blick. »Willst du was essen oder trinken?«

Ich schüttelte den Kopf.

»Wir haben mexikanische Cola. Mit echtem Zucker drin. Das mag doch jeder.«

»Na gut, okay.«

Das entlockte ihm ein Grinsen, wobei ein schiefer Zahn zum Vorschein kam, der ihn nur noch schöner machte. Er kniff mich in den Oberarm. »Lügnerin.« Mir wurde klar, ihn zu küssen hieße, ihn zu verlieren, und das konnte ich mir jetzt schon nicht mehr vorstellen.

Philip grunzte. »Wir haben zu lange wie Junggesellen gegessen, was, Sohn?« Er bohrte mir einen Finger in die Seite. »Sie braucht ein bisschen Speck auf den Rippen. Wie wär's mit einem Ausflug zum Diner?« Mit dem Hammer in der Hand wischte er sich die Braue und rauschte zurück ins offene Loft, in das jetzt goldenes Abendlicht einfiel. »Saskia, du kannst mir helfen, bis Junior mit den Hausaufgaben fertig ist.«

Im großen Raum füllte Philip einen Eimer mit der Farbe des Sonnenlichts. Er stellte ihn neben die Leinwand, an der er gerade gearbeitet hatte, ein Meer von Blau – Lavendel, Blaubeer, Azur. »Tritt mal ins Gelb.« Es tat gut, dass mir jemand sagte, was ich tun sollte, auch wenn die Farbe kalt und glitschig war, als ich die Füße in den Eimer tauchte. »Fang da an. Geh rüber zum anderen Rand.« Ich wollte das von ihm Geschaffene auf keinen Fall ruinieren. Aber Philip streckte den Arm aus. Ich hob den rechten Fuß aus dem Schleim. Die Farbe strömte zurück in den Eimer. Das schräge Abendlicht wies mir einen Pfad über die Leinwand. Ich marschierte über das Blau in Richtung Fenster und hinterließ eine goldene Fußspur. Auf der anderen Seite wartete Philip mit einem Handtuch auf mich.

3

Xavier wird sicher gleich an die Tür hämmern, deswegen lasse ich sie lieber offen. Er parkt vor dem Haus. Sein Schritt auf dem weißen Schotter klingt bestimmt, aber an der Tür zögert er. »Saskia?« Mit ihm strömt der Geruch nach frischgemähtem Rasen herein und das Zwitschern der Schwirrammer, deren lateinischer Name *Spizella passerina* ihr schnalzendes Geträller nachahmt. Die Außenwelt stiehlt der Mutter den letzten Hauch ihres sauren Atems. »Ich habe versucht, dich anzurufen!«

Ich habe mich im rosa Schlafzimmer verschanzt, mit den Füßen zwischen schwankenden Stößen Trollope und Dickens. Bis zu Topsy habe ich es nicht geschafft, zu weit weg. Ich musste mich in Mutters Schlafzimmer verbarrikadieren. Von hier bis zum Bett und zum Fenster dahinter ist der Fußboden eine Stadt aus Büchern, Hochhaustürme aus Worten, Sätzen und Kapiteln. Xavier zögert unten. Gut. Freundlichkeit schaffe ich wahrscheinlich nicht, aber vielleicht bin ich wenigstens nicht mehr mordlustig, wenn ich ihn wie einen reuigen Sünder ein paar Stunden warten lasse.

Er sagt wieder etwas, diesmal mit freundlicher Stimme. »Uneingeladen gehe ich da nicht rein.« Ich glaube, dass er mit mir redet, bis mir wieder einfällt, dass es ja Handys gibt. »Auf keinen Fall.«

Sitzt da womöglich noch jemand im Auto und beobachtet ihn? Hat er etwa Billy mitgebracht? Habe ich das nicht immer wieder klargemacht? Keine Besucher, selbst wenn es sich um den Ehepartner handelt.

»Sask?« Jetzt telefoniert er nicht mehr. »Hallo? Bitte, Saskia, ich muss unbedingt mit dir reden.«

Ein paar Atemzüge. Dann ist eine andere, sanftere Stimme von ihm zu hören, der Ton, den er anschlägt, wenn er jemanden einwickeln will. »Billy. Danke, dass du zurückrufst.«

Aber wenn er jetzt mit Billy redet, wer war dann vorher am Telefon? Panik macht sich breit. Nicht heute.

»Es tut mir leid«, sagte er. »Es tut mir wirklich schrecklich leid. Kannst du nicht …« Ein Seufzer. »Das habe ich dir doch schon gesagt, mein Schatz. Ich bin hier, weil ich dich beschützen will.« Ich warte. »Doch, natürlich. Natürlich will ich jetzt auch bei dir sein.« Aber mit dem nächsten Satz ist Xaviers Stimme hart wie Stahl. »Diese Sache kann uns vernichten. Ich muss das klären.«

Es ist der Gries in seiner Stimme. Mehr brauche ich nicht zu wissen: Die Sache, die ich (oder wir, falls es so etwas wie ein Wir noch gibt) unser halbes Leben lang gefürchtet haben, ist tatsächlich eingetreten. Oder wird eintreten, oder könnte es zumindest. Sehr langsam gehe ich die Treppe hinunter, während Xavier Billy anfleht, nicht aufzulegen. Er hebt den umwölkten Blick. Er murmelt einen Abschiedsgruß. Die verdammten Haare, die ihm wie immer in die Augen hängen.

Er ist groß wie sein Vater, aber ohne jeden Bauchansatz. Seine Haut glänzt. Hauptsächlich das Resultat von Pflegeprodukten und kosmetischer Behandlung, aber neidisch bin ich trotzdem. Auch seine Mutter ist zu erkennen, an den vollen Lippen und der schlanken Taille. Er zeigt auf die Schwelle. »Darf ich?«

»Mexikanische Cola habe ich leider keine da.«

Ich glaube, gleich kneift er mir in den Arm, aber er zieht mich an sich. Meine Knochen knacken an seiner Brust. Wir tun beide so, als merkten wir nicht, wie er zusammenzuckt.

4

Ich trank an der Küchentheke Jasmintee, als Jane nach Hause kam; ihr rabenschwarzer Bob saß auch nach dem langen Überseeflug noch perfekt. Ihr Koffer ging mit einem Knall zu Boden. Später, Mitternacht war vorbei, vermischte sich ihr Flüstern mit dem Geheul der durch die Stadt jagenden Einsatzfahrzeuge. »Philip, so was kannst du nicht einfach entscheiden, ohne vorher deine Frau zu fragen.«

»Aber ich wusste nicht, wie ich dich erreichen sollte.«

»Du hättest im Hotel anrufen können.« Ich fragte mich, ob ihre Frisur wohl auch auf dem Kissen ihre Form behielt.

»Habe ich. Du warst nicht da.«

»Dann hinterlass verdammt noch mal eine Nachricht.«

Und später: »Und was machst du, wenn die Presse spitzkriegt, wo sie ist, Philip?«

»Scheiß auf die Presse.«

»Das ist doch kein Plan! Was machst du, wenn das passiert? Den Finger zeigen ist kein Plan.«

Und noch später: »Erinnerst du dich an Xaviers dritten Geburtstag, Philip? Ach, natürlich, Entschuldigung, wie konnte ich vergessen, dass du nur noch Augen für Nancys wunderbare Weichteile hattest. Jedenfalls gab es einen Grund, warum ich danach nicht mehr mit ihnen geredet habe. Ich wusste, dass irgendwann so was passieren würde, und ob, ich wusste es, ich habe es sogar damals zu dir gesagt, aber du hörst mir ja nie zu.«

Ich steckte die Hand in den Spalt zwischen Matratze und Wand, um Topsy an seiner weichsten Stelle zu berühren, direkt hinter den Ohren, der Stelle, die ich nur nachts anfassen durfte, damit sie sich nicht zu schnell abnutzte. Mir war klar, dass ich mit jeder Berührung ein wenig vom letzten Rest von dir verlor, aber ich konnte nicht damit aufhören, besonders bei dem Gedanken, dass man mich vielleicht wieder wegschicken würde. Die Vorstellung, aus freien Stücken abzuhauen, war so viel einfacher gewesen.

Aber Jane schickte mich nicht weg. Sie kleidete ihre zierliche Gestalt in Twinsets und Saris, und ja, ihr Haar saß immer perfekt; sie ließ es jeden fünften Dienstag in einem Salon Uptown schneiden. Sie konnte mich nicht unbedingt gut leiden, aber als sie mit uns zur Buster-Keaton-Retrospektive ins Filmforum ging, lachte ich im selben Sekundenbruchteil wie sie. Ich sah einen Zahn im Filmlicht glänzen und merkte, dass sie lächelte. Eine Woche später sagte sie in der Küche zu mir: »Du lachst wie deine Mutter – als könntest du jeden Moment in Tränen ausbrechen.« Ich musste schmunzeln, hielt mir aber schnell die Hand vor den Mund, als könne ich Mutter daran hindern, sich auf meinen Lippen zu zeigen.

Philip hingegen lachte ständig – lang, dröhnend, ansteckend. Er malte in der Mitte des Lofts, manchmal leisteten wir ihm dabei Gesellschaft. Nachts war er unterwegs, und wir durften nicht mitkommen, aber der Alkohol schien seiner guten Laune keinen Abbruch zu tun, und Jane machten seine Eskapaden offensichtlich nichts aus. Ich hängte das von uns gemeinsam geschaffene Gemälde über mein Bett. Er nannte es *Der gute Weg*. Meine Fußabdrücke, kleiner als sie je wieder sein würden, führten für immer von der Ecke links unten hinauf in den Himmel.

Xavier war so verlässlich für mich da wie diese Fußspuren. Manchmal schrie ich im Schlaf, wachte am nächsten Morgen auf und sah, dass er am Fußende meines Bettes saß und las. Er war treu, aber still, wie ein ausgewachsener Labrador Retriever, auch wenn sein Körper noch ganz nach Welpe aussah: Hände und Füße riesig, Gliedmaßen ewig lang und unkoordiniert. Er stieß sich ständig die Knie und warf unzählige Gläser Milch um. Wir gingen auf eine neue Schule in Downtown, die der Reggio-Pädagogik anhing, Philip hatte sie aufgetan, sechs Kinder in jedem Unterrichtsfach. Wir beschäftigten uns drei Monate lang mit Fröschen, weil Xavier und mir partout kein anderer Unterrichtsgegenstand einfiel. »Wenigstens hat die Presse sie noch nicht aufgespürt«, sagte Jane, während wir das aßen, was wir vom kubanisch-chinesischen Imbiss mitgebracht hatten. Philip warf ihr einen Blick zu; er wusste nicht, dass ich über die Klatschgazetten Bescheid wusste. Xavier hatte alle Artikel ausgeschnitten, die er finden konnte, und versteckte sie im Loft unter uns, das an Filmteams vermietet wurde. Mittlerweile war es ruhiger um die Sache geworden, aber jedes Mal, wenn ein Vater sein Kind ermordete, war auf Seite 11 oder 12 auch ein Hinweis auf Daddy zu finden.

Ein Jahr verbrachten wir so als improvisierte Familie: Vater, Bruder, Schwester, Mutter. Manchmal fand ich eine von Janes zerlesenen Wohndesign-Zeitschriften auf der Küchenablage, die von ihrer Sehnsucht nach gebügelten Servietten und Chesterfield-Sofas zeugten. Warum sie unseren derzeitigen Lebensstil zuließ, war mir ein Rätsel; ihre erste Wahl war es auf jeden Fall nicht.

»Philip hat gesagt, er würde vom Dach springen, wenn er eine weitere Sekunde bei den Snobs an der Upper East Side verbringen muss«, erklärte mir Xavier. »Und dann hat Jane gesagt, wenn er selbst für unseren Lebensunterhalt sorgen kann, ohne einen Cent von ihrem ›snobistischen‹ Vermögen, dann zieht sie, wohin er will. Wahrscheinlich hat sie nicht geglaubt, dass er das schafft.« Philips gegenständliches Projekt, *Die Lüsternheiten* – Gemälde von Lippen, Ellbogen, Zehen aus nächster Nähe und Blickwinkeln, die sie wie weit weniger zahme Körperteile aussehen ließen – hatte den Umzug finanziert. Pariser Sammler kauften die Bilder für Zehntausende Dollar das Stück.

»Aber mittlerweile langweilt ihn das«, sagte Xavier und ließ den Blick durch das Loft schweifen.

»Auf mich macht er einen zufriedenen Eindruck.«

»Er malt immer und immer wieder dasselbe. Er sagt selbst, dass es mittlerweile reine Wiederholung ist.« Jetzt, wo ich mich umsah, merkte ich, dass Xavier recht hatte: Überall Körperteile, die so taten, als seien sie sexy, es aber im Grunde nicht waren. »Das über deinem Bett ist das Außergewöhnlichste, was er seit Jahren gemalt hat.«

An einem Sonntag im Mai, Jane war gerade nach Japan abgereist, lud Philip uns zum Diner ein, zu »unserem Lieblingsessen«, im Grunde war es allerdings *sein* Lieblingsessen – Reubens Sandwich, Cheese Fries und mexikanische Cola. Dort verkündete er, wir würden den Sommer in Maine verbringen. Wir bräuchten frische Luft, was Kinder nur dann zu brauchen schienen, wenn es den Erwachsenen gerade in den Kram passte. Philips Galeristen saßen ihm im Nacken, sie wollten neues Material, etwas wie *Die Lüsternheiten,* aber eben auch etwas ganz Anderes; so, erklärte er uns, erging es den Künstlern in dieser Kapitalismus genannten Vorhölle. Dann fragte er uns, was wir von der Idee hielten; immerhin war er die Art Vater, dem sein Job als Schicksalsengel ein wenig Bauchschmerzen bereitete.

»Und was ist mit Mom?«, wollte Xavier wissen.

Philip furzte lang und erschreckend laut.

»Dad. Was ist mit Mom?«

Ich schaute aus dem Fenster hinaus auf die Ninth Avenue. Ich dachte an das Licht auf dem Teufelsspaziergang. Wenn ich die Augen zumachte, konnte ich jeden Augenblick spüren, der dort auf mich warten würde – vor dem weinrot leuchtenden Versprechen des Hains zu stehen, den Rucksack beladen mit Gurkensandwiches und einer Thermoskanne Vollmilch, hinunterzublicken auf die Stelle, an der deine heiße Hand nach meiner fasste. Besser als jeder Tag hier.

Wir fuhren sieben Stunden mit dem Auto. Jane hatte ihre Asienreise verlängert. Xavier machte sich Sorgen. Mir kam es absolut revolutionär vor, dass man einfach keine Lust mehr auf seinen Ehemann hatte und so lange wie möglich im Ausland blieb, aber das behielt ich für mich. Ich riss die Salt & Vinegar Lay's auf und gab die Chipstüte nach vorn durch. Xavier fing an zu kauen. Der Gestank von Philips Zigarillo erfüllte das Auto. Ich legte den Männern die Hände in die kräftigen Nacken. Das mochten sie.

5

»Es wäre wirklich besser, wenn du dein Telefon wieder anschließen lassen würdest«, sagt Xavier, »oder dir wenigstens ein Handy zulegst.« Er hat sich vor dem kalten Kamin niedergelassen. Die Standuhr tickt auf einmal sehr laut. Das Zimmer liegt in völliger Reglosigkeit da, als hätten sich alle Moleküle in der umgebenden Welt zum Stillstand verabredet. Heutzutage kommt dein letzter Lebenstag nicht mehr oft ungebeten zurück, aber da donnert er heran, ein schwerer Güterzug der Erinnerungen: die tickende Standuhr, als ich mich von oben herunterschlich, um zum Besenschrank zu gehen; das Geräusch von Mutter, wie sie in genau diesem Raum, in dem wir jetzt sitzen, nach Luft schnappte, die Stimme von Tränen oder Blut erstickt. Vielleicht hatte er ihr einen Schlag auf den Mund versetzt. Ich schlich mich aus der Halle heran. Dann war Daddy vor mir, füllte den Türrahmen mit seiner breiten Brust, ein riesiger Polyphem wie aus unseren Gutenachtgeschichten, alles stimmte, sogar das eine Zyklopenauge: Das andere war blau und lila zugeschwollen.

Dann legt sich der Schalter um, und ich höre wieder, was momentan vor sich geht: ein Rasenmäher, der Kardinal, der zeternde Spatz, ein Flugzeug im Landeanflug. Xaviers Blick wandert über das Gemälde seines Vaters, folgt meinen mädchenhaften Fußspuren in Richtung Himmel.

Ich setze ein fröhliches Gesicht auf. »Und? Wie geht es dem Göttergatten?«

Xavier schlägt seine eleganten Augen nieder und sieht zu Boden. Die Schultern fallen ein wenig ein. Minimal sind sie, diese Regungen. Niemand außer mir würde sie bemerken. Dann zwingt er sich zu einem Lächeln, genau wie ich. »Billy geht es ausgezeichnet.«

»Und deinen Eltern?«

»Mom geht's gut. Wie immer, sehr busy mit ihrem Onlineshop.

Und Dad – mailt ihr euch nicht eh? Er tut immer so, als wüsste er was Neues von dir.«

Ich höre alle paar Monate von Philip. Er wohnt schon seit Jahren in einem der Pueblos Blancos in Andalusien, aber es ist nie aus ihm rauszukriegen, was er da eigentlich macht. Garantiert irgendwas mit Drogen. Wenn ich ihn frage, ob er malt, antwortet er nie.

»Du fehlst mir«, sagt Xavier. Es stimmt: Wenn es mir gut geht, ist es schön mit mir. Aber wir wissen beide, dass es mir seit langem nicht mehr gut geht.

6

Als wir den dichten, blauschwarzen Wald des Nordens erreichten, steuerte Philip mit unserem karamellfarbenen Lincoln eine Tankstelle an. Vor ein paar Minuten hatten wir ein Straßendorf mit Touristenlädchen durchfahren, in denen Schaufeln und Teetassen feilgeboten wurden. Gegenüber bohrte sich ein spitzer weißer Kirchturm in den Himmel.

An der Tankstelle hing ein Schild: JIMBOB'S. Auf dem Parkplatz drängten sich die Geländefahrzeuge. Ein Pfosten in der Nähe der Zapfsäulen besaß einen großen Haken, der auch damals schon bedrohlich auf mich wirkte, obwohl ich noch nicht wusste, dass daran die geschossenen Elche aufgehängt wurden. Zwei Frauen überquerten den Parkplatz. Die eine sagte etwas aus dem Mundwinkel, und die andere warf den Kopf in den Nacken und lachte so laut, dass ihre Mundhöhle, rosa wie Radiergummi, aufblitzte. Hier war man auf dem Land, wie ich es in Connecticut nie kennengelernt hatte. Benzingestank zog ins Auto.

Philip verschwand in der Tankstelle. Warum, wusste ich nicht: Snacks hatten wir in ausreichender Menge, im ganzen Land gab es nur zwei Läden, die seine extravaganten Zigarillos führten, und nach dem Weg zu fragen, verabscheute er. Er hielt zwei Männern in Arbeitsstiefeln die Tür auf, die die Hände voller Plastiktüten hatten. Als die Tür sich unter Glockengeklingel hinter ihm schloss, verzog der eine Mann mit einer Skoal-Kautabak-Mütze auf dem Kopf höhnisch das Gesicht.

Benommen schreckte Xavier mit einem Kopfzucken aus dem Schlaf. »Scheiße, wo sind wir?«

»Maine, glaube ich.«

»Ich fass es nicht.«

Philip tauchte wieder auf, einen Zettel in der triumphierend erhobenen Hand. Die Männer waren weggefahren, aber ich sah Philip jetzt mit ihren Augen: Sein langer, an der Spitze geflochtener

Bart; das grau werdende Haar, das er als Pferdeschwanz trug; das über seinem runden Bauch spannende Metallica-T-Shirt, die Farbflecken auf seiner Haut, und, unten herum, sein Markenzeichen: Ein Longyi-Wickelrock, dieser in einem dunklen Pflaumenblau. »Seid ihr soweit, Kids?«

Der Anschnallgurt hatte eine Falte in Xaviers Wange hinterlassen. Fauchend sprang der Lincoln wieder an. Philip wedelte mit dem Zettel, als hätte er gerade das große Los gezogen. »Da ist er, genau wie sie's gesagt hatten!«

7

»Hast du auch Post gekriegt?«, will Xavier wissen. Ja, den Katalog vom Vermont Country Store – meine Kollektion langärmliger Baumwollnachthemden würde ihn sicher beeindrucken. Und Rechnungen – jede Menge Rechnungen. Ich muss es zugeben: Die Beschäftigung mit der Post ist nicht unbedingt meine Stärke. Die Briefe bleiben ungeöffnet in der Diele liegen. Aber ich hätte gern ein bisschen Anerkennung dafür, wie gut ich mich im Internet auskenne – ich habe eine eigene E-Mail-Adresse! Ein Abo für die Onlineausgabe der *New York Times*! Aber Xavier runzelt die Stirn. »Einfache weiße Umschläge«, fragt er weiter, »die erst mal unauffällig aussehen, bis man einen ganzen Stapel davon bekommt?«

»Klingt, als hättest du einen gekriegt.«

»Anfangs habe ich es nicht beachtet. Billy und ich ... unsere Adresse ist bekannt. Schenkungen, Beiräte.« Er bringt das, was wie Angeberei klingen könnte, schnell heraus, einstudiert, als sei das seine Verteidigung gegen jeden, der nach dem trachtet, was er besitzt. »Ich bin einfach davon ausgegangen, dass jemand dahintersteckt, der irgendwie auf mich fixiert ist.« Wenn man aussieht wie Xavier, empfindet man es als normal, wenn andere auf einen fixiert sind. »Oder, was weiß ich, geisteskrank ist.« Er wendet den Blick ab.

»Und was stand in diesen Briefen?«

»Sie waren bedrohlich. Mir haben sie keine Angst gemacht« – da sind sie, die Privilegien des weißen Mannes: Eine Latte bedrohlicher Briefe, die einem nach Hause geschickt werden, verursachen keine Beunruhigung, selbst wenn man mit einem Afroamerikaner verheiratet ist –, »aber Billy wollte, dass ich die Polizei einschalte, so unerfreulich waren sie.« Er sieht mir wieder ins Gesicht. »Das habe ich natürlich nicht getan.«

Er hat also immer noch Angst vor mir. »Ich weiß nicht, was das mit mir zu tun haben soll.«

»Du brauchst wirklich ein funktionierendes Telefon.« Sein Adamsapfel hüpft. »Die anderen haben die Briefe auch bekommen.«

Wer sagt's denn: die anderen. Wusste ich doch, dass sie früher oder später auf den Plan treten würden.

»Ich wäre nie auf die Idee gekommen, dass sie die Dinger kriegen, hätte Cornelia nicht angerufen. Sie war bei einem Fußballspiel ihrer Kids, hatte sich in ihrem Minivan verschanzt und klang absolut hysterisch. Als sie herausfand, dass ich dieselben Briefe bekommen habe, ist sie ausgerastet. Sie hat das Ganze sehr persönlich genommen. Sie hat gesagt, bei dem letzten Schrieb war sie überzeugt, derjenige, der das geschrieben hat … weiß Bescheid.«

Ganz ruhig.

»Also habe ich Issy angerufen. Und ihr SMS geschickt. Und wieder angerufen. Schließlich hab ich sie auf Facebook Messenger zu fassen gekriegt, obwohl sie behauptet, soziale Medien würde sie nicht nutzen. Auf jeden Fall hatte ich eine veraltete Nummer von ihr. Sie wohnt nicht mehr in Chicago.«

»Soweit ich weiß, wohnt sie in El Paso.«

»El Paso war vor Chicago.« Xavier ist ein Typ, der sich eine Menge drauf einbildet, dass er weiß, wann die Leute Geburtstag haben und wem er Weihnachtskarten schicken muss. »Jedenfalls habe ich sie schließlich davon überzeugt, sich bei ihrem früheren Mitbewohner in Chicago zu melden, was auch richtig aufwändig war, weil er mittlerweile in Virginia wohnt. Es stellte sich heraus, dass es bei ihr genau dasselbe war. Sechs Briefe, alle aus Maine.«

»Und was sagt Billy dazu? Als du telefoniert hast, klang es, als würde er sich über irgendwas aufregen.«

Xavier zieht eine Augenbraue hoch, beißt aber nicht an. »Ben hat die Briefe auch bekommen. Allerdings ist er fast so schwer zu erwischen wie Issy. Und wie du dich erinnern wirst, ist er … er hat mich *Drama Queen* genannt. Er war jedenfalls felsenfest davon überzeugt, dass uns einfach irgendjemand verarschen will. Bis …« Xaviers Blick wandert nach draußen, über meine Schulter hinweg, als hoffe er, dass diese Geschichte anders enden könne. »Bis er mich zurückgerufen hat. Er war ganz außer sich. Ehrlich gesagt schlimmer, als ich ihn jemals gehört habe, seit …« Xavier beugt sich vor und presst die Hände aneinander. »Er hat seine Mom da oben in ein Pflegeheim gesteckt, wusstest du das?«

Für so was ist Sarah zu jung.

Er sieht, das Thema interessiert mich. »Sarah war verschwunden, eine Nacht lang. Irgendjemand hat sie aus dem Altersheim rausgelassen, und sie wurde erst am nächsten Morgen gefunden. Und willst du auch wissen, wo?« Er wartet meine Antwort nicht ab. »Sie ist auf der Bushrow Road herumgegeistert. Im Nachthemd. Als sie gefunden wurde, sagte sie, alles würde in Ordnung kommen, er sei ja jetzt wieder da.«

»Wer? Wer ist wieder da?«

»Du weißt schon«, sagt er. »Du weißt, wer.«

8

Wie sich herausstellte, war Philips Zettel eine Wegbeschreibung: *Bei JimBob's nach rechts rausfahren. Kurz danach rechts auf den Schotterweg ohne Schild einbiegen (Bushrow Road). Bushrow entlangfahren, über den Berg hinweg. Haltet Ausschau nach einem kaputten Zaun, wenn es die zweite Steigung hinaufgeht. Schiebt das tote Gebüsch aus der Einfahrt. Findet den Weg zu uns.*

An den Rändern war der Zettel illustriert, mit Zeichnungen der Bushrow Road, die sich zwischen den Bäumen hindurchschlängelte, dem Hügel, der sich aus dem Tal erhob. Endlich konnten wir die Fenster runterlassen, und die Welt kam zu uns hereingerauscht. Was wir sahen, hatte erstaunliche Ähnlichkeit mit den Zeichnungen. Nicht die Landschaft selbst, sondern ihre Essenz: die Sonnentupfer auf den Zweigen, das undurchdringliche Farndickicht, wo die Straße auf die Natur traf, der Schotterstaub, der unter unseren Reifen aufwirbelte. Ich konnte nicht begreifen, wie jemand eine Geschichte mit nichts als einem einfachen Bleistift erzählen konnte, oder warum jemand eine Wegbeschreibung so liebevoll illustrierte, aber da kannte ich auch Sarah noch nicht.

Der Lincoln erklomm den zweiten Hügel, bis wir ein zerbrochenes Zaunstück sahen. Wir hielten an einer Stelle, an der es sehr steil bergauf ging. *Findet den Weg zu uns.* Philip mühte sich aus dem Auto. Er trat gegen das Gebüsch. Der Saum seines Longyis verfing sich in einem Zweig. Laub- und Nadelbäume drängten uns mit ihren Ästen entgegen. Surrend flog ein Moskito zum Fenster herein. Ich wartete, bis er auf meinem Unterarm gelandet war, und zerklatschte ihn zu einem roten Fleck.

Philip zog an den toten Büschen. Er lachte. Er fluchte. Wir hatten eine felsige Küste erwartet, vielleicht ein Hippiemotel oder eine einsame Hütte am Rand einer Steilklippe. Xavier drehte sich zu mir um und sagte, sein Atem heiß und stinkend: »Keine Ahnung, was er sich jetzt wieder ausgedacht hat, aber das wird richtig beschissen.«

Verhakelte Äste größer als ein Mann lösten sich unter Philips Griff. Triumphierend reckte er die Fäuste. An einem Arm tropfte das Blut herunter. Zehn Minuten brauchten wir, bis wir den Fahrweg freigemacht hatten. Der Motor heulte auf, als wir durch das Schotterbett zwischen Straße und Einfahrt mussten. Quietschend schrabbten Zweige am Auto entlang. Xavier lehnte sich vor zur Windschutzscheibe, aber vor uns war nichts außer dem rumpelnden Schotterweg unter einer Kathedrale lebendigen Grüns. Der Wald war zu beiden Seiten tief und dicht. Die Luft war kühl. Ich wünschte, ich hätte ein paar Fragen gestellt.

»Was ist das für ein Scheißurlaub?«, fragte Xavier.

»Das ist Urlaub für die Seele, Sohn.«

Als wir am Ende der Einfahrt ankamen, öffnete eine breitschultrige Frau die Fliegentür des Blockhauses direkt vor uns. Sie trat zwei Schritte vor die Tür. Braunes, lockiges Haar floss ihr über die Schultern, die Arme und bis unter die Taille. Sie hatte einen üppigen Busen, der ohne jeden BH unter ihrem senffarbenen T-Shirt hüpfte. Sie warf den Kopf in den Nacken und jodelte. Ihre Stimme hallte durch das Tal.

Das Jodeln rief die Leute herbei, die dort zu wohnen schienen. Ich musste an das Land der Munchkins denken. Mutter liebte die Szene, in der Dorothy die Tür aufmacht, und die ganze Welt ist auf einmal in Farbe – später will Dorothy allerdings unbedingt wieder zurück nach Kansas. Die Munchkins kommen herausgekrochen, um sich das starke Mädchen anzuschauen, das die böse Hexe des Ostens getötet hat. Genau so wirkte es jetzt, als die Unbekannten aus dem Wald und den Blockhütten auftauchten und sich vorsichtig unserem Auto näherten.

Es waren mehrere Dutzend Personen, die meisten Erwachsene in abgetragenen T-Shirts, aber es gab eine Familie, die aussah, als ob sie gerade *Unserer Kleinen Farm* entsprungen wäre: eine zierliche, adrette Frau und ein kleines, ungefähr sechs Jahre altes Mädchen, die beide geflochtene braune Zöpfe, gestärkte weiße Schürzen und altmodische Stiefelchen trugen. Der Familienvater hatte eine schwarze Hose mit Hosenträgern an und einen breiten Strohhut auf dem Kopf.

Die große Frau, die uns als Erste bemerkt hatte, pflückte ein nacktes Kleinkind vom Pfad, als sie auf uns zuging. Der Kleine steckte die Hand in ihren Ausschnitt, um an der Brustwarze herumzuspielen. Philip lehnte sich aus dem Fenster und fragte: »Kann ich hier parken?«, aber statt ihm zu antworten, stimmte sie mit kräftiger Altstimme ein Lied an: »*Ich besaß einen Hengst, und der hieß Bill.*« Die Melodie lockte die anderen herbei. Sie fielen in das Lied ein und umrundeten dabei unser Auto:

der rannte wie wild und stand nicht still.
dann kam ein Tag, da lief er weg
und ich mit ihm, durch jeden Dreck.

Das Lied wurde immer schneller, der Text immer abstruser. Die Singenden schienen immer mehr Spaß daran zu haben, klatschten und lachten, während sie im Kreis um unser Auto tanzten.

In Frisco Bay ist 'ne Walkuh daheim,
die Schnitzel frisst in Massen vom Schwein –
ganze Seidel, ganze Tonnen
ganze Schachteln, voller Wonnen.

Xavier hielt sich erschreckt den Mund zu. Er sah seinen Vater an und schien darauf zu hoffen, dass der Narrenstreich ein Ende nahm. Aber wenn es ein Witz war, dann war Philip mit eingeweiht. Er erhob die Hände zum Autohimmel des Lincoln, als sei er in der Kirche. Die Fremden umtanzten uns, ein schwindelerregender Wirbel fröhlichen Lärms und stampfender Körper, und wir wurden in eine Wolke aus Schweiß und Staub gehüllt. Der Gesang war kräftig und gefühlvoll, wenn auch nicht immer ganz melodisch.

Sie lacht so gern und lächelt breit,
dann sieht man Zähne, meilenweit,
und Zäpfchen und Rippchen
und Dinge klein und zäh.

Ein schlanker Mann um die vierzig mit einem langen dunklen Pferdeschwanz löste sich von der Gruppe. Er kam auf uns zu, als sei er der Chef. Ich saß relativ weit von ihm entfernt auf dem Rücksitz, aber mit seinen nicht blinzelnden Augen fand er mich sofort. Philip stieg aus. Er hielt dem Mann die Hand hin, der schließlich den Blick von mir abwandte.

Philips Tür stand jetzt offen, und eine Strophe nach der anderen schallte laut zu uns herein: »*Ich stieg im Ballon einst so hoch empor – Das Erdenvolk kam mir wie Schweinchen vor. Nun sagt mal, was man in solchem Fall tut? Man trampelt mit Füßen auf seinen Hut.*« Der Text war völlig abstrus, aber die Leute sangen ihn trotzdem mit echter Begeisterung.

Der Chef umarmte Philip wie ein Bär. In dieser Umarmung standen sie da, während die anderen zum Schluss des Liedes kamen, die Hände gen Himmel erhoben und jubelten. Ein Geschwader schwarzer Vögel flog aus den Bäumen auf.

Über Philips Schulter hinweg bohrten sich die Augen des Mannes wieder in meine. Er grinste, als sei mein Anblick ein Kompliment für ihn. Die anderen traten vor, begrüßten Philip ebenfalls, schüttelten ihm die Hand und schlugen ihm auf die Schulter, als sei er ein alter Freund. Das Kleinkind ließ sich an seiner Mutter herunterrutschen, befreite sich und kam zu meinem offenen Fenster gerannt. Xavier und ich hatten uns wortlos darauf verständigt, im Auto sitzen zu bleiben. Aber das Kind ähnelte dir zu sehr, als dass ich hätte widerstehen können (damals sah ich dich in allem, was klein war – Kätzchen, Steinen, Eicheln). Augen und Haare des Kindes waren dunkler, aber in allem Wesentlichen sah es aus wie du. Ich merkte, dass ich am Türgriff riss und unter den vielen, mich beobachtenden Augen hinaustrat ins Licht des Nordens.

»Na du.« Ich ging in die Hocke.

Das Kerlchen lächelte mich breit an. Ohne jede Vorwarnung schlang es seine warmen Hände um meinen Hals. Der Kleine roch nach Pipi und Haferbrei und dem Achselschweiß seiner Mutter. Er haute die Zähne in meinen Oberarm. »Tomas!«, mahnte seine Mutter. Er rannte in den Wald davon. Niemand folgte ihm.

»Das sind meine Kinder«, sagte Philip zu dem Mann und allen anderen. »Mein Sohn Xavier.« Xavier stieg mit mürrischem Gesicht aus.

Die Versammelten sagten wie aus einem Mund: »Hallo, Xavier.«

»Und das ist Saskia.«

»Hallo, Saskia«, sagten alle gleichzeitig. Und damit löste sich die Gruppe auf, als habe jemand ein Zeichen gegeben, und alle gingen zurück an die Arbeit – die altmodisch gekleidete Familie, die jodelnde Frau, alle außer dem Clanchef.

»Willkommen zu Hause«, sagte er. Seine Stimme klang melodisch und präzis, als sei ihm jede Lüge unmöglich. »Willkommen in Zuhause.«

»Wir wissen noch gar nicht, wie du heißt«, erwiderte Philip. Er wirkte erschreckend unsicher.

»Ich bin Abraham.« Aber Abraham sah nicht mehr in Philips Richtung. Er betrachtete mich. Er *durch-schaute* mich – nie hatte ich dieses Wort verstanden, bis jetzt. Er trat auf mich zu und legte seine kühlen Finger an mein Handgelenk. »Warum bist du so traurig, Saskia?«

»Ich bin gar nicht traurig.« Aber ich schämte mich, sobald ich das gesagt hatte.

Rein äußerlich gesehen war an seinen Augen nichts Besonderes: braun mit ein paar goldenen Pünktchen darin. Am Kinn hatte er ein Bärtchen. Die Nase war irgendwann mal gebrochen worden und ein wenig schief und krumm zusammengewachsen. Hübsch konnte man ihn wirklich nicht nennen. Es gab keine Erklärung dafür, warum ich mich nicht an ihm sattsehen konnte.

Und dann: eine Feder.

Aus dem Himmel schwebte eine Feder herab, eine schwarze Feder mit goldenem Rand. Eine Feder genau wie die, die du mir am Tag deines Abschieds geschenkt hattest. Abraham hob sie auf. Er hielt sie mir hin und sagte: »Na so etwas.«

Ich brach in Tränen aus.

Xavier bewegte sich auf mich zu; ich weinte zum ersten Mal, seit er mein Bruder geworden war. Abraham hielt die Hand hoch, mit der er mich nicht am Arm berührte, und gebot Xavier Einhalt. Er sprach leise, nur für meine Ohren bestimmt. »Hier darf man ruhig traurig sein, Saskia. Wir lassen dir deine Trauer. Aber hier kannst du auch Freude finden. Danach sehnen wir uns so.«

9

»Abraham ist seit über zwanzig Jahren tot«, erinnere ich Xavier.

»Und wenn er doch noch lebt?«

»Die Leiche.« Ich lache, weil ich recht habe und er nicht. »Seine Leiche wurde im Wald gefunden, falls du das vergessen haben solltest. Er ist tot, Xavier. Göttin sei Dank.« Das ist scherzhaft gemeint, als Hommage an unsere gemeinsame pseudo-spirituelle Vergangenheit, aber ob das bei ihm ankommt, kann ich nicht sagen.

Er fasst in seinen Leinenbeutel und händigt mir sechs weiße Umschläge aus, jeder von Hand mit ordentlichen schwarzen Buchstaben beschriftet. Abgestempelt sind sie in Maine. Auf den Briefmarken ist die amerikanische Flagge abgebildet.

Der oberste Brief besteht nur aus drei Worten: *Ich grüße dich.*

Xavier hat sein ganzes Erwachsenenleben lang nichts anbrennen lassen mit seinem pornografischen Mund und seinem Just-Fucked-Hair. Irgendein Junge steckt dahinter, ein Junge, der was falsch verstanden hat und zufällig in Maine wohnt. Wahrscheinlich ein Fan von Philip. Ich bin auch schon mal auf der East Sixth Street erkannt worden – »Du bist auf dem Gemälde von Philip Pierce! *Zwillinge!*« Oder vielleicht ist es jemand, der sich für Sekten interessiert. (Aber die anderen? Was ist mit den anderen? Warum haben sie Briefe bekommen? Es muss irgendeine logische Erklärung geben, sie ist mir nur noch nicht eingefallen.)

Im Zweiten steht: *Habe ich dir gefehlt?*

Beim Dritten schlucke ich: *Du fehlst mir so.*

»Ich liebe es so«, sagte Abraham oft, wenn er unser Land betrachtete. »Ich brauche es so«, wenn er wollte, dass eine Aufgabe auf eine bestimmte Art und Weise erledigt wurde. »Du wolltest es selbst so«, wenn er Gabby Widerworte gab. »Danach sehnen wir uns so«, am Tag unserer Ankunft.

Andererseits benutzen viele Leute ständig das Wort »so«. Oder nicht?

Der Vierte: *Ich brauche dich so.*

Das kann nicht Abraham sein. Er hat uns nie gebraucht. Wir meinten, ihn zu brauchen, das war das Problem.

Xavier lässt meine Hände nicht aus den Augen. Ich mühe mich mit dem dünnen Papier, als ich den fünften Brief aus dem Umschlag ziehe: *Zeit, nach Zuhause zu kommen.* Der arme Xavier, rechnet immer mit dem Schlimmsten. Ich rede mit ihm wie mit einem verängstigten Kind. »Irgendjemand weiß also, dass du in Zuhause gewohnt hast. Das ist kein Geheimnis.«

Er wartet, bis ich den sechsten Brief geöffnet habe. Den Zettel auseinanderfalte. Die Worte ausspreche, über die Glasvitrine und die Kommode, Großmutters Standuhr, die zwei passenden Hepplewhite-Stühle, den in der Morgensonne schwebenden Staub. Aber ich kann es nicht.

Er schnappt sich den Brief in meinem Schoß. In seinem klaren Tenor liest er ihn selbst vor: »Alle fünf. Sonst …«

10

An unserem ersten Abend in Zuhause gab es Spargel-Frittata, Kohlsuppe, selbstgemachte Sauerteig-Cracker, runde Stücke einer feuchten Ziegenkäserolle und Blaubeerwein, so sauer, dass ich nur einen Schluck herunterbekam. Wir aßen in dem Hauptgebäude, dem Blockhaus, aus dem die große Frau aufgetaucht war. Diffuses Licht vergoldete das Haar der gemeinsam essenden Männer und Frauen. In östlicher Richtung lag im Tal unter uns ein stiller See. Die Grillen schwiegen.

Ein großer, offener Kamin mit Kaminböcken so groß wie deutsche Doggen nahm die eine Schmalseite des langen, offenen Raums ein, neben der bescheidenen Fliegentür, hinter der die Frau uns erblickt hatte. An der anderen Schmalseite befand sich die geräumige Küche, ein Sammelsurium aus Kühlschränken und Kochherden, Säcken mit Zwiebeln und Kartoffeln. Wie ich bald herausfinden sollte, hing dort gelegentlich auch ein geräuchertes Reh- oder Elchbein, und es gab einen enormen Spülstein wie auf einer Farm, wo immer irgendjemand stand und abspülte, wie Sisyphos in Daddys Geschichten.

Die Tische waren in zwei langen Reihen aufgestellt, vom Kamin bis zur Küche, und an denen saßen die Behausten – so nannten sich die Bewohner – und beugten sich über ihre Teller wie französische Bauern auf alten Gemälden. Beim Anstellen an der Essensausgabe verloren Xavier und ich uns aus den Augen. Als ich endlich einen Sitzplatz in der Mitte des Speisesaals gefunden hatte, saß Philip schon lange vor dem Kamin, zu Abrahams rechter Hand.

»Hast du was im Auto vergessen?« Der Mann, der mir die Frage stellte, ließ sich neben mich fallen. Ich hatte ihn bei unserer Ankunft gesehen: Aus seinem löchrigen T-Shirt quoll dichtes schwarzes Haar wie ein Teppich und bedeckte Arme und Nacken. »Du guckst ständig in die Richtung.«

»Ich würde gern mit meinem Dad reden.« Philip so zu nennen war seltsam.

»Ein guter Tipp: Am besten vergisst du diese ganzen Begriffe. ›Dad‹, ›Mommy‹, alles Bullshit.« Er schob sich einen Bissen Frittata in den Mund und schloss die Augen, um den Geschmack zu genießen. »Ihr scheint jedenfalls echt superwichtige Leute zu sein. So was Gutes hat's seit Monaten nicht mehr gegeben.«

»Du kriegst hier immer genug zu essen.« Die Jodlerin, das lange Haar jetzt oben auf dem Kopf zusammengenommen, setzte sich uns gegenüber. Sogar im Sitzen war sie groß, größer als er. »Bist du auch nett zu ihr?« Sie musterte ihn mit einem gespielten Stirnrunzeln, dann streckte sie mir die Hand hin. »Ich bin Teresa. Jims Frau.« Ihr Handschlag war fest, von nahem sahen ihre Oberarme wie aus Marmor gemeißelt aus. In ihrer Ellenbeuge lag der Kopf des schläfrigen Kleinkinds, das mich gebissen hatte. Es nuckelte mit nach hinten verdrehten Augen an ihrer violetten Brustwarze. »Tomas kennst du ja schon.«

Unter dem aus einem uralten Baum gefertigten Deckenbalken hing ein riesiger, ausgestopfter Elchkopf. Von seiner Nase baumelten Spinnweben. Ich war froh, dass ich den Elch betrachten konnte; das bot mir eine kurze Pause von Teresas Brustwarzen, die mich beharrlich anstarrten; aus einer tropfte es, und auf ihrem T-Shirt wurde der nasse Fleck immer größer.

»Das ist Grimm«, sagte Jim und zeigte mit dem Daumen hoch zum Elchkopf.

»Habt ihr den geschossen?«

Ich zuckte zusammen, als Jim dröhnend loslachte. »Solche Arschlöcher sind wir nicht.«

»Aber ein Arschloch ist Jim trotzdem.« Teresa sagte das in einem liebevollen Tonfall. »Hey, ich brauche Suppe.« Sie legte den kleinen Jungen an der anderen Seite an. Ihr langer Nippel blieb gaffend zurück.

»Saskia gefallen deine Titten, Teresa«, sagte Jim.

»Halt die Klappe.« Sie zwinkerte mir zu, bevor sie an sich heruntersah. »Aber ein Klopper sind sie schon, oder? Das einzig Gute, was meine Mutter mir in die Wiege gelegt hat.« Sie schüttelte ihre leere Schale in Jims Richtung. »Mehr Suppe, Alter. Mehr Suppe für deine stillende Frau.«

»Sarah macht mich zur Schnecke, wenn ich komme und Nachschlag will.«

Ich hatte mir keine Suppe genommen. Ich nahm die braune handgetöpferte Schale und stand auf. Ich ging an der langen Stuhl- und Tischreihe entlang, an der überall laut gelacht und diskutiert wurde, und stellte mich wieder hinten an der Essensausgabe an. Im Nacken spürte ich Grimms Glasaugenblick. Ich zwang mich dazu, nicht über die Schulter zu blicken, ob Jim oder Teresas Brüste mich beobachteten.

Alles in dem Raum hatte die Farbe von ungefiltertem Ahornsirup: die getäfelten Wände, die knarrenden Bodendielen, die langen, wackligen Tische. An die Wände gepinnt waren Naturzeichnungen, die aussahen, als stammten sie von derselben Hand wie die Wegbeschreibung, mit deren Hilfe wir hergefunden hatten. Zwischendrin hingen fleckige Fotos, die zeigten, wie es hier früher ausgesehen hatte. Vor langer Zeit war es mal ein Ferienlager für Mädchen gewesen, in das die weißgekleideten Töchter aus besserem Hause geschickt wurden, um in skurrilen Kanurennen gegeneinander anzutreten.

Die zierliche Frau in der gestärkten Schürze überwachte die Schlange an der Essensausgabe. Körperlich wirkte sie wie das genaue Gegenteil von Teresa: klein und proper. Sie musste die Sarah sein, von der Jim gesprochen hatte – die Herrscherin über die Küche. Wie sie den riesigen Suppentopf vom Herd allein hierher geschleppt hatte, war mir ein Rätsel. Sie nickte jedem zu, der an dem Kessel und seinem Kohlgestank vorbeikam.

Ihr Töchterchen im Kattunkleid mit gebügelter weißer Schürze schmiegte sich an sie. Ich merkte zwar, dass sich die Schlange vor mir weiterbewegte, aber es interessierte mich einfach nicht. Nicht, wenn ein Kind so eine Leberfleckenkonstellation an der Nasenwurzel hatte. Ein Kind kann die ganze Welt sein. Das Mädchen schlug ihre langen Wimpern nieder, als hätte ich etwas sehr Lustiges gesagt, dann hob sie das Gesicht und grinste mich mit ihren weißen Zähnen an. Sie machte einen Schritt auf mich zu. Ich dachte, vielleicht umarmt sie mich. Aber stattdessen zeigte sie mir den Stinkefinger. Unter dem Nagel des Mittelfingers klebte ein schwarzer Halbmond.

Ich spürte, dass Sarah uns beobachtete. Das Mädchen hatte es auch gemerkt – mit einem erschreckten Blick in meine Richtung versteckte sie schnell die Hand. »Teresa hätte gern noch Suppe. Du bist Sarah, oder? Sie hat gesagt, ich darf um Nachschlag für sie bitten.«

Sarah tätschelte dem Mädchen den Kopf, dessen Augen sich schlossen wie bei einer schnurrenden Katze. »Hat die kleine Nora dir den Stinkefinger gezeigt?« Sie schüttelte den Kopf, aber innerlich lächelte sie ein wenig. »Sie ist ein Biest.«

Erleichterung durchströmte mich; ich war mir so sicher gewesen, dass Sarah ihrer Tochter eine Ohrfeige verpassen würde, dass ich nie auf die Idee gekommen wäre, es ginge auch anders. Mir zitterten die Hände. Sarah nahm mir die Schale ab und füllte sie bis zum Rand. Sie wartete, bis ich nicht mehr zitterte, dann drückte sie mir das jetzt warme Tongeschirr wieder in die Hand.

11

Panikartig ergreife ich die Flucht vor Xavier, raus auf den Flur, die Treppe hoch. Auf halbem Weg nach oben merke ich, dass ich dasselbe hysterische Geschrei von mir gebe wie damals Mutter, als Daddy in der Halle auf mich zutrat. »Fass sie ja nicht an«, kreischte Mutter und umklammerte ihn von hinten. Mit dem vielen Blut im Mund waren ihre Worte nicht recht zu verstehen.

Zurück im Galopp in das erste Zimmer, das rosa Schlafzimmer, das Schlafzimmer meiner Mutter. Ich verriegle die Tür. Die vielen Bücher um mich herum stürzen auf mich ein, eine Lawine aus Worten. Es mag noch Morgen sein, aber ich gehe ins Bett. Gott sei Dank habe ich den Sauerteig versorgt, aber Brot wird es morgen trotzdem nicht geben.

Xavier hämmert an die Tür. Er ruft meinen Namen.

12

Am anderen Ende des Blockhauses fiel die Fliegentür mit einem lauten Knall zu. Das scheppernde Geräusch durchschnitt das Stimmengewirr und Löffelklappern, das Niesen, Tomas' kehliges Gebrüll, als Teresa ihn von der Brust nahm, Sarahs vielsagenden Blick. Als es still wurde im Raum, drehte auch ich mich um.

Eine alte Frau war hereingekommen. Klein, aber nicht zierlich wie Sarah; sie bewegte sich mit einer Arroganz, wie ich sie eigentlich nur von Männern kannte. Vielleicht war sie so alt wie Großmutter, aber ihr weißes Haar war kurz geschnitten, sie trug einen Seemannspullover mit hochgekrempelten Ärmeln und auf dem Rücken einen verschossenen L. L. Bean-Rucksack. Selbst über die Entfernung hinweg war mir klar, dass sie nach Holzrauch und nicht nach Körperpuder roch.

In der Hand hielt sie einen Strauß grüner Pflanzen – Gewächse, die sie im Wald gesammelt hatte. Mit langen Schritten ging sie auf Abraham zu, der ins Gespräch mit Philip vertieft war, schnappte sich sein Wasserglas und steckte die Pflanzen samt erdiger Wurzeln hinein. Abraham hielt das Glas mit dem Schlammwasser hoch, erst prostete er Philip damit zu, dann der alten Frau, dann lachte er.

Mit der Frau waren ein Junge und ein Mädchen hereingekommen. Sie waren die einzigen anderen in unserem Alter. Die Behausten schienen es bemerkenswert zu finden, dass die beiden mit der alten Frau unterwegs gewesen waren. Das Mädchen war groß und drall und gekleidet wie ein Holzfäller, und, abgesehen von der Schwarzen Frau, die bei unserer Begrüßung mitgesungen hatte und jetzt zu Abrahams Rechten saß, der einzige dunkelhäutige Mensch, den ich bisher in Zuhause erblickt hatte. Sie ragte weit über die Ältere auf, machte aber den Eindruck, als sei ihr das gar nicht lieb.

»Sie waren also sammeln«, sagte eine der Frauen in der Schlange zu Sarah.

Der Junge hatte ein rundes Gesicht und eine eingedrückte Nase wie ein Mops. Er trug altertümliche Kleidung, die zu Sarah und Nora passte – weißes, gestärktes Hemd, schwarze Hosenträger. Er war klein wie seine Mutter und kompakt und kräftig wie sein Vater, der ihn durch den Raum hinweg ansah. Als Sarah dem Jungen winkte, blickte der Mann wieder auf seine Suppe. Der Junge kam auf uns zu. »Hey, Ma.«

»Dein Vater hat heute Hilfe gebraucht.« Sarah füllte eine Schale mit Suppe.

»Kann ich mehr kriegen?«

Sie drückte ihm das in die Hände, was sie aufgegeben hatte. »Ben, das ist Saskia.«

»Freut mich«, sagte er, schaute mich aber nicht mal dabei an.

»Saskia kommt aus der großen Stadt«, sagte Sarah. »Sie hat Haare wie Flachs und lange Gliedmaßen. Sie ist zäher, als sie aussieht.« Wie sie mich beschrieb, war sehr seltsam, als lese sie ein Gedicht laut vor. Ben wich zurück. Ich hätte mich zwar als zu groß und sehr dünn beschrieben, mit blonden, zotteligen Haaren und schmalem Gesicht. Aber so schlimm wie der Alptraum, den er offensichtlich erblickte, sah ich nun wirklich nicht aus.

»Warum setzt ihr euch nicht zusammen?«, fragte Sarah.

»Sie hat bestimmt schon einen Platz«, murmelte Ben, bevor er schnell zu dem vollbesetzten Tisch ging, an dem sein Vater saß. Ein alter Mann mit langem Bart, der seine Suppe schlückchenweise trank wie Kaffee, machte ihm widerwillig Platz. Ben saß unbequem auf der Kante der Bank.

Mein Gesicht brannte. Ich drehte mich um zu den Tischen. Die Suppe schwappte in der Schale.

»Welch Geschenk – du bist einfach …« Sarah fing an zu singen, als ich mich entfernte. »Welch Geschenk – du bist frei.« Die Solosopranstimme schallte in den Raum, wie ein Vogel, den man aus dem Käfig gelassen hat. »Welch Geschenk, dich zu finden wo auch immer es sei!«

Ich händigte Teresa ihre Suppe aus, und sie fiel ein – »Ist gefunden der Ort, der dir vorbestimmt war,« – kurz danach sangen schon alle mit – »dann sind Liebe und Glück dein Zuhaus immerdar.«

Die Stimmen verschmolzen miteinander. Sarahs Gesang klang glockenhell. Teresa hatte mehr Gefühl für den Text als die Melodie. Jim sang auch, aber sein Blick war ruhelos, nie hörte er auf umherzuschauen. Tomas verbog einen Löffel auf der Tischplatte, und Nora futterte schnell die restliche Frittata auf. Abraham schloss am Kopfende des Tischs die Augen und summte mit. Auch die anderen fielen ein, alle, deren Namen ich erst noch kennenlernen sollte: der alte Mann mit dem Bart, Bens ernster Vater, das Mädchen, das mit Ben zusammen hereingekommen war. Sogar Philip sang mit, sogar Xavier, der auf meinen fragenden Blick mit ironisch hochgezogenen Augenbrauen antwortete.

Ich sang nicht; ich kannte das Lied nicht. Am entgegengesetzten Ende des Raums stand die alte Frau mit aufeinandergepressten Lippen am Kaminsims. Sie kannte den Text, das sah ich, aber sie wollte nicht singen.

13

Xavier fleht mich an, ein Strom an Wörtern.

»Saskia.

Abraham kann dir nichts anhaben.

Wahrscheinlich hat es gar nicht mit ihm zu tun.

Bitte.

Es gibt garantiert eine Erklärung für das Ganze.

Du brauchst dich nicht vor ihm zu fürchten.«

Als würde ich mich deswegen verstecken.

14

Im Morgengrauen des nächsten Tages wachten Xavier und ich auf dem Boden des Haupthauses davon auf, dass der alte Mann, der Ben auf der Bank Platz gemacht hatte, über uns stand. Sein langer Calvinistenbart hing herunter und sah im ersten Licht bläulich aus. Er wedelte mit dem Stück Papier vor unserer Nase, das uns den Weg nach Zuhause gewiesen hatte. »Bringt's zurück.«

Xavier stützte sich auf die Ellbogen. »Es ist mitten in der Nacht.«

Der alte Mann ließ die Wegbeschreibung auf Xaviers Brust segeln. Philip lag nicht mehr neben uns, falls er überhaupt zu Bett gegangen war. Mir tat der Rücken weh.

Aus der Küche war das sanfte Klappern eines Rührlöffels in einer Schüssel zu hören. Ein feuchter, kräutersüßer Geruch zog wie eine Wolke durch den Raum. Sarah hatte uns den Rücken zugewandt, aber ich wusste, dass sie uns zuhörte.

15

Xaviers Faust lässt unbarmherzig die geschlossene Tür erzittern.

In der Therapie heißt es, man soll seinen Werkzeugkasten öffnen, wenn etwas kaputt ist.

Also, fünf Dinge, die ich sehe: die Kronen von *Acer rubrum*, des Rotahorns, *Betula lenta*, die Zuckerbirke, *Fagus grandifolia*, die amerikanische Buche, *Acer saccharum*, Zuckerahorn, und *Carya glabra*, Ferkelnuss.

Vier Dinge, die ich höre: Der sich brüstende *Cardinalis cardinalis*, das Trillern der *Spizella passerina*, *Poecile atricapillus*, die Schwarzkopfmeise, die ihre zwei Töne pfeift, und *Tamiasciurus hudsonicus*, das Gemeine Rothörnchen, das auf uns herunterschimpft.

Drei Dinge, die ich anfassen kann: Bettdecke, Augenlider, Herz.

Zwei Dinge, die ich rieche: Mann, Atem.

Ein Ding, das ich schmecke: Panik.

Sehr weit ist die Sonne noch nicht gewandert, als Xavier aufgibt. Seine Schritte sind auf der Treppe nach unten zu hören. Die Tür fällt hinter ihm ins Schloss. Das Haus atmet auf.

16

Bei einer Schale Porridge mit dicken Blaubeeren obendrauf erklärte uns der Mann mit dem weißen Bart – Amos hieße er, sagte er mit einem tiefen Knurren –, um was es ging: Zuhause verberge sich vor der Dingwelt, aber von denen, die es wirklich suchten, lasse es sich finden. Wenn ein Eingeweihter glaubte, man sei für das Leben in Zuhause bereit, dann verrieten sie demjenigen, wo die Wegbeschreibung zu finden war – vor Wind und Regen geschützt lagerte sie versteckt im JimBob's, und man musste erst mal etwas Vertrauen aufbringen, bis man den Zugang fand.

»Und bist du auch so hergekommen?«, fragte Xavier. »Dass du eine Wegbeschreibung in einer Tanke geklaut hast?« Ich hielt Amos für Abrahams Vater, er war groß und schlank wie er – sein Gesicht wirkte allerdings fast ausgemergelt. Mir erschien diese Frage respektlos.

»Bringt die Wegbeschreibung zurück an ihren Platz.« Amos zog ein großes Jagdmesser heraus. »Dann kann uns der nächste Reisende auch finden.«

»Aber warum gerade wir?«

Ich legte Xavier die Hand auf den Arm. Das Messer wirkte scharf.

Aus der anderen Tasche zog Amos ein Stück Treibholz mit einem Eulengesicht an einem Ende. Er fing an zu schnitzen. »Euer Vater ist gesehen worden.« Holzsplitter flogen über den Tisch.

»Aber das ist mindestens fünf Kilometer weit weg.«

Amos stach das Messer in die Tischplatte. »Ich habe Abraham vor Kindern gewarnt.«

Hinter meinen Keds wirbelte der Staub der Bushrow Road auf. Aus dem dichten Wald zu beiden Seiten drang Vogelgezwitscher. Garantiert gab es dort auch Frösche und Eichhörnchen und Farne und Pilze, aber ich wusste nichts über sie, kannte ihre Namen und Lebensweisen nicht. Wir gingen schweigend, Sonnenstrahlen blinzelten durch die Kronen der unglaublich hohen Bäume. Ich wünschte, ich hätte eine Wasserflasche mitgebracht. Das hartgekochte Ei, das Sarah mir in die Jackentasche gesteckt hatte, schlug bei jedem Schritt gegen meine Seite.

»Es ist eine Sekte«, sagte Xavier, als wir am Fuß des langen Hangs angekommen waren.

»Das sind nur ein Haufen Spinner.«

Xavier machte größere Schritte, bis er mich überholt hatte. Er glaubte, mir gefiele es in Zuhause. Aber ich würde die Dankbarkeit, die mich überkommen hatte, als Sarah ihrem Kind keine Ohrfeige gab, nicht »gefallen« nennen. Am nächsten war ich diesem namenlosen Gefühl an dem Tag gekommen, als ich beschloss, Xavier nicht zu küssen: ein riesengroßer Hunger, den ein Kuss nicht würde stillen können.

Noch am Vortag hatte JimBob's wie ein Hort der vertrauten Welt auf mich gewirkt, gefüllt mit Köstlichkeiten: orangefarbene Tortillachips, wächserne Schokolade, eisige Kühlschränke voller Cola und Limonade. Aber als wir die Tankstelle jetzt betraten, vorbei an einer Frau in Daunenweste, die gerade eine Kundin abkassierte, kam uns dort schon alles fremd vor. Wir legten das Stück Papier zurück an sein Versteck unter dem Bratöl. Es war das Gegenteil von Stehlen: Wir gaben einen Schatz zurück, von dem wir nichts geahnt hatten. Xavier bezahlte ein Päckchen Big Red Kaugummis. Die Kassiererin starrte uns an. Wahrscheinlich rochen wir nach Kohl.

17

Jetzt, wo Xavier wieder weg ist, wird die Mutter nach Extrafütterung und einem Liedchen verlangen. Sie wird träge sein und schüchtern, aber ich werde sie mit Mehl und meinem Ahornholzlöffel aus der Reserve locken. Ich werde sie am Fenster im Sonnenlicht baden lassen. Aber noch nicht, noch nicht. An der Innenseite von Mutters Tür haben Messinghaken und Öse ineinander gefunden. Das Bett ruft. Die Bücher kicke ich aus dem Weg, Laub bei einem Herbstspaziergang. Als mein Kopf endlich auf dem Kissen liegt, lausche ich nach Motorengeräuschen. Xavier wird sicherlich wiederkommen, aber diese Runde habe ich gewonnen.

Ein süßer Junge, der Spielchen mit ihm spielt.

Jede Minute jetzt der Motor.

Aber stattdessen das Seufzen der Haustür. Stimmen sind auch zu hören. Stimmen? Sicher nicht. Das ist nur Xavier beim Telefonieren. Ich stütze mich auf die Ellbogen.

Die Treppenstufen knarren widerwillig. Sein Schritt ist lauter. Vielleicht trägt er etwas Schweres auf dem Arm. Aber nein. Da verbirgt sich ein zweites Paar Schritte zwischen seinen.

Er hat jemanden mitgebracht.

18

Nach dem schattenlosen Mittag auf der Schotterstraße hatten wir uns ein Bad im kühlen See verdient. Ich wollte den türkisfarbenen Bikini anziehen, den Jane bei einem Barney's-Lagerverkauf für mich erstanden hatte. Aber als wir wieder am Haupthaus waren, stellte sich heraus, dass unsere Koffer, die wir neben dem Kamin stehengelassen hatten, verschwunden waren.

»Hat jemand unsere Sachen irgendwohin gebracht?«, fragte Xavier Teresa, die über einen Korb mit Kassenbelegen gebeugt stand. Ihr lockiges Haar bedeckte ihren breiten Rücken, während sie zusammenzählte, abzog, mithilfe eines Bleistiftstummels auf einem benutzten Umschlag multiplizierte. Sie roch nach Ziegenmist und Sandelholz. Sie winkte uns weiter Richtung Küche. »Ich muss das alles ausrechnen, bevor Jim einkaufen geht.«

In der Küche brutzelten Zwiebeln in einer gusseisernen Pfanne, groß wie ein Autoreifen. Die Suppe vom Vortag köchelte vor sich hin und verbreitete Currygeruch in der Luft. Ein Dutzend Sauerteiglaibe lag zum Auskühlen auf der Anrichte. Bei ihrem Anblick knurrte mein Magen zum ersten Mal an diesem Tag. Sarah wusch Geschirr am offenen Fenster; rechts und links von ihr hingen Zeichnungen vom Wald und dem See an der Wand, von aus den Zweigen flatternden Vögeln, von Stachelschweinen, einem Elch. Die Zeichnungen, alle auf alten Umschlägen, flatterten in der Brise.

»Weißt du, wo unsere Koffer abgeblieben sind?«, fragte ich.

Tomas hockte draußen vor dem Fenster und grub mit einem Stöckchen. Ein Erdklumpen flog durch die Luft auf ihn zu. Er buddelte weiter. Aus dem Gebüsch kam der nächste braune Brocken geflogen und traf den Arm des Jungen mit einem Klatsch. Er kümmerte sich nicht darum. Aber als ein dritter Klumpen aus dem Unterholz gesegelt kam und Tomas ins Gesicht traf, sprang der kleine Junge auf wie von der Tarantel gestochen. Aus den Büschen tauchte Nora mit wirren Zöpfen und verdreckter Schürze auf und rannte mit Gebrüll den Berg hinunter, Tomas auf den Fersen. Sarah reinigte mit ihren kleinen Händen und einem nassen Lappen das Innere einer Metallschüssel.

»Mein Koffer ist rot«, sagte ich.

Sarah ließ die Schüssel klappernd in die Spüle fallen. Sie drehte sich zu mir um und schenkte mir ein Lächeln. Sofort sah ihr Gesicht völlig verändert aus. Mit ihren blauen Augen blickte sie mich viel länger an, als mir angenehm war. Dieser Gesichtsausdruck löste ein seltsames, starkes Gefühl in mir aus, und langsam, aber sicher entstand ein schwindliges Verstehen: Wonach ich da fragte – der Koffer, die Badesachen – es spielte keine Rolle. Hier war Sarah, hier waren die anderen, und alle hatten viel zu tun. Es ging nicht darum, dass es egoistisch von mir war, ans Schwimmen zu denken, während die andern arbeiteten, eher: Warum würde ich irgendetwas anderes tun wollen als mitzumachen? Sarah sah, dass ich es begriff. Sie lenkte meinen Blick zusammen mit ihrem nach draußen: und sah eine Hummel, die von einer Kleeblüte zur nächsten brummte; einen Specht, der auf einen toten Baumstamm einhämmerte; ein Motorboot, das mit schmaler Bugwelle über den See knatterte. Unter uns gab es Hütten, Leute, die ich noch nicht kennengelernt, das Land, das ich noch nicht erforscht hatte.

Ich zog Xavier nach draußen. In der Sonne vor dem Haupthaus fragte er: »Und, wo ist unser Zeug?«

Ich zuckte die Achseln.

»Du weißt es nicht? Aber du hast gesagt, ich soll mitkommen!« Sein Gesicht lief rosa an, aus seiner Stirnlocke tropfte der Schweiß. In den Mundwinkeln hatte er noch grellorangefarbene Cheetos-Krümel kleben. Ich schenkte ihm mein hartgekochtes Ei. Er schlug es an seiner Stirn auf. Braune Schalenstückchen regneten zu Boden. Du warst auch so, wenn du Hunger hattest.

Ich erklärte ihm, wie mir klargeworden war, dass die Koffer nicht mehr wichtig waren. »Du findest Unterhosen nicht wichtig?«, erwiderte er. Ich wusste nicht, wie ich ihm erklären sollte, dass es nicht mehr um Unterhosen ging.

Xavier ließ sich nicht so schnell überzeugen. Er zeigte über die

Schulter auf das Haupthaus. »Einer von diesen Spinnern hier hat unser Zeug geklaut.«

»Vielleicht kriegen wir ja eine eigene Hütte«, erwiderte ich. »Vielleicht hat schon jemand unsere Sachen dorthin gebracht.« Ich konnte Xavier nicht sagen, dass ich jetzt, wo ich die Welt mit Sarahs Augen gesehen hatte, eigentlich nur noch wollte, dass Abraham mich so anschaute wie bei unserer Ankunft. Ich wollte dieses Gefühl so viel mehr als die Sachen, die wir aus der Außenwelt mitgebracht hatten.

Vor uns in der Einfahrt stand neben Philips Lincoln und einem rostigen Pickup der Fahnenmast des Camps. Daran flatterte ein Stück roter, ausgefranster Stoff. Fünfzig Meter hinter uns lag die stinkende Latrine. Ich lachte über Xaviers finsteren Blick. Ich lachte, weil das Plumpsklo eklig war, und trotzdem war ich freiwillig hier, obwohl ich wusste, dass ich mich zum Kacken draufsetzen musste. Zu unserer Linken lagen mehrere Hütten. Es war schwer vorstellbar, dass ich einen dieser geduckten braunen Kästen als Zuhause bezeichnen würde, aber vielleicht würde ich mich auch daran gewöhnen. Xavier ging bei dem Nächstgelegenen die Stufen hoch und beschattete die Augen, ums ins Fenster hineinzuspähen.

»Was machst du da?«

»Nach unsern Sachen suchen.«

»Aber da wohnt doch jemand.« Mutters ungeduldige Art meldete sich bei mir. Die vielen Gänge mit dir zum Spielplatz, als du immer vorneweg gerannt bist, bei fremden Leuten das Törchen aufgemacht und dich auf ihre weiße Steintreppe gesetzt hast. Sie schrie dir immer hinterher, du solltest langsam machen; in ihren hohen Schuhen kam sie nicht so schnell hinterher. Auf den fünfzig Metern, bis wir bei dir waren, lachte sie und nannte dich einen Frechdachs, aber wenn wir dich dann eingeholt hatten, drohte sie dir nur mit Daddy.

Xavier und ich folgten einem gelben Schmetterling einen Pfad zu unserer Rechten bergab. Der Schmetterling flatterte unter das Blätterdach, einem leisen Chorgesang entgegen.

19

»Bitte mach doch auf, Saskia.« Xaviers Stimme bettelt aus dem Flur.

Da draußen ist einer und füllt mein Haus mit dem Gestank seines Atems. Wie kann er es wagen? Wie klein er meine Welt gemacht hat, wie unbeschreiblich klein – nur dieses Bett. Nur dieses Zimmer. Diese Bücher. Nicht mal mehr Sauerteig; Mutters Tür ist eine neue Grenze, die ich nicht mehr übertreten kann.

20

Ein Stück den Hang hinunter stand ein rostiger Wohnwagen, der jetzt als Hühnerstall diente. Daneben war eine mit Draht eingefasste Wiese, auf der mehrere Dutzend Hühner mit hastigen Kopfbewegungen pickten und mich an Dinosaurier erinnerten. Nora und Tomas kamen um den Wohnwagen gerast und bergan auf uns zugeflitzt. Der Kleine hielt schützend etwas in den Armen. Es war in ein Stück bekannt aussehenden, türkisfarbenen Stoff gehüllt.

»Du fieser Blödmann!«, kreischte das Mädchen.

Xavier streckte dem Jungen die Hand entgegen, um ihn aufzuhalten. Tomas schlug einen Bogen und rannte weiter den Pfad hinauf, aber Xavier schaffte es vorher noch, ihm mein Bikinioberteil zu entreißen. Ich sah, was er darin eingewickelt hatte. Das weiße Fell kannte ich so gut wie meine eigene Westentasche, aber es schien unmöglich; ich hatte Topsy doch in Chelsea zurückgelassen und mir gesagt, dass es besser wäre, das Leben mal auszuprobieren, ohne dass du mich auf Schritt und Tritt begleitest. Aber trotzdem war Topsy hier.

Xavier öffnete die Hand und erblickte Topsys Kunstpelz und schlabberigen Körper. Er schrie auf, verzog das Gesicht und hielt den Hasen von sich weg, als sei es ein echtes totes Tier. Nora sprang ihn an. Ich gab ein verzweifeltes Geräusch von mir und riss ihn an mich.

»Wer findet, darf's behalten!«, schrie Nora und riss an Topsys Arm.

»Lass los!« Das habe ich vermutlich gebrüllt. Ich muss erschreckend ausgesehen haben. Xavier und Nora wichen vor mir zurück. Ich vergrub das Gesicht in Topsy; sein staubiger Geruch füllte meinen Kopf – dein Geruch.

»Was ist hier los?« Plötzlich stand Abraham neben uns. Unmöglich zu sagen, wo er auf einmal herkam. Nora schoss auf mich zu und wollte sich Topsy schnappen, aber er hielt sie zurück. Er beugte sich zu mir vor und suchte meinen Blick. »Ist das Tier etwas Besonderes für dich?«

»Aber das ist ein Ding!«, rief Nora. »Sie dingt sich!«

»Das reicht jetzt.«

Nora faltete die Hände hinter dem Rücken.

»Hat das deinem Bruder gehört?«, fragte Abraham.

Natürlich wusste er über dich Bescheid.

»Na schön«, sagte er. »Ist gut.« Er legte mir die Hand auf den Kopf und wärmte mich dort. »Wenn ein Loch in einen gerissen wurde, dann kann manchmal auch ein Ding dieses Loch füllen.«

Nora trat mutig einen Schritt vor. »Aber du hast gesagt, wenn wir dingen –«

»Bin ich die Autorität?«, sagte Abraham. »Mehr als du oder Saskia oder sonst jemand, der hier bei uns lebt? Saskia lehrt uns heute etwas.« Er streckte bittend die Hand aus. Bei jedem anderen hätte ich nein gesagt, aber ihm überließ ich den Hasen.

Abraham nahm ihn vorsichtig entgegen, als sei er ein echtes verwaistes Tierkind. Er kratzte Topsy hinter den Ohren. Streichelte seine Nase. Er lächelte. »Der gehört Saskia«, schärfte er Nora ein.

»Aber es darf doch niemand was besitzen –«

»Jede Regel hat ihre Ausnahmen. Dieser Hase gehört ihr, weil dieser Hase vorher Will gehört hat« – mein Mund wurde trocken – »und das heißt, niemand darf ihn ihr wegnehmen. Hast du verstanden?«

Nora runzelte die Stirn, nickte aber. Wie ich merkte, nickte Xavier ebenfalls, einen reichlich alarmierten Ausdruck auf dem Gesicht.

Abraham hielt sich Topsy vors Gesicht und flüsterte etwas in sein langes Schlappohr. Dann gab er mir das Stofftier andächtig zurück. Von irgendwo unter uns erschallte der Gesang der Behausten.

In diesem Augenblick begann Abraham zu leuchten.

Ich weiß. Ich weiß, dass er nicht wirklich leuchtete. Aber es schien so. Ich kann es gern erklären. Es war nicht das erste Mal, dass ich jemanden so leuchten sah; ich erkannte es, weil ich dieses Wunder auch an dir beobachtet hatte. Du hast über einen Furzwitz gegackert oder auf einem Bein gestanden, wobei ich dich bewundern musste, oder hast kopfüber von der Reckstange gehangen – und mit einem Mal ging ein Licht in dir an. Dieser Zaubertrick wurde nicht nur von dir vollbracht. Ich wusste, dass er zumindest ein kleines bisschen auch aus mir selbst kam. Das Glück deines Duseins und meines Ichseins trafen in der Luft aufeinander und schufen eine Wonne, die manche Menschen als Liebe bezeichnen.

Aber wie sollte das möglich sein, dass ich Abraham liebte? Ich kannte ihn doch gar nicht. Gehirnwäsche konnte es auch nicht sein, ich war doch gerade erst eingetroffen. Ich war verängstigt und hatte ehrlich gesagt genau wie Xavier auf ein hübsches Hotel mit weißer Veranda und Seeblick gehofft. Und dennoch konnte ich es nicht abstreiten: Abraham leuchtete von innen.

21

Hinter der Schlafzimmertür räuspert Xavier sich. Gut. Er ist unsicher. »Hey, ich hab dir jemanden mitgebracht. Ich weiß, ich weiß, du willst keinen Besuch. Aber über sie freust du dich bestimmt.«

»Saskia?« Die Stimme klingt vertraut und kräftig. »Können wir uns unterhalten, Schatz?«

Ich will zurückrufen, dass es zu viel ist, ich kann nicht, ich kann nicht, aber die Tränen ersticken mir die Stimme.

22

Es war albern, einen derartigen Wind um ein Stofftier zu machen. Der Gedanke an so viel Aufmerksamkeit von Abraham zauberte mir ein Grinsen aufs Gesicht, während Nora den Pfad hoch zum Haupthaus flitzte. Abraham ging am Hühnergehege vorbei zum Ziegenstall, wo Jim Mist schaufelte. Xavier folgte dem Weg bergab. Ich steckte mir den Hasen in den Hosenbund meiner Jeans und zog das T-Shirt darüber. Wahrscheinlich hatte Philip ihn für mich eingepackt und gedacht, er würde mir was Gutes tun. Oder vielleicht hielt Jane doch noch Überraschungen bereit.

Den Pfad hinunter wurde der Gesang lauter. »*Ich sing euch sieben, oh!*«

»*Grün wachsen Binsen, oh! Was ist die sieben, oh?*«

Jetzt waren wir den Singenden so nah, dass sich einzelne Stimmen heraushören ließen. »*Sie steht für sieben Sterne dort*«, wurde von einer Männerstimme allein gesungen.

»*Sechs – für die Wandrer stolz, fünf für die Zeichen an der Tür, Und für die Jahreszeiten - vier*«, fiel der Chor ein, und der vereinte Gesang segelte hinauf in den Sommerhimmel – »*Und drei, und drei – der heil'ge Baum.*« Der Shanty schwebte einen Moment lang auf einer zufriedenen Ruhepause. Dann flossen die Stimmen zusammen und dem Ende des Refrains entgegen: »*Für lilienweiße Jungen – zwei. Sie tragen ein ganz grünes Kleid. Und eins und eins – in Liebe eins. Und das soll ewig sein.*«

Dann hob die erste Stimme wieder an, mit derselben nach unten gehenden Melodie, ganz allein: »*Ich sing euch acht, oh!*« Und wieder trafen die anderen Stimmen auf den Tenor: »*Grün wachsen Binsen, oh! Was ist die acht, oh?*«

Xavier und ich kamen an ein Gewächshaus, vor dem sich auf ganzer Länge ein Garten erstreckte. Die Gärtner waren der Chor, und angeführt wurden sie vom alten Amos, dessen Singstimme erstaunlich kräftig war. Sie knieten auf dem Boden, die Hände tief in der Erde vergraben. Das Singen schien ihnen bei der Konzentration auf ihre landwirtschaftliche Arbeit zu helfen. Für nichts davon hatte mein Stadtkopf einen Namen.

Ben war auch dabei, er hockte auf Händen und Knien neben einem der Männer, mit denen Xavier am Vorabend zusammen gegessen hatte. Ben war mit einem Schlauch zugange, der hochführte zu einem Fass. Ich tat so, als bemerkte ich ihn gar nicht, aber ich konnte nicht vergessen, wie seltsam Sarah mich beschrieben und wie kalt er darauf reagiert hatte. Ich lief rot an bei dem Gedanken, dass ich mich gleich wieder damit beschäftigen musste, was er über mich dachte. Er murmelte den Text mit »Und drei, und drei – der heil'ge Baum«, genau wie beim Abendessen; als sei Gesang eine Medizin, die er wohl oder übel schlucken musste.

Am Vorabend hatte ich ihn noch hässlich gefunden mit seinem dicken Kopf und der platten Mopsnase. Er hatte mich abweisend behandelt, also warum wollte ich dann jetzt auf ihn zugehen? Und tatsächlich, er runzelte wieder die Stirn, als er mich bemerkte. Aber er kam auf uns zu, und ich errötete hoffnungsvoll, bis klar war, dass er Xavier meinte. »Kannst du uns helfen?«

»Wir suchen nach unseren Koffern«, sagte ich.

»Ich kann nicht gärtnern«, sagte Xavier.

Ben kratzte sich die Stirn und hinterließ Dreckspuren in seinem Gesicht. »Aber du bist doch aus der Stadt … woher willst du das wissen?«

Ich war voll und ganz davon überzeugt, dass Xavier ihn jetzt auch hassen würde, aber er lehnte sich ihm ein klein wenig entgegen.

»Und was ist mit Philip? Den wollten wir doch suchen gehen?«, nörgelte ich. Aber Xavier entfernte sich bereits von mir. Einige Gärtner hoben den Blick, als er mich stehenließ. Er wollte mich dafür strafen, dass mir unser Gepäck egal war, dass ich mich wegen Topsy so komisch verhalten hatte, dass ich so stolz auf Abrahams Aufmerksamkeit war. Allein ging ich weiter.

Den Hang hinunter, näher am Wasser, standen neun weitere Blockhütten. Der Wind trug den Duft von frischem Sägemehl heran. Auf einem Dach nagelten zwei Männer in Overalls Holzschindeln fest. Der eine war altmodisch gekleidet: Sarahs Mann, der Vater von Ben und Nora. Ich meinte gehört zu haben, dass er Ephraim gerufen wurde. Ephraim trieb die Nägel mit voller Konzentration ins Holz. Ich überlegte, ob ich ihn nach Philip fragen sollte, aber die nicht nachlassenden, kräftigen Bewegungen seiner Arme signalisierten, dass er nicht gestört werden wollte.

Weymouthskiefern kratzten an den Wolken. Ihre abgeworfenen goldenen Nadeln machten den Boden schlüpfrig. Manche der kleinen Hütten hatten durchgefaulte Veranden, aber bei einer bot der Blick zum Fenster hinein eine Überraschung – ein ordentlich gemachtes Bett, daneben ein Wildblumenstrauß.

Der Wind rauschte unablässig in den Blättern, den Bäumen und Gräsern. Ich bemerkte, dass es hier genauso viel Bewegung gab wie in der Stadt, nur waren es keine Taxis und Fahrräder und Busse; das hier war das lebendige Gewisper einer Sprache, die ich noch nicht sprach. Vögel mit gelben Bäuchen flogen mit der Brise von einem Zweig zum nächsten, pickten an der Rinde herum und wirkten ansteckend in ihrer Euphorie. Konnten sie das Leben in der Luft riechen? Konnten Vögel überhaupt riechen? Oder hatten sie einen anderen, besonderen Vogelsinn, mit dem sie Licht und Wind wahrnahmen?

Ich fand den Weg hinunter zum kabbeligen See. An manchen Tagen lag das Wasser still wie Glas da, an anderen erinnerten die windgepeitschten Wellen ans Meer, aber an diesem, dem ersten Tag, war der See in ständiger Bewegung, ohne deswegen rau zu wirken.

Ein Streifenhörnchen hüpfte vor mir vorbei und verschwand im Wald zu meiner Rechten. Ich bemerkte eine Bewegung hinter einem Kiefernstamm. Der, der sich da versteckte, war schnell. Ich stand still. Ich dachte an dich: Topsy in meinem Hosenbund, dein Name auf Abrahams Zunge, und die Feder, die Feder genau wie die von dir, die er einfach aus der Luft gepflückt hatte. Ich wartete, lehnte mich nach links und rechts, um den Schuldigen zu finden – im Grunde wollte ich nur dich finden, auch wenn das natürlich unmöglich war – aber nichts zeigte sich. Unschlüssig ging ich weiter. Ich machte die letzten paar Schritte hinunter ans Ufer. Ich befand mich auf einem kleinen Felsen, der ins Wasser hinausragte und auf drei Seiten von Wellen umspült wurde.

Der See war größer, als ich gedacht hatte, das Ende konnte ich nicht sehen. Am anderen, sicher vierhundert Meter entfernten Ufer standen verstreut ein paar Hütten mit weißen Veranden und langen Anlegern. Endlose Nadelbäume standen Wache. In der Mitte des Sees war eine mit grünem Gebüsch bewachsene Insel, nah genug, dass eine gute Schwimmerin hinschwimmen könnte. Ich fragte mich, wie ich wohl von dort aussehen mochte.

Der Küstenabschnitt von Zuhause ähnelte dem, was ich gegenüber erblickte: dichter Wald, dazwischen versteckt die kleinen Hütten, an denen ich vorbeigekommen war. Ein Entenpaar paddelte in der kleinen Bucht zu meiner Rechten. Zu meiner Linken ragte ein grau verwitterter Anleger hinaus ins Wasser. Abraham stand darauf. Ich verkrümelte mich zurück in den Schatten der Bäume. Die Schwarze Frau, die ich am Vortag gesehen hatte, lief am Ufer auf den Anleger zu. Sie trug ihr Haar kurz. Beim Sprechen gestikulierte sie mit den Armen. Sie beugte sich zu Abraham vor, um ihm etwas im Vertrauen zu sagen, auch wenn niemand in der Nähe war, der sie hätte belauschen können. Abraham schloss die Augen, als er das verarbeitete, was sie zu sagen hatte. Er öffnete den Mund, um etwas zu erwidern. Sie hob die Hand und gebot ihm Einhalt, aber dann wollte er nur noch dringender etwas erwidern.

»Weißt du, wie Speed geht?« Die Mädchenstimme kam von direkt hinter mir. Ich wäre um ein Haar vor Schreck ins Wasser gefallen.

Es war das Mädchen, das ich schon beim Abendessen gesehen hatte. Unsere Augen befanden sich auf derselben Höhe, aber sonst hatten wir äußerlich nichts gemeinsam. Der Afro umstand ihren Kopf wie ein üppiger Heiligenschein, ihre Brüste waren groß und hoch, ihre Beine flossen spektakulär aus abgeschnittenen Jeans. Sie war Substanz, ich war Luft.

»Das Kartenspiel?«

Mein halbes Nicken schien zu reichen. »Wie alt bist du?«, fragte sie.

»Dreizehn.«

»Ich auch.« Sie zeigte auf den Anleger hinter sich, auf dem Abraham und die Frau immer noch die Köpfe im Gespräch zusammensteckten. »Das ist meine Mutter, Gabby. Sie hat hier das Sagen.«

»Ich dachte, Abraham hat das Sagen.«

»Abraham ist für spirituelle Dinge zuständig. Gabby beschließt, wo man schläft und wohin gekackt wird. Viel wichtiger. Wahrscheinlich reden die gerade über dich.«

Gabby erinnerte mich an eine Murmel, schnell und zielgerichtet. Dass sie Abraham küsste, konnte ich mir nur schwer vorstellen, aber nur Leute, die sich küssten – oder sich mal geküsst hatten – sprachen so intim miteinander wie die beiden. Sie schienen sich auf etwas zu einigen. Gabby wandte sich ab und verschwand wieder im Wald. Abraham folgte ihr langsam.

»Ich heiße Issy.« Das Mädchen wartete darauf, dass ich mich zu ihr umdrehte. Ihr Lächeln war eine Discokugel.

»Ich suche nach unseren Koffern.«

»Die hat garantiert Nora kaputt gemacht. Nora das Kaputtmachmonsta.« Von oben war eine Glocke zu hören. Issy ging schnell zum Pfad, drehte sich dann aber um. »Nach dem Mittagessen kann ich dir suchen helfen. Aber nur, wenn du mit mir Karten spielst. Komm schon.«

23

Klopfen. Klopfen. Weiteres Geflüster, dann eine laute Stimme, die verkündet: »Wir wissen nicht, was sie da drin macht.«

»Lass ihr ein bisschen Zeit herauszukommen.«

»Mit deiner Methode haben wir's schon probiert, Xavier.« Aus dem Klopfen wird ein Hämmern, harte Schläge, die Tür erschaudert, immer wieder, dann ertönt ein lautes Splittern, Mutters bewährter Messingriegel schlittert mit einem metallischen Schrei über den Boden, die Tür springt auf, und da, wo die Tür einmal war, steht Issy.

24

Issy hatte ihren Teller leergegessen, bevor ich den ersten Bissen unten hatte. Ich mochte keinen Hummus, sie nahm mir meine Portion gerne ab. Mit dem in Curry gebratenen Kohl, den gebratenen Zwiebeln und dem Löwenzahn ging es mir nicht anders. Auf der anderen Seite des Speisesaals waren Ben und Xavier am Tisch der Gärtner ins Gespräch vertieft.

Issy war nicht in Zuhause auf die Welt gekommen, aber es war das einzige Zuhause, an das sie sich erinnerte. Sie erzählte ihre Geschichte: Gabby – so nannte Issy ihre Mutter – saß in der T, der Bostoner U-Bahn, Issy auf dem Schoß, »ohne einen Freund auf der Welt oder einen Pfennig in der Tasche«, da kam Abraham auf sie zu und schenkte ihr ein Roast-Beef-Sandwich. »Sie wusste nicht, ob es ein weißer Hippie mit einem Jesus-Komplex war. Das Sandwich wollte sie nicht essen, nur für den Fall, dass K.o.-Tropfen drauf waren, aber dann setzte er sich neben sie und fragte sie nach ihren Träumen – nicht, was sie nachts träumte, sondern welche Träume sie für mich hatte und für unser gemeinsames Leben – und sie meint, das hätte sie einfach mitten ins Herz getroffen. Seit Ewigkeiten hatte sie keiner mehr gefragt, was sie wollte, und sie hatte so viele Pläne« – Issy zeigte auf den glänzenden Berg Krautsalat auf meinem Teller –, »isst du das noch?« Ich schüttelte den Kopf. Sie verleibte sich das Kraut in Sekundenschnelle ein, dann riss sie ein zweites Stück von dem runden Brotlaib ab, der in der Tischmitte lag, brach es in zwei Stücke und reichte mir die größere Hälfte.

Das Brot war noch warm. Das Wasser lief mir im Mund zusammen. Es roch hefig und säuerlich, und als ich es an die Lippen führte, dachte ich an Daddy auf deiner Bettkante und seine Erzählungen von Persephone und den sechs Granatapfelkernen, die sie im Land der Toten aß, sodass sie die Hälfte des Jahres dort gefangen blieb. Zuhause hatte sich mir mit einer ähnlichen Verzauberung gezeigt, und ich fragte mich beim Hineinbeißen, ob dieses Brot wohl auch Zauberkräfte besaß. Aber der Gedanke war schnell vergessen; der erste Biss landete auf meiner Zunge und füllte meine Nase mit der Alchemie eines frisch gebackenen Brots. Du hast Brot mit so dick Butter drauf geliebt, dass deine Lippen fettig davon glänzten, und jetzt wusste ich auch warum. Ich schlang das Brot hinunter. Ich hatte so lange nichts mehr lustvoll verschlungen – aber hier, jetzt, mit Topsy versteckt an meinem Bauch, konnte ich nicht anders. Mein Magen knurrte. Ich biss nochmal ab. Ich konnte mich nicht mehr an das letzte Mal erinnern, dass ich das Sattsein genossen hatte.

»Köstlich, oder?«, sagte Issy. »Sarah backt. Sie ist sozusagen die Brotkönigin. Wenn du willst, bringt sie's dir bei.«

»Echt?«

Issy schmunzelte über meine Begeisterung. »Die Frauen werden dich klasse finden. Brotbacken mit Sarah. Sammeln im Wald mit Marta.«

»Marta – ist das die alte Frau, mit der du gestern reingekommen bist? Die, die das Grünzeug in Abrahams Glas gesteckt hat?«

»Lass sie das bloß nicht hören von wegen alt – sie bringt dich um.« Issy machte einen Witz, aber sie senkte trotzdem die Stimme, als sie das sagte.

»Wo ist sie?«

»Sie ist keine Behauste. Sie kommt nur ab und an bei uns vorbei, verstehst du?«

Nein, das verstand ich nicht, aber ich musste mehr über Abraham herausfinden, deswegen fragte ich schnell weiter. »Damals in der U-Bahn in Boston, als du ein Baby warst – sind deine Mom und Abraham da zusammengekommen?«

»Ja, damals fingen Gabby und Abraham an, zusammen Pläne zu schmieden. Sie sind unzertrennlich. Er ist Erbe. Weißt du, was das ist?«

»Na ja, wahrscheinlich, dass er was geerbt hat?«

»Genau. Sein Vater ist gestorben, und dann hat er das Geld von ihm gekriegt und wollte es in etwas investieren, was allem widersprach, woran der alte Teufel geglaubt hatte. Er und Gabby haben viel über Intentionen geredet, falls du weißt, was ich meine? Und natürlich übers Entdingen, und irgendwann hat sie gesagt: ›Hey, Abraham, wie wär's, wenn du nicht immer nur redest, sondern dein Geld da reinsteckst?‹ Und dann hat er das Grundstück hier zu einem guten Preis gefunden, mit den Blockhäusern drauf und den Töpfen und Pfannen und Kanus und allem. Und er hat das Geld auf den Tisch gelegt und alles gekauft.«

Jim bewegte sich auf Sarah zu und bat um Nachschlag. Teresa winkte ihr vom anderen Ende her zu, damit Sarah wusste, dass es für sie war, aber Sarah musterte Jim trotzdem gründlich, bevor sie nickte. Als sie sich zur Küche umdrehte und ihm den Rücken zuwandte, streckte er ihr die Zunge heraus.

Issy quasselte weiter. »Anfangs waren nur Gabby und ich und Abraham hier. Daran kann ich mich eigentlich gar nicht erinnern. Aber Gabby sagt, es war alles total runtergekommen. Das Blockhaus hier war voll mit Müll und Spinnen und kaputten Möbeln. Aber es ließen sich auch noch viele gute Sachen finden – aus dem, was andere wegschmeißen, kann man noch viel machen – und nach und nach haben sie es geschafft, die erste Hütte zu reparieren, und dann noch eine. Und sie haben gelernt, wie man Sachen anbaut. Gabby auf jeden Fall. Dann ist Amos aufgetaucht. Er ist alt und griesgrämig, aber er ist ein echter Gärtner mit einem richtigen Abschluss und –«

»Ist er nicht Abrahams Vater?«

Issy wollte sich ausschütten vor Lachen. »Hab ich dir doch gerade erzählt. Abrahams Vater ist mausetot.« Sie quasselte weiter. »Ephraim ist unser Schreiner, aber man darf ihn beim Arbeiten nicht nerven. Sarah ist für die Küche zuständig und kann immer Hilfe gebrauchen, also pass auf, dass du nicht hier reinkommst, wenn du was Besseres vorhast. Jim und Teresa kümmern sich um die Ziegen und Hühner, aber Teresa hilft auch bei allem, was sonst die Männer machen, weil Jim echt ziemlich unfähig ist. Ich meine, er schafft schon was, wenn du ihm eine Arbeit gibst, aber von selbst kommt er nicht direkt drauf. Gabby managt alles andere, wie die Reparatur von Schornsteinen und das Ausheben von Latrinen. Der Typ im Survival-Shop in New Hampshire hat ihr Tipps gegeben, aber ich kann nur hoffen, dass sie nicht mit ihm gevögelt hat. Er riecht nach vergammeltem Fisch und –«

»Also ist Abraham so was wie dein Stiefvater?«

Sie starrte mich an, als hätte ich drei Köpfe. »Ich habe keinen Vater.«

»Aber er und Gabby …?«

Issy kicherte. »Gabby hat sich vom Patriarchat entdingt. Und Abraham glaubt nicht an körperliche Bestätigung als Weg zum Glück. Er sagt, sexuelle Abhängigkeit ist die niedrigste Form menschlicher Bedürfnisse, auch wenn sie manchmal unvermeidlich ist.«

Ich wusste nicht, ob ich erleichtert sein sollte oder nicht. Verwirrt war ich auf jeden Fall. »Daran glauben die Leute hier also? Kein« – ich senkte die Stimme, auch wenn das an diesem Ort nun wirklich nicht notwendig war – »Sex?«

»Zuhause ist, wo wir unser entdingtes Selbst entdecken.« Issy redete langsamer, als habe sie ein kleines Kind vor sich. »Ich bin noch kein sexuelles Wesen, obwohl ich schon meine Tage habe. Wenn ich erwachsen bin, wird Sexualität vielleicht ein Ding für mich sein oder vielleicht auch nur eine entdingte Form meiner Selbstentfaltung. Ob ich es machen sollte oder nicht, hängt davon ab, ob es mich entdingen wird oder nicht.«

Jims Gelächter übertönte das Stimmengewirr. Amos schnitzte wieder. Nora schleppte einen Stoß schmutziger Teller in die Küche. Im Raum wurde es von Sekunde zu Sekunde lauter und heißer, überall menschliches Geklapper und Geschnatter, und Issy warf mit Wörtern um sich, die ich nicht verstand. »Gabby und Abraham und ich haben Zuhause aus dem Schlaf erweckt. Das hat sich in der Dingwelt herumgesprochen. Die Leute sind dem Ruf gefolgt. So wie Philip auch den Ruf vernommen hat. Es sind immer mehr Leute zu uns gekommen, genau wie ihr, manchmal eine Familie, manchmal jemand allein. Jeden Tag lernen wir, entdingt zu leben.«

»Ja, aber was heißt das denn – entdingt zu leben?«

»Na ja. Es heißt, dass wir uns ernähren müssen, was viel Arbeit macht. Anpflanzen, gießen, Unkraut jäten, ernten, melken, Mist schaufeln, Eier suchen, Gemüse schnippeln, kochen, abwaschen.«

»Aber warum will Sarah dann nicht, dass Marta euch beibringt, Essbares im Wald zu finden? Geht es nicht beim Sammeln darum – sich selbst zu ernähren?«

Beeindruckt, dass mir dieses Detail nicht entgangen war, hob Issy die Augenbrauen. Sie verzog den Mund, als sie es zu erklären versuchte. »Also, Sarah findet, dass wir immer was mit den Händen machen sollen. Ständig. Teig kneten. Karotten schälen. Suppe umrühren. Und das ist gut. So funktioniert es auch. Es entdingt uns, wenn wir arbeiten. Aber Marta sagt, wir sollen auch unseren Verstand benutzen. Einmal hat sie zu mir gesagt, wenn ein Mädchen schlau ist, muss sie ihr Gehirn trainieren wie einen Muskel, sonst wird sie verrückt. Aber so schlau bin ich nicht.«

»Du bist schlau, Issy.«

»Na, aber nicht auf die Art, wie Marta meint. Ich verwechsle immer die Namen von den Pflanzen. Eigentlich ist es echt total langweilig, mit ihr loszuziehen. Aber ausprobieren musst du's natürlich mal. Du warst ja auf der Schule und so. Du sprichst bestimmt schon Griechisch und Lateinisch.« Issy sah aus dem Fenster. »Es ist … es ist so ein bisschen, als will Sarah uns beibringen, wie man hier für immer leben kann, mit dieser Küche und immer denselben Bohnen, bis wir alt sind. Und« – hier flüsterte sie, als sei es etwas Gefährliches – »Marta will, dass wir in die Welt zurückkehren.«

25

»Ich musste nachsehen, ob du dir auch nichts antust.« Issy verschwimmt hinter dem erniedrigenden Sturzbach meiner Tränen. »Darf ich reinkommen?«

Ich wünschte, ich könnte ja sagen. Ich wünschte, ich könnte irgendwas sagen.

Sie hebt einen Fuß über die Schwelle.

»Mach das lieber nicht«, grummelt Xavier.

»Kannst du bitte irgendwas Sinnvolles tun? Woanders als hier?«

Xavier streicht sich die Haare aus der Stirn. Aber er gehorcht. Seine Schritte entfernen sich auf der Treppe. Blendend hell scheint das Licht auf meine alte Freundin, und sie nimmt für mich allein Gestalt an.

26

Abraham und Gabby und Philip kamen ins Haupthaus (Abraham, unausweichlich wie die Sonne; Gabby, genau und bedächtig; Philip mit einem Ausdruck auf dem Gesicht, den wir nicht kannten und der ihn von uns fernhielt). Sarah ließ den Kochlöffel fallen, Nora schoss aus der Küche auf Ephraims Schoß, Ephraim fütterte seine Tochter mit einer Gabel voll Krautsalat, Teresa sah auf von ihrer Diskussion mit Jim, Jim massierte Teresa die Schultern, während Tomas ihr die Hand ins T-Shirt steckte, Issy setzte sich unter dem Blick ihrer Mutter aufrechter hin, Xavier beobachtete seinen Vater, und Ben betrachtete Xavier, dann drehte er sich um und schaute die drei auch an.

»Liebe Leute!«, rief Abraham.

Die Behausten antworteten wie aus einem Mund: »Wir hören.«

»Ihr habt die Neuankömmlinge kennengelernt.« Abraham zeigte erst auf Philip (er wirkte auf jeden Fall irgendwie verändert; als ich versuchte, seinen Blick auf mich zu ziehen, tat er so, als merke er nichts). Als Nächstes machte Abrahams langer Arm eine ausladende Geste hin zu Xavier, der schüchtern winkte. Dann fand er mich. Ich konnte den Blick dieser sanften braunen Augen kaum ertragen, das Zucken seines Lächelns.

»Philip ist Maler. Durch unsere Botschafter in New York hat er von uns erfahren. Dort wohnte er damals.« Was für ein seltsamer Satz, als gehöre Gestern der fernen Vergangenheit an. »Er hat mein Manifest gelesen, und sie haben ihm von Zuhause erzählt, und ich vermute, was wir hier vorhaben, hat ihm gefallen.«

Die Behausten klatschten.

»Wir sprechen vom Entdingen.« Es wurde zustimmend genickt. »Wir sprechen viel vom Entdingen.« Gelächter. »Entdinge. Entdinge. Entdinge. Entdinge dich! Wir alle bemühen uns so, das zu praktizieren. Manchmal gelingt es uns. Und wir haben gelernt« – jetzt wandte Abraham sich Gabby zu, die immer noch neben seinem anderen Ellbogen stand –, »dass zum Entdingen manchmal eine Menge Dinge notwendig sind.« Gabby nickte einmal bestimmt. »Wir wollen abgekoppelt vom Versorgungsnetz leben. Wir wissen genau, dass das die einzige Methode ist, uns von den Verlockungen der Dingwelt zu entdingen. Aber um uns zu befreien, brauchen wir Maschinen, die Sonnenenergie und Windenergie nutzen. Für diese große Aufgabe, unsere eigene Oase zu erschaffen, brauchen wir Geräte, und Geräte kosten leider Geld.«

»Geräte«, fiel Gabby ein, »sind Dinge. Um diese zu kaufen, müssen wir schwierige Entscheidungen treffen. Es bedeutet, dass wir überlegen müssen, ob wir uns kurzfristig für Dinge entscheiden wollen, damit wir langfristig entdingt leben können. Rechtfertigt späteres Entdingen jetzt das Dingen?« Sie warf Abraham einen vielsagenden Blick zu. Er grinste wie ein Kind, das mit der Hand in der Keksdose erwischt worden war. »In diesem Punkt sind wir uns uneins.« Sie sprach wieder zu den Versammelten. »Aber wir sind nur zwei Stimmen. Wir wollen wissen, was ihr denkt.«

»Philip« – Abraham schlug Xaviers Vater auf den Rücken – »hat uns eine ziemliche Stange Geld angeboten. Er ist davon überzeugt, dass wir uns entdingen müssen. Die Idee, völlig unabhängig zu leben, sagt ihm zu. Das Schenken ist für ihn ein Akt des Entdingens. Aber. Das Geld, das Philip uns anbietet, ist unrein – verschmutzt von Öl und Blut und dem militärisch-industriellen Komplex. Von Patriarchat, Vergewaltigung, Ausbeutung von Frauen. Völkermord. Rassismus. Der Zerstörung unserer Erde. Dieses Geld zu benutzen, wird uns nicht leichtfallen. Aber Gabby und ich glauben, dass wir trotzdem darüber nachdenken müssen.«

»Nein«, sagte Amos. Der Alte war wieder beim Schnitzen und die Eule fast fertig. Er blickte nicht auf. »Das Geld nehmen wir nicht.«

»Da sprichst du nur für dich selbst«, erwiderte Jim.

»Es gibt kein Selbst«, knurrte Amos.

»Haargenau. Wir fällen unsere Entscheidungen gemeinsam.«

Amos sah Philip direkt in die Augen. »Wir nehmen dein Geld nicht an.«

Jim schlug mit seiner haarigen Hand auf den Tisch. »Das ist

doch Schwachsinn.« Er wandte sich an die Versammelten. »Der Alte spricht nicht für uns. Niemand hat uns was zu befehlen. Nicht mal Chef Abraham.«

Ephraim erhob sich. »Abraham hat noch nicht ausgeredet.« Jim senkte blitzschnell den Blick. Amos machte mit seiner Eule weiter.

Abraham nickte Ephraim zu, der sich hinsetzte. »Denkt über die Sache nach. Redet darüber. Stellt sie in Frage, so wie Gabby und ich das tun. Helft Philip zu verstehen, warum wir sein großzügiges Angebot nicht annehmen können, ohne über die Konsequenzen nachzudenken.« Abraham verzog den Mund zu einem ironischen Lächeln. »Er glaubt nämlich, ich bin ein sturer Esel.«

Gelächter brandete im Raum auf, gefolgt von Klatschen. Issy beugte sich zu mir vor und flüsterte: »Scheinbar hast du mir was verheimlicht.«

Mir wurde übel. Warum war unser Zuhause nicht mehr in New York? Warum hatte Philip uns vorher nichts davon gesagt, wohin er mit uns fahren wollte? Hatte Philip allen Ernstes beschlossen, den Unbekannten hier Geld zu schenken? Wusste Jane darüber Bescheid? Warum erfasste mich ein solches Schwindelgefühl, wenn Abraham mich ansah?

Issy stand auf, um ihren Teller wegzubringen. Ich hielt sie am Unterarm fest. »Was heißt entdingen?« Ich war selbst erstaunt über die Dringlichkeit in meiner Stimme.

Mitleid huschte über ihr Gesicht. Ihr Atem ging gleichmäßig, als sie sich zu mir herunterbeugte. »Dein Koffer – den Nora sich gegrapscht hat, mit deinen besonderen Sachen drin – dein Lieblingspulli, dein Tagebuch, was weiß ich? Nichts davon ist wichtig. Denk mal drüber nach. Du wirst ohne ein einziges Ding geboren, du hast nur deinen Körper. Aber die Welt, in der du aufgewachsen bist – wir nennen sie die Dingwelt – hat dir beigebracht, dass du Dinge brauchst. Weil das System dahinter – Kapitalismus – nur funktioniert, solange du immer mehr kaufst und besitzt. Aber irgendwann werden wir alle sterben. Keiner von uns kann ein Ding mitnehmen. Und so, wie es sich momentan entwickelt, werden uns die Dinge umbringen. Hier in Zuhause entdingen wir uns schon vor unserem körperlichen Lebensende. Das ist die einzige Möglichkeit, um die Umwelt und unsere Erde zu retten, aber das ist nicht der einzige Grund. Abraham sagt, wenn wir die Lüge der Anhäufung materieller Dinge draußen in der Dingwelt lassen, dann können wir so leben, wie es für uns bestimmt ist. In Freiheit.«

Issy wischte mir mit dem Daumen eine dicke Träne von der Wange. Sie vermutete, dass ich aus lauter Angst vor dem Entdingen weinte. Dabei war es eine Erleichterung, jemanden das aussprechen zu hören, was ich in dem Augenblick begriff, in dem du mich verlassen hast.

27

Das Haus und ich stoßen einen Seufzer aus. Wir lieben Isobel, die mit beiden Beinen so fest auf der Erde steht. Der Aufruhr ihres wilden Haars, als sie ins Zimmer kommt, das Donnern ihrer Füße, der beeindruckende Bergkamm ihres Busens (sie hat den Büstenhalter entdeckt, wie Großmutter das nennen würde), ihre pflaumenförmigen Wangenknochen und ihre kräftigen, offenen Hände, mit denen sie jetzt die Bücher wieder zu Stapeln zusammenschiebt, wie launische Lämmer. Xavier würde sie einfach ordentlich aufstapeln, aber Issy wirft dabei einen Blick auf die Buchrücken.

Oder vielleicht sieht sie sich ja auch nur an, wie gedingt ich geworden bin. Scham zieht an meinem Herzen. Ich bin kein bisschen besser als eine Elster – eine *Pica pica* – mit dem vielen Zeug, das ich angesammelt habe. Aber Issy lacht und sagt: »Du liest ja ganz schön viele Liebesromane.«

»Sind auch Klassiker dabei.«

Sie setzt sich aufs Fußende des Betts. »Sag mal, was soll der ganze Mist?« Damit meint sie nicht die Bücher. Die Frau vor mir sieht aus wie die Issy, die ich früher kannte – nach oben geschwungene Wimpern, Lippen wie Kissen –, aber natürlich ist sie verändert. Siebzehn Jahre sind vergangen seit jenem Abend im East Village, an dem sie mich fragte, wie es mir ging, und ich antwortete, ich sei froh wie ein Mops im Haferstroh – was nicht direkt gelogen war. Wer weiß schon, ob Möpse jemals froh im Haferstroh sind? Issys strahlendes Lächeln versteckt sich in den Schatten ihres gealterten Gesichts, aber hält sich schüchtern zurück, als sie mich mustert.

28

Mir kam die Bewegung hin zur Leichtigkeit des Entdingens äußerst heilsam vor. Mein Körper hatte sich schon seit Längerem auf diesen Weg begeben, aber ich hatte nach einer Philosophie gesucht, mit der ich das rechtfertigen konnte. Zuhause mit seiner intensiven Morgenröte und den Streifenhörnchen, die Nahrungsvorräte anlegten, mit seinen durch die Lüfte segelnden Falken und goldenen Kiefernnadeln, die unablässig von den Bäumen regneten, war ein Ort, der sein altes Selbst ständig abstreifte, um Gegenwart und Zukunft Platz zu machen – der perfekte Ausdruck von Abrahams Überzeugungen. Es war kein Wunder, dass ich von ihm gesehen werden wollte: Er bemerkte alles, was wichtig war. Bei der morgendlichen Reissuppe, die mit Ziegenmilch und Ahornsirup serviert wurde, erinnerte er uns daran, dass wir schon im Augenblick unserer Geburt wissen, wie entdingen geht: zu atmen, zu bluten, zu kacken heißt sich zu entdingen. Der Kampf kommt später, wenn wir lernen, Sachen zu horten.

»Der Trick besteht darin« – er sah uns durchdringend an, manchmal hatte man das Gefühl, er brauche gar nicht zu blinzeln –, »wieder in Kontakt mit euren Instinkten zu kommen und das auszuschalten, was die Dingwelt uns lehrt. Und damit ihr nicht denkt, dass ich diese harte Arbeit nicht zu leisten brauche, will ich es laut aussprechen: Auch ich bin schwach.« Er sah Gabby durch den langen Raum hinweg in die Augen. Sie nickte, als nähme sie eine Entschuldigung an. »Jeder Tag ist ein neuer Anfang. Jeden Tag versuchen wir es aufs Neue. Mit jedem Schritt, den meine Füße mich über die Erde tragen, wiederhole ich: ›Entdinge dich.‹ Mit jedem Schritt bewege ich mich darauf zu. Ich wünsche es mir so.

Aber jetzt will ich euch etwas fragen: Wann ist ein Ding kein Ding?«

Verwirrtes Gemurmel entstand.

»Oder vielleicht sollte ich besser fragen: Wann ist ein Ding mehr als ein Ding? Wann erhebt es sich über unsere Regeln vom Dingen und Entdingen, weil es mehr als ein Ding ist?« Er streckte die Hand in meine Richtung aus. Alle sahen mich an. »Zeig's ihnen.«

Ich zog den Hasen aus meinem Hosenbund, wo ich ihn jeden Morgen hinsteckte, seit ich ihn vor Nora gerettet hatte. Es war mir fürchterlich peinlich, Topsy hochzuhalten – am Rand meines Blickfelds merkte ich, wie Ben die Stirn runzelte –, aber dann sah ich Abraham in die Augen. Sein Blick beruhigte mich. Der Kopf des kleinen Schlappohrs fiel nach rechts.

»Bisher habe ich immer geglaubt, dass es zwei Kategorien gibt: Dinge und Nichtdinge. Aber seht ihr den Stoffhasen da? Dieser Stoffhase ist kein Ding. Er ist nicht nur ein bisschen Stoff und Füllung. Er ist Liebe. In ihm wohnt die Liebe von Saskias kleinem Bruder William.« Ich hielt den Kopf hoch. Philip hatte Tränen in den Augen. Aber ob er Topsy eingepackt hatte, war mir nach wie vor unklar.

»Ich habe immer sehr klar gemacht, wo ich meine Grenzen ziehe. Wir wollen uns entdingen, und das zu tun, ist richtig so. Aber manche Dinge sind wichtiger als andere. Vielleicht ist es richtig, die Dinge loszuwerden, die keine Liebe in sich haben, und die Dinge zu behalten, die voller Liebe sind. Ich möchte hier vor euer aller Ohren Saskia danken, dass sie uns das gelehrt hat.«

Ein Geflüster ging durch den Raum. Ben hatte die Arme verschränkt und sah aus dem Fenster. Warum hasste er mich?

Abraham lachte, als er die Reaktion auf seine Rede sah. »Ich habe ja nicht gesagt, ihr sollt alle zu Kmart fahren! Sarahs Sauerteig – ist das ein Ding?« Sarah errötete in der Küchentür. Ephraim hob den Kopf, als müsse er sie verteidigen.

»Das ist Essen«, sagte Amos. Mittlerweile schnitzte er einen Fuchs. »Zählt nicht.«

»Und deine Harke, Amos? Ephraims Hammer?«

»Werkzeug.«

»Philips Bilder?«

Philip hielt die Hände hoch, eine Geste, die »Haltet mich da raus« bedeuten sollte.

»Philips Geld?«

Amos blickte auf, Jim auch, Gabby und Ephraim rutschten auf die Kante ihrer Stühle. Abraham hielt die Hände hoch, um ihnen Einhalt zu gebieten, bevor sie etwas sagen konnten. »Wenn wir uns Philips Geld zunutze machen, bringt das mehr Liebe in die Welt, daran habe ich keinerlei Zweifel. Es wird uns erlauben, unser Wissen mit der Dingwelt zu teilen. Aber dieses Geld ist ein Ding, das aus vielen schrecklichen Dingen geboren ist – viel schrecklichere Dinge als der kleine Stoffhase da in Saskias Hand. Und trotzdem, was wir uns mit diesem Geld leisten könnten, was wir der Dingwelt zurückgeben könnten …? Ich habe das Gefühl, das ist Liebe.«

»Ich muss Unkraut jäten«, sagte Amos, bevor Jim den Mund aufmachen konnte. Das Frühstück hatte sich zu lange hingezogen. Wir machten uns alle an die Arbeit.

29

Ich sehe mich durch Issys Augen: ein kauerndes Häufchen Elend.

»Hast du das Sprechen verlernt?«

Nein. Aber das sage ich ihr mit einem Kopfschütteln.

»Und was ist dann um Gottes willen los mit dir?«

»Xavier ist schuld.« Ich klinge wie ein weinerlicher Teenager.

»Ich dachte, du bist so dicke mit Xavier.« Höre ich da einen Hauch von Eifersucht?

»Er sagt, Abraham ist wieder da.«

»Und das gefällt dir nicht?«

»Gefällt es dir etwa?«

»Gefällt es mir, dass er das gesagt hat? Oder dass er glaubt, Abraham ist wieder da?« Sie wendet ihren anmutigen Hals dem Fenster zu. »Wenn ich ganz ehrlich sein soll, habe ich eigentlich nie geglaubt, dass Abraham tot ist.«

»Aber seine Leiche im –«

»Bei Gabby wusste ich, dass sie tot war. Ich konnte sie nicht mehr hören.« Sie legt die Hand aufs Herz. Ihr Blick richtet sich wieder auf mich. »Hast du es nicht auch gewusst, mit deinem Bruder?«

Mutter und Daddy, wie sie im engen Durchgang zwischen Salon und Eingangshalle miteinander rangen, ihre Hände an seiner Kehle, wie er knurrte, als er versuchte, sie abzuschütteln, und wie ich in diesem Augenblick verstand, dass ich nicht da stehenzubleiben und auf das zu warten brauchte, was gleich mit mir passieren würde.

Issy klopft sich an die Brust. »Wenn du hinhörst, hörst du in dir immer noch Abraham, der dir sagt, was du glauben sollst. Er lebt, Saskia. So leicht sind wir nicht davongekommen.«

30

Im Lauf des Sommers, als aus Juni Juli wurde, wuchs etwas Geheimes in mir, das ich niemandem erzählen konnte, nicht mal Issy. Es hatte damit angefangen, dass Abraham am Tag unserer Ankunft die Feder aus der Luft gefangen hatte. Eigentlich glaubte ich nicht an Übersinnliches. Rational wusste ich es: Es war unmöglich, dass du mir die Feder aus dem Jenseits gereicht hattest. Bekloppt, anzunehmen, dass du mir auf deine überirdische Art sagen wolltest, Zuhause sei mein wahres Zuhause und ich sei auf diesem Stück Land in Sicherheit. Aber es fiel mir schwer, das nicht zu glauben. Dann kam die Sache mit Topsy, irgendjemand hatte ihn in meinen Koffer gesteckt, obwohl ich mir sicher war, dass ich ihn in New York gelassen hatte. Dann Abrahams Erlaubnis, ihn als mein eigenes Ding zu behalten, und Abrahams Leuchten.

Ich schreckte einen Kardinal auf; er flog so dicht an mir vorbei, dass sein Flügel meine Wange streifte wie ein Kuss. Was konnte das anderes sein als ein Kuss von dir? Dein lautloser Kussmund, der Wildgeruch deiner Kopfhaut, der Wind deines Atems – alles vereinigte sich in der blitzschnellen Berührung eines roten Flügels.

Issy und ich fuhren mit dem Kanu raus zu Blueberry Island und spielten sechs Runden Speed mit ihren zerknickten, schmutzigen Karten. Wir füllten einen Metalleimer, händeweise fielen uns die Blaubeeren entgegen. Zurück am Ufer stieß irgendetwas Unsichtbares von unten gegen den Eimer, und die Beeren kullerten über den Boden. Die aufgedrehten kleinen Diebe Tomas und Nora stürzten sich sofort darauf. Das Geplapper deines Kicherns drang mir mit einem Windstoß ans Ohr, aber als ich herumfuhr, um dich festzuhalten, warst du verschwunden.

In einer warmen Nacht, in der die Frösche sangen, saß ich auf der Veranda des Blockhauses. Am Seeufer loderte das Lagerfeuer. Gelächter tönte herauf, als Amos eine puritanische Geschichte von einer bestraften Hure und einem geizigen Gentleman erzählte.

Noch hatte ich nicht vom Brot abgebissen – ich wollte erst den Gedanken daran richtig genießen, bevor ich es in den Mund steckte. Ich legte den Brotkanten auf die Armlehne des Adirondack-Stuhls, da kam Issy und versuchte, mich zum Kartenspielen zu überreden. Ich sagte, ich würde gleich nachkommen und sah ihr hinterher, wie sie von der Nacht verschluckt wurde. Ich nahm das Brot in die Hand. In der Kruste fand ich eine Überraschung: der klar zu erkennende Halbmond deines Zahnabdrucks. Die Kinder waren nicht in der Nähe – Nora saß am Lagerfeuer, und Tomas war schon vor Stunden auf Teresas Arm eingeschlafen.

Ich war ein vernünftiges Mädchen, aber die einzige vernünftige Erklärung – die überall mit Ausnahme der dinglosen Welt unvernünftig klänge – war, dass auch du schon in Zuhause heimisch geworden warst.

31

»Und wenn schon? Dann ist Abraham eben am Leben«, werfe ich ein. »Macht das was?« Mir stehen die Haare auf Armen und Beinen zu Berge, aber meine Stimme ist ruhig.

»Was weiß ich, Saskia, er könnte es zum Beispiel unseren Verwandten erzählen, und unseren Chefs, und der Polizei, dass wir jemanden ge–«

»Psst.« Ich bin aufgesprungen und halte ihr den Mund zu. Es ist ein reiner Reflex, wie der Würgereflex, wenn man etwas Verdorbenes gegessen hat.

Sie wartet darauf, dass ich die Hände wegnehme. »Du glaubst also, wenn wir nicht drüber reden, können wir so tun, als sei es nicht passiert?«

32

Sarah bewahrte die Mutter in einem Farbeimer auf, der mit einem Stück Leinen bedeckt war. Sie fütterte das Anstellgut jeden Morgen und machte jeden Abend einen Anfrischsauer, und sehr früh, bevor es hell wurde, benutzte sie den Sauerteig, um Brotteig daraus zu machen. Sauerteig besteht aus nichts als der Mutter, Salz, Wasser und Mehl, aber die Temperatur und das Licht und die Luftfeuchtigkeit spielen auch eine Rolle. Sarah war äußerst bewandert in dieser Sprache der flüchtigen Substanzen, hatte ein Gefühl dafür, wie warm das Wasser an diesem Tag sein musste, ob mehr oder weniger Sauerteig als am Vortag zugegeben werden sollte, wie lange das Brot genau gehen musste. Alle waren dabei, wenn es ums Essen der Brote ging, aber wie ich bald herausfand, war ich so ziemlich die Einzige, die Geduld für die viele Arbeit und starke Hände zum Kneten hatte, der es nichts ausmachte, dass sich die Haare auf meinen Unterarmen zu einer mehligen Kruste verklebten. Es dauerte nicht lange, bis ich mich im Morgengrauen zu Sarah in die Küche gesellte, in der es stark nach gehendem Brot roch. So fand ich auch heraus, dass die an den Wänden hängenden Zeichnungen von ihr stammten – die Füchse und Meisen und Paddelboote. Wenn ich es früh genug ins Haupthaus schaffte, sah ich Sarah allein mit einer Tasse Tee in dem riesigen, dunklen Raum sitzen, wie sie bei Kerzenlicht eine Zeichnung anfertigte. Einmal fragte ich sie, ob sie das Stinktier schon in Wirklichkeit gesehen hatte, und sie stand auf und fragte schnell etwas zum Speiseplan für den Tag, und ich wusste, dass ich etwas so Privates angesprochen hatte, dass ich mich noch nicht einmal dafür entschuldigen sollte.

Wir arbeiteten schweigend mit völliger Konzentration. Bei Sonnenaufgang ließ sich auch Teresa blicken und fing an zu schälen, zu schnippeln und zu kochen. Die Behausten erschienen ungefähr eine Stunde später zum Frühstück, was ich als Signal nahm, dass ich gehen durfte. Aber bevor ich loszog, drückte Sarah mir einen Muffin oder ein dickes Stück Brot in die Hand, auf das sie eine goldene Honigwabe oder ein wenig Rindertalg gestrichen hatte. Diese kleinen Geschenke schienen mir wertvoller als alles, was ich je von meiner eigenen Mutter bekommen hatte. Dabei hatte sie mir das Leben geschenkt.

Schon so früh unterwegs zu sein, machte mir nichts aus. Jeder Tag hielt eine Überraschung für mich bereit: ein herzförmiger Stein, der auf dem Weg lag, ein Vogelkonzert mit den ersten vier Noten des ABC-Lieds. Seit ich wusste, dass du in der Nähe warst, suchte ich mit Feuereifer nach Beweisen deiner Rückkehr.

An diesem windigen Tag kratzten auf dem Weg den Hang hinab Farne an meinen Fersen. Ich kam an den Hühnern und Ziegen vorbei, dann am Garten. Es war noch Frühstückszeit, aber ich hatte schon viele Stunden bei Sarah in der Küche verbracht. Ich bemerkte Ben, der mir entgegenkam; etwas an den sonnenbetupften Ahornblättern und dem Muffin in meiner Tasche füllten mich mit Hoffnung. Ich dachte an Sarahs letzte Zeichnung, ein Elch, der ein Bein hob, während er über eine Lichtung hinwegblickte; sogar auf dem Papier wirkte das Tier echter als der arme, geköpfte Grimm, der bei uns an der Wand hing. Bevor Ben mir zu nahe war, sagte ich: »Deine Mom ist echt eine gute Künstlerin.«

Er zuckte zusammen. Er hatte mich nicht bemerkt. Er trat neben den Pfad, um mich vorbeizulassen. Beim Näherkommen roch ich die Ziegenmilchseife, mit der er sich gewaschen hatte, und seinen hartnäckigen Schweißgeruch, und ich konnte nicht anders, ich musste ihm ins Gesicht sehen. Ich war überrascht, wie neugierig und erfreut er mich anblickte. Ein Faden war straff wie eine Saite zwischen uns gespannt. Wenn man sie angeschlagen hätte, wäre ein schöner Klang entstanden. Aber dann wandte er den Blick ab. Er ging bergauf, und sein breiter Rücken erinnerte mich an seinen Vater – an Ernst und Entschlossenheit.

Ich ging weiter. Es war nur der Rausch des Gesehenwerdens, sagte ich mir. Aber plötzlich schien die ganze vom Wind zerzauste dinglose Welt in Feierlaune zu sein. »Entdinge dich«, sagte ich bei jedem Schritt, genau wie Abraham. Der vertraute Pfad führte um eine Biegung nach unten. Ungefähr fünfzig Meter vor mir trat auf einmal Marta aus dem Wald, die alte Frau, die noch nicht mal in Zuhause wohnte. Ihr Blick war von mir abgewandt in die Bäume gerichtet. Ich könnte es genau wie bei Ben machen, weitergehen, eine unverfängliche Bemerkung über das Sammeln fallen lassen, aber ich versteckte mich schnell hinter einer Zitterpappel.

Die kleine drahtige Frau trug denselben L. L. Bean-Rucksack wie am ersten Tag. Einer der ausgefransten Gurte war mit Zahnseide repariert. Sie redete mit jemandem hinter sich. Es war weniger reden als schimpfen; sie sprach zwar mit leiser Stimme, aber an der Vehemenz, mit der sie den erhobenen Finger schüttelte, sah ich, dass sie jemandem gehörig die Meinung sagte.

Ich beugte mich ein wenig vor und lehnte mich mit der Wange an die glatte, silberne Rinde des Baumes, um einen Blick auf denjenigen zu erhaschen, den sie zur Schnecke machte. Mit ihren Handbewegungen durchschnitt sie die Luft. Aus dem Wald hinter ihr tauchte Abraham auf. Noch nie hatte ich ihn aus der Ruhe kommen sehen, nicht mal auf dem Anleger mit Gabby, aber jetzt war er zornig. Die beiden bauten sich auf dem Pfad voreinander auf. Selbst von weitem ließ sich erkennen, dass Marta es ihm zeigte – eine Frau, kaum halb so groß wie er und doppelt so alt.

Der Wind trug ihre Stimme an mein Ohr – »hast kein Recht, ihr die Chance zu verbauen, das hier zu dem zu machen, was du versprochen hast, nur weil« – weiter war nichts mehr zu hören. Für wen hielt sie sich bloß, dass sie ihn so ausschimpfte? Sie war nicht mal eine Behauste. Jemand rief ihnen vom Wasser aus zu – Ephraim vielleicht. Abraham hob die Hand zum Gruß, und im selben Augenblick war sein ganzes Wesen wieder so selbstsicher wie immer.

Ich beobachtete Marta, die die Verwandlung an Abraham bemerkt hatte. Sie schüttelte den Kopf. Ihr Pullover blitzte weiß aus dem Unterholz hervor, als sie allein im Wald verschwand.

Abrahams Schultern fielen ein. Er fuhr sich mit der Hand durch die Haare. Er hob den Blick hoch zum Himmel, atmete ein und aus. Ich flitzte ein paar Schritte weiter weg auf den Pfad und ging mit nichtsahnender Miene auf ihn zu.

Er hörte meine Schritte. Er drehte sich bergauf und winkte mir genauso überschwänglich zu wie Ephraim. »Du bist nicht beim Frühstück?«

Ich hielt den Blaubeer-Muffin hoch, den Sarah für mich aus dem Ofen geholt hatte, bevor ich losgegangen war. Aus der Nähe roch Abraham nach Terpentin, verschwitzten Achseln, und etwas Untergründigerem: Schlaf, oder Schmutz. Nicht Sex, aber so geheim wie Sex. Ihn in dieses Streitgespräch verwickelt zu sehen, hatte etwas in mir aufgewühlt. Ich verspürte denselben starken Wunsch, ihn zu küssen wie bei Xavier, ihn aufzufressen oder zumindest etwas in der Art. Ich errötete, als er mir seine warme Hand auf die Schulter legte.

»Du bist nicht mehr traurig.« Ich merkte, dass er recht hatte. Glücklich war ich nicht – glücklich würde ich nie mehr sein – aber traurig war ich auf jeden Fall auch nicht mehr, oder zumindest nicht mehr ausschließlich. Die Sehnsucht nach dir hatte sich in etwas anderes verwandelt, jetzt, wo wir beide eine Heimat in Zuhause fanden. Ich tastete in meinem Hosenbund nach Topsy und drückte sein Fell.

»Darüber freue ich mich, Saskia. Aber wir können das Glück nicht finden, wenn wir das Leben von jemand anderem leben. Das ist dingen.« Er machte einen Schritt vor und berührte mich wieder, diesmal an beiden Schultern. »Du bist etwas ganz Besonderes, Saskia. Du bist genug. Die Arbeit deiner Hände ist etwas Besonderes. Das muss reichen.«

»Ich helfe Sarah in der Küche.« Das würde ihn doch sicher beeindrucken.

»Es ist so, wie es sein soll.« Er legte die Hand aufs Herz. »Aber du musst deinen eigenen Weg finden. Deine eigene Berufung. Ich wünsche es mir so.«

Er fasste mit der rechten Hand hinter sich in den offenen Leinenbeutel, den er bei sich trug. Er zog eine kleine Axt heraus – ein Hackebeil. Der abgenutzte Griff war so lang wie dein Schienbein. Er hielt das Beil zwischen uns – die eckige Schneide in seinem Handteller, der glatte Griff zeigte auf mich: eine Einladung. Das Beil war das Gegenteil von Topsy, schwer und für die Arbeit gemacht. Vorsichtig fuhr ich mit dem Finger über die alte, dunkle, an manchen Stellen angelaufene Schneide. Sie war nicht halb so scharf, wie ich gedacht hatte.

33

»Wir haben jemanden getötet.« Wie Issy das sagt – als würden wir über das Wetter reden. »Wir haben jemanden getötet, den wir liebhatten. Macht es das noch schlimmer? Zumindest empfinde ich es so. Auch wenn das nicht sein dürfte. Es ist schlimm genug, dass wir jemandem das Leben genommen haben.«

Sie kann die Hände nicht stillhalten. »Wir waren Kinder. Ist das eine Entschuldigung? Wir waren zu fünft. Macht es das schlimmer? Fünf Leute haben zusammen einen Mord geplant und ausgeführt, und niemand hat etwas dagegen unternommen. Als wir ungestraft davonkamen, haben wir geglaubt, das ist gut so. Dabei war das erst richtig schlimm. Und jetzt weiß jemand Bescheid.«

Sie sieht sich um in Mutters Traum in Rosa: die Schärpen an den Vorhängen, die Streurosen auf dem Sessel. Sie sagt: »Mit deiner Vorgeschichte, die ganze Sache mit deinem Vater … da ist mir schon klar, dass du wahrscheinlich gehofft hast, wenn wir bloß alles unter den Teppich kehren, ist es besser für alle Beteiligten. Wenn es kein Verfahren und keine Presse gibt und wir einfach nur mit dem Wissen leben müssen, was wir getan haben. Aber ich finde es nicht besser. Ich fühle mich kein bisschen besser. Und du?«

35

Auf einsamen Streifzügen durch den Wald suchte ich nach dir; bestimmt würdest du dich irgendwann in fester Form zeigen. Du würdest nicht immer nur Küsse des Winds und Federn in der Luft bleiben. Ich tat so, als würde ich sinnvolle Dinge mit dem Beil machen. Ich versuchte mich am Fällen halb verrotteter Bäume, bis einer um ein Haar Ephraim vom Dach einer Hütte gefegt hätte. Ich versuchte, Feuerholz zu hacken, aber Amos schalt mich: »Mensch, nimm den Spalthammer, Mädchen; mit dem Hackebeilchen kommst du nicht weit.«

Hinter dem Haupthaus standen nicht so viele Hütten, das hieß weniger Leute, die unserer Wiedervereinigung in die Quere kommen könnten. Dort fand ich deine Fußspuren. Sie mussten von dir stammen; ich erkannte deinen überlangen zweiten Zeh. Ein flaumiges Büschel deiner blonden Haare hing aus einem Vogelnest, aber ich konnte leider nicht hinaufklettern, um es zu berühren. In der Abenddämmerung hatte Tomas auf die Feldsteinmauer gezeigt, die das Grundstück begrenzte, und mir erzählt, er hätte einen heimlichen Freund, der dahinter wohne und herauskäme, wenn der Himmel so sei wie jetzt, »hell und dunkel gleichzeitig«. Dann käme der Freund heraus und wolle Verstecken spielen. Du. Ich war mir völlig sicher: du, du, du.

Dort hinten bei der Mauer stand auch ein toter Baum beziehungsweise ein beeindruckender Stumpf, der einst ein Baum gewesen war und dessen Krone jetzt auf dem Waldboden vermoderte. Der noch stehende Stamm hatte sich in einen riesigen Zahnstocher aus morschem Holz verwandelt. Ich hatte mir angewöhnt, dir kleine Stückchen meiner Brotkrusten zwischen zwei Baumwurzeln zu legen. An diesem Tag lag meine letzte Gabe noch an der Stelle, wo ich sie hinterlassen hatte. Es hatte nicht den kleinsten Hinweis auf dich gegeben, nicht einmal einen Hauch in meinem Haar. Ich war offen gestanden ein bisschen wütend – ich war so geduldig, und was ich wollte, war so einfach. Warum hast du dich nicht einfach gezeigt, wenn du doch so nah warst?

Das Beil war schwer. Frustriert ließ ich es fallen. Das war reine Dummheit – ich hätte mir die eigenen Zehen abhacken können. Ich musste es vehementer zu Boden geschleudert haben, als ich gemerkt hatte, weil es sich mit der Schneide in eine Wurzel bohrte. Und ich dachte: Aha – ich könnte ja lernen, wie man das Ding schleudert. Abraham hatte ja gesagt, ich solle etwas Besonderes damit tun; ein Teil von mir glaubte, hoffte, träumte, ich würde mit dem ersten Versuch herausfinden, dass ich eine begnadete Beilwerferin war. Das Werkzeug würde mir aus den offenen Händen segeln, beim Flug durch die Luft seinen eigenen sirrenden Wind erzeugen und sich mit hungrigem Zahn ins Holz fressen.

Ich trat zwanzig Schritte zurück. Zu weit. Fünf nach vorn. Das musste doch zu schaffen sein. War es wirklich so schwierig?

Ich brauchte fünfundvierzig Versuche, bis die Klinge das Holz auch nur berührte, und nochmal fünfundzwanzig, bis es unten im Stamm hängen blieb.

»Hartnäckigkeit zahlt sich aus.«

Ich zuckte zusammen und sah Marta wenige Schritte hinter mir stehen, als ich mich umdrehte. Ich hatte nicht mitbekommen, dass sie sich genähert hatte, ihre Schritte trotz trockenen Laubs auf dem Waldboden nicht einmal gehört. Ihr bedrückter Gesichtsausdruck ärgerte mich, als sei mein Triumph für sie Anlass zur Trauer. Ich ging schnell zu der Stelle, an der sich Schneide und Holz vereinigt hatten, und zog das Beil heraus. »Ich habe gesehen, dass du dich mit Abraham gestritten hast«, sagte ich.

»Ich mag es nicht, wenn er sich wie der Alleinherrscher aufführt.« Sie musterte mich eingehend, als versuche sie etwas herauszufinden. »Ich heiße Marta. Und du bist Saskia.« Sie zeigte auf den Baumstumpf. »Und das ist *Fagus grandifolia,* ansonsten auch als Amerikanische Buche bekannt – von Lateinisch *Fagus,* Buche, *grandis,* groß, und *folium,* Blatt. Schattenliebend, und für gewöhnlich ein Zeichen, dass sich ein Wald im letzten Sukzessionsstadium befindet. Du würdest sagen, der Baum ist tot, stimmt's?«

»Ja.«

»Du hast recht, aber nur ein klitzekleines bisschen. Der hier ist wahrscheinlich dem *Cryptococcus fagisuga* zum Opfer gefallen, gemeinhin Buchenwollschildlaus genannt. Diese Laus greift die Borke an, bohrt ein Loch hinein, in das dann ein Pilz der Gattung *Nectria* eindringt. Aber jetzt kommt der gute Teil.«

»Daran gibt's was Gutes?«

Sie grinste, die Sonne kam hinter einer Wolke hervor. »Während das stehende Totholz – so nennt man den toten Baum, wenn die Krone abgebrochen ist – immer weiter verrottet, machen sich Mikroorganismen breit. Die Schwämme, Insekten und Spechte kommen. Du kannst dir Totholz als eine Art Hotel vorstellen. Der Baum ›stirbt‹ vielleicht, aber in Wirklichkeit lebt unheimlich viel in ihm und auf ihm, und er trägt aktiv zum Leben des Waldes bei. Man kann sogar sagen, dass diese Buche in den Jahren zwischen Befall und Humus, was bei dieser hier ziemlich schnell gegangen ist, – bei manchen Bäumen, Ahorn zum Beispiel, kann der Niedergang bis zu achtzig Jahre dauern – mehr Leben erhält, als sie das zu Lebzeiten getan hat.« Ein schwarzweißer Vogel kam herangeflogen. Marta erstarrte, also tat ich das auch. Der Vogel flatterte oben auf den Stumpf und fing an, mit dem Schnabel darauf einzuhacken. Das laute Hämmern schallte durch den Wald. Marta flüsterte. »Siehst du? *Dryobates pubescens*, der Dunenspecht, der sich ein paar Würmer zum Mittagessen holt.«

Ich hätte gern so getan, als wären mir diese vielen Informationen egal, hätte gern die Tatsache ignoriert, dass diese komische kleine Frau irgendwie von meinem Riesenhunger nach den Namen der Dinge wusste. Seit Großmutter mir gesagt hatte, dass am Teufelsspaziergang keine weinroten Bäume standen, sondern Japanischer Fächerahorn, sehnte ich mich nach den Namen. Ich sah zu Boden. Vor meinen Füßen wölbten sich die Kiefernnadeln ein wenig hoch. Es war ein seltsamer kleiner Buckel; es gab keine Erklärung für diese Erhebung unter den Nadeln. Ich ging in die Hocke und schob die Nadeln beiseite. Ein Käfer krabbelte heraus. Eine Ameise rannte über meinen Daumen. Garantiert kannte Marta auch deren Namen, aber ich würde sie nicht fragen. Der Duft des feuchten, lehmigen Erdreichs von Maine füllte meine Nase, zusammen mit einer dunkleren Note verrotteten Laubs. Ich spürte den Blick der Frau auf mir, als ich die Finger hineingrub.

Unter den Humusschichten lag eine Überraschung. Eine weiße Kuppel, wie etwas aus einem Science-Fiction-Film. Aber dann verstand ich schnell, dass es kein Alien war. Es war ein Erdling: ein Pilz.

Marta kam zu mir. Sie wandte ihre ganze Aufmerksamkeit dem Pilz zu. Ihr Gesicht wirkte begeistert, als begrüße sie eine alte Freundin. Ein bisschen fragte ich mich, ob sie mich mit den Namen für das, was uns umgab, verhexte. Auf einmal bemerkte ich ganz neue Dinge. Als seien es Zauberworte.

Marta öffnete ihren Rucksack und holte ein Taschenmesser heraus. Sie klappte es auf und hielt es mir hin, als wisse ich, was zu tun war. Ich schüttelte den Kopf. Der Pilz reichte viel tiefer in die Erde hinein, als ich gedacht hätte; sie fasste mit der Hand unter das Laub, bis sie fast verschwunden war. Sie schnitt den Pilzfuß tief unten ab und hielt das leuchtend weiße Gewächs ans Licht.

»*Amanita bisporigera*«, sagte sie. Wie sie das sagte, klang es wie ein Liebesgedicht. Sie zeigte mit der Messerspitze auf verschiedene Teile der Pflanze, als kenne ich mich aus mit den wissenschaftlichen Bezeichnungen, die für meine Ohren ziemlich pornographisch klangen: Der »Annulus«, der Ring um den Stiel; die »Scheide«, eine tassenförmige Knolle unten am Fuß.

»Kann man das essen?«, fragte sie und hielt mir den Pilz vor die Nase. Ich wusste nur eins über Waldpilze: auf keinen Fall essen. Sie ließ die Augenbrauen hüpfen und den Pilz vor ihrem Mund tanzen. »Soll ich ihn in den Mund stecken?«

Es schien, als frage sie mich das ganz im Ernst. Sie wusste ja, wie der Pilz und seine Einzelteile hießen, oder? Sie brachte ihn an die Lippen.

Ich nickte.

Sie öffnete den Mund. Brachte den Pilz immer näher. Einen Zentimeter von ihrer Zunge entfernt stoppte sie. »Man bekommt etwas Bauchgrummeln. Aber das geht wieder vorbei. Wenn die Symptome schlimmer werden, ist es schon zu spät. Leber und Niere versagen. Man fällt ins Koma. Dann stirbt man. Das schafft dieser unauffällige kleine Kerl aus unserem Waldboden.« Sie hielt mir den Pilz wieder unter die Nase und wollte, dass ich ihn mir genau ansah. »Er hat auch einen Namen, unter dem ihn mehr Leute kennen: der Todesengel. Er und die anderen Knollenblätterpilze enthalten Amatoxine, und die sind für praktisch alle tödlichen Pilzvergiftungen verantwortlich.« Und trotzdem betrachtete sie den Knollenblätterpilz so zärtlich, als sei er ihr Freund. »Ich würde auch gern mal«, sagte sie.

Ich hatte mein Beil ganz vergessen, aber das meinte sie. Sie warf den Pilz in den Wald und streckte dieselbe Hand aus. Ich gab ihr das Werkzeug. Aber wie sollte jemand, der so alt – und dazu so klein – war wie sie, es schaffen, das Beil so zu schleudern, dass es stecken blieb? Sie fuhr mit der linken Hand, dann der rechten, über den Griff. Sie befühlte den Axtkopf – erst die Schneide, dann das Gewicht im Handteller. Ich folgte ihr zu der Stelle, an der ich es so viele Male probiert hatte. Sie wirkte sehr klein neben mir. Marta stellte sich auf, die Füße hüftbreit. Sie hob die rechte Hand über den Kopf und machte mit dem linken Fuß einen Schritt nach vorn. Das Beil durchschnitt die Luft mit dem Geräusch, auf das ich von Anfang an gehofft hatte. Die Schneide grub sich so tief in den Stamm, als sitze sie dort seit Jahren fest.

Marta setzte den Rucksack auf und wollte weitergehen.

»Warte.«

Sie drehte sich zurück – sie sah mich nicht an, schien aber sagen zu wollen: Na schon, dann frag. Ich hatte unendlich viele Fragen: Warum sie sich so gut mit Pilzen und Bäumen und Vögeln auskannte, warum sie in ihrem Alter und mit ihrer Größe so gut Beilwerfen konnte, warum sie sich so lautlos angeschlichen hatte, und worüber sie sich mit Abraham gestritten hatte, warum sie meinen Namen so bedeutungsvoll ausgesprochen hatte, warum sie nicht in Zuhause wohnte. Aber nichts davon kam mir über die Lippen.

Sie sagte: »Komm mich doch mal besuchen.« Und damit verschwand sie im dichten Unterholz.

35

»Wenn Abraham am Leben ist, kann er überall herausposaunen« – Issy unterbricht sich, die Selbstzensur greift –, »was wir getan haben.« Sie betrachtet mich mit seltenem Widerwillen. »Selbst wenn es sich nicht beweisen lässt, selbst wenn wir nicht ins Gefängnis kommen, heißt es trotzdem, dass wir vom Rest der Welt anders gesehen werden. Dir ist das natürlich egal, aber ich –«

»Seit wann juckt es dich, was andere Leute über dich denken?«

»Wer ein normales Leben führt, hat keine Wahl.«

Issy ist ihr ganzes Erwachsenenleben eigentlich immer unterwegs gewesen, von Kalifornien nach Senegal, von Mexiko nach Santa Fe, und hat nie mehr als einen Rucksack und ein Paar Schuhe besessen. Sie ist keine Hausbesitzerin und zahlt auch keine Steuern. Einmal ist sie lieber zwanzig Kilometer zu Fuß durch einen Schneesturm in Alaska gelaufen, als bei einem Mann einzusteigen, der eine alte Frau angeschrien hatte, die ihm beinah vors Auto gelaufen war. Aber sie klingt sehr bestimmt. Etwas hat sich verändert.

»Macht es dir wirklich nichts aus, wenn andere erfahren, dass du jemanden ermordet hast?«, fragt sie.

»*Du* weißt, dass ich jemanden ermordet habe. Damit habe ich bisher ganz gut gelebt.«

Issy seufzt, als sei ich ein unmögliches Kind.

»Und außerdem … warum würde Abraham es wohl jemandem verraten?« Ich weiß, dass ich nach dem letzten Strohhalm greife. »Da würde er sich doch selbst mit hineinziehen.«

»Wer außer uns fünf weiß, dass er uns dazu gebracht hat? Ganz im Ernst, Sask? Fällt dir jemand ein?«

Sagen werde ich das niemals, aber ich denke an dich. Jetzt ist das Wort »ermordet« ausgesprochen, und ich zappele wie ein frisch gefangener Fisch im Netz. Sobald ich diese Erinnerung zulasse, muss ich natürlich auch an dich denken.

»Abraham hat seine Hände in Unschuld gewaschen«, erwidert Issy. »Da hat er gut aufgepasst.« Tränen treten ihr in die Augen, ein Wolkenbruch der Trauer, aber sie weint nicht. »Weißt du, was ich am schrecklichsten finde? Wie ich meine eigene Mutter behandelt habe, seinetwegen. Und sie war die einzig Vernünftige in Zuhause.«

»Aber du hast gute Zeiten mit ihr zusammen gehabt.« Ich versuche, sie zu trösten. »Später. Du hast sie gefunden, ihr habt viel nachgeholt. Ihr habt ein ganzes Leben zusammen gehabt.«

»Und dann hat der Krebs sie aufgefressen. Sie hat gesagt, irgendwann kommt für jeden die Abrechnung.«

»Du glaubst, Abraham ist unsere Abrechnung?«

Von unten aus dem Garten ist ein gellender Schrei zu hören, der mir durch Mark und Bein geht. Ich bin schon am Fenster und erwarte, etwas Grässliches wie aus einer mittelalterlichen Illustration am Boden zu sehen. Momentan ist es nur ein Geräusch, aber es wirft seinen Schatten durch den Garten.

36

»Und, was meinst du, wie viel gibt er ihnen?« Ich schlug nach einem Moskito, aus der Familie der *Culicidae* (das hatte ich in einem der Lexika nachgeschlagen, die im Haupthaus vor sich hinmoderten). Ich lag oben im Stockbett, unter mir Xavier. Fast alle saßen am Lagerfeuer, aber wir flüsterten trotzdem miteinander; Philips Geschenk an Zuhause war ein brisantes Thema, auch wenn Abraham uns aufforderte, offen darüber zu diskutieren. »Vierzigtausend Dollar? Viertausend?«

»Woher soll ich das wissen?«, knurrte Xavier. »Mir hat er gesagt, ich soll mich da nicht einmischen.«

»Oder meinst du, Ben hat recht?« Mir wurde schon schlecht, wenn ich den Namen nur in den Mund nahm. Seit dem Tag auf dem Waldweg, als wir uns in die Augen gesehen hatten, mied er mich noch mehr als zuvor. Er sorgte dafür, dass er Xavier für sich hatte, aber Xavier bemerkte es entweder nicht oder tat nichts dagegen. Ich redete eindringlicher. »Vierhunderttausend Dollar finde ich einfach viel zu viel Geld, um es Leuten zu schenken, die man eigentlich gar nicht kennt.« Ben hatte Xavier erzählt, er habe seine Eltern belauscht, wie sie mitten in der Nacht über diese Zahl gesprochen hätten. Wie die meisten anderen Frauen war auch Sarah davon überzeugt, Zuhause solle das Geld annehmen.

»Warum ist dir das so wichtig?«, fragte Xavier.

Ich wusste, dass meine Stimme aufgekratzt klang und Xavier davon genervt war. Ich versuchte ja, mich zu beherrschen. Aber ich hatte noch nie im Leben einen Ort wie die dinglose Welt kennengelernt; hier schien alles möglich. Seit dem Tag im Wald mit Marta wollte ich den Namen von absolut allem wissen, das dort wuchs und atmete, wollte seine Früchte essen und in seinem Wasser baden, und mir machte es überhaupt nichts aus, dass Philips Geld uns an diesen Ort binden würde. Je mehr Zuhause zu unserem neuen Zuhause wurde, desto näher kam ich dir.

Aber nicht alle waren begeistert davon, dass wir mit so offenen Armen willkommen geheißen worden waren. Am Vortag war ich am Garten vorbeigegangen, und gerade als ich vorbei war, erinnerte ich mich daran, dass ich Issy gar nicht gesagt hatte, wo ich hinwollte. Deswegen machte ich kehrt und bekam gerade noch mit, wie Amos zu Gabby sagte, wir, Philip, Xavier und ich, müssten eigentlich vor dem Kamin im Haupthaus schlafen, wenn Geld wirklich keine Rolle in der dinglosen Welt spielte. Als Gabby mich bemerkte, runzelte sie die Stirn, und Amos rupfte weiter Unkraut.

Unsere ordentliche Hütte war eine von mehreren, die Ephraim nach und nach in Stand setzte, nah am Seeufer. Wir sollten sie nicht »unsere« Hütte nennen – das war *dingen* –, aber wenn es uns versehentlich über die Lippen kam, schien das außer Amos niemanden zu stören. Bei geöffneten Fenstern konnten wir hören, wie das Wasser gegen den Anleger schwappte, vom Lagerfeuer drangen die Klänge einer Djembe und einer Gitarre zu uns herüber. Wir konnten von Glück sagen, dass die Fliegengitter intakt waren; die Moskitos waren blutrünstig.

»Es ist nur seltsam, dass Philip sein Geld einfach so verschenkt«, sagte ich. »Warum nur?« Xavier stieß mit dem Ellbogen gegen die Wand, die neben meinem Ohr zitterte.

Die Hütte war mit knotigen Tischlerplatten unterteilt, die die Illusion von Privatsphäre schaffen sollten. In dem kleinen Bereich nach vorne hinaus standen ein staubiger Lehnstuhl, eine Kiste mit Feuerholz und ein gemauerter Kamin, der schrecklich rauchte. Philip schlief hinten auf einer Matratze auf dem Boden, zusammen mit einer vorwitzigen Mäusefamilie. Xavier und ich bewohnten das mittlere »Zimmer«, das kaum größer als das eingebaute Stockbett war. Unser in der Nähe der Latrine wiederentdecktes Hab und Gut bedeckte das kleine bisschen Boden davor. (An dem Tag, an dem Amos die geplünderten Koffer fand, musste Nora dreihundert Kartoffeln schälen. Aber ich wurde den Eindruck nicht los, dass es hinter geschlossenen Türen noch eine andere, geheime Strafe gegeben hatte. Ich erkannte das Gewicht der Faust, mit der Ephraim auf den Frühstückstisch schlug, und mit welch ängstlich aufgerissenen Augen Nora zurückschreckte. Als ich Xavier das erzählte, sagte er, richtig so, dafür hat sie eine ordentliche Tracht Prügel verdient, dass sie unsere Sachen geklaut hat. Für diesen Satz verabscheute ich ihn.)

T-Shirts und Unterhosen und Jeans, die wir in unserem bisherigen Leben dreckig genannt hätten, trugen wir jetzt tagein, tagaus, seit wir herausgefunden hatten, was Wäsche waschen bedeutete: Wasser im Eimer aus dem See holen, die Hände immer wieder in das kalte Wasser tauchen, auf dem Waschbrett Ziegenmilchseife auf dem klammen Stoff verreiben, bis die Haut an den Knöcheln rissig wurde. Da wusch man besser nur schnell die Unterhosen aus, wenn sie anfingen zu riechen.

Trotz Wäschewaschen und Latrine wollte ich gern dableiben. Aber mir war einfach nicht recht klar, was Philip in Zuhause sah. »Was glaubst du, weshalb gefällt es ihm so gut hier?« In New York hatte er ein Leben der Völlerei geführt: Butter und Wodka, Cheese Fries und Schokolade, Nudeln und Kuchen und eine Menge illegaler Substanzen, von denen ich nichts wissen durfte. In Zuhause wimmelte es nur so von Antialkoholikern, und die nicht sonderlich umfangreichen Mahlzeiten bestanden aus Grünem, Fermentiertem und Vollkorn. Und trotzdem schwärmte er ständig vom Violett des Sonnenaufgangs und der schieferfarbenen Wolkendecke. Er war nach Portland gefahren, um eine Rolle Leinwand zu kaufen, und malte jetzt kleine, vom Himmel, dem Wasser oder der Erde inspirierte Farbflächen.

»Und was sagt deine Mom dazu?« Xavier machte sich jeden Samstag auf den langen Weg zu JimBob's, um Jane anzurufen, aber Ben hatte Issy erzählt, in den letzten zwei Wochen sei Jane nicht dagewesen, als Xavier anrief. Mir hatte er natürlich nichts davon gesagt. Er stöhnte im unteren Stockbett.

»Das Abendessen war heute irgendwie ziemlich … matschig, oder?«, sagte ich. Xavier mochte keine Linsen. »Issy meint, du sollst dir einen geheimen Chipsvorrat anlegen. Das würde sie machen, wenn sie auf so was stehen würde. Sie weiß noch nicht mal, wie Doritos schmecken.«

»Issy ist abartig.«

Ich wurde fuchsteufelswild. »Ben ist abartig.«

Xaviers Füße klatschten auf den Boden. Sein Kopf tauchte im Dunkeln direkt neben meinem auf. »Ben ist cool, abgesehen von seinen Klamotten, aber dafür kann er nichts. Er weiß, wie man einem Kaninchen das Fell abzieht.«

Nie im Leben würde ich laut aussprechen, dass Ben grausam und kalt zu mir war. Niemals würde ich mir die Schmach antun und beschreiben, wie er sich immer so weit wie möglich von mir wegsetzte und die Stirn runzelte, wenn ich Issy zum Lachen bringen wollte. Er manipulierte Xavier, damit er auch gegen mich war, und Xavier machte das noch nicht mal was aus. Nie im Leben würde ich sagen, wie angeekelt ich von meinem brennenden Wunsch war, von jemandem mit Stinkefüßen gemocht zu werden – es haute einen um, wenn Ben die Stiefel auszog. Oder wie erniedrigend schön es gewesen war, als er mich bei der Begegnung auf dem Weg angeschaut hatte. Stattdessen sagte ich: »Ich nehm's zurück. Ben ist ein Arschloch.«

Xavier zog sich ein Sweatshirt über. Der Schimmelgeruch hing noch lange im Raum, nachdem er in der Nacht verschwunden war.

37

Es ist ein Kind.

Schwarze Locken, nackte Füße, rotes Hemd, ein hohes, begeistertes Kreischen, während es im Kreis herumrennt. Kann ich es wirklich von hier oben am Fenster riechen? Kopfhaut, Wangen, Hals.

Issy steht direkt neben mir. »Na, das war's wohl mit dem Mittagsschlaf.«

Vielleicht hat Xavier mal ein Foto gemailt. Es schien alles so weit weg. Ihre Leben schienen alle weit weg: der Liebeskummer, die Hypotheken, die Jobs. Was außerhalb des Tors vor sich geht, ist leicht zu ignorieren. So verfuhr ich auch mit diesem Kind: Ich war davon ausgegangen, dass ich es nie zu Gesicht bekommen würde und erlaubte mir deswegen, es zu vergessen. Dieses Kind ist der Grund, warum die Meinung anderer Issy auf einmal interessiert. Beziehungsweise Issy interessiert die Meinung ihres Kindes. Sie wird alles tun, um das geheim zu halten, was wir getan haben, damit dieses Kind es nie zu erfahren braucht.

Jemand rennt ihm hinterher ins Licht. Nicht Xavier, eine Frau. Sie stürzt sich auf den Kleinen und droht ihm mit Kitzeln. Ihre Bewegungen sind vertraut, und auch wenn sie die Haare früher nie so kurz getragen hat, erkenne ich sie sofort: die schmale Taille. »Ihr habt Cornelia mitgebracht?«

»Ja, mein Schatz. Alle Mann an Bord.« Issy hält den Blick auf das Kind gerichtet. »Ist er nicht süß?« In Wahrheit würde ich jetzt schon alles für diesen Knirps tun. Und dann breitet sich ein freies, schönes Lächeln auf Issys Gesicht aus. Sie hat gewusst, dass der kleine Junge unwiderstehlich auf mich wirken würde; deswegen hat sie ihn auch mitgebracht.

38

Drei Tage später verkündete Abraham, er würde Philips Geld annehmen.

Zwei Tage danach verkündete Philip, wir würden nach New York zurückkehren.

Ich verstand die Welt nicht mehr – jetzt hatte er doch bekommen, was er wollte. Ich flehte Xavier an, er solle mit Philip sprechen. »Na ja …«, sagte Xavier. »Aber ich habe wirklich Sehnsucht nach meiner Mom.« Er schlug sich mal wieder auf die Seite, die nicht meine war. Am liebsten hätte ich ihn angeschrien, dass besonders ihm klar sein müsste, dass es uns in Zuhause besserging, wenn Jane noch nicht mal seine Anrufe entgegennahm. Hier waren wir sicher vor den Enttäuschungen der Dingwelt. Dann merkte ich, dass Mutter genauso denken würde, also biss ich mir auf die Zunge, bis sie blutete, und sagte nichts.

»Ich muss hierbleiben«, sagte ich, als Philip einen Longyi nach dem anderen von der Wäscheleine nahm. Ich konnte ihm nicht sagen, wie nah du hier warst, dass es ein weiterer Tod sein würde, dich hier zurückzulassen.

Ich folgte ihm in die Hütte. »Sie nehmen dein Geld doch. Wolltest du das nicht?« Es war heiß in der Hütte – unserer Hütte – die Augustsonne brannte schon seit Wochen auf sie herunter. »Außerdem malst du hier so schöne Bilder.« Ich wollte nicht weinen, aber vielleicht würde ihn das überzeugen. »Bitte, Philip, wir können nicht weg. Warum jetzt? Wo wir uns hier endlich heimisch fühlen?«

Er war den Tränen nahe. Ich sah es daran, wie seine Unterlippe zitterte. Aber er ging in seinen Verschlag und sah nicht zurück. »Tut mir leid, Saskia.« Er trat die Tür hinter sich zu.

Amos saß neben dem Fahnenmast und schnitzte einen Adler, während ich Philip beim Beladen des Lincoln half. Issy beobachtete uns von der Treppe des Haupthauses aus und umklammerte das Kartenspiel. Als die Koffer verstaut waren, folgte sie mir auf die Veranda seitlich am Gebäude. Vor uns lagen Land und Wasser, das sonnendurchglühte Versprechen von Arbeit und Gesang, Brot und Vogelgezwitscher. Nora und Tomas flitzten vorbei. Issy gab.

Speed: Jeder der beiden Spieler sortiert seine sechsundzwanzig Karten in fünf Stapel und zwei Stöße in der Mitte, die anfangs noch leer sind. Beide Spieler brüllen »Speed« und müssen, nur mit der rechten Hand, so schnell wie möglich den Stoß vor sich in richtiger nummerischer Reihenfolge aufbauen. Gehen einem der beiden Mitspieler die Karten aus, klatscht er auf den kleineren Stoß. Dann geht das Ganze wieder von vorne los, bis wieder einem die Karten ausgehen.

Issy schlug mich zum tausendsten Mal, aber es entlockte ihr noch nicht mal ein Lächeln.

Ich holte das Beil unter der Veranda hervor, wo ich es versteckt hatte. Es war ein reines Wunder, dass Nora es da noch nicht aufgespürt hatte. Ich dachte: Jetzt entdinge ich mich. Vielleicht würde Abraham ja sehen, wie ich mich entdingte und Philip befehlen, dass ich bleiben sollte. Issy nahm das Beil ohne das kleinste Dankeschön an, wickelte ein Gummi um das Kartenspiel und verschwand den Abhang hinunter.

Ich stand in der Stille des Morgens da und schloss die Augen. Ich hörte langsame Schritte, die über die Kiefernnadeln näherkamen. Abraham, dachte ich, der sich von mir verabschieden will. Gut, dass er meine Tapferkeit bemerkte.

»Geht ihr echt weg?«

Erschreckt riss ich die Augen auf. Ben. Ich versuchte, cool zu klingen, als ich von der Veranda trat. »Du wirst mich endlich los.«

»So habe ich das nicht gemeint.«

»Wenigstens bin ich dann nicht mehr da, um dich zu nerven.«

»Hey.« Er machte einen Schritt auf mich zu. »Es tut mir echt leid, bitte nicht weinen.«

»Ich weine nicht.« Ich drängte mich an ihm vorbei.

»Kann ich's erklären?«

Warum wollten die Männer einem immer erklären, warum sie so fies waren, reichte ihnen das Fiessein nicht? Ich verschanzte mich im Auto, das mit all den Dingen vollgestopft war, die mir nichts bedeuteten, wie mir jetzt klargeworden war. Ich drückte das Glas mit Mutter an die Brust, das Sarah mir unbedingt mitgeben wollte.

Bei Sonnenuntergang erreichten wir die Stadt. Die Dingwelt war eine heruntergekommene Landschaft aus Grau und Braun: Hochhäuser, Wasser, Himmel. Warum war mir das bisher nie aufgefallen? Schwülheiße Luft hing über dem Müllhaufen menschlicher Absonderungen. Philip trommelte im Takt zu »Take the A Train« aufs Lenkrad. Xavier schlief, und sein hübscher Mund hing sperrangelweit offen, als sei es ihm gleichgültig, was da hineingeflogen kam.

39

Issy reißt mein Fenster auf. »Hey, ihr da unten!« Ich weiche zurück, und die Welt strömt herein: Das Rauschen der Blätter am *Acer rubrum*, *Poecile atricapillus* singt ihre zwei immer gleichen Noten, weit entfernt das Dröhnen eines Rasenmähers.

»Mama!« Ich kann ihn nicht sehen, aber ich weiß, dass der kleine Junge die Arme nach oben streckt. »Mama, Mama!«

»Ist bei Saskia alles in Ordnung?« Cornelias Stimme klingt besorgt.

»Atmet noch.«

»Mama!«

»Kommt rein!«, ruft Issy.

40

Beim ersten Schritt ins Loft wussten wir, dass etwas fehlte. Janes Daubigny, das schlammfarbene Ölbild mit Wolken und Kühen, hing nicht mehr an seinem Platz gegenüber der Tür.

»Mom?«

Janes Frisierkommode war leer, genauso wie die Regale, auf denen ihre Kaschmirpullover in Edelsteinfarben gelegen hatten. Xavier rannte zu dem Vorhang, hinter dem ihr Schlafzimmer gewesen war. Wie Philips Hand sich um den Türknauf krampfte, verriet mir, warum er uns zurück in die Stadt geschleppt hatte – ihm war klar gewesen, dass sie ihn verlassen wollte. Er hatte gehofft, ihr zuvorkommen zu können. Zwischen tief aus der Kehle aufsteigenden Schluchzern erklärte er uns, was los war: Jane hatte sich verliebt. Sie hatte ihm schon im Frühjahr gesagt, dass sie sich von ihm trennen wolle, aber er hatte sie angefleht, es sich noch einmal zu überlegen – »euch beiden zuliebe, meine Lieblinge, euch zuliebe« – und deswegen war er mit uns nach Maine abgehauen: »Damit sie uns vermisste.«

»Du hast echt geglaubt, du kannst sie überzeugen, bei uns zu bleiben, indem du sie sitzen lässt?« Xavier warf seinen Star-Wars-Teller wie eine Frisbeescheibe nach dem Kopf seines Vaters. Philip duckte sich. Das Kunststoffteil fiel klappernd zu Boden, ging aber nicht kaputt. »Sag uns sofort, wo sie ist.«

Ich setzte ein Gesicht auf, als bedeute Jane mir etwas. In Wirklichkeit schrie alles in mir, weil ich mein neues Zuhause und damit dich verloren hatte – der einzige Ort, an dem du dich gezeigt hast, seit du nicht mehr da bist. Wenn Philip uns nur nach Zuhause geschleppt hatte, um von hier wegzukommen, sah er jetzt wahrscheinlich keinen Grund mehr, wieder mit uns zurückzukehren.

Jane war zu ihrem Freund an die Upper West Side gezogen. Der neue Freund war jünger als Philip. Er war im Importgeschäft tätig, so hatten Jane und er sich auch kennengelernt, bei einer Reise nach

Ägypten. Philip hob den Kopf und sah Xavier mit einem Ausdruck des Grauens in den Augen an, als ein Hubschrauber über das Gebäude hinwegknatterte und die Scheiben zum Klirren brachte: »Sie ist schwanger, meine Süßen. Sie erwartet ein Kind von ihm.«

41

»Willst du meinen Sohn kennenlernen?«, fragt Issy.

Ich brauche meine Ruhe. Meinen Frieden. Ich bin Einzelgängerin. Ich verlange, hoffe, bete, dass keine Kinder im Spiel sind. Kinder machen alles kaputt. Ich will für immer hier mit Issy im rosa Schlafzimmer bleiben, nur wir zwei, ohne Ablenkungen.

Aber dann, natürlich, aus ganzem, sehnsüchtigem Herzen: Ja.

42

»Hast du heute mit meinem Jungen gesprochen?«, fragte Philip.

In der Tat hatten Xavier und ich uns heute in der Cafeteria von Weitem angesehen, bevor er über einen Jungen lachte, der sich eine Pommes in die Nase steckte. Philip dieses kleine Detail zu erzählen schien mir schlimmer, als es zusammen mit dem Instant-Porridge herunterzuschlucken, den er mir hingestellt hatte. In unserer Abwesenheit hatte Jane es irgendwie geschafft, Xavier und mich auf einer Schule anzumelden, die ihren Ansprüchen genügte – Schuluniformen, gute Bücher, Lacrosse. Philip erlaubte nicht, dass ich mich abmeldete; er wollte unbedingt einen guten Eindruck auf Jane machen. Die Schule war nicht schlecht; wir hatten echten Matheunterricht. Aber Xavier redete nicht mehr mit mir, insofern kannte ich niemanden dort. Das wusste Philip natürlich nicht und auch nicht, dass mir seit Neuestem ein Fotograf auf dem Heimweg folgte, oder dass mich die eine Hälfte der Mädchen links liegen ließ wegen Daddy und die andere Hälfte mich aus demselben Grund ganz toll fand und dass die Jungs mich »Grusel-Saskia« nannten (für einen Spitznamen eigentlich noch relativ harmlos) und Gespenstergeheul von sich gaben, wenn ich vorbeiging (was zugegebenermaßen besser war, als wenn sie meinen BH schnalzen ließen). Ich wusste zwar, dass es damit zusammenhängen musste, was Xavier ihnen über Daddy oder dich erzählt hatte, aber was es genau war, blieb mir schleierhaft, da Xavier am Tag nach unserer Rückkehr ausgezogen war.

»Er besucht sie nur«, murmelte Philip zum hundertsten Mal. »Das ist nicht für immer.« Aber wir wussten beide, dass Xavier zwar nur einen Rucksack mitgenommen hatte, aber jetzt im Apartment von Jane und ihrem Freund in Central Park West wohnte.

Philip aß und trank und rauchte noch mehr als vor Zuhause. Er zerriss die Longyis und machte Mallumpen daraus. Frauen verbrachten die Nacht bei uns, viele viel zu schön für ihn. Ich stieg jeden Nachmittag ins Bett, sobald ich mit den Hausaufgaben fertig war, dankbar, dass ich mich in den Schlaf flüchten und Topsy in dem Spalt zwischen meinem Bett und der Wand streicheln konnte. Ich gab der Mutter neue Nahrung, wie Sarah es mir beigebracht hatte, aber der Sauerteig wurde dünn und roch nach Azeton. Als ich ihn ins Klo kippte, kam es mir beinah hoch.

Und du? Du warst nicht mehr da – aber eigentlich war ich ja nicht mehr da. Ich hatte immer gedacht, zurückzubleiben sei schrecklich, aber jetzt stellte sich heraus, dass fortzugehen noch schlimmer war. Du warst natürlich da geblieben, wo du dich endlich zu Hause fühltest – Zuhause. Ich versuchte nicht daran zu denken, dass du dort im Wald herumgeisterst und Zeichen hinterlässt, die ich nicht finden konnte; selbst die weiche Stelle hinter Topsys Ohren konnte das nicht gutmachen.

Das Bedürfnis, Abraham ganz in mich aufzunehmen, tauchte ständig in meinem Kopf auf, obwohl er so weit weg war – das heißt, nur dann, wenn ich die Vorstellung zuließ, ich würde mein Gesicht an seine Augen, Wangenknochen, Nase, seinen Kiefer, seine Lippen schmiegen. Sich gar nichts vorzustellen, war besser. Ich verschlang *Jane Eyre*. Ich mühte mich durch die *Sturmhöhe*. Ich guckte eine Menge *Raumschiff Enterprise*. Ich sorgte dafür, maximal uninteressant zu wirken, wenn ich merkte, dass der Fotograf mir auf dem Heimweg zum Loft folgte. Ein paar Schnappschüsse von mir landeten in der Zeitung, aber die Jungs behandelten mich deswegen nicht fieser oder die Mädchen netter. Ich überlegte, mir einen Job als Babysitter zu suchen, bevor mir wieder die vielen guten Gründe einfielen, warum das keine gute Idee war.

Dachte ich darüber nach, einen Bus nach Portland, Maine, zu besteigen? Überlegte ich, die geschotterten Landstraßen per Anhalter zurückzulegen, vorbei an den im Winter verschlossenen Sommerhäusern und windgepeitschten Seen, hin zu dem Städtchen, an dessen Rand sich das JimBob's befand, die feste Burg der Kartoffelchips und Streusalzsäcke? Ja, schon, so wie andere Kinder von einem Urlaub in Disneyland träumen. Ich hatte nur eine vage Vorstellung, wie der Zuhause nächstgelegene Ort heißen mochte. Ich hatte Angst, auf eine Karte von Maine zu schauen und festzustellen, dass es keine Straße gab, die von JimBob's den Berg hoch führte, dass Zuhause und Abraham und Issy und die ganze entdingte Welt etwas war, das mein schreckliches Hirn sich zusammenfantasiert hatte. Einerseits war ich wütend auf Philip, dass er mir diesen Vorgeschmack auf ein neues Leben erlaubt und dann wieder entrissen hatte. Aber tief im Innern wusste ich, dass er sich nur halbherzig auf die Suche nach mir machen würde, wenn ich weglief. Auch noch von ihm verlassen zu werden, würde ich nicht überleben.

Derweil schwärmte er seinen Freundinnen von Zuhause vor, als hätten wir dort einen romantischen Urlaub verbracht. Er rühmte das Entdingen und schaffte sich eine Harley Davidson an. Jane bezeichnete er seit neuestem als »meine Frau, die fette Fotze« (scheinbar waren sie noch verheiratet). Ich will damit sagen, dass er sich bemühte, darüber hinwegzukommen.

»Du hast seit dem Sommer nichts mehr gemalt«, sagte ich an einem kühlen Samstagabend, an dem ich Philip dastehen sah, Hände in den Hosentaschen, wie er nach Norden Richtung Empire State Building starrte. Ich sagte nicht: »Komm, lass uns zurückkehren.« Stattdessen sagte ich: »Vielleicht gehe ich mal Großmutter besuchen«, was mir ganz unerwartet über die Lippen kam. Ich bemühte mich sehr, nicht an Großmutter zu denken, aber jetzt redete ich von einem Besuch, da war es nur logisch, auch hinzufahren. Natürlich war Großmutter sehr auf Distanz gegangen. Aber wenn Mutter ihr Fleisch und Blut war, dann war ich das auch, und Großmutter liebte nichts so sehr wie das eigene Fleisch und Blut, mit Ausnahme vielleicht von Geld.

43

Ohne Issy hätte ich womöglich Wochen gebraucht, um es bis nach unten zu schaffen.

Vielleicht bin ich zu dramatisch. Ein Abstieg hinunter ins Erdgeschoss wäre vielleicht unerfreulich gewesen, aber geschafft hätte ich ihn. Ich musste sowieso nach unten, sonst wäre mir der letzte Rest der Mutter gestorben.

Auf der Treppe fällt ein orangeleuchtender, viereckiger Lichtfleck auf meine Hand, dieselbe Farbe, die gedämpft auf den Teufelsspaziergang fiel, als ich dort zum letzten Mal langgegangen bin. Das wunderschöne Leuchten war wiedergekehrt in den Minuten, die ich brauchte, um vom Haus unter das weinrote Blätterdach zu gelangen. Ich blickte nicht zurück. Ich fasste nach einem Stamm, um wieder Luft zu bekommen. Ich verschwand im lauernden Wald.

Issys Arm unter meiner Hand ist fest, und ich habe einen Moment lang das Gefühl, von ihr getragen zu werden, ihr eine Menge Dankbarkeit zu schulden – bis mir wieder einfällt, dass ich ja nur wegen Issys, Xaviers und Cornelias Ankunft in diesem Zustand bin.

44

Das Metalltor öffnete sich. Ich war mit der Metro-North aus der Stadt gekommen und dann am Bahnhof ins Taxi gestiegen. Als wir Großmutters lange Auffahrt hochkamen, fand ich mich sehr weltgewandt, als ich den Taxifahrer bat, unter dem überdachten Eingang auf mich zu warten.

Miriam ließ mich rein. »Möchtest du einen *biscuit*?« Sie meinte einen Keks. Im Haus roch es nach Bohnerwachs, Mottenkugeln und den Andorn-Lutschbonbons meiner Großmutter. Deine Abwesenheit überfiel mich in diesen vier Wänden wie ein bleiernes Gewicht und lastete so schwer auf meinen Schultern, dass ich einen Augenblick lang glaubte, ohnmächtig zu werden.

Oben an der Treppe war Großmutter zu hören. Miriam führte mich schnell aus der Halle in den Salon und setzte mich in den Ohrensessel. Kein Keks wurde gebracht. Großmutter ließ sich Zeit. Als sie endlich eintrat, flog ihre Hand vom Messingknauf ihres Gehstocks an die Brust. »Geben die dir denn nichts zu essen?«

»Jane ist eine gute Köchin.« Ich hatte seit vielen Monaten kein Gemüse mehr gegessen. Ich ging auf meine gebrechliche Großmutter zu. Sie roch nach Körperpuder und frischem Urin, aber ich beschloss, mich lieber darauf zu konzentrieren, wie viel größer ich jetzt war. Sie ließ sich auf dem Samtsofa nieder und winkte mich zu sich.

»Ich gehe davon aus, dass bei den Pierces alles nach Plan verläuft?«, sagte sie.

»Natürlich, alles bestens.«

Sie nickte. »Du musst unter jungen Menschen sein.« Sie klingelte mit der Glocke. Miriam erschien in der Schwingtür.

»Das Taxi soll abfahren.« Ich durfte also bleiben. »Ich trinke einen Lapsang Souchong.« Die Tür schwang zu. Großmutter verzog missbilligend die Lippen. »Deine Mutter ist nicht mehr da.«

»Ich dachte, sie ist in Mexiko.«

»Tja. Jedenfalls war sie hier.«

Dasselbe erdrückend schwere Gewicht breitete sich auch in diesem Raum aus. »Und wo ist sie jetzt?«

Großmutter beugte sich vor, ihre Pupillen schwarze Punkte. Nur das Ticken der Standuhr füllte das Zimmer, während ich die verschiedenen Möglichkeiten über ihr Gesicht huschen sah – wo Mutter wirklich war, welchen Aufenthaltsort sie mir mitteilen würde.

»Ich muss sie sehen«, sagte ich. Das war der falsche Satz.

Großmutter wandte den Blick ab: »Du bekommst dreitausend im Monat, zusätzlich zum Schulgeld. Ich hätte darauf bestehen sollen, aber die Pierces wollten nichts davon hören.«

»Wo war Topsy eigentlich damals?« Hauptsache, wir redeten über etwas anderes. »An dem Tag, als du mich gefunden hast, da hattest du ihn in der Hand.«

Es war Großmutter gewesen, die mich im Wald hinter dem Teufelsspaziergang aufgespürt hatte. Ihre Arme waren zerkratzt, sie war barfuß, trug aber noch die guten Sonntagskleider. Sie streckte mir die Hand entgegen. In der hielt sie Topsy. Als wir zwischen den japanischen Ahornbäumen wieder hochstiegen zum Rasen, wirbelten unzählige rote und blaue Blinklichter in der Einfahrt. Die Nacht fiel, aber noch war es hell genug, um zu erkennen, dass Mutter mit eingezogenen Schultern mitten in der Einfahrt hockte. Ein Polizist stand vor ihr, und als er mich mit Großmutter kommen sah, sprach er etwas in sein Funkgerät.

Dann sagte Großmutter zu mir: »Dein Bruder ist heute gestorben, Saskia. Verstehst du mich? Er hat nicht überlebt. Dein Vater ist natürlich dafür verantwortlich. Deine Mutter regt sich verständlicherweise sehr auf.« Sie sprach schnell und sachlich, als sei sie eine Reporterin, die von einem Schauplatz berichtete. Aber was jetzt kam, sagte sie leise. »Wir gehen jetzt hinein, und die Polizei wird dir Fragen stellen. Du sagst ihnen, was dein Vater getan hat. Und damit ist die Sache erledigt. William fehlt uns, er wird uns immer fehlen, und wir werden versucht sein, immer wieder darüber zu sprechen, was hier passiert ist. Aber wir können diese Sache nur hinter uns lassen, wenn wir der Polizei geben, was sie will, die Wahrheit, und damit hat es sich.«

In diesem Moment blickte Mutter auf, hoch zu ihrer eigenen Mutter und Tochter, die nebeneinander am Rand des Teufelsspaziergangs standen. Sie war vernichtet, das sah ich, aber so hatte sie auch schon vorher ausgesehen. Ich konnte sie wieder ganz machen. Ich hatte es versucht. Ich machte einen Schritt auf sie zu. Doch selbst über die große Rasenfläche hinweg sah ich, wie sie zusammenzuckte. Sie verkrampfte die Hände auf den Knien und fing an zu schluchzen. Der Polizist ging vor ihr in die Hocke. Großmutter nahm ihre Schuhe in die Hand. Ich wäre gern zu Mutter gegangen, aber Großmutter führte mich in einem weiten Bogen um sie herum. Mutter blieb bis tief in die Nacht hinein dort hocken, dann kam Mr. Jacobs und trug sie ins rosa Schlafzimmer, und in diesem rosa Schlafzimmer blieb sie bis zu dem Tag, an dem wir aufwachten und feststellten, dass sie nach Mexiko verschwunden war.

Jetzt betrat Miriam, ein klapperndes Tablett in der Hand, den lichtdurchströmten Salon, und ich wusste, dass die Gelegenheit verstrichen war (falls sie je bestanden hatte). Ich würde nicht erfahren, wo Großmutter Topsy gefunden hatte – hatte Will den Hasen in der Hand gehabt? Hatte er auf dem Dach gelegen? Großmutter bewunderte das Teeservice mit dem Vergissmeinnicht-Muster und schenkte dem Teller mit kleinen, gelb überzuckerten Küchlein keine Beachtung.

»Meine Schreibmappe, Miriam, vom Sekretär.«

Miriam durchquerte den Raum und holte meiner Großmutter einen Füllfederhalter und ihr ledernes Scheckbuch. Dampf schlängelte sich aus dem Hals der Teekanne. Sobald die Tür hinter Miriam zugefallen war, drückte Großmutter mir einen zusammengefalteten Scheck in die Hand. »Hier, für das Schuljahr. Ich habe ein bisschen aufgerundet, damit du mit dem Taxi von der Schule heimfahren kannst. Unsere Angelegenheiten gehen niemanden etwas an, Saskia.« Da wurde mir klar, dass sie die Fotos von mir auf dem Heimweg zum Loft gesehen hatte. Ich versuchte, ein Gesicht aufzusetzen wie Großmutter, ohne jede Spur eines Gefühls. Aber dann dachte ich an dich auf ihrem Schoß, wie angstlos du ihr die Wangen gestreichelt hast, weil du noch nicht wusstest, dass es sich nicht gehört. Nur von dir wusste ich, dass sie weiche Wangen hat.

»Ich könnte doch jeden Monat herkommen und mir das Geld abholen.«

Großmutters Mund wurde schmal.

»Vielleicht könnte ich ja auch wieder hier wohnen? Dann kann ich dir helfen. Jane sagt immer, ich bin so eine große Hilfe.«

Großmutter faltete die Hände. »Mein Vater starb, als ich ein Kind war. Wusstest du das? Meine Mutter war zu verzweifelt, um für mich zu sorgen. Vielleicht hast du die Geschichte mal gehört? Nein? Na, jedenfalls hat sie mich aufs Internet geschickt.«

»Hat es dir da gefallen?«

»Ob es mir gefallen hat? Das spielt doch keine Rolle. Mir wurde klar, dass meine eigenen Wünsche nicht wichtiger waren als die Bedürfnisse meiner Mutter. Und dass ich stark war und unabhängig. Wenn du es dir vornimmst, wirst du merken, dass viel mehr in dir steckt, als du geahnt hast.«

Vielleicht war es ja wirklich so einfach: Man traf eine Entscheidung.

»Manchmal frage ich mich, was gewesen wäre, wenn wir dich aufs Internat geschickt hätten.« Sie verengte den Blick, dann schüttelte sie den Kopf. »Aber wir sind nun einmal, wer wir sind.«

»Ich weiß nicht, was du damit meinst.«

Blinzelnd betrachtete sie mich mit ihren kleinen Patrizieraugen. »Du weißt genau, was ich meine, Liebes.« Sie klingelte. »Miriam? Mr. Jacobs soll Saskia zurückbringen in die Stadt. Packen Sie ihm sein Abendessen ein – hin und zurück ist es eine weite Strecke.«

45

Unten im Salon weht kühle Luft herein. Ich nenne es immer noch Salon, selbst nach so langer Zeit. Vielleicht hat jemand ein Fenster geöffnet; eine Hummel – Gattung *Bombus* – brummt vorbei.

46

Philip und ich verbrachten Heiligabend im Halbschlaf bei einer Fellini-Retrospektive und liefen dann vom Kino durch den Nieselregen nach Hause. Wir wünschten, es würde schneien. Die Räder der Taxis fuhren mit dumpfem Schlag über die Gullydeckel. Auf dem Bürgersteig glänzte es rot und grün. Jane hätte einen Schirm dabeigehabt.

»Ich male nicht mehr«, sagte er, als wir die nassen Schuhe abstreiften, »weil ich mich bestrafen will.« Der Regen floss an den Scheiben hinab, während ich darauf wartete, dass er mir den Grund verriet. »Das Geld, das ich Zuhause geschenkt habe, gehört gar nicht mir. Es war das von Jane.«

»Aber ihr seid doch noch verheiratet, oder? Also gehört ihr Geld auch dir.«

»Sie hatte mir erzählt, sie hätte jemanden kennengelernt. Ich dachte, was soll's, jeder hat doch seine Affären. Der Typ bringt's wahrscheinlich im Bett, soll mir egal sein, in einer Ehe muss es ja nicht um Sex gehen.« Er hatte völlig vergessen, mit wem er redete. Die Tränen traten ihm in die Augen, während der Regen an die Fenster trommelte. »Ich hätte ihr einfach verzeihen sollen. Ich hätte sie anflehen sollen, bei mir zu bleiben, hätte die Taschen nach außen stülpen müssen, damit sie die Liebe sieht, die ich immer mit mir herumtrage. Aber was tue ich? Ich habe ihr angedroht, ich würde ihr Leben ruinieren. Es würde ihr noch leidtun, auf die Art.

Und sie hat es drauf ankommen lassen«, fuhr er fort. »Hat mir an den Kopf geworfen, was für ein verdammter Idiot ich sei, wenn ich glaube, sie würde bei mir bleiben, nur weil ich sie erpresse. Ich war noch nicht mal auf die Idee gekommen, dass es sich um Erpressung handeln könnte, so blöd war ich. Wäre ich bloß vor ihr auf die Knie gefallen und hätte sie angefleht.« Stattdessen packte er uns ins Auto und fuhr nach Maine, nach Zuhause. »Freunde hatten mir davon erzählt, Leute, die spirituell drauf waren. Ich hatte das Gefühl, es könnte mir nicht schaden, ein bisschen zu mir zu finden.« Philip fuhr sich mit der Hand über den Kopf. »Außerdem hatte ich gehört, die könnten Geld gebrauchen. Und da habe ich gedacht: Wofür würde Jane auf keinen Fall Geld ausgeben wollen? Was würde sie am meisten hassen? Total verabscheuen?« Er verzog den Mund, dann sah er mir in die Augen. »Allerdings muss ich sagen, dass es mir richtig gut da gefallen hat, Mädchen. Nicht so super wie dir, aber ich fand es schön da.« Er tippte sich an die Brust. »Aber der Stolz« – er schüttelte den Kopf –, »dass sie mich einfach so ziehen ließ … Ein Teil von mir hat wirklich geglaubt, wenn ich was von ihrer kostbaren Erbschaft weggebe, die sie ihr ganzes Scheißleben immer als selbstverständlich hingenommen hat, dann würde sie mit quietschenden Reifen vor dem Haupthaus vorgefahren kommen und mich wenigstens anschreien, verstehst du? Besser als gar nichts. Alles ist besser als gar nichts, dachte ich.« Er lachte bitter.

»Gabby wollte das Geld sofort annehmen, aber Abraham … alles musste durchleuchtet werden. War es moralisch vertretbar? Ökologisch nachhaltig? Und ich sage ständig nur: ›Mensch, jetzt nehmt's doch‹, weil ich Angst hatte, dass ich's mir anders überlegen würde.«

»Und hast du's dir anders überlegt?«, fragte ich, weil er jetzt wieder zum Fenster hinaussah, gegen das die graue, kalte Nacht drängte.

»Erst, als sie das Geschenk angenommen hatten. Irgendwie ironisch, oder? Gabby kam zu unserer Hütte, als ihr schon geschlafen habt, und sagte, es sei erledigt. Den Scheck hatten sie ja schon. Ich legte mich ins Bett, lag die ganze Nacht wach und dachte: Was habe ich da um Gottes willen gerade gemacht?«

»Hast du gefragt, ob du's wiederhaben kannst?«

»Na klar. Aber Abraham« – ein kurzes, brutales Lächeln huschte über sein Gesicht – »meinte, auf gar keinen Fall würde er zulassen, dass ich mich wieder in der Dingwelt verstricke.« Seiner Stimme war ein Hauch von Abneigung anzuhören.

»Ich rief Jane an und gestand ihr alles. Ich sagte, ich würde das Geld irgendwie zurückholen. Aber sie wollte nichts mehr mit mir zu tun haben. Sie war schon seit langem fertig mit mir. Viel länger, als mir klar gewesen war. Wir sind hierher zurückgekehrt, weil ich dachte, wenn sie uns sieht« – damit meinte er Xavier –, »dann überlegt sie es sich anders. Aber sie war schon weg. Die Schwangerschaft, weißt du? Mit einem Baby hatte ich nicht gerechnet.«

Als ich am Weihnachtstag im nebligen Morgendunst aufwachte, lehnte eine riesige, noch feuchte Leinwand in dreißig verschiedenen Grüntönen an der Anrichte – die Farben des Sees an einem windigen Morgen, wenn man sich in Zuhause über den Anleger beugte und versuchte, etwas am Seegrund zu erkennen. Philip schenkte mir mit seinen grünverschmierten Händen einen Kaffee ein, dickflüssig wie Blut.

Ich hatte ihm ein Paar Kaschmirhandschuhe zu Weihnachten gekauft. Er dachte wahrscheinlich, ich hätte sie geklaut, weil ich ihm nichts von Großmutters Geld auf meinem Bankkonto erzählt hatte. Er probierte sie an, betrachtete seine Hände immer wieder von allen Seiten, und sagte, er arbeite an einem ganz besonderen Geschenk für mich, aber der Weihnachtsmann habe es noch nicht abgeliefert, und etwas loderte in mir auf: du du du – du, der den Weihnachtsmann so abgöttisch geliebt hat – und irgendein idiotischer, kindischer, an Wunder glaubender Teil von mir dachte sekundenbruchteillang, er hätte dich auf irgendeine unmögliche Art und Weise zurückbekommen. Er wusste Bescheid. Er sprach es nur nicht aus. Er setzte sich zu mir, bis ich wieder eingeschlafen war. Als ich wach wurde, waren es nur Philip und ich und gegrillte Cheddar-Sandwiches und der Geruch von Ölfarbe. Dann malte er an einer anderen Leinwand, lauter Kupfer-, Orange- und Goldtöne, und sagte, das Bild würde der Sonnenaufgang in Zuhause, wenn er es hinbekäme.

Bevor ich einschlief, öffnete ich den Vorhang. Der Nachtregen badete *Den guten Weg*, auf dem meine Fußabdrücke sonst golden leuchteten, in ein trübes Grau. An diesem Abend war es sicher sehr friedlich in Zuhause; Schnee bedeckte das Dach des Haupthauses und die Gemeinschaft darin. Sicher sangen sie »Stille Nacht« (der stolze Abraham, die sorgsame Gabby, die fleißige Sarah, die aufmüpfige Teresa, der ewig hungrige Jim, der wilde Tomas, die freche Nora, der ernste Ephraim, der schreckliche Ben und die liebe Issy – und du, draußen im Wald, umherstreifend, wartend.) Und dann brach ich in Tränen aus.

47

Schnell durch das düstere Esszimmer und in die Küche, welch Erleichterung – und da sitzen sie, um meinen Tisch. In der Mitte liegt aufgeschnitten das, was vom Brotlaib dieses Morgens übriggeblieben ist.

»Sie lebt!« Xaviers Begeisterung wirkt aufgesetzt.

Cornelia will aufstehen. Ich winke ihr zu, sie lächelt mich an – das reicht, so ersparen wir uns die Umarmung. Das Kind hat schwarze Locken, lange Wimpern und einen Mund wie eine Rosenknospe. Es springt vom Stuhl auf. Issy lässt mich los, um den kleinen Jungen in die Arme zu schließen. Ich versuche mich daran zu erinnern, wie Mutter dich im Arm gehalten hat. Aber selbst an ihren besten Tagen hatte sie nie so eine magnetische Verbindung zu uns, war nicht unser einziger Mittelpunkt.

»Mama«, flüstert der kleine Junge. Er dreht seine Wange an ihre und betrachtet mich. »Wer ist das?«

»Aah.« Schnuppernd vergräbt Issy die Nase an seiner Schläfe. »Das ist meine Freundin Saskia.« Ihre Hand bedeckt ihren Besitz, seine Brust. »Und das ist mein Sohn, Sekou.«

Sekou duftet nach Sauerteigbrot. Er klimpert mit den schwarzen Wimpern – dunkle Augen wie seine Mutter, seine Großmutter. Dann entwindet er sich und rutscht auf den Boden. Flitzt zurück zum Tisch. Zu Cornelia. »Wir malen, Mama!« Sekou schnappt sich eine Brotkruste und kaut.

48

Philips Weihnachtsgeschenk bekam ich erst im Februar. Ich betrat den Loft nach einem langen, einsamen Freitag und sah Issy, die an der Küchenzeile stand und ein Glas Milch austrank.

Ein Jubelschrei kam aus meiner Kehle. Issy wirbelte uns durch das Loft, fest und locker auf ihre unnachahmliche Weise, nach Schweiß und Jute und alter Wolle riechend. Sie packte die vier Laibe Sauerteigbrot aus, die Sarah ihr mitgegeben hatte, und ließ sich auf mein Bett fallen. Sie erkundigte sich nach dem *Guten Weg* und beäugte die weihnachtliche Lichterkette. Sie streichelte meine roten Samtvorhänge. Sie mischte die mitgebrachten Karten.

»Es gibt ein neues Mädchen, es heißt Cornelia. Ihre Eltern sind geschieden. Ihr Dad ist im Valley mit jeder ins Bett, und dann ist er bei irgendeiner Hure eingezogen. Ihre Mom hat sich einen neuen Namen zugelegt, Butterfly, früher hieß sie Valerie oder so, und dann ist sie mit einer Kiste Orangen im Kofferraum von Kalifornien zu uns gefahren. Sie ist super.«

»Butterfly?«, fragte ich hoffnungsvoll.

»Angeblich geht sie gern ins Einkaufszentrum.« Issy drückte die Nase an die Scheibe, hinter der sich die Stadt erstreckte. »Ich finde es toll hier. Ich war noch nie in New York. Ich fühle mich ganz klein.« Sie hauchte die Scheibe an und malte ein Smiley hinein. »Warst du schon mal in einem Einkaufszentrum?«

»Du würdest es schrecklich finden.«

»Cornelia meint, es gefällt mir bestimmt. Es gibt eine ganze Etage mit allem Leckeren, was man essen will, sagt sie.«

»Ja, aber der ganze Sinn und Zweck von einem Einkaufszentrum ist doch, dass man Sachen kauft.«

Issy stand immer noch am Fenster und war mit Anhauchen und Smileys-Malen beschäftigt. Ich saß auf der Bettkante und bewegte mich nicht.

»Wo ist Xavier?«, fragte sie.

»Er ist zu Jane gezogen.«

Sie drehte sich zu mir um und sah mich mitfühlend an. Ich erzählte ihr alles, auch das mit Janes Geld. Die Geschichte war verworren auf eine Art, die Issy verstand. Wir lagen auf dem Bett, Beine ineinander verknotet, als wären wir nie einen Tag getrennt gewesen, und ihr Sauermilchatem schenkte mir Trost: »Ganz unter uns – Butterfly ist irgendwie, du weißt schon – wie Jane.« Sie senkte die Stimme, obwohl außer uns niemand im Loft war. »Irgendwie nuttig.« Von Issys Flüstern standen mir die Haare im Nacken zu Berge. »Ich habe was mitgehört, als ich schon im Bett war, Gabby und Sarah haben geredet. Butterfly hat den Penis von Jim gelutscht.«

Ein Bild blitzte vor meinem inneren Auge auf: bebendes rosa Fleisch, das sich aneinander rieb. Mir wurde schlecht. »Und wie findet Cornelia das?«

»Das kann ich ihr nicht sagen.«

»Die arme Teresa.«

»Teresa hat einen Dreier vorgeschlagen. Aber Butterfly steht nur auf Pimmel.«

»Die arme Cornelia.« Aber ich war auch ein wenig schadenfroh, weil ich eifersüchtig auf sie war.

Issy kam ganz nah mit ihrem Gesicht, so nah, dass sie nur noch ein Auge hatte. Ihre Lippen waren direkt vor meinen, und ich spürte wieder dieses Verlangen, jemanden einzuatmen. Fast hätte ich es getan, hätte angefangen, sie zu küssen; wie schön wäre das Gefühl gewesen, mich an einen anderen Körper zu drücken und etwas von seiner Stärke zu borgen. Aber die Tür zum Loft schabte quietschend über den Betonboden. Auf Philips Schritte folgten andere.

Issy richtete sich auf. »Man soll keine Gerüchte verbreiten.«

»Aber wenn es doch stimmt? Dann sind es keine Gerüchte.«

»Gerüchte sind ein Ding. Hat Abraham gesagt.« Bei der Erwähnung seines Namens krampfte sich mein Herz zusammen. Issy war schon vom Bett gesprungen und wühlte in ihrem Rucksack. »Können wir rausgehen? Philip hat gesagt, du darfst mir alles zeigen.« Sie wickelte sich einen handgestrickten Schal um den Hals:

Pink und Rot und Pfauenblau. Einen Augenblick stellte ich mir genüsslich vor, wie die Mädchen in meiner Schule sie fertigmachen würden.

»Und wie alt ist Cornelia?«

»Jünger als wir. Aber sie hat einen Busen. Ben rennt ihr hinterher, als ob sie Morgana wäre.«

»Ist er in sie verknallt?«

»Sie sieht ziemlich gut aus.«

»Mädchen? Saskia?« Philip war da. Die Wohnungstür ging quietschend zu.

Issy senkte die Stimme. »Pass bloß auf: Eifersucht ist auch ein Ding.«

»Ich bin nicht eifersüchtig.«

Sie trat an den Vorhang und zog ihn beiseite. »Außerdem dachte ich, du kannst Ben nicht ausstehen.«

49

Cornelia zeigt auf die trockenen Brotreste. »Ich hoffe, das war okay. Er hatte richtig Hunger.« Issy und ich nicken beide.

»Sehr schönes Bild«, sagt Issy und schaut Sekou über die Schulter. Braune Krakel. »War er auf dem Töpfchen?«

»Er sagt, er muss nicht.«

»Musst du mal Pipi machen, mein Schatz?«, sagt Issy und beugt sich zu dem Jungen hinunter.

Sekou schüttelt den Kopf.

Xavier beobachtet mich. »Jetzt bist du mir nicht mehr böse, oder?« Ich frage mich, ob diese Masche bei Billy funktioniert.

Ich beuge mich über Sekou. »Darf ich auch malen?« Ein Lächeln breitet sich auf dem Gesicht des Jungen aus, als er mir eine orangefarbene Wachsmalkreide überreicht und auf den Rand seines Bilds zeigt. Die anderen sehen erleichtert zu, wie ich die Ecke bunt ausmale. Vielleicht ist das Bild ja wirklich schön.

Cornelias Uhr gibt einen Glockenton von sich. Sie bewegt den Finger über das winzige Display. Ich habe einen Computer, mit dem ich mich über den Zustand der Welt informiere, aber mit raffinierten Sachen wie Uhren, die in Wirklichkeit Handys und Computer und eine endlose Kollektion von Musik und Filmen sind, kenne ich mich nicht aus. Alles verändert sich so schnell.

»Wir müssen los«, sagt Cornelia. »Es ist schon fast vier.«

»Ihr geht schon wieder?«, frage ich.

»Ja, und du kommst mit, meine Liebe.« Ihre Stimme trieft wie Sirup. »Hat's dir noch keiner erzählt? Wir fahren nach Maine.«

»Nach Zuhause?« Selbst in dieser verzweifelten Situation wollen wir ja wohl nicht um Mitternacht im Wald herumstapfen.

»Heute Abend schaffen wir es noch bis in den Ort«, sagt Xavier, seine Stimme tief und ruhig. »Morgen sehen wir dann weiter.«

»Und wo übernachten wir?«

Cornelia verschränkt die Arme. »Manche von uns haben Familien, zu denen wir zurückmüssen. Hübsch hast du's hier im Haus deiner Großmutter, aber ich bin leider Gottes nicht im Urlaub.« Das ist *mein* Haus, und natürlich, die Zwillinge, Cornelias kostbare Zwillinge – Madison? Mackenzie? Rosencrantz? Guildenstern? Ihre doppelt perfekten Töchterlein.

»Wo«, wiederhole ich, »übernachten wir?«

Xaviers Blick wandert über die marmornen Arbeitsflächen, aber dann sieht er mir irgendwann doch in die Augen. Er sagt es so leise, dass ich ihn kaum verstehe: »Bei Ben.«

»Und wie findet Ben das?«

»Ben wird schon einverstanden sein, wenn er erfährt, was auf dem Spiel steht«, erwidert Cornelia.

»Er weiß nicht, dass wir kommen?«

Issy und Xavier werfen sich einen schuldbewussten Blick zu.

»Ihr glaubt doch nicht allen Ernstes, dass ihr ihn überzeugen könnt, mit uns nach Zuhause zu fahren?«

»Und warum nicht?« Cornelia spielt an einer Phantomkette herum; sie muss vergessen haben, sie anzulegen. »Er hat ein ebenso großes Interesse daran wie wir, dass diese Sache nicht an die Öffentlichkeit dringt. Oder sogar ein größeres Interesse – wenn man sich überlegt, dass er da oben wohnt und es sein Leben dort ruinieren würde. Einen Einheimischen betrifft es besonders.«

»Mich betrifft es auch besonders.«

»Es betrifft uns alle, Saskia. Aber jetzt mal ganz ehrlich –«

»Lasst uns freundlich miteinander umgehen«, unterbricht Issy.

Cornelia kneift die Lippen zusammen. Sie legt Sekou ein frisches weißes Blatt hin, obwohl er mit dem, das er hat, völlig zufrieden zu sein scheint. In diesem Augenblick hören wir alle, wie die Haustür aufgeht und die Außenwelt – Gerüche, Geräusche – eindringen. Wen haben sie noch mitgebracht? Ihren erstaunten Gesichtern nach zu schließen erwarten sie niemanden mehr.

Sekou rast ins Esszimmer. Wir rennen ihm hinterher, Issy vorneweg. In der Halle steht Sekou, lacht und zeigt und winkt, aber im Sonnenlicht ist nichts zu sehen.

»Hallo?« Xavier tritt hinaus in den Tag. Das hohle Dröhnen eines Laubbläsers, das endlose, hohe Trillern der *Spizella passerina*.

Achselzuckend dreht er sich wieder um. »Tja, der Wind muss sie aufgeweht haben.«

Aber Sekou wendet den Blick noch nicht ab. Ich beuge mich zu ihm hinunter, um zu fragen, was er gesehen hat, aber er hüpft schon davon in Richtung Wohnzimmer. Xavier kommt wieder ins Haus und verriegelt die Tür hinter sich; dann fragt er Issy, ob Cornelia die Route herausgesucht hat. Sie reden über Autobahnen. Ich finde Sekou im Salon, wo er vor dem *Guten Weg* steht, das über dem Sofa hängt. Er blickt hoch zum Bild, einen Finger im Mund. Ich gehe langsam neben ihm in die Hocke.

»Hast du da draußen jemand gesehen?«

Der Junge lässt eine Schulter sinken, dann beschenkt er mich mit einem koketten Lächeln. Ich weiß, dass er mich versteht. Er reißt sich los und springt, froh, dass er ein Publikum hat, mit einem Riesensatz aufs Sofa. Ich klatsche. Er legt den Kopf auf die Sofakissen und schiebt seine kleinen Hände dazwischen. Dann kichert er, dreht sich herum, und in den Händen hält er Topsy.

Topsy wohnt in meiner Schublade, in Großmutters Hermès-Tuch gewickelt, das mit den Ponys darauf, das du zum Piratspielen benutzen durftest. Ist es denn möglich, dass ich den Stoffhasen diesen Morgen mit nach unten gebracht habe, ohne dass ich etwas davon weiß? Es wäre seltsam, sich an so etwas nicht zu erinnern, aber möglich wäre es natürlich. Ist es möglich, dass Sekou ihn schon entdeckt hat, bevor ich nach unten gekommen bin, und ihn hier versteckt hat? Tja, alles ist möglich, auch wenn ich ihn nicht auf der Treppe gehört habe – und deswegen ist es auch möglich, dass du es warst, der die Tür aufgemacht hat, dass du Topsy genau an der Stelle versteckt hast, wo Sekou ihn finden würde, und ich ihn und Topsy finden und verstehen würde, dass es eine Einladung ist. Wenn du es bist, denke ich, während ich den kleinen Jungen anlächele und Topsy streichele und so tue, als sei es vollkommen normal, ihn an dieser Stelle zu finden – wenn du es bist, dann ist mir klar, was ich zu tun habe.

Und damit finde ich mich mit der neuen Situation ab. Das bringt plötzliche Klarheit. Warum habe ich mich von Zuhause ferngehalten, dabei warst du mir dort doch immer so nah? Ich gebe Sekou den Kuss, den er verdient. Ich stehe auf und teile den Erwachsenen meine Entscheidung mit. Sie sind im Esszimmer und wispern über mich.

»Ich packe meine Sachen«, sage ich und eile an ihnen vorbei. Ich gehe in die Küche und fülle die Mutter in zwei Gefäße: Sauerteig für morgen, und Starterkultur, die am Leben erhalten werden muss. »Ich brauche eine Kühlbox«, sage ich, weil ich weiß, dass Issy mir gefolgt ist, »und die Mehltüte und meine Rührlöffel.«

Xavier steht in der Tür. »Wir müssen sicherstellen, dass du die Briefe auch bekommen hast.«

»Liegen in der Diele.«

Er geht.

Kleine Füße kommen auf mich zugerannt, dann ziehen Arme an meinen Beinen.

»Willst du mal gucken?«

Sekou nickt. Ich nehme ihn auf den Arm. Ich strenge mich an, nicht die Nase in seine Löckchen zu drücken. Ich ziehe das Küchenhandtuch weg. Er blickt hinab auf die schläfrigen Blasen.

»Ist das Sarahs Sauerteig?«, fragt Cornelia. Sie kennt die Antwort.

50

Philip stellte eine Tüte frische Bagel auf den Wohnzimmertisch, und Knoblauchduft füllte den Loft. Auf dem Sofa saß Gabby und fixierte mich. Das hätte ich mir denken können, dass Issy mit ihr zusammen hergekommen war. Ich war froh, Gabby wiederzusehen; ihre Anwesenheit ließ Zuhause wieder möglich erscheinen. Aber ohne die Ablenkung der anderen Bewohner fühlte ich mich nackt und eingeschüchtert unter ihrem feierlichen Blick.

Issy schnappte sich einen Bagel mit allem drauf und ließ sich auf Gabbys Schoß fallen, als sei es der natürlichste Ort der Welt. Erst da nahm Gabby die Augen von mir und zuckte unter dem Gewicht ihrer überschwänglichen Tochter zusammen, atmete tief durch und faltete sich um das Mädchen, das sie gemacht hatte. Issy plapperte wie ein Wasserfall über das Loft und die Tauben und die U-Bahn.

»Gibt es Geld für Donuts?«, fragte Issy und schloss die Augen, während sie zubiss. Mohnsaat regnete auf ihren Schoß. »Cornelia hat gesagt, die schmecken gut hier.« Sie blickte zu mir hoch; ich hielt mich immer noch fern, blieb in der Nähe meines Zimmers. »Hast du gar keine Lust auf Abenteuer?«

»Und wie geht es dir, Saskia?«, fragte Gabby.

Einer Frau, die so klar und solide war wie Gabby konnte ich nicht sagen, wie konfus es in mir aussah: die Sehnsucht nach dir, und nach Zuhause, nach Sarahs Brot und dem Klopfen der Hämmer, die Sehnsucht nach Abrahams Ruhe stiftendem Blick, sogar nach der kleinen Nora, die mir den Stinkefinger zeigte. Aber Gabby anlügen konnte ich auch nicht.

»Du fehlst uns, Saskia.«

»Wirklich?«

»Was meinst du, warum wir hier sind?«

Philip raschelte laut mit der Bageltüte, dann machte er Lärm mit Papier- und Plastikverpackungen. »Wer will Kaffee? Ich wollte gerade Kaffee machen. Trinkst du einen Kaffee, Gabby?«

Sie schüttelte den Kopf und fuhr mit den Fingern über den bloßen Arm ihrer Tochter, während Philip sich seiner Aufgabe zuwandte. Issy schloss die Augen wie ein Baby und schmiegte sich mit dem Gesicht an den Hals ihrer Mutter. »Erst neulich hat Sarah gesagt, das Brot schmecke nicht so gut, wenn du es nicht geknetet hast. Und Tomas hat sich abends eine Geschichte von dir gewünscht. Er hat gelacht, als Teresa ihm vom kleinen Topsy erzählt hat – dass du ihn immer im Hosenbund mit dir herumträgst. Ach, und Ben lässt dich übrigens auch herzlich grüßen.«

»Ben?« Um ganz ehrlich zu sein hatte ich gehofft, Abraham würde mich vermissen, aber diese Grüße bewegten mich auf eine andere Art. Issy klappte die Augen auf.

»Im Grunde haben wir es sogar Ben zu verdanken«, sagte Gabby, »dass wir uns auf diese Reise gemacht haben.«

»Hey, einen Augenblick.« Philips Stimme dröhnte aus der Küche herüber. »Wer bezahlt eigentlich für das alles?«

Ein verärgerter Gesichtsausdruck huschte über Gabbys Gesicht, aber sie beherrschte sich. »Natürlich, du warst sehr großzügig, Philip. Aber die Idee zu dieser Reise stammt von Ben.«

Ich trat vor sie in den großen Raum, magisch angezogen davon, wie völlig unglaublich mir das Ganze vorkam. Sprach sie vom selben Ben, der mich verabscheute, seit wir uns kennengelernt hatten?

Gabby lachte über meinen Gesichtsausdruck. »Im Oktober hat er gesagt, er glaubt, dass du uns sicher vermisst. Er und Xavier schreiben sich und so wusste er, dass Xavier ausgezogen ist und –«

»Du hast das gewusst?«, stellte Issy ihre Mutter zur Rede. »Warum hast du mir nichts gesagt?«

»Ich behalte private Dinge für mich.« Gabby tätschelte ihre Tochter, damit sie aufstand, was Issy widerstrebend tat.

»Saskia glaubt, dass Ben sie nicht leiden kann«, sagte Issy.

Nach kurzem Zögern erwiderte Gabby: »Ich vermute, es ist ein wenig komplizierter.«

»Können wir jetzt endlich los zu unserm Abenteuer?«, drängelte Issy. Mir war schwindlig. Ein Gefühl tobte in mir, das mich an Wut erinnerte, aber es war hohler und schmeckte unangenehm nach Hoffnung. »Wir gehen Donuts essen!« Philip gab uns Geld, Gabby setzte sich in den Schneidersitz, und wir zogen los in den Tag – Issy auf Erkundungstour in die Welt und ich verblüfft, wie viele Überraschungen sie bereithielt.

51

Xavier kehrt mit einem kleinen Stapel Umschläge zurück. »Du hast sieben Briefe bekommen.«

Cornelia tritt auf ihn zu. »Was steht in dem siebten?«

Mit einem entschuldigenden Blick in ihre Richtung händigt er sie mir aus. Die Verletzung des Briefgeheimnisses ist strafbar, aber ich sage kein Wort. Ich hole ein Messer aus der Küchenschublade.

Xavier hat sie schon nach dem Datum des Poststempels geordnet. Die Umschläge klaffen. Die ersten sechs Briefe gleichen exakt denen, die er mir schon gezeigt hat.

Der Erste: *Ich grüße dich.*

Der Zweite: *Habe ich dir gefehlt?*

Der Dritte: *Du fehlst mir so.*

Der Vierte: *Ich brauche dich so.*

Der Fünfte: *Zeit, nach Zuhause zu kommen.*

Der Sechste: *Alle fünf. Sonst …*

Aber er hat recht. Da ist noch ein siebter Brief. Die vier anderen Körper im Raum – sogar der Kleine – beugen sich zu mir vor, als ich ihn öffne. Alle halten die Luft an.

52

»Ich hab es dir doch tausend Mal gesagt. Es geht mir nicht um Geld.« Gabbys Stimme weckte mich auf. Es war ihre letzte Nacht in New York. Issy hatte in meiner Begleitung die Hochhäuser am Times Square bestaunt, über die Köstlichkeit der Veselka-Pierogis gestöhnt und den Taubenschwarm im Washington Square Park aufgescheucht. In einem Zauberladen hatte ich ihr ein neues Kartenspiel gekauft, das sie partout nicht aufmachen wollte, als sei schon die Schachtel ein unbezahlbares Artefakt. Während wir unterwegs waren, blieben Philip und Gabby im Loft und redeten – über Janes Geld, vermutete ich. Jetzt schnarchte Issy laut neben mir.

»Warum hat er dich dann hergeschickt?«

»Du hast uns eingeladen, Philip.«

Ich zog den Fuß unter Issy hervor, machte einen Bogen um die knarrende Diele und schlich zum Vorhang. Philips Loft mochte auf den ersten Blick geräumig wirken, aber in Wirklichkeit war es ein Gewirr aus Künstlerbedarf und gefundenen Möbelstücken. Abrupt aus dem Schlaf gerissen huschte ich mit riesengroßen Ohren in das Labyrinth. Der Geruch von General Taos Chicken hing noch in der Luft.

Gabby fuhr fort: »Das versuche ich dir doch klarzumachen: Du und Abraham – alle beide – ihr müsst endlich aufhören mit diesem Platzhirschgehabe. Ihr wollt dasselbe Machoding. Ja, wollt ihr. Nur weil er nicht vor dir auf den Knien rutscht und bettelt, merkst du es nicht.«

»Er will mehr Geld«, entgegnete Philip.

»Abraham hat keinen blassen Schimmer, wie Geld funktioniert, was mich wahnsinnig frustriert. Nein, Philip, er will sie beschützen.« Sie klatschte eine Zeitung auf den Tisch, die ich wiedererkannte – ein Bild von mir auf dem Heimweg, vom Anfang des Schuljahrs. Ein schönes Gefühl durchflutete mich: Wärme, Überraschung. Sie redeten über mich.

»Lass sie uns mitnehmen.« Sie flehte ihn an, die Sehnsucht in ihrer Stimme so stark, so unerwartet, dass es mich fast zum Weinen gebracht hätte. »Du hast Abraham deine Bedenken geäußert. Er hat zugehört. Du kannst nicht einfach drauf bestehen, dass sie hierbleibt, nur weil du einsam bist. Die Prophezeiung besagt –«

»Ich glaube nicht an Prophezeiungen, Gabby.«

Es gab eine Prophezeiung? Die etwas mit mir zu tun hatte?

»Dann schau dir bitte mal an, wie schlecht es ihr hier geht. Das muss ja wohl reichen. Du bist uns auch jederzeit willkommen, Philip. Du bist immer willkommen. Aber wenn du dieses Leben nicht hinter dir lassen kannst, dann schick sie mit uns nach Zuhause. Und nicht nur, um sie von der Öffentlichkeit fernzuhalten. Abraham weiß, dass sie ein besonderer Mensch ist. Das soll ich dir von ihm ausrichten – die Einzelheiten kenne ich nicht, aber wenn Abraham auf etwas beharrt, hört man besser genau hin, habe ich festgestellt. Wir sorgen für ihre Sicherheit – Abraham, Marta, Sarah und ich. Was sie schon alles mitgemacht hat – sie verdient ein wenig Stabilität.«

Wie schrecklich und schön zugleich: Sie wollten mich nicht, *obwohl* ich die war, die ich war. Sondern genau deswegen.

53

Genauso wie bei den ersten sechs Umschlägen schiebt sich das Messer in den Schlitz zwischen Klappe und Vorderseite. Die Klinge schlitzt das Kuvert in der Falte auf, Fasern verteilen sich in der Luft wie Saft, der aus einer Orangenschale spritzt. Auch das Stück Papier darin hat eine scharfe Kante. Eine rote Schnittwunde beißt mir in die Fingerkuppe.

Alle drängen sich heran, um mitzulesen, was im siebten Brief steht: *Überzeuge die anderen vier, Saskia. Du warst immer die Anführerin.*

Cornelia platzt trotzig heraus: »Das stimmt überhaupt nicht.«

54

Ich dachte, Philip würde womöglich ja sagen, na gut, dann nehmt sie mit, aber stattdessen räkelte er sich, gähnte sehr laut und sagte, er müsse sich aufs Ohr legen. Gabby und Issy würden am Morgen abreisen. Ich könnte mich jetzt zeigen und ihnen sagen, ich würde mitkommen. Aber ich brachte es nicht übers Herz, nicht, wenn Philip es für die falsche Entscheidung hielt, ganz gleichgültig, wie sehr sich alles in mir nach Zuhause sehnte. Lange sah ich Gabby dabei zu, wie sie neben dem Bett saß und meditierte, völlig frei von der Dingwelt. Ich wünschte, ich könnte es einfach wie Issy machen und es wagen, mich an sie zu drücken.

55

»Ich hab Hunger, Mama«, flüstert Sekou Issy ins Ohr, als sie mit meinem Koffer wieder da ist. Wir haben am Küchentisch gesessen und gemalt, während die Erwachsenen konzentriert der Abreise entgegenarbeiten.

Issy hebt den Jungen hoch. Seine dünnen Beine klammern sich um ihre Taille. »Du kleine Raupe Nimmersatt.« Sie pflanzt eine Reihe von Küssen auf seine Stirn. »Willst du jetzt Pipi machen?«

»Billy! Leg nicht auf, verdammt nochmal!« Xaviers laute Stimme aus der Diele beschert mir einen vielsagenden Blick von Issy. Er will angeblich die ungeöffnete Post nach weiteren »Hinweisen« durchsuchen, aber im Grunde ist er nur da vorn hinter der Tür, um Billy nochmal am Telefon anzuschreien.

»Lass uns mal gucken, ob wir hier was zum Knabbern finden«, sagt Issy. Bevor ich sie daran hindern kann, öffnet sie den Küchenschrank. Leer. Ich werde knallrot. Sie wirft einen Blick in zwei weitere Schränke, bevor sie versteht. Als sie sich zu mir umdreht, stehen ihr die Tränen in den Augen.

»Brot«, sage ich. Genug Brot, um mich am Leben zu erhalten, was nicht die ganze Wahrheit ist, da ich manchmal einen Anfall bekomme und mir Gemüse vom Supermarkt liefern lasse. Meine Hände öffnen sich zum Himmel und beschwören esoterischen Quatsch herauf. »Die Mutter sorgt für uns.«

»Im Auto hab ich noch Fischli«, flüstert Issy dem kleinen Jungen ins Ohr. »Und unterwegs können wir zu McDonald's, okay? Aber vorher müssen wir Pipi machen gehen.« Er schreit unwillig auf, als sie das sagt. Laut ruft sie: »Fahren wir jetzt los oder was?«

56

An einem regnerischen Märznachmittag kam ich nach Hause und sah den verheulten Xavier an der Küchentheke sitzen. Mir wurde klar, dass er seit mehreren Tagen nicht in der Schule gewesen war.

»Xavier zieht wieder bei uns ein«, sagte Philip.

Xavier zuckte abwehrend die Achseln und sah mir in die Augen. Sein Blick war entschuldigend, voll der Demut, die entsteht, wenn man sich plötzlich auf Seiten der Verlierer wiederfindet.

»Ihr seid beide perfekt«, sagte Philip. »Wunderbare schöne Menschen, die es wert sind, genau so geliebt zu werden, wie sie sind.«

Xavier sah aus, als würde er jeden Augenblick anfangen zu schluchzen, deswegen verkündete Philip laut: »Ich würde sagen, das wird mit Cheese Fries gefeiert.« Als die beiden sich im Diner die Bäuche vollgeschlagen hatten, legte er uns die Hand auf die Schulter. »Bringt das Schuljahr zum Abschluss, meine Lieben, und dann gehen wir zurück in den Norden.«

57

Die Welt da draußen macht mir keine Angst. Es ist das Draußensein – aber nicht auf die Art, wie die anderen denken. Ich sorge mich nicht darum, was mir die Außenwelt antun könnte.

Schotter unter den Sohlen. Zum Niesen verleitendes Heu. Abendlicht in Renaissancefarben. Riesiger Himmel. Das Flüstern des *Acer palmatum,* des roten Japanischen Fächerahorns. Vor der Sonne tanzende Wolken. Das durchdringende Pfeifen »*Chick-a-dii*« von *Poecile atricapillus,* das der amerikanischen Schwarzkopfmeise ihren Namen verleiht. Das Brummen eines Flugzeugs, das Summen der *Apis millifera* – der Honigbiene. Das Knirschen von Kies vor der Treppe. Das gleißende Mittagslicht. Der Schleier der tiefen Nacht.

Sie umrunden mich. Atmen mir auf Schultern, Arme, in den Nacken. Die vielen, auf mich gerichteten Blicke. Wir bewegen uns auf den SUV zu wie ein Filmstar und seine Entourage. Sekou hält mich an der Hand. Es ist schwer, die Eindrücke einzuordnen. Vielleicht reagieren meine Augen wie bei einem Neugeborenen, und die vielen Reize und Eindrücke sind einfach überwältigend. Oder vielleicht spricht da auch nur die Eitelkeit – vielleicht bin ich nur ein alter Schisser, der seit viel zu langer Zeit vor allem Angst hat.

Sie warten. Vielleicht wollen sie mich zusammenbrechen sehen. Wer könnte es ihnen übelnehmen? Ein Schrei, ein herzzerreißendes Schluchzen, Ringen mit der Kleidung, Krampf in der Lunge. Ich, wie ich mich auf den Knien liegend geschlagen gebe. Warum hätte ich mich sonst dort einschließen sollen? Warum, wenn mein Grauen nicht direkt unter der Haut angesiedelt ist und schon beim kleinsten Kontakt mit der Luft Feuer fängt?

Sie verstehen es nicht; ich fürchte mich nicht *vor* der Außenwelt – ich fürchte mich davor, was ich der Außenwelt antun könnte. Ich habe Angst davor, wozu ich in der Lage bin, jetzt, wo ich wieder Teil der Welt geworden bin.

Warum gehe ich weiter, trotz aller Angst? Tja … weil Topsy da war, wo Sekou ihn finden konnte. Oder weil die Tür meines Hauses ohne jede Erklärung aufflog. Und dann der Gedanke daran, wie du durch die Wälder von Zuhause streifst.

Meine Ängste hebe ich mir für morgen auf, oder den Morgen danach. Die Angst gilt der Entscheidung, die ich treffen werde, wenn ich handeln muss. Aber jetzt mache ich den ersten Schritt, einen Fuß vor den anderen, und noch einen. Und dann sitze ich, und Xavier fährt los.

Du weißt, was ich bin. Du weißt, was ich tue. Du weißt, dass meine Angst berechtigt ist.

58

»Ich bin die Liebe.«

Ja, es war nur ein Mann, der da sprach. Aber im Frühmorgennebel, der aus dem See aufstieg, war Abrahams Stimme so viel mehr: Sie war der Klang, auf den jeder Behauste hörte. In der Schwärze der Nacht läutete eine Glocke. Dann kam das Klopfen an der Tür. Philip und Xavier und ich stolperten aus unseren Betten. Auf der Veranda stand Ephraim. Er schüttelte Philip die Hand zur Begrüßung – wir waren spät am Vorabend angekommen, als die meisten Bewohner schon im Bett gelegen hatten. »Ihr braucht euch nicht anzuziehen«, sagte Ephraim, er selbst trug allerdings schon sein weißes Hemd und die Arbeitshose. Wir folgten den Behausten, die im Gänsemarsch hinunter an den See trotteten, wo der Nebel milchigweiß dem Sonnenaufgang entgegendampfte.

Die Hosen bis zu den Knien durchnässt stand Abraham vor uns im Wasser, neben ihm ein Hund mit kurzem, struppigem Fell und einem Brustkorb wie ein Fass. Der Hund drehte den Kopf und schnupperte in den Wind.

»Ihr seid die Liebe.«

Issy und ich saßen zusammen unter ihrer Patchworkdecke auf der Bank. Neben uns schmiegte sich Tomas, mittlerweile eher Junge als Kleinkind, an Teresas Bauch. Auf unserer anderen Seite saß Sarah, die Hände still im Schoß, und lehnte sich an Ephraim, der stark wie eine Eiche wirkte. Ben und die zappelige Nora saßen ihnen im Schneidersitz zu Füßen.

Schritte waren auf den Kiefernnadeln zu hören, als sich zwei Personen näherten. In den Monaten, seit Issy sie zum ersten Mal erwähnt hatte, hatte ich oft an die beiden gedacht. Cornelia war noch hübscher, als ich sie mir vorgestellt hatte: zierlich, mit einem Wasserfall brauner Haare. Sie flüsterte Issy ein *Hallo* zu und setzte sich auf der anderen Seite neben sie. Ihre Mutter, die berühmt-berüchtigte Butterfly, war groß und schlank. Sie trug eine blonde

Kurzhaarfrisur und einen Pullover, der an der Taille gerafft war und an Hüfte und Busen etwas weiter wurde. Ich kannte den Begriff »Schlafzimmerblick«, verstand ihn aber erst, als ich sie sah, wie sie am Rand der Gruppe stehenblieb und den trägen Blick auf Abraham richtete. Er schien ein klein wenig gerader zu stehen. Butterfly sah meiner Mutter überhaupt nicht ähnlich, aber sie strahlte dasselbe verwundete, fordernde Begehren aus.

»Wir sind die Liebe.«

Ich war nicht die Einzige, die Butterfly betrachtete. Eine Brise wühlte das Wasser auf, und Jim ließ den Blick über ihren Körper wandern. Mir drehte sich der Magen um bei der unverfrorenen Art, wie er sie vor aller Augen – besonders denen seiner eigenen Frau – förmlich auffraß. Lange durfte Jim sie nicht anstarren; Teresa hatte es auch bemerkt und stieß ihm den Ellbogen in die Rippen. Jim hustete wie ein Kind, das in der Schule beim Abschreiben erwischt worden ist, rückte von Teresa weg, hatte seine Lektion aber gelernt: Er sah nicht nochmal in Butterflys Richtung.

Als Nächstes nahm Philip die Frau aufs Korn. Ich war nicht allzu überrascht und freute mich sogar ein wenig für ihn – und für mich; vielleicht war Butterfly ja unser Ticket für die dauerhafte Rückkehr nach Zuhause. Ich sah schnell nach, ob Xavier etwas davon mitbekommen hatte, aber er schien vor sich hinzudösen.

»Ich bin die Liebe. Ihr seid die Liebe.« Ich wünschte mir inständig, Abraham würde in meine Richtung schauen. Es gab immerhin eine Prophezeiung. »Wir sind die Liebe. Klingt doch gut, oder?« Er öffnete die Augen. Sein Lachen war ansteckend. Ein Glücksgefühl durchströmte mich, trotz aller Eifersucht. Nach sechs Monaten in der Unterwelt war ich wieder zum Leben erwacht. Du hast da draußen im Wald auf mich gewartet. Eine Feder würde vom Himmel fallen, oder dein Atem würde mir etwas ins Ohr flüstern. Es war nur eine Frage der Zeit, bevor wir einander wiederfanden. Ich bewegte die Zehen. Ich bewegte die Finger. Ich sah Gabby in die Augen, danach Amos und Sarah und Philip. Wir erfüllten die Luft mit unserem Lachen. Abraham hatte recht: Was er da über die Liebe sagte, klang wirklich gut. Aber gleich würde Abraham uns erklären, warum es nicht stimmte.

»Solche Sätze geben uns ein Gefühl von Sicherheit. Ich bin die Liebe. Ihr seid die Liebe. Wir sind die Liebe. Dieses Konzept von ich und du und ihr und wir. Das Konzept der Liebe. Aber was ist, wenn wir uns entdingen? Was ist, wenn ich und du und ihr und wir nur Dinge sind?« Der Hund leckte sich mit der langen Zunge über die Schnauze.

»Was ist, wenn wir sagen, es gibt kein Ich. Es gibt kein Ihr. Es gibt kein Wir.« Abraham reckte das Gesicht in Richtung Himmel, und plötzlich schrie er: »Was ist, wenn wir sagen, die Liebe gibt es nicht?« Abrahams Stimme hallte über den See. Tomas wachte weinend auf. Teresa entblößte eine Brust, damit er trinken konnte, und hielt eine Hand zu Jim gestreckt, der sich die Jacke auszog und über seinen schläfrigen Sohn breitete. Als ich noch einmal schnell zu Cornelia hinüberschaute, bemerkte ich, dass sich in einiger Entfernung etwas im Wald bewegte. Ich brauchte einen Moment, bis mir klar wurde, dass es Marta war, die sich da lautlos im Unterholz von uns wegbewegte.

»Was ist, wenn?«, dröhnte Abrahams Stimme. Er lächelte, als erzähle er uns einen guten Witz. Er winkte mit der Hand. »Was ist, wenn Liebe ein Ding ist, wenn Liebe kein Ding ist? Was ist, wenn ich bin, was ist, wenn ich nicht bin? Was ist, wenn ihr seid, was ist, wenn ihr nicht seid?« Er tätschelte den Hundekopf. »Rhetorik ist nur ein Weg. Wir haben nur Worte, um zu sagen, was wir empfinden. Auch das ist ein Ding – aber damit will ich gar nicht erst anfangen. Es geht uns um die Liebe.«

Der Nebel hatte sich aufgelöst. Butterfly reckte die Arme in die Luft. Sie wiegte sich wie ein junger Schössling im Wind. Sogar Tomas beäugte sie von Teresas Brust aus, Jims Augen klebten auch schon wieder an ihr, bis er merkte, dass ich ihn beim Glotzen ertappt hatte. Er sah mich herausfordernd an, ein drängendes, klebriges Verlangen im Blick. Wir waren alle miteinander verwoben.

»Ich spreche von Liebe an diesem wunderschönen Morgen, der auf unserer Erde anbricht, und will euch sagen: Die Liebe ist unsere Herrin. Liebe ist kein Ding. Liebe ist die Antwort. Liebe ist der Atem. Erlaubt euch nicht, Liebe als Ding anzusehen. Liebe sollte nie kleingeredet werden, indem man ein Ding daraus macht. Ihr solltet euch nie klein machen, euch zu einem Ding machen. Ich bin die Liebe. Du bist die Liebe. Wir sind die Liebe.«

Abraham unterbrach sich abrupt, sah nach rechts, sah nach links, als sei ihm gerade ein alberner Gedanke durch den Kopf gegangen. Er streckte die Arme weit aus. Er ließ sich rückwärts ins Wasser fallen. Der Hund machte einen Satz in den See, Beine, Rumpf, ein Riesenplatsch, wildes Gebell. Wir schrien. Wir klatschten. Abraham winkte uns zu.

Wir warfen die Decken von uns. Wir sprangen mit ins Wasser. Das kalte Nass spritzte über unsere Arme und Beine. Drang in unser Haar. Wir waren randvoll mit Wasser und Liebe und Abraham und ich und ihr und wir, total entdingt. Zuhause.

59

Die Welt rauscht an uns vorbei. Schon in der Einfahrt geht alles viel zu schnell. Meine Organe verschieben sich. Die Augäpfel schmerzen. Rot verwischt der *Cardinalis cardinalis*. Die Krone des *Acer rubrum* ein grüner Fleck im Zwielicht. Der Teufelsspaziergang ein weinrotes Lebewohl.

Auf dem Rücksitz, in der Mitte, sicher angeschnallt zwischen Sekous massivem Kindersitz und Issy, hätte ich perfekt gefunden – aber der SUV ist zu groß. Breite Ledersitze, Tassenhalter, Kopfstützen und viel Fußraum, drei Reihen Mensch – und dann ist hinten immer noch eine Menge Platz für unsere Taschen und die Mutter mit Zubehör und einem Elefantenbaby, wenn wir eins dabeihätten. Eine bessere Sitzverteilung ist uns nicht eingefallen: Xavier am Steuer, Cornelia als Beifahrerin, die ihm den Weg weist, dahinter ich neben Sekou, und ganz hinten Issy, die mir eine Hand auf die Schulter legen und mit der anderen eine Gummigiraffe für ihren nach hinten blickenden Sohn auf der Lehne tanzen lassen kann.

Der Wagen hält. Das Tor. »Welchen Code soll ich eingeben?«, fragt Cornelia.

»Es gibt keinen Code.« Xavier drückt auf den roten Knopf. Das Tor öffnet sich. Und ich hatte die ganze Zeit gedacht, man müsse ein Passwort kennen, um hier rauszukommen. Xavier könnte auf den letzten Metern meines Grundstücks das Tempo verringern, im Rückspiegel nach mir schauen und fragen, ob ich so weit bin. Aber sein Blick ist auf die Straße gerichtet. Issys Finger liegen beruhigend in meinem Nacken.

Xavier tritt aufs Gaspedal. Der SUV erwacht zum Leben. Wir preschen los. Der flammende Himmel rast der Dunkelheit entgegen. Wir sind in der Welt unterwegs, als gehörten wir nirgendwo anders hin.

60

Als wir nach dem Schwimmen aus dem Wasser kamen, teilte Nora die von Sarah gebackenen Sauerteig-Muffins aus. Die Sonne brannte schon wieder. Xavier verschlang seinen Muffin mit einem Happs. Ich schenkte ihm meinen. Er drehte sich zu Ben um. Wahrscheinlich wäre es schlauer gewesen, Issy den Muffin zu schenken, weil die sich jetzt auf Cornelias Schoß gekuschelt hatte – Cornelia mit der sommersprossenüberstäubten Nase und den schmalen Handgelenken.

Der Hund drängelte sich in der Hoffnung auf Krümel in die Mitte unseres Knäuels. Sein Kopf war so groß wie Tomas' Rumpf. Sein stolzer Gang, die hellwach aufgerichteten Ohren, das Schmatzen seiner Lefzen weckte alles in mir auf, was noch schläfrig war. Der Hund gähnte mit seinem elastischen Kiefer, die Zunge rollte sich nach oben auf und offenbarte die scharfen Zähne. Issy steckte sich ein Stück Muffin in den Mund. Das Tier machte einen Satz auf sie zu. Issy hielt ihren Muffin hoch, sodass er nicht herankam. Der Hund knurrte, und Issy zuckte weg, etwas, was ich noch nie an ihr gesehen hatte – Angst.

Cornelia hatte keine Angst vor ihm. Sie schnippte mit den Fingern und zeigte mit ausgestrecktem Finger weg von uns. Der Hund beäugte sie und trollte sich, zu Tomas, der sich quietschend auf ihn stürzen wollte. Teresa nahm ihren Sohn blitzschnell hoch, als der Hund ihm zu nahekam. Sie reichte Tomas wie einen Sack Kartoffeln an Jim weiter. Der Junge strampelte, aber Jim hielt ihn ganz fest, während er die Reparaturen des Tages mit Ephraim durchsprach.

»Woher kommt der Hund?«, fragte ich.

»Von einem Meditationswochenende«, antwortete Cornelia. »Irgendjemand Wichtiges hat Abraham das Vieh geschenkt.« Ihre Antwort machte klar, was sie alles wusste und ich nicht. Ihre Mutter drehte sich währenddessen tanzend in der Sonne.

»Und hat er einen Namen?« Der Hund bewegte sich ganz ähnlich wie Butterfly: voller Kraft und Wildheit und Spontanität.

»Nora nennt ihn Scheißhund.« Das kam von Ben. Er saß auf einmal neben mir, als sei gar nichts weiter dabei, sich neben jemandem auf den Kiefernnadeln niederzulassen, den man bisher nur ignoriert oder mies behandelt hatte.

Ich lachte, fand mein Lachen aber dumm. Ansehen konnte ich Ben nicht. Wollte ich nicht. »Ja, aber wie nennen ihn die andern? Wie sagst du zu ihm, Iss?« Aber Issy flüsterte gerade mit Cornelia. »Beißt er?«

»Wahrscheinlich.« Ben schien seltsam erpicht darauf, mir zu antworten. Groß war er immer noch nicht, und er trug immer noch diese peinlichen Klamotten, außerdem konnte ich ihn offiziell nicht ausstehen. Aber ich musste ständig daran denken, was Gabby gesagt hatte – dass er Issy und Gabby überredet hatte, nach New York zu fahren. Warum?

Der Hund war schon wieder da und leckte Ben das Gesicht ab. Ben drehte sich von ihm weg und wischte den Sabber ab.

»Der Hund muss auf dich hören«, sagte Cornelia. Sie schnipste wieder zum Hund, der von Ben wegsprang.

»Du glaubst nicht, dass er auf mich hört?« Er grinste entspannt.

Der Hund schleckte mit der Zunge einmal an Bens Wange hoch, vom Kinn bis zur Stirn. Cornelia kicherte. »Absolut«, sagte sie. »Der hört richtig gut auf dich.«

Cornelia zeigte auf den Muffin, den Xavier gerade von mir bekommen hatte. »Danke fürs Teilen.« Xavier zerbrach den Muffin in vier bröselnde Stücke. Nora kam mit leerem Korb auf uns zu. Cornelia klopfte auf ihren Schoß, das kleine Mädchen machte es sich gemütlich, und Issy flocht ihr die Haare. Bei ihnen sah alles so einfach aus: zu essen, zu lachen.

Abraham stand vor der Versammlung, hielt die Hände hoch und sorgte für Ruhe. »Ich habe noch was vergessen.« Er lächelte, als ihm wieder alle zuhörten. »Ich habe vergessen zu sagen, dass heute ein besonderer Tag ist.«

Seit ich mitgehört hatte, wie Gabby die Prophezeiung erwähnte, war ich mir sicher, dass Abraham etwas Besonderes in mir sah.

Aber seit unserer Ankunft hatte er mir keinerlei Beachtung geschenkt – ich hatte ihn nur ganz kurz im Haupthaus gesehen, wo er Philip die Hand schüttelte, bevor wir zu Bett gingen. Aber jetzt würde er meine Rückkehr feiern. Ich setzte mich gerade hin. Ich wartete darauf, dass er nach mir rief.

Er wies mit der Hand auf unser Grüppchen. Ich hob den Kopf.

Er sagte: »Wer von euch hat dieses Mädchen schon mal singen hören?«

Singen? Ich öffnete den Mund, um zu protestieren – was sollte ich bloß singen, falls er mich gleich dazu aufforderte? –, aber Nora krabbelte gerade von Cornelias Schoß herunter, und dann stand Cornelia schon. Abraham nickte befriedigt, als er sie mit der offenen Hand zu sich heranwinkte. Er meinte Cornelia.

»Neulich bin ich am Badehaus vorbeigegangen. Ich war in Gedanken versunken und merkte auf einmal, dass ich summte, und dann habe ich gemerkt, dass ich mit jemandem mitsummte, der sang – ein Lied sang, dass ich schon tausend Mal gesungen und bislang noch nie besonders schön gefunden hatte.« In der Gruppe wurde gekichert. »Aber aus dem Mund dieser Sängerin war das Lied – eine Offenbarung.«

Cornelia ging auf ihn zu, begleitet von dem schnüffelnden und schwanzwedelnden Hund. »Bravo, Cornelia!«, brüllte Issy und klatschte wie eine Wahnsinnige.

Butterfly juchzte. »Das ist mein Mädchen!«

Ben verschlang Cornelia fast mit den Augen, als sie zu Abraham ging und sich vor die Gruppe stellte. Ich musste mich sehr beherrschen, mich nicht wie die kleine Nora aufzuführen und einen Erdklumpen nach ihr zu schmeißen.

Abraham legte Cornelia die Hand auf die Schulter. »Würdest du uns die Freude machen?« Das sagte er mit derselben vertraulichen Stimme, mit der er mich am ersten Tag in Zuhause angesprochen hatte, dem Tag, an dem er meine Traurigkeit beim Namen nannte.

Cornelia sah ganz anders aus als Butterfly – sie war klein, brünett und flachbrüstig. Aber in diesem kurzen Augenblick, als sich die langen Wimpern des Mädchens kokett auf ihre Wangen senkten, sah ich, dass sie ihr auch ähnelte. Sie wusste, dass es besser war, bescheiden zu wirken, während der Applaus der Behausten zunahm und sich von Ermutigung zu dringendem Wunsch steigerte. Erst dann nickte sie, einmal, und schien zu sagen: Na gut, wenn es denn sein muss.

»Während du diesem Mädchen bei ihrem Gesang zuhörst, denke einmal über die Frage nach: Was ist deine geheime Begabung? Welchen Teil in dir hältst du zurück, weil du Angst hast, wie er dein Leben verändern könnte? Was würde es bedeuten, wenn du dich von der Idee entdingst, dass es dir schadet, diesen Aspekt ans Licht kommen zu lassen? Was würde es uns anderen geben, wenn du es furchtlos mit uns teilst?«

Cornelia schloss die Augen. Sie hob das Gesicht dem Tag entgegen. Die Melodie kam aus ihrem hübschen rosa Mund. Sie sang »Ich besaß einen Hengst, und der hieß Bill«. Abraham hatte recht: Normalerweise war es ein fröhlicher Gassenhauer, den man bei Partys oder am Lagerfeuer zusammen sang, aber aus Cornelias Mund war es die melancholische Geschichte trauriger Außenseiter, die nichts richtig hinbekommen.

Abraham forderte Cornelia auf weiterzusingen und mischte sich unter die Gemeinde, während sie zur zweiten Strophe anhob. Er ging neben Jim in die Hocke, flüsterte ihm etwas ins Ohr, und Jim gab laut zurück: »Wie, jetzt? Während sie singt?«

Abraham nickte.

Jim räusperte sich. »Ähm, na ja, ich kann gut Sachen schleppen, oder?«

Abraham schüttelte den Kopf, als sei er mit der Antwort nicht zufrieden, dann hockte er sich neben Ephraim. Cornelias Stimme zitterte nicht.

Ephraim nickte auf Abrahams Aufforderung hin. »Ich könnte mehr Freude an meinen Pflichten finden.«

Abraham warf den anderen einen komisch-verzweifelten Blick zu und sagte: »Aber beim dritten Versuch klappt's bestimmt.« Er ging weiter zu Butterfly. Sie erwartete ihn. Sie lächelte ihn an, als sei sie mit ihm allein, ihre harten Nippel waren deutlich unter dem T-Shirt zu sehen, die Hüfte ließ sie ein wenig nach links und rechts schwingen. Wenn man ehrlich sein wollte, war es schwer, sich Butterfly nicht im Bett an Abrahams Körper gedrückt vorzustellen. Cornelia verhaspelte sich beim Singen, fing falsch an und musste mit der richtigen Strophe noch einmal neu ansetzen.

Bei Butterfly brauchte Abraham nicht lang nach ihrer geheimen Begabung zu fragen. Sie sprach in Richtung Himmel. »Ich fürchte mich vor harter Arbeit. Mein Mann hat mir eingetrichtert, dass ich nur für die hier gut war« – sie fasste nach ihren Brüsten – »und die« – sie fasste sich an die Hüfte –, »aber warum nicht die hier?« Sie hob die Hände in die Luft. »Warum kann ich keine Freude an der Arbeit finden, die ich damit verrichten kann?«

Abraham berührte sie nicht, aber seine Augen waren überall. Alle hatten wir die Augen auf sie gerichtet, sogar Sarah, besonders Jim, besonders Philip. Abraham wandte sich ab und bewegte sich auf unser Grüppchen zu. Der Hund kam gähnend auf die Füße, als Abraham vor uns in die Hocke ging. Cornelia sang immer noch, war aber fast am Ende des Lieds angelangt.

»Xavier?«, sagte Abraham.

Xavier sah ihn mit einem schnellen, schiefen Blick an. Ich war erstaunt, dass er so schüchtern wie ich auf Abrahams Aufmerksamkeit reagierte. Vielleicht gab es ja einen Grund, warum Xavier zu uns zurückgekommen war, außer dem Rausschmiss bei seiner Mutter.

»Woraus besteht es?«, sagte Abraham. »Was ist Besonderes in dir, das du frei fliegen lassen möchtest?«

Xavier schüttelte den Kopf und sah zu Boden.

Abraham beugte sich vor. »Sag es ruhig.«

Xavier zuckte die Achseln, aber er lachte, als habe er ein wunderbares Geheimnis.

Abraham wandte sich den restlichen Bewohnern zu. »Sagt's ihm, sagt's ihm, wir wollen's wissen«, und alle klatschten und riefen ermutigend. Butterfly trompetete: »Sag uns deine Wahrheit«, und Amos nickte beim Schnitzen, mehr bekam man aus ihm ja sowieso nicht heraus. Xavier machte den Mund auf, um etwas zu sagen, und in unserer Gruppe wurde es ganz still, damit wir ihn verstehen konnten. Sogar Cornelia unterbrach ihren Gesang.

»Ich bin …« Xavier warf Philip einen schnellen Blick zu. Philip sah aus, als wolle er gleich losheulen, ein Blick voller Liebe und Stolz. Neid erfüllte meine Brust. »Na ja, ich … ich glaube, ich bin vielleicht – schwul?«

Die Behausten brachen in Jubel aus. Hund sprang begeistert hoch und bellte. Ephraim wandte den Kopf ab – der einzige aus der Gruppe, der nicht begeistert aussah. Abraham zog Xavier auf die Füße, klopfte ihm auf den Rücken, nahm sein Gesicht in beide Hände und sagte: »Ja! Ja! Du bist du! Du bist dein wunderbares Du!« Er drückte ihn an sich. Bevor sich Issy und Nora und Teresa auch noch auf ihn stürzten, fanden Xaviers Augen meine. Deswegen hatte Jane ihn also rausgeschmissen. Ich konnte es nicht fassen, dass er es mir nicht gesagt hatte. Dieser Gedanke war egoistisch und kindisch von mir, das war mir klar, er hatte bestimmt eine Menge hinter sich. Ich zwang mich zum Lächeln.

Abraham klatschte für Cornelia: »Letzte Strophe! Letzte Strophe!« Das Mädchen sang den Rest des Liedes hoch und jubilierend, und die Behausten schmetterten die letzten Noten mit.

61

»Ach, Xavier. Das ist ja schrecklich.« Cornelia flüstert als Reaktion auf etwas, das Xavier ihr gerade erzählt hat. Ich habe es nicht mitbekommen, weil ich geschlafen habe. Ihre Stimme ist nur ein Tick lauter als das Summen der Reifen. Der Himmel ist orangedunstig wie die Nächte in der Vorstadt, mein Kopf an der Scheibe schmerzt. Scheinbar habe ich auch die Hamburger und Fritten verschlafen, nach denen das Auto stinkt. Ich mache die Augen schnell wieder zu, bevor Cornelia und Xavier merken, dass ich wach bin, und nicht mehr weiterreden.

»Billy ist völlig außer sich«, erzählt er. »So habe ich ihn noch nie erlebt, Cor. Seit sechs Wochen weint er ständig. Und ihn jetzt allein sitzenzulassen, ist natürlich –«

»Aber du rettest ihn.«

»Er ist stocksauer, weil ich ihm nicht verraten wollte, wo ich hinmuss.«

»Ich habe Eric auch nichts verraten.«

»Und was hast du ihm gesagt?«

»Na ja, dass Saskia einen Nervenzusammenbruch hatte. Was ja nicht total gelogen ist. Aber die Sache mit dem Baby, Xav. Du bist sicher am Boden zerstört.«

»Nein, ich …« Er klingt erschüttert. »Ich glaube, irgendwas stimmt nicht mit mir, Cor.«

»Wie kommst du denn –«

»Wir haben so viel Zeit in die Bürokratie gesteckt und so viel Geld ausgegeben – eine Adoption ist nicht billig, weißt du – und währenddessen habe ich mir immer gesagt: Jetzt willst du das Kind vielleicht noch nicht, aber später wird sich das natürlich ändern. Monatelang haben wir gewartet, und Billy ist schon laufend dabei, das Kinderzimmer einzurichten und süße Babysöckchen zu kaufen und sich ein Kundenkonto bei Buy Way Too Much Shit for Your Baby Dot Com anzulegen. So viele Wünsche! Wir würden eine eigene Familie haben. Aber ich war nicht begeistert oder glücklich oder was auch immer man sein sollte. Wer will denn ein Kind in diese schreckliche Welt setzen, wenn man mal ein bisschen drüber nachdenkt? Nicht persönlich gemeint.«

»Kein Problem.« Höflich, aber kurz.

»Als die Adoption sich in Wohlgefallen aufgelöst hat, war Billy am Boden zerstört. Ich habe verstanden, dass etwas in ihm kaputtgegangen ist. Ich habe ihn sogar für seine Gefühle bewundert. Aber mir ging es gut, Cor. Ich habe gar nichts gespürt. Oder schlimmer – im Grunde war ich erleichtert.«

Xavier hatte ein Kind gewollt?

»In jeder Beziehung gibt es einen Fels«, sagt Cornelia nach kurzem Schweigen. »Dieser Fels bist du.« Brüllend rauscht der Verkehr. Sekou und Issy atmen tief schlafend ein und aus wie die Wellen am Strand.

»Verzeih mir, Cor, ich wollte dich nicht –«

»Und was meinst du, wie es Saskia geht?«

Xavier räuspert sich. »Ich finde, sie hat die Neuigkeiten sehr gut aufgenommen.«

»Das wird eine Katastrophe, sie im selben Raum wie Ben.«

»Ich meinte die Neuigkeiten mit Abraham.«

»Je länger ich drüber nachdenke, desto mehr glaube ich, dass uns jemand einen Streich spielt. Ich weiß nicht, warum ich mich so aufgeregt habe. Es war vor allem der Schock. Aber mittlerweile bin ich mir eigentlich hundertprozentig sicher, dass wir da oben eintreffen, und dann sind da, was weiß ich, ein Haufen Teenager, die gehört haben, dass es dort mal eine Sekte gab, und jetzt wollen sie uns einen Streich spielen.«

»Vielleicht.« Er hält es für etwas Ernsteres. Natürlich. Er sorgt ja auch dafür, dass wir alle zusammen nach Maine fahren. »Was könnte uns schlimmstenfalls erwarten, was meinst du?«

»Eine Haftstrafe.«

»Ach, Quatsch.«

»Willst du echt ins Gefängnis?«

Xavier seufzt. »Iss und ich haben drüber geredet. Aber ich glaube nicht, dass uns irgendwas nachgewiesen werden könnte. Ich meine, damals ist es doch als Unfall durchgegangen. Es wurde nicht mal als Mordsache untersucht. Der Sheriff ist mittlerweile sicher sowieso nicht mehr am Leben. Es ist so lange her. Selbst wenn jemand, was weiß ich, zur Polizei gehen würde oder so, dann bräuchten sie immer noch Beweise, die Leiche müsste exhumiert werden und –«

»Schon klar. Aber was ist schlimmer als Gefängnis?«

»Billy.« Seine Stimme bebt. »Wenn ich es nicht vor Billy geheim halten kann. Ich meine, ich habe es natürlich all die Jahre geheim gehalten, aber nur, weil er mich noch nie gefragt hat, ob ich jemanden ermordet habe. Aber wenn er irgendwann käme und mich fragte: ›Hast du jemandem das Leben genommen?‹, könnte ich nicht lügen. Wenn es sich irgendwie herumsprechen würde … dann würde uns jeder, den wir kennen, danach fragen. Deine Töchter.«

Cornelia schaudert selbst im Dunkeln sichtbar und hält sich die Ohren zu. Sie nimmt ein paar tiefe Atemzüge. Dann: »Hast du das Gemälde deines Vaters da im Wohnzimmer gesehen?« Ich erkenne einen spöttischen Zug um ihren Mund, bevor sie wieder zur Scheibe hinausblickt. Der SUV fährt einen wilden Schlenker nach rechts, dann nach links, und ich stoße mir die Stirn an der Scheibe. Etwas lag auf der Straße.

»Philip und Saskia haben ihr eigenes Verhältnis zueinander, damit habe ich nichts zu tun«, antwortet Xavier, als wir wieder geradeaus fahren.

»Geht dir das gegen den Strich – dass dein Vater sich für sie entschieden hat?«

»Er hat uns beide sitzenlassen. Sie ist nur eher bereit, ihm zu verzeihen.«

»Lebt ihr echter Vater nicht auch noch?«

»Dieses Ungeheuer hat das Recht aufs Vatersein in dem Moment verwirkt, als er sein eigenes Kind ermordet hat.«

»Ja, klar. Du hast recht.« Dann: »Und zahlst du immer noch die Miete für Philip?«

»Und wie geht's deiner Mutter, Cor?«

Das bringt sie erst mal zum Verstummen. Aber nur kurz. »Ich finde diesen alten Kasten da in Connecticut echt gruselig. So viele

Zimmer! Und die ganzen ollen Möbel. Und der Mord ist doch« – sie senkt die Stimme –, »der ist doch da geschehen, oder?«

»Ja, ihr Bruder ist in dem Haus umgekommen.«

»Was für eine Tragödie.« Natürlich wüsste sie das gern alles ganz genau. Aber da wird Xavier sie enttäuschen müssen. Er weiß nicht sehr viel mehr als das, was damals in der Zeitung stand: ein im Jähzorn handelnder Vater an einem schönen Sommertag in Connecticut. Ich gab Großmutter mein Versprechen, als wir Mutter schluchzend in der Einfahrt hocken sahen.

»Aber findest du nicht, dass es ein schönes altes Haus ist?«, sagt Xavier. Er hält zu mir, mein Freund. »Das muss schwierig sein, allein im Museum des schrecklichsten Tages deines Lebens zu wohnen. Nein, sie tut mir wirklich schrecklich leid.«

»Du bist ein Heiliger, Xavier.«

Darauf geht er nicht ein. »Echtes Chippendale, jede Menge Antiquitäten. Unbezahlbar.«

»Ich dachte, ihre Großmutter hätte sie enterbt.«

Er sieht in den Rückspiegel, aber ich schließe ganz schnell die Augen, bevor er mich erwischt. »Sie war eine grässliche alte Schreckschraube, aber sie wusste, dass Saskia es im Leben schwer hatte.«

»Und was ist mit ihrer Mutter? Wo ist sie?«

Sekou fängt laut an zu weinen, ein schlimmer Traum. Issy ist sofort wach, streckt ihre Hand über die Rückenlehne zu ihm, noch bevor sie die Augen öffnet. Der kleine Junge wirft sich gegen die Gurte am Kindersitz. Er bricht in ein ohrenbetäubendes Gebrüll aus. Ich gebe ein meiner Ansicht nach sehr überzeugendes, desorientiertes Gähnen zum Besten.

»Ist ja gut«, flötet Cornelia vom Beifahrersitz. »Ist ja gut.« Aber der Kleine lässt sich nicht trösten.

»Ich besaß einen Hengst, und der hieß Bill.« Issy fängt mit verschlafener Stimme an zu singen. »Der rannte wie wild und stand nicht still. Dann kam ein Tag, da lief er weg, und ich mit ihm, durch jeden Dreck.«

Es wirkt sofort. Die Augen des Jungen gehen auf, und er ist nicht mehr im Alptraum gefangen. Er beruhigt sich. Issy streichelt ihm die Hand. Sobald das Lied aufhört, fängt er wieder an zu weinen.

»*Er rannte so, dass Stoppen nicht ging, bis Barber's Shop den Lauf auffing. Den Eckzahn schlug im Sturz das Tier, links in die Schulter dem Barbier.*« Sie singt leise, aber das Lied erfüllt den Wagen.

»Warum singen wir nicht *Eine kleine Spinne*?«, schlägt Cornelia mit gespielter Begeisterung vor.

Issy seufzt.

Cornelia fängt an zu singen und macht dabei große Gesten.

Sekou schreit: »*Hengst nams Bill!*«

Issy lächelt traurig. »Es ist das Einzige, was funktioniert.« Mir wird klar, dass sie es schon mit vielen anderen Kinderliedern probiert hat, und dass ihr Sohn gerade dieses Lied so sehr liebt, ist schwer für sie zu ertragen. Zusammen singen wir die vertraute Melodie. Irgendwann stimmt sogar Cornelia mit ein.

62

Als Cornelia fertig gesungen hatte, machten die Behausten sich auf den Weg zu ihren morgendlichen Aufgaben.

Philip legte Xavier eine Hand in den Nacken, und sie gingen nebeneinander auf unsere Hütte zu. Warum hatte Xavier mir nichts davon gesagt, dass er schwul war? Oder Philip? Mir war innerlich ganz kalt. Ich fragte mich, wie ich auf die Neuigkeiten reagieren sollte – aber wenn er nicht mit mir darüber reden wollte, dann war es wahrscheinlich am besten, wenn ich gar nichts sagte.

Ben fragte seine Mutter, was es zum Abendessen geben würde. Sie rief nach Nora, sie solle die Körbe einsammeln. Ephraim gab Sarah ein Küsschen auf die Wange und zog los zum Werkzeugschuppen, und Sarah nahm Ben am Arm, der grummelte, nur weil er sich nach dem Abendessen erkundigt habe, hieße das noch lange nicht, dass er beim Kochen helfen wolle.

Cornelia sah Ben hinterher. Issy holte ihre Karten aus der Tasche, hakte sich bei Cornelia unter und flüsterte ihr etwas ins Ohr; sie lief rot an und kicherte. Die beiden verkrümelten sich und gingen am Ufer entlang.

Teresa war schon halb den Pfad oben, da rief sie Jim zu, er solle sich Tomas schnappen. Er gehorchte, aber stapfte so langsam bergan, dass Teresa nach unten schrie: »Sag mal, geht's noch langsamer?« Jim revanchierte sich, indem er den heulenden Tomas einfach auf den Boden setzte.

Nora schleifte die leeren Körbe hinter sich her und hüpfte an ihnen vorbei. Tomas sprang auf die Füße, als sei nichts gewesen, und verfolgte Nora im Schutz der Bäume.

Teresa beobachtete Jim, der zurück nach unten ans Wasser ging, zu Butterfly, dann stieg sie allein hoch zum Haus.

Butterfly watete zurück in den See, der Saum ihres Rocks verfärbte sich schwarz. Abraham ging auf sie zu. »Hat Cornelia diese wunderschöne Stimme von dir?« Hund leckte Butterfly die Hand.

Sie lachte und sah Abraham über die Schulter kokett an. »Ganz und gar nicht.«

Mittlerweile war es heiß geworden, die Sonne flimmerte auf der Wasseroberfläche bis hinaus zu Blueberry Island. Ich konnte einfach nicht aufhören, Butterfly anzustarren. Es war, als müsste ich sie enträtseln und herausfinden, warum ich es gut fand, wenn sie Philip so ansah – aber bei Abraham war das etwas anderes. Ich wollte verstehen, warum ich Jims Interesse an ihr widerlich fand, aber selbst *auch* alles über sie wissen wollte. Und wie es möglich war, dass eine so zurückhaltende Person wie Cornelia von jemandem wie ihr abstammen konnte.

»Die kleine Cornelia kann wirklich singen.« Jim tauchte neben mir auf. Beide beobachteten wir Abraham und Butterfly, wie sie einander die Köpfe zuneigten. Ich entschuldigte meine Späherei vor mir damit, dass ich ja etwas von Abraham wollte: Sobald er das Gespräch mit Butterfly beendete, würde ich neben ihm auftauchen und etwas Kluges zum Besten geben. Nach Cornelias Auftritt, nach der besonderen Aufmerksamkeit, die er Xavier geschenkt hatte, wollte ich auch von ihm gesehen werden. Warum hatte er mich nicht gefragt, was das Besondere an mir war? Warum wollte er das nicht wissen?

Jim schmunzelte, weil ich keine Antwort gab. »Du magst sie wohl nicht so gern, was?«

»Doch doch.«

»Abraham.« Gabby rief nach ihm, zehn Meter entfernt am Ufer. »Ich hab's dir doch gesagt, wir müssen reden.« Abraham riss sich von Butterfly los. Sobald er weg war, richtete sie den Blick auf Jim. Jim gesellte sich zu ihr, als existiere ich gar nicht.

»Saskia hat gerade gesagt, wie gut deine Tochter singen kann«, gab er zum Besten.

»Meine Mutter hat im Kirchenchor gesungen. Ich habe immer in der ersten Reihe gesessen und gedacht, sie singt schön wie ein Engel.«

»In der Kirche?« Jim lachte. »Du in der Kirche, das kann ich mir kaum vorstellen.« Das Dröhnen von Gehämmer schallte den Hang hinunter.

Gabby hatte sich vor Abraham aufgebaut und zählte irgendwas an ihren Fingern auf. Ich ging zwischen den beiden Grüppchen hinunter auf den Anleger, machte mich an den Tauen der Kajaks zu schaffen und entwirrte sie. Der Hund kam schnell zu mir gesprungen. Er beschnüffelte meine Finger, dann legte er sich eifrig hechelnd neben mich. Jetzt, wo er wusste, dass ich nichts zu essen bei mir hatte, wirkte er weniger bedrohlich. Das Wasser gluckerte, die Boote stießen immer wieder gegen ihre Vertäuung. Ich gab mir allergrößte Mühe, nicht in Gabbys und Abrahams Richtung zu schauen, die vertraulich miteinander sprachen, aber was sie sagten, hörte ich trotzdem.

»Aber du bist doch auch der Meinung, dass wir unsere Hypothek abbezahlen müssen.« Gabbys Stimme klang nachsichtig.

Abraham machte eine wegwerfende Handbewegung. »Entdinge dich von dieser Sorge. Ich habe dir doch gesagt, alles wird gut. Entdinge dich von der Vorstellung, dass du diese Last allein tragen musst.«

»Es ist nicht meine Last«, erwiderte sie. »Ich bin gebeten worden, unser Geld zu verwalten. Du musst mich meinen Job machen lassen.«

»Genau das sage ich doch.« Abrahams Stimme klang eisig. »Du musst dich von der Vorstellung entdingen, dass du hier einen Job zu erfüllen hast.« Er zeigte auf die Stelle, wo er Xavier umarmt hatte. »Unser Job, wenn du es unbedingt so nennen willst, ist es, uns von dem zu entdingen, was von uns erwartet wird, und unser Denken zu –«

»Na schön.« Gabby atmete tief durch. »Ich hab's ja kapiert, Abraham. Ich versuche dir doch nur zu sagen, dass wir diesen Monat etwas an die Bank zahlen müssen. Wenn wir auf diesem Land bleiben wollen, müssen wir jeden Monat unsere Zahlungen leisten. Du hast mich um meine Mitarbeit gebeten, und deswegen –«

»Jim?«

Jim hob eifrig den Kopf und ging sofort auf die beiden zu.

»Ich brauche deine Hilfe«, sagte Abraham.

Jim zog überrascht die Augenbrauen hoch. »Na klar, gern.«

»Ich möchte, dass du die Bankgeschäfte übernimmst.«

»Wirklich?«

»Nein«, erwiderte Gabby, »nicht wirklich.«

»Du glaubst nicht, dass Jim das gut machen wird?«

»Ich werde es gut machen«, sagte Jim.

»Gabby hat so viele Aufgaben.«

»Jetzt komm, Abraham«, sagte Gabby.

»Sie hilft uns so«, sagte Abraham. »Aber es wird Zeit, dass sie sich von der Vorstellung entdingt, sämtliche Ausgaben kontrollieren zu müssen. Findest du nicht auch, Jim?«

»Ich kann euch gerne helfen.«

»Abraham«, insistierte Gabby.

»Komm, wir gehen ein Stück.«

Jim grinste. Der Hund blieb bei Abrahams Fuß. Die beiden Männer entfernten sich von Gabby.

Plötzlich blieb Abraham stehen, als sei ihm gerade etwas Wichtiges eingefallen. Er drehte sich zu mir auf dem Anleger um.

»Freust du dich, dass du wieder hier bist, Saskia?« Seinen Blick auf mir zu spüren, war, als ginge die Sonne auf. »Gut. Gut. Übe weiter mit deinem Beil. Issy hat es für dich aufbewahrt.«

Ich versuchte, kein enttäuschtes Gesicht zu machen, dass er mir nicht mehr zu sagen hatte. Er ging den Berg hoch, ohne mich eines weiteren Blickes zu würdigen. Jim und der Hund folgten ihm. Gabby fuhr sich mit der Hand über den Kopf, seufzte und beschleunigte ihren Schritt, um sie einzuholen. Ich sah ihnen hinterher, wie sie bergan stiegen, Abraham vorneweg, ohne sich umzudrehen, sodass Gabby zu seinem Rücken sprechen musste. Irgendwann waren ihre Stimmen nicht mehr zu hören. Nur noch das Klatschen des Wassers, das Schimpfen eines Streifenhörnchens und hoch über mir ein Kardinal, der sein ausgedehntes Lied sang.

»Hund mag dich.« Hinter mir eine Stimme.

Ich hatte ganz vergessen, wie klein Marta war, wenn sie direkt vor einem stand. Ihr Gesicht unter der silbernen Haarkappe war faltig. Ich tat so, als hätte ich mich nicht erschreckt. »Du nennst ihn Hund?«

»Na, besser als Noras Name.« Sie kam näher. Ich hörte auf, an den Tauen herumzufingern. Wie viel sie wohl mitgehört hatte?

»Ich habe beschlossen«, verkündete sie mir, »dich in allem zu unterrichten, was hier auf unserem Land lebt. Die Pflanzen. Und die Tiere.« Abraham hätte sofort geantwortet, wir sollten uns von der Vorstellung entdingen, dass irgendetwas von alldem uns gehörte. Aber an dem Tag, an dem Marta das Beil geschleudert hatte, war mir klargeworden, dass sie eine Menge über die Natur wusste: Sie zu benennen hieß, sie zu verstehen, und sie zu verstehen hieß, sie zu lieben. Ich wollte die Welt verstehen – wie das hieß, was wir entdecken würden, die lateinischen Namen, wozu man es benutzen konnte. Nicht nur, weil ich mich dafür interessierte. Wenn ich die Sprache dieses Orts erlernte, kam ich auch dir näher. Du warst irgendwo dort draußen, wartend, umherstreifend; ganz zufällig war ich auf kleine Zeichen von dir gestoßen. So konnte ich dir zeigen, wie ernst es mir war. Ich würde eine Blume pflücken, und Marta würde mir verraten, dass ihr Name deinen Namen in sich trug, oder ich würde eine mit Goldrandfedern geschmückte Wiese bewundern.

»Wir gehen nicht nur in der Landschaft spazieren«, sagte sie. »Es gibt eine Menge auswendig zu lernen, und das erfordert Disziplin. Die meisten hier finden, für Kinder ist es am besten, wenn sie mit den Händen arbeiten. Aber ich glaube, du bist für mehr als nur das Brotbacken geschaffen.«

»Abraham will, dass ich lerne, mit dem Beil umzugehen.«

»Na, dann bring das Beil mit. Wenn du willst, kannst du auch deine Freunde mitbringen – Isobel, Cornelia, Benjamin, Xavier.«

Ich öffnete den Mund, um zu protestieren – Cornelia und Ben waren auf keinen Fall meine Freunde –, aber sie schnitt mir das Wort ab. »Ihnen würde es auch guttun, etwas zu lernen. Wir werden dafür sorgen, dass euer Verstand beweglich bleibt, egal, was die Leute hier wollen.« Mir wurde klar, dass jemand, der die wissenschaftlichen Namen jedes Lebewesens dort draußen kannte, in Zuhause auf Widerstand stoßen würde. Ich fragte mich, warum sie blieb.

63

Niemand kann einen anderen zum Essen überreden, außer Issy. Über die Rückenlehne hinweg reicht sie Sekou eine übriggebliebene Brötchenhälfte. Er hält sie mir mit seiner süßen, kleinen Patschhand hin, und bevor ich weiß, was ich tue, habe ich schon eine Ecke davon abgebissen. Mein Magen ist eine Faust. Sekou brabbelt ein fröhliches Lied vor sich hin, die Babyversion von »Ein Hengst namens Bill« mit etwas »ABC« daruntergemischt.

Mittlerweile befahren wir eine Serpentinenstraße. Auf dem Land. Keinerlei Gegenverkehr, vielleicht sind wir schon in Maine. Ein Scheibchen Mond.

»Und wie geht's deinen Töchtern?«, frage ich Cornelia. Ich muss sie mir für später gewogen halten.

»Denen geht's großartig!« Mit fliegenden Fingern entsperrt Cornelia ihr Handy. Sie dreht sich auf dem Beifahrersitz nach hinten, um es mir zu geben. »Margaux ist in der Ballettschule schon in der zweiten Stufe! Und McKinley ist Pitcher in ihrem Softballteam!« Wo sind bloß das Zahnlückenlächeln und die aufgeschlagenen Knie hin? Die Mädchen haben schon kleine Brüste, die an die T-Shirts drängen. Die Hübsche hat den Arm um die Schultern ihrer Schwester geschlungen, der man schon ansieht, dass sie sicher bald ihre ersten sexuellen Erfahrungen sammeln wird. »Beide haben einen Einserschnitt und sind im Schachclub, das werden wir allerdings nicht mehr allzu lange weiterführen, weil ihre Interessen einfach anderweitig gelagert sind. Wart's nur ab, Issy! Was man neben der Schule noch alles machen muss, damit man aufs beste College kommt!«

Issy tippt mir auf die Schulter, dass sie auch aufs Handy gucken möchte. Sie pfeift durch die Zähne, als sie die beiden betrachtet. »Wow, wie alt sind sie? Dreizehn?«

Cornelia nickt. »Meine St. Patrick's Babys.«

»Die haben ja schon einen richtigen Busen.«

Cornelia hustet höflich. »Sie haben sogar schon beide einen Schwarm! Aber Eric kennt kein Pardon – er sagt, sie dürfen keinen Freund haben, bevor sie sechzehn sind.« Ungeduldig streckt sie die Hand nach dem Telefon aus, aber Sekou greift danach.

»Er darf's ruhig nehmen«, sagt Cornelia. »Ich habe unbegrenztes Datenvolumen.«

»Er schaut keine Videos.«

»Eine Stunde am Bildschirm wird ihn nicht umbringen, Iss. Und ich glaube, wir brauchen alle eine Pause von diesem schrecklichen Lied.« Der kleine Junge beruhigt sich, als Cornelia Elmo eingeschaltet hat und er das Gerät in den pummeligen Fingern hält.

»Dreizehn, ja?«, sage ich. »Dasselbe Alter wie wir damals, als wir uns kennengelernt haben.«

»Ich war erst zwölf«, entgegnet Cornelia. »Ihr wart Ben und mir immer ein paar Monate voraus. Ich war natürlich total in dich verknallt, Xavier.«

»Wer war das nicht«, sagt Issy.

»Ich nicht«, sage ich.

»Du warst ja auch in Ben verknallt«, sagt Cornelia. Dabei erinnern wir uns noch gut, wie sie die Augen nicht von ihm lassen konnte, ihr nervöses Lachen, wenn er sie ansah, wie sie die Haarsträhnen zwischen den Fingern zwirbelte. Aber diese Erwiderung hebe ich mir für später auf, wenn es drauf ankommt.

Xavier steuert den Wagen durch eine Kleinstadt. Eine Tankstelle an der Ecke, ein Lädchen, elektrisch hell in der Nacht – schon ist alles wieder verschwunden. »Und glaubt ihr, Gabby und Abraham haben es miteinander getrieben?«, frage ich.

Issy gackert. Sekou freut sich über die gute Laune seiner Mutter und lässt das Handy in seinen Schoß fallen. Er zieht eine Handvoll Pommes aus dem Trinkbecher. Begeistert stopft er sie sich in den Mund. In dieser Geste erkenne ich dich. Dann ist er wieder nur Sekou, der in das kleine leuchtende Rechteck starrt, und er ist mir genug.

»Ich habe keine Ahnung, mit wem sie zusammen war«, sagt Issy. »Ich weiß nicht mal, wer mein Biovater ist. Vielleicht bin ich ja ein Produkt jungfräulicher Geburt.«

»Gabby war zu schlau für Sex«, sagt Cornelia. »Von so was ließ sie sich nicht beherrschen.« Über dem Kommentar liegt Butterflys Schatten, aber das Thema fassen wir nicht mal mit der Kneifzange an.

Stattdessen sage ich: »Ich habe viel über Gabby und Abraham nachgedacht. Er war so … charismatisch. Es muss doch einen Grund gegeben haben, warum sie sich seinen Bullshit gefallen ließ.«

»Sie hat an seine Mission geglaubt«, sagt Cornelia.

»Aber er war schon auch sexy. Na kommt, ihr könnt es ruhig zugeben. Wir wollten alle mit ihm ins Bett. Ich meine, natürlich haben wir's nicht gemacht, und wir wussten nicht mal, dass uns das angetrieben hat. Wir waren ja noch Kinder. Es war leicht, in ihn verknallt zu sein oder wie auch immer man es nennen will. Das hat er ausgenutzt! So hat er uns dazu gekriegt, das zu tun, was er wollte. Er hat es benutzt, sein … gewisses Etwas, sein Charisma, was weiß ich, damit wir das getan haben, was er von uns wollte.«

Das Schweigen aller Versammelten lastet auf mir, schwer wie der Fastfoodgestank.

»Hat Abraham dich jemals …?«, fragt Xavier. »Saskia, hat er jemals versucht, dich …?«

»Nein«, antworte ich, aber jetzt werden sie mir das natürlich nicht mehr glauben. »Nein, natürlich nicht. Nie.«

Xavier wirft Issy einen Blick im Rückspiegel zu. Sie lehnt sich vor. »Weil die ganze Sache mit –«

»Ich will nicht drüber reden.«

»Aber wenn du –«

»Sie will nicht drüber reden«, sagt Cornelia und überrascht uns alle damit, dass sie mich verteidigt. Elmos Gejaule erfüllt das Auto.

»Vielleicht stand Gabby einfach auf einer höheren Bewusstseinsstufe als der Rest der Menschheit«, sage ich, um das Gespräch irgendwie zu retten.

»Sie wäre garantiert zufriedener gewesen, wenn sie ab und zu mal ein bisschen die Sau rausgelassen hätte«, erwidert Issy. »Ich weiß ja nicht, wie ihr dazu steht, aber wenn ich zu lange keinen Sex habe, verwandle ich mich in eine Furie. Es ist, als ob mir das Großhirn amputiert worden ist; ich glaube zwar, ich brauch's nicht, aber im Grunde muss es mir nur mal jemand so richtig besorgen.«

Cornelia hält sich schockiert den Mund zu. Wahrscheinlich lässt Eric sie nicht allzu oft ran. Angesichts von Xaviers häuslicher Tragödie und der Art, wie ich die letzten anderthalb Jahrzehnte verbracht habe, hat Issy sich wahrscheinlich weit besser amüsiert als wir anderen. Issy tastet sich einer hässlichen Wahrheit entgegen. »Cor, wie geht's denn eigentlich deiner Mutter?« Man hört den Gedankengang praktisch durch ihr Hirn rattern: Gabby hat's nicht mit jedem getrieben. Butterfly hingegen …

»Oh, na ja …«, antwortet Cornelia, »ich vermute, es geht ihr gut. Sie lebt noch, äh, in Kanada. Ich meine, glaube ich zumindest.«

Cornelia hat Xavier so fies nach meinem Verhältnis zu Philip ausgequetscht. Da kann ich ihr ruhig auch mal eins auswischen. »Ihr habt keinen Kontakt miteinander?«

»Doch, doch! Mehr oder minder. Ich habe nur … Ihr wisst schon. Es ist schwierig.«

Xavier räuspert sich. Er dreht den Kopf zu Cornelia herum. »Ist sie denn noch mit Ephraim zusammen?« Gut, dass wir das Thema abhaken, bevor Ben dabei ist. Früher war er jedenfalls alles andere als begeistert davon, dass sein Vater seine Mutter für die von Cornelia hat sitzenlassen.

Cornelia nickt. Xavier tätschelt ihr den Arm. »Alles gut.«

Sie schüttelt den Kopf. »Nein.« Ihre Stimme wird vor Empörung lauter. »Nein, es ist nicht gut. Nichts davon war gut. Ich finde es einfach schrecklich, dass meine Mutter für so viel von dem verantwortlich ist, was da den Bach runtergegangen ist.«

»Du brauchst dich nicht für sie zu schämen«, sagt Issy. »Das Ende von Zuhause hat sich doch lange angekündigt, bevor Butterfly Ephraim ins Bett gezerrt hat. Ich meine: Klar ist Sex Macht und so, aber die Wunderpussy deiner Mom hat Zuhause nicht kaputtgemacht.«

Cornelia krümmt sich zusammen. Sie drückt die Hände ans Gesicht. Ihre Schultern zucken. Als ich Issy einen Blick zuwerfe, macht sie lautlos: »Oops.«

Xavier berührt Cornelia an der Schulter. Bei der Geste hebt sie den Kopf. Wieherndes Gelächter erfüllt das Auto. Cornelia hat nicht geschluchzt, wie wir alle geglaubt haben. In Wirklichkeit hat sie einen solchen Lachanfall, dass sie kaum noch Luft bekommt. Sie gackert, und wir müssen mitkichern. Sie wischt sich die Tränen aus den Augen. »Wunder«, bringt Cornelia keuchend heraus. »Ihre Wunderpussy!« Und sie lacht von neuem los.

Irgendwann bringt sie ihren Lachanfall soweit unter Kontrolle, dass sie ein paar Worte aneinanderreihen kann. Sie betupft sich die Augen. »Ihr könnt euch nicht vorstellen, wie gut sich das anfühlt, darüber zu reden. Wisst ihr, dass Eric meine Mutter ein bisschen ›exzentrisch‹ findet, nichts weiter? Was soll ich meinen Töchtern sagen?«

»Sag ihnen, Grandma steht ziemlich auf Schwänze«, sagt Issy. »Sexpositiv zu sein ist heutzutage sehr angesagt.«

Man hört geradezu, wie Cornelia die Augen verdreht.

»Das meine ich ganz ernst! Butterfly hat nichts gemacht, was die ganzen Männer nicht auch gemacht hätten. Abraham hätte mit niemandem in Zuhause ins Bett gehen sollen, erst recht nicht mit einer frisch geschiedenen heißen Braut, deren spiritueller Anführer er war – auch wenn Saskia ihn so unheimlich sexy findet.«

»Ich finde ihn nicht sexy, Iss.«

»Und Philip war mit Xaviers Mom verheiratet, und Jim mit Teresa!« Genau genommen war Jane damals schon von Philip getrennt und hatte ein Kind von einem anderen – aber wenn Xavier das nicht richtigstellen will, dann halte ich auch den Mund. »Ganz zu schweigen von Ephraim.« Issy ist nicht zu stoppen. »Der ja angeblich mit Sarah glücklich verheiratet war – Mister leuchtendes Vorbild persönlich – selbst der konnte seine Griffel nicht bei sich behalten. Und kann es scheinbar immer noch nicht!«

»Ist ja gut«, sagt Cornelia, während wir an einer Fernfahrerkneipe vorbeifahren. »Du schuldest niemandem eine Erklärung für das Verhalten deiner Mutter.«

Sie fährt auf dem Sitz herum. »Na klar, warum machen wir's nicht alle wie du, Saskia.« Ihre Stimme ist schneidend. »Warum Verantwortung übernehmen, wenn wir schön jeden Tag Brot backen und uns in einer wunderbaren alten Villa verkriechen und so tun können, als hätten wir keinen Mord –«

»Hör auf«, sagt Issy. Cornelia verstummt. Xavier fährt.

64

Abraham ging mit uns zusammen hinaus aufs Wasser. Er saß im Einerkajak, wir verteilten uns auf zwei Kanadier. Nie im Leben wäre ich auf die Idee gekommen, Abraham als gutaussehend zu bezeichnen. Ich hielt meine Ergebenheit für wesentlich komplexer. Aber es entging mir trotzdem nicht, dass sich die Muskeln an seinem Rücken mit jedem Paddelschlag wie bei einer Maschine bewegten, was mit den zum Knoten zusammengebundenen, langen Haaren deutlich zu sehen war. Als er sich zu uns umdrehte, ob wir nachkamen, blickte er mir endlich in die Augen, und in meinem Innersten bebte es.

Issy und Cornelia legten einfach ohne mich ab, sodass ich ins Jungenboot steigen musste: Ben saß hinten und steuerte, Xavier paddelte vorn, und ich saß in der Mitte und hatte nichts zu tun. Mein Blick war auf das gegenüberlegende Ufer gerichtet, das nun, als wir uns darauf zubewegten, mit einem Mal dreidimensional wurde: Bäume, Hütten, Boote. Wir paddelten in südlicher Richtung. Die vertrauten Landmarken verschwanden, und wir tauchten wieder ein in die Dingwelt. Neue Bäume, neue Ferienhäuser, mehrere kleine Inseln, zwei Eistaucher.

»Willst du auch mal?«, fragte Ben. Seine plötzliche Freundlichkeit war immer noch so unerwartet, dass mir nach wie vor unklar war, ob er es wirklich ernst meinte. Aber als ich mich jetzt in dem kippligen Boot zu ihm umdrehte, hielt er mir sein Paddel hin.

Ich schüttelte den Kopf. »Dann kentern wir.«

Er zeigte auf die Mädchen vor uns. »Komm, die kriegen wir.« Ben und Xavier paddelten im Wahnsinnstempo, und wir überholten sie schnell. Cornelias enttäuschtes Gesicht, als sie uns an sich vorbeiziehen sah, füllte mein Herz mit Schadenfreude.

Ich dachte an Odysseus und seine Abenteuer, die Daddy uns oft vor dem Einschlafen erzählt hatte. Wenn er von Penelope sprach, die geduldig zu Hause saß und wob und sich die vielen Verehrer vom Leib hielt, sah er oft Mutter über unsere Köpfe hinweg an – eine als Kompliment getarnte Drohung. Ich dachte an dich, wie du am East River mal auf einen Lastkahn zeigtest und wissen wolltest, wie etwas so Großes so schnell fahren konnte. Als wir uns von Zuhause entfernten, ging mir der Gedanke durch den Kopf, dass ich die Suche nach dir einen Tag lang hintanstellen musste. Ich konnte nur hoffen, dass du es mir nicht übelnahmst. Aber es war auch eine Erleichterung: Dich als Möglichkeit ständig in mir zu tragen, war anstrengend.

Wir gelangten ans Ende des Sees und paddelten dann einfach weiter. Abraham zeigte uns einen geheimen Durchgang, kaum breiter als die Kajaks. Der Kanal war flach und versandet, vielleicht sieben Meter lang und leicht nach rechts geneigt. Abraham nannte ihn »den Hohlweg«. Es sah aus, als würden wir jeden Augenblick steckenbleiben – das rief Ben direkt hinter mir – aber wir schwebten über den Grund hinweg wie ein Segelflieger über die Erde. Und schon weitete sich der Blick wieder, und wir gelangten an die Spitze eines ganz neuen Sees, als seien wir *Alice hinter den Spiegeln*.

65

Als wir in die Einfahrt biegen, springen vier Außenlichter an. Wüstes Gebell dringt aus dem Bauch des Hauses. Die Hunde überschlagen sich in ihrem Gekläff, es ist schwer rauszuhören, wie viele es sind. Vielleicht habe ich doch Angst.

Das Haus ist aus dicken Rundhölzern gebaut. Es hat zwei Stockwerke und erstreckt sich lang auf dem großen Grundstück. Bestimmt hat man eine schöne Aussicht von hier, aber außerhalb des grell erleuchteten Kreises, in dem wir gefangen sitzen, ist alles von der Nacht verschluckt. Xavier stellt den Motor aus. Wir sitzen da, bis die Haustür klaffend aufgeht.

Ben.

Ben im weißen T-Shirt und unbedruckten Boxershorts, der hinausspäht ins Licht, Hand über den Augen. Aus dieser Entfernung wirkt er klein, wie ein ganz normaler Sterblicher. Auf seinen Befehl hin preschen die Tiere los. Vier Hunde: gefleckt, eckige Köpfe, Brustkörbe wie Stahlkisten. Knurrend schnappen sie nach dem Auto. Immer wieder werfen sich die Hundekörper gegen die heiße Karosserie. Sekou stößt einen hysterischen Schrei aus.

Xavier lässt sein Fenster ein klein bisschen herunter, gerade genug, um nach draußen zu rufen. Er hält die Hände hoch. »Wir kommen in Frieden!«

Endlich versteht Ben ihn. »Aus.« Mehr sagt er nicht. Er pfeift die Hunde zurück. Mit unerwartetem, vorbildlichem Gehorsam verziehen sie sich und verschwinden nach drinnen. Bilden wir uns nur ein, dass wir hören, wie sich der Riegel vor die Tür schiebt, oder kann man im nächtlichen Maine wirklich so weit hören?

Xavier befreit sich von seinem Sitzgurt.

»Nein«, sage ich. »Ich gehe.«

66

Abraham paddelte uns voran zu einem menschenleeren, von Wald umgebenen Strand. Die Jungs kamen immer abwechselnd aus dem Wasser hochgeschossen, in der hochgereckten Hand ein Klumpen schwarzer Schlick. Cornelia und Issy spielten, wer länger wassertreten konnte. Bens Körper war geschmeidig und stark, als er zu mir geschwommen kam. Grinsend tauchte er auf und spritzte mich nass.

»Dieses köstliche Picknick haben wir Cornelia zu verdanken«, lobte Abraham, als wir uns über eine Kiste Äpfel, zwei Pfund Speck und Sarahs runde Sauerteiglaibe hermachten. »Sie hat Sarah abgelenkt.« Er schlug ein Stück Wachspapier auseinander und zeigte uns einen Ziegenkäse von Teresa. »Sieht so unschuldig aus, das Mädchen, aber ich sage euch, sie verfügt über erstaunliche kriminelle Energien.«

»Sarah hat gesagt, wir dürfen den Käse mitnehmen«, verteidigte sich Cornelia.

Abraham hörte auf, das Brot zu zersäbeln, und sah ihr in die Augen. »Entdinge dich von der Vorstellung, dass du immer gut sein musst«, sagte er. »Ich verspreche dir, dass du damit glücklicher bist.« Er betrachtete sie auf die Art, nach der ich mich so sehnte, mit dem Sonnenstrahl seines Blicks. Er blinzelte kaum. Er wandte den Blick erst ab, als sie verschüchtert zurücklächelte. Dann nickte er und schnitt weiter Brot und Käse auf.

Mir lief das Wasser im Mund zusammen, als er die Brote mit Käse und Speckscheiben belegte. Dies war eines der Wunder von Zuhause: die neu erwachte Lust, meinen Anteil selbst zu essen. Mit vollem Bauch ließ ich mich in den warmen Sand sinken. Cornelia und Issy spielten eine Runde Speed, Xavier trat gegen die Gewinnerin an.

»Könnt ihr euch vorstellen, dass ich anfangs nicht an Kinder dachte, als ich mir Zuhause ausgemalt habe?« Ich schreckte auf, als ich Abrahams Stimme hörte. Vielleicht hatte ich geschlafen.

»Aber ich war doch da«, warf Issy ein und klatschte mit der Hand auf den leeren Stapel, bevor Xavier Gelegenheit dazu hatte. »An mich hast du schon gedacht.«

»Ich habe dich wie eine kleine Erwachsene behandelt, Iss.« Abraham löste seinen Haarknoten und wrang die Spitzen aus wie ein feines Leinentuch. Wassertropfen fielen in den Sand. »Mir war damals nicht klar, dass ein Kind seine ganz eigene Macht hat. Ich war so darauf fixiert, das aufzubauen, was ich mir ausgemalt hatte.«

Issy wollte ihm widersprechen.

»Lass mich ruhig meine Schwäche zugeben«, sagte Abraham. »Entdinge dich von der Vorstellung, dass ich keine Fehler machen kann.« Er warf ihr seinen angebissenen Apfel zu. Sie verspeiste ihn mit Stumpf und Stiel, dann mischte sie wieder die Karten. Xavier ließ sich in den Sand fallen.

»Spielt jemand mit?«, fragte Issy. Sie legte sich eine Patience.

»Ich habe mir nie überlegt, wie die Gemeinschaft der Kinder in Zuhause«, dachte Abraham laut nach, während er mit den Fingern seine vom Schwimmen verknoteten Haare auskämmte, »unsere Aufgabe beeinflussen könnte und sollte. Mittlerweile sehe ich euch als unseren leitenden Stern.«

Natürlich fühlte ich mich ausgeschlossen, wenn Cornelia und Issy Schulter an Schulter dasaßen und flüsterten, wenn Xavier sein Geheimnis lieber erst der ganzen Welt anvertraute als mir, wenn er mit Ben zusammen sein Jungending machte. Aber war ich jetzt nicht mit allen zusammen hier, mit Abraham, der seine Weisheit an uns weitergab, am Ufer eines glitzernden Sees, mit vollem Bauch? Und da war Bens Lächeln im Wasser nur für mich und das Rätsel, warum er auf einmal so nett zu mir war.

»Xavier«, sagte Abraham. Xavier blieb zwar in derselben Haltung auf dem Rücken liegen, als schlafe er, aber alles an ihm war nun gespannte Aufmerksamkeit. »Wie fühlst du dich, seit du bekannt gegeben hast, wer du bist?«

»Ach, gar nicht schlecht.« Xavier stützte sich auf einen Ellbogen, und sein Blick schien zu fragen, was wir dachten. »Ich meine, alle waren nett und so.«

»Warum auch nicht?«

Xavier zuckte die Achseln. »Weiß nicht. Ich wollte nur …« Er zuckte wieder die Achseln. »Ich wollte nicht, dass es so klingt, als würde es nur um mich gehen oder so.«

Abraham war jetzt ganz auf ihn konzentriert, so wie vorher auf Cornelia und dann auf Issy. »Wir geben unser Bestes, um uns von unserem Ich zu entdingen. Aber das Leben ist eine subjektive Erfahrung. Außerdem ist es doch ganz wunderbar herauszufinden, mit wem man vögeln will.«

Xavier lachte vor Schock bellend los. Cornelia hielt sich den Mund zu. Issy zog Grimassen. Ben grub die Füße in den Sand.

»Autsch«, sagte Abraham. »Habe ich da ein ganz schlimmes Wort benutzt?«

Xavier schüttelte lachend den Kopf. »Nein, nein, macht nichts.«

»Das ist dir sicher peinlich«, sagte Abraham. »Aber ich habe es positiv gemeint. Ich wollte damit nur sagen, dass das schrecklich war, was deine Mutter dir angetan hat, Xavier. Ich finde es so schlimm, dass sie dich in dem Augenblick im Stich gelassen hat, in dem du sagen konntest, wer du wirklich bist.«

»Ja, nein, schon okay«, murmelte Xavier. »Sie hat ja gar nicht … jedenfalls nicht so schlimm.«

»Hier bei uns bist du in Sicherheit. Du bist in Sicherheit und darfst sein, wer du bist.«

Xavier nickte, aber es war klar, dass er den Tränen nahe war. Abrupt drehte Abraham sich zu Ben um. »Dein Vater findet Schwulsein schlimm, oder?«

»Nein.« Ben runzelte unwirsch die Stirn.

»Es ist richtig, deinem Vater zu widersprechen und dich für deinen Freund einzusetzen.«

»Ben ist nett zu mir«, sagte Xavier. »Er hat mir echt geholfen.«

»Wunderschön«, sagte Abraham. »Das liebe ich an dir so, Benjamin.« Er legte Ben die Hand auf den Arm. »Ich wusste, der Tag würde kommen, an dem du die Ansichten deines Vaters herausforderst und dich gegen seine Schläge wehrst.«

Ben starrte weiter hinaus aufs Wasser.

»Ich weiß, es macht dich wütend, wenn ich so über deinen Vater rede. Ich hatte auch einen Vater, mit dessen Ansichten ich nicht einverstanden war. Ich habe auch im Kielwasser seiner Erwartungen und seines Zorns gelebt. Du darfst wissen, dass unsere Meinungsverschiedenheiten einfacher zu ertragen waren, als ich erwachsen wurde und meiner eigenen Wege ging.«

Ben nickte einmal, als flehe er ihn an, endlich damit aufzuhören. Issy zeigte auf zwei nach Fischen angelnde Eistaucher, die mit den schwarzen Köpfen nach rechts und links schauten, bevor sie abtauchten.

»Ich bin froh, dass deine Traurigkeit schwindet.« Zuerst wusste ich nicht, dass Abraham mich meinte. Seine Stimme wurde vertraulich, als gäbe es nur uns zwei. »Das habe ich mir so gewünscht.« Er fing an, sich einen Zopf zu flechten. »Du wirst stärker und vertreibst die Traurigkeit aus dir. Spürst du, wie stark du bist?« Hätte ich nur das Beil mitgebracht; das hätte ihn bestimmt beeindruckt, wenn er sah, wie ich es werfen konnte. »Ich wollte dich fragen, Saskia« – er beugte sich mir mit hochgezogenen Augenbrauen entgegen –, »wen du für den Anführer eurer Gruppe hältst.«

See und Wind schienen die Luft anzuhalten. »Den Anführer?«

Abraham hörte auf zu flechten und ließ den Zopf unbefestigt hängen. »Wir wollen uns von der Idee entdingen, dass es gut oder schlecht ist, ein Anführer zu sein. Natürlich hat es seine Vorteile, an der Spitze zu stehen. Aber es ist auch harte Arbeit. Manchmal muss man Dinge tun, die einem das Herz brechen. Ich glaube, dass alle, die zum Führen geboren sind, das wissen, immer schon. Ich habe es gewusst, seit ich sprechen kann. In mir ist immer etwas gewesen, das große Entscheidungen treffen muss.«

Ben starrte nach wie vor hinaus aufs Wasser, dabei waren die Eistaucher gar nicht mehr da. Mein Magen krampfte sich zusammen.

»Ich konnte immer schon erkennen«, fuhr Abraham fort, »was nach oben musste, und was man besser wegsacken ließ. Ich wusste, was es wert war, ans Licht gebracht zu werden. Damit kennst du dich auch aus, stimmt's, Saskia?«

Mein Gesicht brannte vor Scham. Jetzt konnte *ich* die andern nicht mehr ansehen. Wie würden sie mich wohl dafür bestrafen, dass er mich so aussonderte? Aber in mir drehte sich auch alles – wie ein Hund, dem ein saftiger Knochen hingehalten wird.

»Cornelia singt wie ein Engel«, sagte Abraham. »Ben arbeitet hart. Issy muntert uns mit ihrer positiven Art auf. Xavier …«

Xavier drehte sich um, Panik im Gesicht.

»Xavier ist treu«, sagte ich.

Abraham nickte nach kurzem Überlegen. »Xavier ist treu. Und warum«, er sprach jetzt wieder mit mir allein, »habe ich dir wohl die scharfe kleine Axt gegeben, was meinst du?«

Meine Hände bohrten sich in den Sand.

»Eine Axt ist zum Töten gemacht«, sagte er.

Ben ächzte hörbar, sprang auf und lief am Strand entlang davon. Als hätte ich etwas Schreckliches verbrochen, und er hatte von vornherein gewusst, dass ich dazu in der Lage war. »Meinst du damit«, fragte Cornelia, »dass Saskia zum Töten gemacht ist?«

»Ich sage nur« – Abraham lehnte sich im Sand zurück, die Hände hinter dem Kopf wie ein Mann im Urlaub –, »dass die Möglichkeit von Gewalt immer besteht. Besonders, wenn man so lebt wie wir, weit weg von der Dingwelt. Befreit von ihren Begrenzungen. Der Sheriff hat ein Auge auf uns. Wusstet ihr das? Neulich bin ich ihm im Ort begegnet, und er hat mir die Hand geschüttelt und gesagt, ich soll doch Sal zu ihm sagen. Scheißfreundlich, stimmt's? Von wegen freundlich – dass ich nicht lache. Er würde nur zu gern hier bei uns aufs Grundstück kommen. Euch fünf möchte er natürlich besonders gern kennenlernen. Die Kinder. Die Gesetzeshüter wollen immer die Kinder kennen. Und wisst ihr auch warum? Damit sie sie wegnehmen können. Sal könnte das tun – ist euch das klar? Er könnte dich wegnehmen, Saskia. Du bist hier ohne deine Eltern. Er könnte dich schnappen und ins System stecken. Und er würde sagen, es sei nur zu deinem eigenen Schutz.«

67

Ich muss klopfen und klopfen und klopfen. Die Nacht bedrängt mich, aber wenigstens ist es nicht Tag. Ich habe keine Ahnung, was passieren würde, wenn ich so lange in der Sonne stände. Wahrscheinlich würde es mich einfach wegwehen wie Sand in einer Sturmbö. Im Dunkeln bekomme ich zumindest ausreichend Luft. Die andern beobachten mich, ich muss es also schaffen.

Zuletzt war Ben derjenige, der an meine Tür geklopft hat. Ich saß drinnen, an einem Freitagabend allein zu Hause, und hatte es mir gerade für einen Film gemütlich gemacht, dabei wollte ich mir die Fußnägel lackieren. Es war eine stabile Phase in meinen Zwanzigern, nach Zuhause, als ich glaubte, ein normales Leben zu führen sei einfach und erfordere nichts weiter als einen bezahlten Job. Ob er auch so verzweifelt bei mir an die Tür gehämmert hat? Ob er auch so viel bereute? Ob er die Vorahnung der Reue bereits spürte, weil er genau wusste: Sobald die Tür aufgeht, ist alles Weitere unausweichlich – und schrecklich, und notwendig? Jedenfalls ohne jede Wahl.

Ich spüre seine Schritte, bevor ich ihn sehe. Die hechelnden, knurrenden Hunde sind auch da, aber er sagt »Aus!«, und sie gehorchen. Meine Hand zuckt im gleichen Moment zurück, in dem er die Tür öffnet.

Da ist er. Sein breites Gesicht. Die Augenbrauen sind ärgerlich zusammengezogen wie bei einem kleinen Jungen, aber als er sieht, wer es ist, leuchten seine Augen unwillkürlich auf, auch wenn er es zu verstecken versucht. Er riecht nach getrocknetem Schweiß und Whiskey. Er sieht aufgequollen und nicht mehr jung aus, aber ich erkenne ihn. Er schnipst mit den Fingern. Zuerst denke ich, er meint mich. Aber die Hunde machen Sitz.

Er steht in seiner Küche. Er hat sich eine Jogginghose angezogen. Er verdeckt die Nacktheit seiner Unterarme mit der anderen Hand. Diese zärtliche Geste gibt mir Mut, ihm in die Augen zu sehen.

»Ich dachte, du verlässt das Haus nicht mehr.« Er hat noch dieselbe Mopsnase und den Wirbel an der Stirn, als ob ihm ein Welpe über die Haare geschleckt hätte. »Bist du entführt worden?«

»Ich bin hier, weil ich hier sein will«, erwidere ich und frage mich, ob das stimmt. »Wenn Abraham wieder da ist, müssen wir was unternehmen.«

Er verdreht die Augen, als er den Namen hört. Ich versuche es mit einer neuen Strategie. »Kannst du uns reinlassen? Wir haben ein kleines Kind im Auto.«

Ben fährt sich mit der Hand übers Gesicht. Schritte sind zu hören. Sein Blick huscht nach links, in Richtung des dunkel daliegenden Hauses.

»Alles in Ordnung?« Es ist ein Mädchen, ein sehr hübsches Mädchen, ein sehr hübsches junges Mädchen, mit lockigen, rabenschwarzen Haaren, großem Busen und einem herzförmigen Gesicht. Auf den zweiten Blick ist es eine Frau, in der noch ein wenig das Mädchen zu erkennen ist. Sie hat seinen Flanellmorgenrock übergeworfen, den sie jetzt errötend zubindet. Aber das türkisfarbene Negligé darunter habe ich trotzdem gesehen.

Bens Töchter sind große, kräftige Blondinen. Das Aussehen haben sie von ihrer Mutter Shelley-Ann, seiner Frau, die wie eine echte Wikingernachfahrin aussieht. Shelley-Ann ähnelt diesem hübschen jungen Ding in nichts. Ich weiß, wovon ich spreche.

»Ich hab dir doch gesagt, du sollst oben bleiben«, sagt er zu ihr.

»Aber ich habe mir Sorgen gemacht.«

»Geh wieder hoch.« Sein Finger zeigt in den Bauch des Hauses.

»Ich bin Saskia.« Ich strecke ihr die Hand hin. »Eine alte Bekannte von Ben.«

Das Mädchen schenkt mir ein freundliches, entspanntes Lächeln, das mich an Issy denken lässt, als ich sie zum ersten Mal sah. Ihre Hand ist weich. »Jenny.« Sie späht über meine Schulter raus zum SUV.

Ben blickt mit verschränkten Armen an die Decke.

»Jenny«, sage ich, »wir sind schrecklich müde. Wir sind aus Connecticut hierhergefahren. Wir haben ein Kleinkind dabei. Ben hat doch sicher ein Sofa, auf dem wir den Kleinen schlafen legen könnten, oder? Wir anderen können auf dem Boden schlafen. Können Sie uns helfen? Bitte?« Mein Blick wandert von ihr zu ihm. »Wir können morgen über alles sprechen, aber momentan müssen wir uns einfach hinlegen.«

Jenny sieht Ben mit einem bittenden Blick an, das Richtige zu tun. Sie kennt ihn also. Sie weiß, dass er dazu in der Lage wäre, uns abzuweisen.

Schließlich sagt er: »Ich sperre die Hunde ein.«

68

»Viele Pilze leben in Symbiose mit anderen Pflanzen, das nennt man Mykorrhiza.« Marta sagte das über die Schulter hinweg, während sie den langen Berghang hochstieg. Ein Windstoß fuhr in die Ahornbäume und ließ die letzten Tropfen auf uns herunterregnen.

»Du, Issy, weißt du, neulich an dem anderen See?« Ich ließ Marta vorgehen und flüsterte mit Issy. Seit jenem Tag grübelte ich darüber nach, wie ich das Thema ansprechen sollte. Xavier würde mich Angeberin nennen, Cornelia würde das Ganze zu Tode analysieren, und Ben – nein, mit Ben konnte ich auf keinen Fall über so was reden. Das einzige Problem war, dass ich Issy nie allein zu fassen kriegte. Ständig wusch sie die Wäsche mit Cornelia, wir gingen zu dritt runter zum Lagerfeuer, oder wir hockten zu fünft auf der Veranda am Haupthaus und spielten endlos Speed, weil es nichts Besseres zu tun gab. Dann erschien Marta, um mich zum Kräutersammeln abzuholen, und ich fragte, ob ich meine Freundin mitbringen dürfe.

Jetzt forderte Marta uns auf, das schwierige Wort zu wiederholen.

»Mykorrhiza.«

»Sag das nicht so abfällig! Es ist eins der Wunder der Evolution.«

Seit dem Tag am See mit Abraham war eine Woche vergangen. Eigentlich müsste es mir Spaß machen, Sachen von Marta zu lernen, aber ich wurde einfach diesen Ausdruck auf Bens Gesicht nicht los, oder sein Ächzen, oder wie er davongegangen war, als Abraham sagte, dass ich zum Töten gemacht war. Und jetzt wollte er nicht mehr mit mir reden, als habe er sich vor diesen Worten schon länger gefürchtet, als er mich kannte.

Vielleicht hätte ich sogar den Mut aufgebracht, Abraham zu fragen, warum Ben wohl so reagiert hatte – aber Abraham verschwand am nächsten Tag. Vor dem Morgengrauen hatte ich eine Notiz am Haupthaus gefunden, die er mit einem Schälmesser an die Tür gespießt hatte: »Ich bin unterwegs in der Dingwelt und bringe ihr unsere Botschaft. Wenn ich keine Luft mehr kriege, komme ich heim.«

Marta stiefelte unverdrossen vorneweg. »Nicht trödeln, meine Butterblümchen!«

»Ich hab nasse Füße«, maulte Issy. Sie gab nicht zu erkennen, ob sie meine Frage verstanden hatte.

»Ich habe Brot in der Tasche.«

»Das hilft auch nicht gegen nasse Socken.« Issy hielt die Hand über die Augen, um sie vor der herauskommenden Sonne zu schützen, und pfiff, als sie den steilen Hang vor uns sah.

»Pilze sind heterotropisch«, sagte Marta. »Das heißt, sie können keine eigene Nahrung erzeugen; sie müssen sie von jemand anderem bekommen. Und, ratet mal, von wem sie ihr Futter bekommen? Hmm?« Sie drehte sich mit gerunzelter Stirn zu uns um. »Und, wie sieht's aus, Mädels?«

Ich hob die Hand. »Von den Bäumen?«

»Du bist schlauer, als man meinen sollte.«

»Hast du bemerkt«, flüsterte ich Issy zu, sobald Marta uns wieder den Rücken zuwandte, »dass Ben so … ich weiß nicht, sauer oder was geworden ist, als Abraham gesagt hat …«

»Du siehst das alles viel zu eng mit Abraham. Er ist bald wieder da. Ich hab's dir doch schon gesagt, dass er manchmal verschwindet – er muss unsere Botschaft in der Dingwelt verbreiten. Wir dürfen ihn nicht dingen. Das ist nicht richtig.« So schroff redete sie mit Cornelia nie.

Wir stapften am weißen vermoderten Baumstumpf einer Birke vorbei (*Betula* irgendwas. Marta hatte es zu schnell gesagt, als wir an einem Birkenwäldchen vorbeikamen) und einem aus den Zweigen schießenden Vogel, der Fliegenschnäpper oder etwas in der Art hieß. Wie es schien, musste ich mit der Sprache herausrücken. »Ben hat sich total darüber aufgeregt, als Abraham äh … gesagt hat, ich wäre zum Töten gemacht.«

Ich hätte nicht gedacht, dass Issy lügen konnte, aber ich merkte an der Art, wie das Verstehen über ihr Gesicht flackerte und dann schnell wieder verschwand, dass sie ein Geheimnis vor mir hatte. Ich machte den Mund auf und wollte darauf bestehen, dass sie mir auf der Stelle die Wahrheit sagte, aber Marta hatte den Gehstock in den Boden gepflanzt und zeigte auf einen Rotschwanzbussard – *Buteo jamaicensis.* Es ging nicht anders, wir holten sie ein, standen neben ihr und betrachteten den Greifvogel, der über dem Bergkamm schwebte. Sie fragte: »Und was machen Bäume, das so besonders ist?«

»Sie machen Photosynthese?«

»Richtig, sie produzieren die Kohlenhydrate, die sie als Nährstoffe brauchen, durch den Prozess der Photosynthese selbst.« Marta blickte hinauf zum Berggipfel, dann wieder zu uns. »Versteht ihr? Die Pilze profitieren vom Wurzelgeflecht der Pflanze, so kriegen sie ihre Nahrung. Sowas nennt man Symbiose.«

»Ist das Griechisch?«

Marta sah mich befriedigt an. »Ja. haargenau. Das bedeutet ›zusammen leben‹. Kannst du Griechisch, Saskia?«

»Nein. Aber mein Vater liebt die griechische Mythologie.« Issy sah auf; sie hatte mich noch nie über meinen Vater reden hören. Ich nahm Marta schnell am Arm und zog sie bis hoch auf den Grat und fragte sie dabei nach den Namen aller Pflanzen, an denen wir vorbeikamen. Holunder hieß richtig *Sambucus canadensis* und wirkte sehr gut bei Erkältung (in Kombination mit Minze und den Blüten der Schafgarbe). Daneben wuchs die Gemeine Schafgarbe, *Achillea millefolium*, was ich so wie Marta auszusprechen versuchte, laut genug, damit Issy es auch hörte.

Oben am Aussichtspunkt angekommen, wirkte der See abstrakt. Zwischen uns und dem Horizont zählten wir nicht weniger als sechs Seen. Berge ragten in den Himmel, im Vorgebirge verstreut lagen Häuser, klein wie Streichholzschachteln. Wolken zogen unter uns vorbei und verdeckten die Miniaturwelt zu unseren Füßen, dann tauchte sie wieder auf. Ein Windstoß trug den mittlerweile so vertrauten, morastigen Seegeruch zu uns hoch. Ein Motorboot tuckerte übers Wasser. Ich suchte nach einem Zeichen von dir – oder vielleicht dich selbst, du weit unten auf einer Lichtung, die

Arme schwenkend wie ein Schiffbrüchiger auf einer einsamen Insel – aber natürlich gab es da unten nur Kiefernnadeln und Blockhütten, und den See und die Boote.

»Na, sowas. Hallo!« Oben auf dem Bergkamm tauchte auf einmal Butterfly aus dem Wald auf. Hinter ihr trottete die mürrisch dreinblickende Cornelia. Doch sobald sie Issy sah, hellte sich ihr Gesicht auf.

»Geht ihr spazieren?« Martas Stimme klang begeistert.

»Meine Tochter und ich wollten mal ein bisschen allein sein.«

Cornelia gesellte sich zu Issy. Butterfly trug einen Kornblumenkranz auf dem Kopf und einen zweiten am Handgelenk. Ich streckte die Hand danach aus. »Darf ich den haben?«

»Natürlich, meine Süße.« Butterfly setzte mir den Kranz auf. Sie betrachtete die Aussicht. »Wow, ist das schön hier.«

»Aber passt auf hier im Wald.« Von Begeisterungsschreien über die Landschaft hielt Marta nicht viel; man musste das Land kennen, nicht bewundern.

»Ich wette, hier gibt's Bären.«

»Nein. Eine siebzig Meter tiefe Höhle tut sich hier im Waldboden auf. Eine Erdspalte, wenn man so will. Wenn man sich nicht beim Reinfallen das Genick bricht, verhungert man da drin. Da kann man noch so viel schreien, da hört einen niemand. Es kommen nicht viele Leute vorbei und suchen nach vermissten Wanderern.« Und damit ging Marta zur Abbruchkante oben am Grat.

»Vermisst du eigentlich manchmal Kalifornien?«, fragte ich Butterfly, die in die Ferne schaute. Cornelia hatte uns erzählt, in Kalifornien gäbe es Einkaufsmeilen unter freiem Himmel, täglich Sonnenschein und überall Bäume, an denen man Orangen pflücken konnte. »Cornelia hat Sehnsucht danach.«

»Wirklich?«

Ich senkte die Stimme. »Sag ihr nicht, dass ich's dir verraten habe, aber sie will wieder zurück.«

»Das hat sie wirklich gesagt?«

»Na ja, ihr Vater wohnt da.«

Butterfly kniff die Lippen aufeinander. Sie sah zum ersten Mal nicht schön aus.

»Und weißt du was? Philip hat neulich gesagt, er würde dich gern malen.«

»Wirklich?«

»Er hat gesagt, du hättest so besondere Wangenknochen. Sag ihm Bescheid, falls du Interesse hast.« Ich ließ das bei ihr sacken, dann fügte ich noch hinzu: »Ihm Modell zu sitzen, meine ich.«

Sie fasste sich an die Wange. »Er ist ziemlich berühmt, stimmt's?« Jetzt, wo wir uns unterhielten, kam sie mir mehr wie ein Babysitter als wie die Mom von jemandem vor.

»Und warum ist Mykorrhiza eine Beziehung, von der beide Seiten profitieren?« Marta verlangte nach unserer Aufmerksamkeit. Cornelia und Butterfly sahen sie verständnislos an, und sie erklärte die Lektion des Tages noch einmal, dann wandte sie sich wieder mir zu. »Der Baum hat doch sicher auch was davon, oder?«

»Tja … Pilze wachsen unter der Erde«, antwortete ich. »Und der Baum hat seine Wurzeln in der Erde. Deswegen vermute ich, dass die Pilze den Wurzeln vielleicht irgendwie helfen.«

»Sehr richtig, Saskia. Ich freue mich, dass du nicht länger so tust, als wüsstest du die Antworten nicht.« Marta breitete die Finger einer Hand über die andere. »Wenn Fungi die Wurzeln einer Pflanze ummanteln, bekommen sie nicht nur Nährstoffe von der Pflanze, sondern sie nützen der Pflanze auch. Sie erweitern damit den Raum, den das Wurzelgeflecht einer Pflanze einnimmt. Das heißt, die Pflanze kann mehr Wasser und Nährstoff aufnehmen, als sie allein dazu in der Lage wäre. Verstehst du? Sie sind mehr als Freunde. Sie brauchen einander zum Überleben.«

Marta öffnete ihren Rucksack und zog alte Plastikbeutel und kleine Messer heraus. »Heute suchen wir nach Maitake. *Grifola frondosa*, auch als Gemeiner Klapperschwamm bekannt. Vielleicht finden wir welche am Fuß seines liebsten Symbiosepartners, der Eiche, in dieser Gegend meist die Art *Quercus velutina*.« Marta blickte uns alle nachdenklich an. »Und, was werde ich euch jetzt über Sicherheit sagen?«

»Nichts in den Mund stecken«, antwortete Issy, »es könnte euch umbringen.« Cornelia wich mit einem befriedigenden Schaudern zurück.

Marta stapfte voran in den Wald. Wir folgten ihr unter das Blätterdach und hielten nicht nur Ausschau nach Pilzen, sondern auch nach der Höhle, vor der sie uns gewarnt hatte. Eine Zeitlang war nichts zu hören als unsere Schritte und der hohe Schrei eines Vogels. Marta blieb stehen, um mir zu erklären, dass es ein Fischadler war – *Pandion haliaetus* –, der hoch über dem Kamm seine Kreise zog. Manchmal kamen wir zusammen, zu zweit oder dritt, manchmal suchten wir allein nach den Pilzen.

Issy gesellte sich zu mir. Sie zeigte nach unten. Marta hatte recht – im Waldboden öffnete sich ein geheimnisvoller Felsspalt, an der breitesten Stelle vielleicht drei Meter breit, und so dunkel im Innern, dass es unmöglich war, bis nach unten zu schauen. Sie flüsterte: »Ben ist so komisch zu dir wegen der Prophezeiung.« Aber als ich den Mund aufmachte, um weiter nachzufragen, hatte sie mir schon wieder den Rücken zugewandt wie eine Tür, die zugegangen war.

69

Sekou stößt ein hohes Quäken aus, wüstes Gebell hebt an, dann dröhnt Issys lautes Lachen. Filigran tanzen Blätterschatten über die Decke. Sonnenlicht.

Ich bin bei Ben.

Der Gedanke schimmert verlockend, bis er explodiert und sich in das verwandelt, was ganz sicher schiefgehen wird und offensichtlich bereits schiefgegangen ist. Zum Ersten ist es ganz offensichtlich nach acht. Bei Großmutter hätte ich auf halb neun getippt, aber hier leuchtet alles nochmal anders – *Acer saccharum*, der mächtige Zuckerahorn direkt vor meinem Fenster: die hohen Zirruswolken, der Einfallwinkel der Sonne. Ich habe seit vielen Jahren nicht mehr länger als bis sechs Uhr geschlafen. Mir dreht sich der Magen um. Hier kommt das Rauschen, ich weiß, es ist nur das Blut in meinen Ohren, ich weiß es ja, ich weiß es ja, aber es kocht hoch wie das einsame Heulen der ganzen bedürftigen Welt, drückt gegen die viel zu helle Scheibe an meinem Kopf, und ich weiß wieder, was ich getan habe, wie zuerst Xavier Großmutters Haus betreten hat, mit der Nachricht, Abraham sei wieder da. Oder auch nicht, aber egal, ob er es ist oder nicht, jemand weiß es jemand weiß es –

Aber nein: Du hast die Haustür aufgemacht. Sekou hat dich gesehen, oder etwa nicht? Er hat mich auf diese bestimmte Art angelächelt, als ich gefragt habe. Und dann: Topsy auf dem Sofa, wo er ihn finden würde. Es gab keine andere Erklärung, wie Topsy dahingekommen sein sollte. Du wolltest, dass ich mit Xavier und den anderen mitkomme.

Also, schön tief durchatmen. Sei still, mein pochendes Herz.

Fünf Dinge, die ich sehe: staubige Karomustervorhänge, seltsam glänzende Farbe an der Decke, mein abgetragenes Nachthemd, meine brüchigen Fingernägel, meine gesplissten gelben Spitzen.

Vier Dinge, die ich anfasse: den Baumwollstoff des Quilts, meine geschlossenen Lippen, die kühle Fensterscheibe, mein Herz, das in der Wiege von Haut und Knochen schlägt.

Drei Dinge, die ich höre: Sekous ansteckendes Gekicher, das Bellen der Hunde, ein Kanadakleiber – *Sitta canadensis* –, der seinen insistierenden Quäkton von sich gibt.

Zwei Dinge, die ich rieche: Speck, Schimmel.

Ein Ding, das ich schmecke: meine saure Zunge.

Es geht also nach Zuhause. Zuhause, heute. Ich stehe auf – oh, die Mutter.

Die Mutter ist ein weiteres Ding, das mir erst jetzt wieder einfällt. Hier in diesem großen Draußen muss man an so viel mehr denken. Lieber wieder ins Bett. Ich habe sie natürlich nach der Ankunft gefüttert, habe den Sauerteig vermehrt, bevor wir unserer getrennten Wege gingen – ich ins Kinderzimmer der älteren Tochter, Sekou und Issy in das der jüngeren, Cornelia und Xavier auf die Sofas im großen Wohnzimmer unten – aber jetzt nicht ablenken lassen, die Mutter verlangt nach Aufmerksamkeit und die Sonne brennt vom Himmel und die anderen werden denken, sie können auch Sauerteig, aber sie machen ihn mir garantiert kaputt. Also wieder aufstehen. Füße auf den Boden, Gleichgewicht finden.

Fast alles hier im Zimmer ist mit dem Namen *Anna* bestickt – die fleckige Schürze der Raggedy Ann-Puppe, ein ungebügeltes Taschentuch, eine kleine Kreuzstichstickerei, die gerahmt schief über dem Bett hängt. An der Pinnwand über dem Schreibtisch ist ein fünf Jahre altes Highschoolzeugnis befestigt; scheinbar ist die kleine Anna nicht mehr ganz so klein.

Das Obergeschoss ist im Landhausstil gehalten – ein Butterfass auf einem Gemälde im Flur, mit gemusterten Herzen verzierte Handtücher, »Home Sweet Home« in einem Stickrahmen über der Treppe. Wie lange mag es her sein, dass Shelley-Ann Ben verlassen hat? Was hat sie schließlich doch noch dazu gebracht? War es Jenny?

Schluss. Aufhören.

Playmobil-Figuren stapeln sich in einem großen Haufen unten an der Treppe. Sekou ist ihr Riese und sortiert, auf der einen Seite die Männchen, auf der anderen die Autos, Betten, Bäume. Der

Blick aus Bens von Rundhölzern eingefassten Fenstern ist sensationell, die Landschaft fällt auf drei Seiten steil ab. Ich erinnere mich, dass Ben das Haus damals für Shelley-Ann gekauft hat, sein gleichmäßiger Atem am Telefon, als er mir erzählte, wie unglaublich blau der See war, auf den man blickte. Als würde ich ihm beipflichten, dass er sie natürlich heiraten sollte, wenn der See wirklich so blau war, wie er das behauptete.

Der Knirps wirft sich in meine Arme. Ich habe keine Wahl, ich muss ihn hochheben. Er hat keine Hose an und ist sehr stolz. »Ich hab Pipi ins Klo gemacht!« Er drückt sich an mich und lutscht auf dem Fuß eines Playmobil-Krankenwagenfahrers herum, den ich angemessen bewundere. In der Küche erzählt Cornelia gerade eine Anekdote: »Eric hängt also da am Ast, an einem Arm, ein Fuß auf der Leiter, und die Mädchen und ich …«, da erscheint Jenny in Polyesterhose und dick aufgelegtem Make-up.

»Gut geschlafen?«, frage ich.

Ihre Locken sind steif vom vielen Haarspray, als sie nickt. »Wollen wir noch ein bisschen spielen, Süßer?« Sie legt Sekou die Hand an den Rücken. Er vergräbt das Gesicht an meinem Hals. Guter Junge.

Ich trage Sekou zu den anderen. Ben muss bei den Hunden sein, aber alle anderen sitzen in der Küche, Cornelia in Jogginganzug, sie war schon laufen (natürlich). Auf den Tellern kleben die Überreste des Festmahls: hart gewordenes Eigelb, ausgelöffelte Grapefruit, Joghurtschälchen. Sie tun so, als machte es ihnen nichts aus, mich im Nachthemd und mit ungebürstetem Haar zu sehen. Am liebsten möchte ich laut losschreien, dass ich sonst nie so lange schlafe – ich bin immer im Morgengrauen auf den Beinen! Sekous Finger bohrt sich durch das Knopfloch in meinem Hals und erinnert mich an meine besten Seiten.

Ich sage: »Habt ihr alle gut geschlafen?«

Ich sage: »Das sieht aber lecker aus.«

Ich sage: »Wahrscheinlich sollten wir dann bald losfahren.«

»Was, ihr fahrt schon wieder?« Jenny ist mir in die Küche gefolgt. »Ich hatte gehofft, dass ihr wenigstens noch eine Nacht bleibt. Ich finde euch echt nett.«

Cornelia lächelt. »Das ist ja ganz reizend von dir!« Wenn man sie kennt, weiß man, wie das gemeint ist.

»Ben sagt, ihr hättet hier im Ort was zu tun. Das nächste Hotel ist vierzig Kilometer entfernt. Kann ich euch nicht überreden, noch ein bisschen zu bleiben?«

Ich kann mich nicht beherrschen. »Ich glaube, nur Ben muss überredet werden.«

Jenny macht nervöse Bewegungen mit ihren rosa Händen. »Worum geht es denn bei eurem Besuch hier, wenn ich fragen darf?«

Xavier zieht eine Augenbraue hoch.

Issy nimmt mir Sekou ab: »Na komm, ich zieh dir 'ne frische Hose an.«

Cornelia kratzt das Frühstücksgeschirr sauber.

Aber ich fürchte mich nicht. »Hast du schon mal von Zuhause gehört?«

Cornelia sagt meinen Namen.

»Was für ein Zuhause?«

»Das ist ein Ort hier in der Nähe, wo –«

»Ach, das Sommerlager?«, sagt Jenny. »Wo ihr Ben kennengelernt habt?«

»Genau. Das Sommerlager.« Deswegen hat er sich also für sie entschieden: Sie ist so jung, dass sie die Gerüchte nicht kennt.

Bens Stimme kommt ungehalten von der Tür. »Ich dachte, du wärst schon los zur Arbeit, Jenny.« Die Hunde drängen hinter ihm heran wie ein einziges, enormes Untier, bleiben aber hinter der Schwelle stehen, als er mit schweren Schritten auf seine Freundin zugeht. »Du willst ja nicht zu spät kommen.«

Jenny setzt ein Lächeln auf. Ich will ihr zurufen, sie soll keine gute Miene für einen Mann machen, der Befehle erteilt, aber sie drückt ihm einen Kuss auf die Lippen und dreht sich zu Sekou um, der schreiend auf dem Schoß seiner Mutter zappelt – frische Hosen anziehen ist so gar nicht sein Ding. Jenny tröstet ihn, dass sie bestimmt bald wieder miteinander spielen können, das beruhigt ihn, und sie ist mir schon ein bisschen sympathischer.

Jenny nimmt eine Tupperdose mit Salat aus dem Kühlschrank und greift nach ihrer Handtasche. Sekou streckt wieder die Arme nach mir aus, und Issy reicht ihn mit einem Seufzer an mich weiter. Ich bade im Welpenatem des kleinen Jungen, während Jenny schon wieder die Lippen auf die von Ben drückt. Sie fasst nach dem Schlüsselbund. Sie winkt. Ben pfeift nach den Hunden, und sie stürmen hinaus in den offenen Tag. Ob Jenny das mag, wenn sie um ihre Beine hecheln? Bens beschrifteter Transporter steht auch vor dem Haus: *Heizung, Lüftung, Klima. Fachmann für Heizungsbau. Klimaanlagen. Wärmepumpen. Sanitär.* Ben steht am Fenster und beobachtet seine auf dem Grundstück herumstreifenden Tiere.

»Wie alt«, sage ich, »ist dieses Mädchen?«

Er fährt herum. Er sieht Cornelia an, zeigt aber mit zitterndem Zeigefinger auf mich. »Was hat sie gesagt? Ich will jedes Wort.«

»Das arme kleine Ding wollte wissen, was Zuhause ist«, antworte ich, bevor Cornelia mich verraten kann.

»Über Zuhause wird nicht geredet!« Ben ballt die Fäuste. »Nicht mit mir oder mit Jenny oder sonst jemandem. Mein Gott, wie blöd kann man denn sein?« Der Knirps lässt sich an mir herunterrutschen und rennt zurück zu den Spielsachen. Issy folgt ihm, aber nicht, ohne uns einen warnenden Blick zuzuwerfen. Ben brüllt schon. »Du weißt genau, wie hart ich daran gearbeitet habe, dass niemand hier in der Gegend mehr an dieses Drecksloch denkt und mich auf gar keinen Fall damit in Verbindung bringt!«

Cornelia verschränkt die Arme. »Natürlich erinnern die Leute sich daran. Es ist nur gute elf Kilometer von hier entfernt, das Ganze war erst vor fünfundzwanzig Jahren …«

»Die Leute, die sich noch an die Scheiße erinnern, halten alle schön den Mund.«

»Das ist doch das reinste Klischee«, sage ich. »Ein Mann in deinem Alter, mit so einem jungen Mädchen.«

Ben hält drohend einen Finger hoch. »Kein. Wort. Über. Jenny.«

Ich senke den Blick nicht. Ich warte, bis die Streitlust aus ihm weicht. Er stützt sich mit gespreizten Händen auf die Arbeitsfläche, und als er sich wieder beruhigt hat, blickt er mich an. Oh, diese Augen. »Saskia, gerade du. Du glaubst doch nicht ernsthaft, dass Abraham noch am Leben ist, oder …?«

Als Ben den Namen ausspricht, macht mein Herz einen Satz, als hätten seine Worte das Ganze Realität werden lassen. Kurz wirkt er besorgt, als er meine Reaktion sieht. Ich hatte es vergessen. Ich hatte vergessen, wie gut er mich durchschaut. Schnell mache ich ein paar Schritte an ihm vorbei zur Mutter.

Xavier sagt: »Hör zu, Ben. Keiner von uns will da wieder hin.«

Mehl, Rührlöffel, Wasser, Thermometer. Sollen die Erwachsenen miteinander reden.

»In dem sechsten Brief steht, dass wir zu fünft hinmüssen.« Cornelias Stimme klingt leicht hysterisch; auf der Herfahrt war sie noch so überzeugt, dass wir uns wegen nichts Sorgen machen müssen.

»Das ist mir scheißegal«, sagt Ben.

Issy kommt zurück in die Küche gestürmt. »Du willst doch garantiert wissen, ob es wirklich nicht Abraham ist, der da auf dem Grundstück sitzt und uns diese Briefe schickt, Ben. Du meinst, es könnte dich ruinieren, wenn du hinfährst? Nein, wenn er seine Drohung wahrmacht, *dann* bist du am Ende! Lass uns hinfahren. Dann ist dieser Spuk heute Geschichte.«

Aber Ben greift nach seinen Schlüsseln. »In ein oder zwei Tagen habt ihr kapiert, dass euch jemand einen Streich spielt, und dann fahrt ihr wieder heim. Aber ich wohne hier. Ich habe mein Leben hier. Ich setze das nicht alles für sechs anonyme Briefe aufs Spiel, nur damit ihr mich wieder in euren Scheißdreck mit reinziehen könnt.«

»*Unseren* Scheißdreck?« Xavier regt sich auf, was nur sehr selten der Fall ist. »Wenn ich mich recht erinnere, warst du auch mit in der Hütte. Genauer gesagt warst du es doch wohl, der den –«

»Lass gut sein! Wir sind freie Menschen. Warum könnt ihr es nicht einfach verdammt nochmal gut sein lassen?« Und damit ist Ben zur Tür hinaus.

70

Genussvoll verspeisten Marta und Issy und Cornelia und Butterfly und ich Omeletts, aus denen der Cheddar vom Bauernmarkt tropfte, dazu die reiche Ernte der letzten Fiedelköpfe. Maitake-Pilze konnten wir keine finden, aber die jungen Spitzen des Straußenfarns, *Matteuccia struthiopteris,* die wie die Schnecke am Kopf einer Geige aussahen, machten es wett. Sie schmeckten geradezu obszön grün. Fett tropfte uns von den Lippen. Ein Biss, und ich hatte plötzlich wieder Appetit. Zähne und Bauch und Gabel und Butter und Salz und Käse und Eier und Petersilie und Ceylontee und brauner Zucker und die Spitzen blutjunger Pflanzen, die sich auf unseren Zungen entrollten.

71

Maine rauscht an mir vorbei. *Acer saccharum, Cardinalis cardinalis,* Haus, Seezipfel, Hügel, *Betula papyrifera* – alles rast so viel schneller vorbei, als Worte zu finden wären. Im Höllentempo geht es durch die Landschaft, die wir einst kannten. Wir beschreiben eine Kurve nach rechts, und Cornelias GPS befiehlt uns, auf die Straße abzubiegen, auf der wir uns bereits befinden. Ich würde gern die Augen zumachen, aber dann würde alles an mir vorbeirasen, ohne dass ich wüsste, warum.

»Ich erkenne überhaupt nichts wieder«, sagt Xavier.

»Wenn man diese Straße in der entgegengesetzten Richtung langgeht«, sage ich, »landet man auf Martas Lieblingsberg.«

Cornelia auf ihrem Thron vorn im Auto schnaubt. »Für sie ist alles nur ein Spiel«, brummt sie. »Alles ein Spiel.« Dann geht die Entrüstung mit ihr durch. Zornig dreht sie sich zu mir um. »Martas Lieblingsberg und Bens Betthäschen sind mir scheißegal! Ich will nur, dass wir denjenigen zum Schweigen bringen, der uns da in Zuhause auflauert. Und wenn der uns gleich sagt, wir sollen ihn am Arsch lecken, weil Ben nicht dabei ist, bist du schuld daran. Ich werde es dir nicht verzeihen, dass Ben nicht mit im Auto sitzt.«

»Wir sind erwachsene Menschen«, mahnt Issy. »Können wir uns bitte auch so verhalten?«

»Ich nicht«, sagt Sekou. Wir müssen alle lachen, sogar Cornelia, die sich entschuldigt, dass sie solche Worte in den Mund genommen hat. Wir tun einen Augenblick lang so, als würde alles gut enden.

Tipp tapp. Ich spüre ein sanftes Klopfen auf meinem Arm – da liegen fünf süße kleine Knirpszehen in einer Reihe auf meinem Arm. Sein Fuß ist warm. Ich lasse die Augen zufallen, dann spüre ich nur noch die Zehen und nichts anderes mehr und habe nicht mehr so viel Angst vor dem Vorwärtsbrausen. Ich verrate ihnen nicht, was ich weiß: dass Ben nie im Leben mitgekommen wäre.

Ben braucht seine Zeit. Er muss es erst spüren. Je schneller man ihn dazu bringt, sich aufzuregen und auszurasten, desto eher wird er tun, was man von ihm will. Und das habe ich ja wohl geschafft.

72

Zack.

Butterfly saß mit geschlossenen Augen im Schneidersitz, gebadet ins Morgenlicht, während Philip malte. Er pinselte azurblaue Farbe auf eine große Leinwand. Der See war kabbelig. Rundherum blühte das wilde Leben: Das Geraschel der kämpfenden Streifenhörnchen – *Tamias striatus*; der Überschwang der Schwarzkopfmeise – *Poecile atricapillus*, das gelegentliche, schnelle Flügelschwirren des Rubinkehlkolibris – *Archilochus colubris*.

Zack.

Ich beobachtete die Szene aus dem Schatten des Walds heraus – Kanadische Hemlocktanne (*Tsuga canadensis*), deren frische Spitzen als Vitamin-C-reicher Tee aufgekocht werden können; Weymouthskiefern (*Pinus strobus*), die so groß werden können, dass sie alle anderen Bäume im amerikanischen Nordosten überragen. Butterfly und Philip bemerkten mich nicht im dichten Unterholz, wo ich das Beilwerfen immer weiter perfektionierte. Zack, zack, zack. Im Grunde traf ich mein Ziel meist immer noch nicht und stolperte über die Wurzeln am Boden, um das Werkzeug wiederzuholen, das Abraham zufolge gebaut war wie ich. Manchmal bohrte es sich in einen Baumstumpf, aber meistens prallte es von den roten Nadeln auf dem Waldboden ab.

Zack.

Im Grunde versteckte ich mich vor Sarah – die gesagt hatte, ich sei auf dem besten Weg, den Sauerteig zu meistern, jetzt sei es an der Zeit, kochen zu lernen – und vor Marta, die mittlerweile erwartete, dass ich sie auf ihren Streifzügen durch den Wald begleitete, die aber weniger Wanderungen als mündliche Prüfungen über Tierarten und Pflanzengattungen waren.

Zack.

Im Grunde hatte ich schlechte Laune, ließ sie aber nicht zu – nur für den Fall, dass die Toten Gedanken lesen konnten. Ich war jetzt seit über einem Monat zurück in Zuhause, und du hattest dich noch kein einziges Mal bemerkbar gemacht. Mittlerweile war ich so weit, dass ich alles als Zeichen akzeptiert hätte: eine Krähenfeder vor meinen Füßen, ein außergewöhnlich gefärbter Kiesel am Ufer. Ich hatte Gaben hinterlassen: Brotstücke, ein hart gekochtes Ei. Ziellos streifte ich im Wald umher und rief nach dir. Doch kein Vogel sang deinen Namen. Keine Fußabdrücke ließen sich im roten Kiefernnadelteppich erkennen. Wenn du in Zuhause warst, dann wolltest du mich bestrafen.

Zack.

Allmählich traf ich die Bäume schon besser, aber die Schneide blieb nie in meinem Ziel stecken – in diesem Fall ein Holzkropf in zwei Meter Höhe, sieben Meter entfernt. Bei Marta hatte es so einfach ausgesehen und mir Hoffnung gemacht. Vielleicht war das ja mein Problem: Hoffnung war wie ein weit entferntes Land, das mit jedem Tag in unerreichbare Ferne rückte. Was bedeutete es, zum Töten gemacht zu sein? Ich hatte keine Ahnung, aber damit war ich sitzengelassen worden. Issy weigerte sich, mit mir über die Prophezeiung zu sprechen. An diesem Morgen hatten Cornelia und sie »Ein Hengst namens Bill« beim Frühstück gesungen und waren dann zusammen losgehüpft, um nach den Hühnern zu sehen.

Zack.

Ich war mir ganz sicher gewesen, dass Abraham mich enger an sich binden würde, nachdem er mich auserwählt hatte. Aber er war immer noch irgendwo in der Dingwelt verschwunden. Er hatte mich dieser Einsamkeit überlassen, und ich hatte nur den Hund als Begleiter, der meine Hand nass abschlabberte.

Zack.

Draußen in der Sonne sagte Philip ganz leise etwas zu Butterfly. Sie öffnete die Augen. Sie leuchtete wie in goldenes Licht gebadet, Wangenknochen hoch, Haare glitzernd. Ich hatte Philips Interesse an ihr nur einmal, oben auf dem Bergkamm, zu erwähnen brauchen, und schon hatte es gefunkt. Er war glücklich, und sie war glücklich. Sie wusste wahrscheinlich nicht mal mehr, dass sie das mir zu verdanken hatte. Abraham würde aus der Dingwelt zurückkommen und sehen, dass sie mit Philip zusammen war; entweder würde er sich vernünftig verhalten und vergessen, dass er hinter ihr hergewesen war. Oder er würde wütend werden und Butterfly rausschmeißen, zusammen mit Cornelia – was vielleicht auch nicht das Schlimmste wäre.

Zack.

Auf allen Leinwänden von Philip, die sich in unserer Hütte stapelten, war ein Stückchen von Butterflys Körper verewigt – das Haar in ihrer Achselhöhle, eine Konstellation von Leberflecken auf ihrer Schulter, ihr kleiner Zeh – vor einer bunten Landschaft (das kitschige Grün des Sees an einem Nebelmorgen, das über die Kiefernspitzen hereinströmende Sonnenlicht). Im Gegensatz zu den Körperteilen in *Die Lüsternheiten* taten diese Ansichten von Butterfly nicht so, als wären sie etwas anderes. Diese Bilder waren ehrlicher Ausdruck eines vor Lust summenden Hungers. Am Tag zuvor hatte Xavier ein Loch in ein überlebensgroßes Zuckerbäckerbild von Butterflys langen Wimpern getreten, das bei uns die Tür blockierte, und dann den Tatort so präpariert, dass es aussah, als sei das Bild von einem umfallenden Stuhl zerrissen worden.

Zack.

»Du musst ein bisschen an deiner Haltung arbeiten.« Vom entfernten Ende unseres Grundstücks kam Jim auf mich zu. Möglicherweise beobachtete er Butterfly und Philip seit Stunden.

Zack. Das Beil traf sein Ziel. »Ich finde meinen Wurf gar nicht schlecht.«

Hund sprang auf, als Jim näherkam, und badete die haarige Hand des Mannes mit seiner sabbernden Zunge. Jim reagierte freundlich und kraulte ihn hinter den Ohren. Ein bisschen Mitleid hatte ich mit Jim – aber nur wie für ein Kind, das gezwungen wird, sein Lieblingsspielzeug zu teilen. Er hatte immerhin schon eine Frau, und zwar eine sehr anständige. Aber vielleicht würde er mir ja ein paar Fragen beantworten. Ich neigte den Kopf auf dieselbe Art, wie ich es bei meiner Mutter gesehen hatte, wenn sie Daddys gute Laune aus ihm herauskitzeln wollte. »Wie lange wohnst du eigentlich schon hier, Jim?«

»Mal sehen, wann sind wir gekommen … siebenundachtzig? Achtundachtzig? Wir haben hier auf dem Land geheiratet. Handfasting. Teresa hat die Geburt im Haupthaus über die Bühne gebracht. Sarah hat Tomas aufgefangen, während ich auf der Veranda herumgetigert bin.«

»Hast du keine Angst gehabt, hier so weit draußen ein Kind auf die Welt zu bringen?«

»Na, die harte Arbeit brauchte ich ja nicht zu erledigen.« Schließlich sah er mich an und nicht Butterfly. »Ich habe gesagt, lass uns ins Krankenhaus fahren, aber Teresa hat gemeint: ›Jim‹, sagt sie, ›Frauen machen das seit Jahrtausenden auf diese Art. Glaubst du wirklich, ein reiches Arschloch mit Latexhandschuhen kann das besser?‹« Bei der Erinnerung musste er lächeln.

»Ich weiß gar nicht, wie es mit Zuhause überhaupt angefangen hat. Issy hat erzählt, es hätte eine Prophezeiung gegeben …?«

»Du weißt darüber Bescheid?«

»Hier Geheimnisse zu haben, ist nicht so leicht.« Mir klopfte das Herz. Aber ich riskierte, seine Aufmerksamkeit zu verlieren; bei der Erwähnung von Geheimnissen blickte er schon wieder zurück in Richtung Butterfly. »Issy hat gesagt, das ist der Grund, weswegen Ben mich nicht mag.«

»Bist du scharf auf Ben?«

Ich schüttelte den Kopf, aber meine Zunge war wie ausgetrocknet. »Nein, ich finde es nur blöd, wenn Leute mich nicht leiden können.«

Jim lehnte sich an die nächste Kiefer. »Ach, das darfst du nicht persönlich nehmen. Er hat wahrscheinlich bloß keine Lust, sich von irgendjemand vorschreiben zu lassen, wen er heiraten soll.«

»Die Prophezeiung besagt, dass ich Ben heiraten soll?«

Da wusste Jim, dass ich keinen Schimmer hatte. Aber jetzt hatte er schon zu viel ausgeplaudert. Er senkte die Stimme. »Damals, bevor wir hergekommen sind, noch bevor Bens Familie hier eingetroffen ist, als nur Gabby und Issy und Abraham hier gewohnt haben, da hatte Abraham einen Traum. Alle Einzelheiten weiß ich nicht, ich weiß nicht, warum gerade dieser Traum so besonders war … jedenfalls habe ich früher hundertprozentig dran geglaubt.

Hauptsächlich, weil Gabby drauf geschworen hat.« Er lachte und rieb sich den Nacken. »Im Allgemeinen halte ich mich an Gabby. Dieser Traum jedenfalls … es geht um Zuhause. Das war natürlich damals, als hier alles total heruntergekommen war. Nur drei Leute, verrückt und ohne Geld. Aber in dem Traum, den Abraham in der Nacht hatte, sieht Zuhause so ziemlich genau aus wie jetzt hier bei uns.« Er beschrieb einen großen Bogen mit dem Arm. »Es wimmelt nur so vor Gläubigen, Leuten, die sich entdingen wollen, die das Land bewirtschaften und kochen und alles in Ordnung bringen. Abraham und Gabby leiten die Gemeinschaft. Issy ist fast erwachsen.«

»Das ist die Prophezeiung?«

»Wart's doch ab. Abraham setzt sich hin und schreibt den Traum auf, in allen Einzelheiten, an die er sich erinnern kann. Das gibt er Gabby und zeigt auf das Blatt und sagt: ›Ich habe sie gesehen, Gabby. Ich habe die Zukunft gesehen.‹ Und sie: ›Das ist keine Prophezeiung, das ist eine Wunschliste, Alter.‹ Sie wittert Bullshit eine Meile gegen den Wind. Sie machen einen Deal: Wenn die ersten fünf Dinge eintreten, die ersten fünf Sachen aus dem Traum, genau in der Reihenfolge, wie er sie aufgeschrieben hat, dann erlaubt sie ihm, es Prophezeiung zu nennen.«

»Und die ersten fünf Sachen sind eingetreten?«

Jim hält seinen haarigen Daumen hoch. »Zuerst wird eine Familie mit einem erstgeborenen Sohn kommen. Sie sind auf der Flucht vor einer schrecklichen Vergangenheit.« Er wartet, bis ich eins und eins zusammengezählt habe. »Ephraim, Sarah, Ben.«

»Sie mussten vor einer schrecklichen Vergangenheit fliehen?«

»Die Story kriegst du nicht aus mir raus.« Jim hebt den Zeigefinger neben den Daumen. »Zweitens wird die Mutter der Familie jeden ernähren, den sie trifft, wird Fülle und Schätze aus dem machen, was andere Abfall nennen würden.«

»Sarah.«

»Drittens: Das Land wird fruchtbar werden, obwohl es so schwer zu beackern ist, und mit viel Liebe und Geduld werden wir ihm eine reiche Ernte abringen, wenn wir es mit liebevollen Händen bearbeiten …«

»Das klingt für mich nicht unbedingt wie eine Prophezeiung. So funktioniert Landwirtschaft.«

»Ich bin ja noch nicht fertig!« Aber Jim lächelte. Er hatte Butterfly vergessen. Er streckte den vierten Finger in die Luft. »Ein Mann wird kommen, um das Land zu pflegen, ein Mann mit einem weißen Bart, der die Erde versteht, und er wird uns lehren, wie man der Erde Früchte abverlangt.«

»Amos?«

»Amos. Das waren die ersten vier Sachen in dem Traum. Und sie traten genau in der Reihenfolge in Wirklichkeit ein.«

»Was war die fünfte?«

»Die fünfte war eine weise Frau, die für Gleichgewicht unter den Behausten sorgen würde. Dann tauchte Marta auf.«

»Aber nichts davon hat was damit zu tun, dass Ben mich heiraten soll.«

»Wusste ich's doch, dass du auf ihn stehst! Beruhig dich, ich ziehe dich nur auf. Willst du's nun hören oder nicht? Ja? Okay. Nicht vergessen, Gabby hatte gesagt, wenn sich die ersten fünf Dinge bewahrheiten, dann wäre sie damit einverstanden, dass Abraham es eine Prophezeiung nennt. Wahrscheinlich hat sie das nie im Leben für möglich gehalten. Keine Ahnung, ob sie sich gefreut oder gefürchtet hat, als sich rausstellte, dass er den Nagel auf den Kopf getroffen hatte. Na jedenfalls durfte er es dann als Prophezeiung bezeichnen, und dann sind wahrscheinlich alle davon ausgegangen, dass die anderen Voraussagen auch Wahrheit werden würden.«

Er beantwortete meine Frage, bevor ich sie stellen konnte. »Dass ein Mädchen nach Zuhause kommen würde. Ein Mädchen aus der großen Stadt. Sie würde Haare wie Flachs und lange Gliedmaßen haben. Sie war von der Welt verletzt worden. Aber dieses Mädchen wäre zäher, als sie aussah, und glühend wie Feuer. Sie war sogar zum Töten gemacht.« Seine Stimme wurde hart. »Dieses Mädchen würde uns retten. Sie würde Mut beweisen, wenn wir schwach waren. Sie würde wissen, was zu tun war, wenn es sonst niemand wusste. Der erstgeborene Sohn der ersten Familie würde sie lieben. Sie würden heiraten. Seite an Seite würden sie Zuhause verteidigen, wenn die Dingwelt sich gegen uns stellte. Wenn die Dingwelt kam, um uns zu schaden, würde sie ihre Talente nutzen und töten, was getötet werden musste.«

Er wusste, was es für mich hieß, diese Worte zu hören. »Wenn man ganz fair sein will, dann gibt es allerdings einen Teil der Prophezeiung, der nicht wahr geworden ist. Das Mädchen sollte kommen und nie wieder weggehen. Aber du bist weggegangen. Du bist nach New York zurückgekehrt.«

»Aber ich bin wiedergekommen.«

»Als Gabby hingefahren ist, um dich zu holen. Ich will nur sagen: Man darf das Ganze nicht zu eng sehen.«

Das erklärte natürlich, warum Ben so abweisend mir gegenüber gewesen war, von dem Augenblick an, in dem Sarah mich mit genau diesen Worten vorgestellt hatte. Und es erklärte auch, warum er auf einmal an dem Tag nett zu mir geworden war, als klar war, dass ich abreisen würde. Als brauche er nicht mehr so wachsam zu sein, und warum er mir seit dem Tag am See, als Abraham sagte, ich sei zum Töten gemacht, wieder die kalte Schulter zeigte.

»Glaubst du, ich bin das Mädchen?«

Jim rief den Hund zu sich. »Ich glaube, am allermeisten zählt, ob du es selbst glaubst.«

73

Das JimBob's ist noch da, die einzige Veränderung ein schickes neues Ladenschild – die dunklen Scheiben, die Zapfsäulen, der unter dem Wort »Luft« hängende Reifendruckmesser. Bushrow Road ist weiterhin eine lange Schotterpiste, die steil bergauf führt. Ben wohnt auf dem Land, aber hier sind wir mitten in der freien Natur, es sind kaum Menschen zu sehen. Nach der ersten Senke fährt Xavier langsam die Steigung hinauf.

Die Zufahrt nach Zuhause ist nicht mehr versteckt. Wenn ich nicht wüsste, was am Ende liegt, würde ich die Lücke im Unterholz vielleicht nicht einmal bemerken. Alles, was Zuhause einst war, stürmt auf mich ein. Ich bin überzeugt, dass wir jeden Augenblick Abraham gegenüberstehen werden. Vermutlich werde ich nicht als Einzige von diesen Gedanken umgetrieben. Als wir in den Fahrweg einbiegen, stößt Cornelia einen erstickten Schrei aus, Xavier umklammert das Lenkrad fester und Issy atmet lautlos.

»Das ist ein verwildertes Grundstück, das der Bank gehört, nichts weiter.« Wer von uns spricht es laut aus? Vielleicht höre ich es nur in meinem Kopf. Wahrscheinlich dürfen wir das Land gar nicht betreten, und trotzdem sind wir da und rutschen seine Kehle herunter.

74

»Ich besaß einen Hengst, und der hieß Bill …«

An einem sonnentrunkenen Julinachmittag kehrte Abraham zu uns zurück. Sein Baritongesang schallte die Einfahrt herunter. Flankiert wurde er von mehreren mageren Jungs und einem Mädchen, das sich ein Flanellhemd um die Hüfte gebunden hatte. In der Dingwelt wären sie als Erwachsene durchgegangen, aber in Zuhause waren sie Neugeborene. Der Hund kam zur Fliegentür herausgeschossen, Nora und Tomas auf den Fersen, und sprang an Abraham und den Neuankömmlingen hoch. Abraham befahl ihm, Sitz zu machen, aber von der vielen Aufmerksamkeit wurde das Tier nur noch wilder. Es sprang an dem neuen Mädchen hoch und schnappte nach ihrem Pferdeschwanz. Sie quietschte und lachte, aber aus reiner Höflichkeit, um ihre Angst nicht zu zeigen. Ich sah es an der Art, wie sie sich mit der Hand vor dem Gesicht abwandte. Dann stürzten sich auch Nora und Tomas auf Abraham. Der Hund erschrak über Noras zu schnelle Bewegungen und schnappte zu.

Nora kreischte. Gabby war schon zur Stelle, um Nora schnell wegzuziehen und Tomas auf den Arm zu nehmen. »Darfst ihn nicht ärgern«, sagte Teresa. Nora weinte und sagte, das wollte sie nicht, aber Teresa meinte nicht die Kinder. Einen Augenblick später war alles wieder vorbei, weil Hund nicht richtig zugebissen hatte und es nur ein Kratzer war und Abraham sich hinunterbeugte, um ihn zu streicheln. Unter seinen Händen wurde Hund ruhig. Alle umringten die Neuankömmlinge, und da das Lied angefangen worden war, musste es auch zu Ende gesungen werden.

Klatschend wirbelten wir im Kreis um die Neuen. Wir bemitleideten sie dafür, wie viel sie noch zu lernen hatten. Sie wussten nicht, dass man sich von den Regeln, die man in sich trug, entdingte, indem man sinnlose Lieder sang.

Als wir fertig gesungen hatten, machte Abraham die Runde,

das Tier an seiner Seite. Jim schüttelte ihm glücklich grinsend die Hand, und Abraham schlug ihm auf die Schulter, dann wuschelte er Xavier durchs Haar, zu Issy sagte er: »Kann es wirklich sein, dass du schon wieder gewachsen bist?« Zu Cornelia sagte er: »Du hast das Lied mit deiner Stimme getragen«, was sie zum Lächeln brachte. Ben warf er einen sorgsamen Blick zu, aber Ben war damit beschäftigt, Sarahs Befehl auszuführen. Er verteilte die frischgebackenen Brötchen, die eigentlich fürs Abendessen bestimmt waren. Abraham schloss die Augen, als er hineinbiss. Dann nickte er Amos zu, dann Ephraim, bis der auf den Boden spuckte. Philip und Butterfly kamen verspätet hoch vom Wasser. Abraham sah ihre Verbundenheit auf den ersten Blick, dann fanden seine Augen mich. »Was macht der Arm?« Er meinte den Arm, mit dem ich das Beil warf. Ich hielt ihn hoch und zeigte meine Muskeln, und alle jubelten.

Als die anderen an diesem Abend am Lagerfeuer saßen, machte ich es mir mit *Wildpflanzen für den Teller – Maine* gemütlich, das ich von Marta ausgeliehen hatte. Hund lag mir zu Füßen. Gabbys Stimme drang zum Fenster neben unserem Stockbett herein. Wahrscheinlich stand sie am Ufer neben dem Anleger, wo Philip meist malte. »Du und ich, wir sind Partner bei diesem Experiment. Hast du das vergessen? Du kannst nicht einfach einladen, wen du willst, Abraham, nicht ohne –«

»Aber genau darum geht es uns.«

Hund stand fiepend an der Tür, als er Abrahams Stimme hörte. Lautlos rief ich ihn zu mir und streichelte ihn.

»Diese Kids sind bereit. Bereit für die dinglose Welt. Ich habe zwei Tage auf der Insel mit ihnen verbracht. Sie verstehen, worum es uns geht. Sie gehören hierher.«

»Und wer zahlt dafür?«

»Das kriegen wir schon hin. Wir finden immer –«

»*Ich* kriege es hin.«

»Du musst ein bisschen lockerer werden, Gabby. Du machst dich noch unglücklich.«

»Während du auf deinem schönen Drogentrip warst, war ich bei der Bank. Um ein Haar hätte ich keinen Zugang zu unserem

Konto bekommen, da du ihnen wohl gesagt hast, nur noch Jim sei zeichnungsberechtigt?«

»Wir hatten uns doch darauf geeinigt, dass es so besser ist für dich. Du machst dich noch krank vor lauter –«

»Es war keine große Überraschung, was ich da herausgefunden habe. Ich sage dir jetzt seit Monaten, dass wir kurz vor einer Zwangsvollstreckung stehen. Jim ist kein Buchhaltungsgenie, das war ja wohl bekannt. Ich habe dir gesagt, du sollst ihm keinen Zugang zum Konto gewähren. Ich habe dir gesagt, dass du mir die Sache überlassen sollst. Ich hab's dir immer und immer wieder gesagt – wir müssen uns was überlegen, wie wir unser Zuhause retten. Wir. Sind. Nämlich. Pleite. Und, nein, hör mir zu, ich will keine Sonntagsreden hören, du wirbst das Geld für uns ein und ich soll mich von meinen Sorgen entdingen. Du, Abraham, trägst nämlich die Schuld an dem ganzen Desaster! Nicht der arme Jim. Dein allerliebster Philip« – sie senkte die Stimme, und ich spitzte die Ohren, damit ich sie trotz des Hundehechelns verstand –, »Göttin segne ihn, Philip hat uns nicht mal ein Zehntel von dem gegeben, was er uns damals versprochen hat. Und die ganzen anderen Geldgeber, die angeblich bei uns anklopfen würden? Keinen Einzigen habe ich von denen gesehen. Und dann hast du versprochen, alle hier sollten einen Zehnten zahlen, aber ich habe noch keine Aufforderung dazu erhalten. Und wie sollen wohl die guten Menschen hier, die alles für deine Vision geben, etwas zahlen? Mit echtem Geld, meine ich, nicht mit Brot, nicht mit dem Einschlagen von Nägeln in Dächer. Wir haben nur noch zweihundertsechzehn Dollar auf unserem Konto. Es wäre also echt klasse, wenn du dich nicht mit ein paar Jugendlichen auf Ayahuascatrips herumtreiben würdest, sondern vor Ort wärst und hier in Zuhause dafür sorgst, dass deine Vision nicht untergeht.«

Die Geräusche der Dunkelheit: Das Quaken der Spring-Peeper-Frösche – *Pseudacris crucifer* – und die langen Klagelaute der Eistaucher – *Gavia immer*. Als Gabby weitersprach, hatten sie sich ein Stück von mir entfernt. Ich drückte das Ohr an das Fliegengitter am Fenster neben dem oberen Stockbett. »Die Leute hören auf dich. Also bring sie dazu, dass sie zuhören! Verlang den reichen

Kids mit ihren brandneuen Patagonia-Jacken was ab, sie sollen für ihren Urlaub von der Realität bezahlen. Besorg uns verdammt nochmal Geld, Abe, und ich verspreche dir, dass ich mich umgehend entspannen werde.«

75

Vor dem Haupthaus stellt Xavier den Motor aus. Die Hütten von Abraham und Gabby und das Badehaus sind verfallen. Aber das Blockhaus ist für die Ewigkeit gebaut. Cornelia schlägt die Hand vor den Mund und beugt sich zur Windschutzscheibe vor wie eine Touristin, die zum ersten Mal Stonehenge sieht. Sekou befreit sich aus den Brustgurten seines Kindersitzes und tritt quengelnd mit den Füßen. Er ist zu klein, um selbst auf den roten Knopf zwischen seinen Beinen zu drücken, aber Issy lehnt sich noch nicht über die Rücklehne, um Sekou zu befreien, noch nicht. Ich fasse nach hinten und nehme ihre Hand. Sie drückt meine Finger.

»Und, schaffst du's?«, fragt sie. »Willst du im Auto sitzenbleiben?«

Ich hatte es vergessen. Einen Moment lang hatte ich vergessen, wie seltsam es sein würde, draußen in der Welt zu sein, nach sechzehn Jahren im Haus. Ich weiß nicht, ob es ein gutes oder ein schlechtes Zeichen ist, dass ich das völlig vergessen habe, seit wir hier angekommen sind. Bevor ich antworten kann, drückt sie meine Hand als Zeichen, dass ich loslassen soll. In dieser Geste gleicht sie völlig ihrer Mutter – Effizienz, Dinglosigkeit. Sie sagt, dass sie hinten aus der Rückbank nicht rauskommt, um Sekou zu helfen, dazu muss ich erst aussteigen.

Ich verlasse das Auto. Es geht mir zu schnell, aber andererseits waren wir auch viel zu lange weg. Der Lehmduft und der Modergeruch des Sees wehen zu uns hoch; die mit Flechten bereiften Granitbrocken, das Widertonmoos am Boden; das entfernte Knattern eines nach Süden fahrenden Motorboots, die Rothörnchen, die umherflitzenden Streifenhörnchen, der Wind in den mächtigen Weymouthskiefern und das Brummen einer durstigen Bremse aus der Familie der *Tabanidae*, und die *Populus tremuloides*, die mit zitternden Blättern in einer Reihe hinter dem Haus stehen, das in den Spinnweben glitzernde Licht und der Weberknecht *Phalan-*

gium opilio, der mit seinen langen, spindeldürren Beinen über meinem Schuh hängt, und die *Poecile atricapillus*, die über mir ihren Meisengesang flötet. Das alles stimmt, aber es ist so überwältigend viel auf einmal, so viel von allem, nach dem ich mich gesehnt habe, das ich gehasst habe, dass ich weinen oder schreien möchte. Doch ich stehe ganz still da.

Xavier legt die Arme um die weinende Cornelia. Issy befreit Sekou aus dem Kindersitz, aber er heult, windet sich und tritt, als sie versucht, ihn in die Trage auf ihrem Rücken zu bugsieren. Fast sage ich: Lass ihn doch rumrennen, aber ihr bestimmter Gesichtsausdruck erinnert mich daran, die Erziehung den Müttern zu überlassen.

Xaviers Handy klingelt. Das Geräusch wirkt völlig deplatziert an diesem Ort, wo es nie ein Telefon gab. Wir werfen ihm kritische Blicke zu. Er holt das Ding trotzdem aus der Tasche. Billys Name leuchtet auf dem kleinen Display auf. Cornelia hilft Issy dabei, unterstützt durch einen Lolli, Sekou in die Trage zu befördern. Xavier widersteht der Versuchung, stellt sein Handy auf lautlos und steckt es demonstrativ in die Tasche. Fast hätte ich etwas Tröstendes gesagt, da fällt mir wieder ein, dass ich ja offiziell gar nichts von der missglückten Adoption weiß. Dafür hätte ich mich am liebsten gerächt. Ein Windstoß kräuselt den See.

Die Fliegentür des Blockhauses geht auf. Wir heben die Köpfe. Ein junger Mann steht in der Tür. Er ist groß und dünn, auf der ganzen rechten Gesichtshälfte, vom Wangenknochen bis zum Mund, wüstes Narbengewebe. Er trägt ein verschossenes T-Shirt und Tarnmuster-Shorts. Dichtes schwarzes Haar bedeckt Unterarme und Waden und ragt aus dem Halsausschnitt. Die Behaarung verrät uns, wer das ist. Wir hatten vergessen, dass außer uns noch ein anderes Kind dort aufgewachsen ist.

»Tomas!« Aus dem Innern des Hauses ist eine schneidende Stimme zu hören. »War das ein Auto?« Sie tritt nach draußen. Es dauert einen Moment, bis sie uns sieht, als würden wir erst vor ihren Augen entstehen, aber wir erkennen sie sofort, auch wenn ihr wildes Haar jetzt grau ist. Die große, starke Teresa. Sie wirft die Arme in die Luft. An ihrem Sohn vorbei humpelt sie im Eiltempo auf uns zu. Dabei singt sie »Ein Hengst namens Bill«. Mit ihrer Hüfte stimmt etwas nicht. Sekou quietscht und lacht und singt mit. Cornelia sieht aus, als müsse sie sich übergeben.

Mitten in der Strophe unterbricht Teresa sich. »Und wo ist Ben?« Sie hat uns erwartet.

76

Mitternacht war vorbei, und der Rauch von brennendem Salbei drang unter Philips Tür heraus. Die Bodendielen knarrten, und Butterfly lachte gedämpft. In dieser Nacht konnte ich das Quietschen der Dielen unter der dünnen Matratze nicht ertragen. Xavier unten im Stockbett schnarchte, aber ich schaffte es nach draußen, ohne ihn aufzuwecken, und Hund hob zwar den Kopf, folgte mir aber nicht nach vorn. In der Hütte war es dunkel, heiß und stickig, aber an der frischen Luft gab es eine Brise, die in den Kronen der Kiefern spielte. Irgendwo auf dem See rief ein Eistaucher. Ich kannte den Weg so gut, dass ich kein Mondlicht brauchte. Im Fenster des Haupthauses leuchtete eine Kerosinlampe.

Gabby und Sarah saßen am Ende der langen Tische nahe der Küche, dampfende Tassen und ein Stoß Papier und Belege vor sich. Sarah beendete eine Zeichnung. Gabby bewunderte sie. Dann drehte Sarah das Blatt um und fing an, eine Liste zu schreiben. Die Stimmen drangen durch ein offenes Fenster zu mir nach draußen.

Gabby zog die Unterlagen an sich. »Er ist bestimmt in der Bar im Ort.«

Sarah trank aus ihrer Teetasse. »Wir können nur das verändern, was wir vor uns haben.«

»Ich will einfach nur weiter hier leben. Und du, und Ephraim. Und die Kinder.«

»Du weißt, dass ich hier nicht wegkann. Deswegen sage ich mir, alles wird gut. Was soll ich auch sonst tun?«

Quietschend öffnete sich die Fliegentür. Beide Frauen blickten auf. Teresa stand in der Tür, den schlafenden Tomas auf dem Rücken, sein Kopf hing schlaff herunter.

Sarah klopfte neben sich auf die Bank. Teresa ging hin und setzte sich. Gabby legte Teresa die Hand auf den Arm. Dann nahm sie den Stift zur Hand und fing an, alles zusammenzurechnen, und Sarah ging und setzte den Kessel auf.

77

Von Weitem sieht Teresas Haar grau aus, aber als ich es wie einen Vorhang direkt vor der Nase habe, während sie mich an sich drückt, sind es hundert verschiedene Farben – Wolken und Silber und Granit und Schiefer. Sie riecht, als hätte sie seit Jahrhunderten nicht mehr geduscht. Die Fliegentür fällt mit einem Knall zu. Als ich wieder Luft kriege, suche ich nach Tomas, aber ich kann nicht erkennen, ob er das hinter der Gittertür ist oder nur ein Schatten.

78

An das Platschen der Wellen und die mitternächtlichen Klagelaute der Eistaucher hatten wir uns gewöhnt. Aber bei Motorengeräuschen, gefolgt von einer zugeworfenen Autotür und einem Geheul, das in die kühle Augustnacht hinaushallte, war Hund sofort auf den Beinen und kläffte los wie ein Wahnsinniger.

Wir warfen die Sweatshirts über. Wir rasten den Berg hoch, Hund vorneweg. Philip rief uns hinterher, wir sollten warten, aber wir wollten uns die Aufregung nicht entgehen lassen.

Wir waren schon am Hühnerstall vorbei, als wir das zweite, verzweifelte Geheul hörten. Es ging mir durch und durch, dieser Klang der Einsamkeit, den ich bisher nur tief in mir selbst kannte. Dann rannte ich wieder. Ich stolperte über einen Stein. Xavier nahm mich an der Hand. Wir schafften es bis zur Einfahrt.

Scheinwerfer strahlten das Haupthaus vorwurfsvoll an. Es war nicht irgendein Auto; es war der Dienstwagen des Sheriffs. Im Scheinwerferlicht gefangen schwankte Jim. Mir wurde klar, dass er das Geheul von sich gegeben hatte. Ich verstand, dass er in der Dingwelt Probleme verursacht hatte.

Abraham schüttelte dem uniformierten Mann die Hand; dieser war kompakt und gutaussehend, mit einem weißen, ordentlich gepflegten Schnurrbart und auf Hochglanz polierten Schuhen. An seiner Brust schimmerte ein Stern. Der Sheriff. Ich wich zurück, auch wenn ich mir dabei albern vorkam. Aber es war nicht albern, sich vor ihm zu fürchten; Sal, der Sheriff, konnte mich tatsächlich mitnehmen. Die Behausten strömten oben vor dem Haupthaus zusammen, und die Augen des Gesetzes betrachteten die entdingte Welt.

»Ich wollte Sie nicht alle aufwecken.« Sal tippte sich an den Hut, als er Sarah im weißen Baumwollnachthemd sah. Sie verschränkte die Arme vor der Brust, als kenne sie ihn.

»Man hört hier nicht oft Autos«, sagte Abraham.

Butterfly trat aus Abrahams Hütte. Sie trug eine Leinentunika von ihm, um die Beine hatte sie sich ein Laken gewickelt, das goldene Haar fiel ihr auf die Schultern. Sobald Philip sie sah, wandte er sich ab und verschwand bergab in der Finsternis.

»Hure«, knurrte Jim.

Abraham stellte sich zwischen Jim und Butterfly. Ephraim machte einen Schritt vor, Amos ebenso, Fäuste erhoben, als könne Jim sich jeden Augenblick in einen Werwolf verwandeln.

»Hab ich's Ihnen nicht gesagt«, sagte Jim lallend zum Sheriff. »Hier wimmelt's nur so vor Lügnern und Huren.«

»Am besten bringen Sie den Mann ins Bett«, sagte der Sheriff zu Abraham.

»Jim.« Teresa war da. Sie drückte Sarah den schlafenden Tomas in die Arme. »Na komm schon, Jim. Komm nach Hause.« Sie zog ihn am Arm. Er schüttelte sie ab. Tomas fing an zu weinen.

Butterfly sagte: »Deine Frau ist hier.« Es klang wie ein Fluch. Jim bewegte sich auf sie zu, aber sie verschwand in Abrahams Hütte und machte die Tür hinter sich zu. Jim merkte, dass seine Frau neben ihm stand. Teresa hatte den Arm um seine Taille geschlungen. Abraham legte ihm die Hand auf die andere Schulter. Unsere Augen hatten sich an die Dunkelheit gewöhnt. Der Mond war herausgekommen. In der Gruppe wurde geflüstert und gemurrt. Aber Abraham sorgte für Schweigen. »Wer von uns«, sagte er, »wollte nicht auch schon mal den Mond anheulen?« Er hob das Gesicht. Aus seiner Kehle kam ein schwaches »Auauauuuuu.« Hund hob ebenfalls den Kopf und heulte los.

Jims weiße Zähne glänzten. Er stieß einen tiefen Klagelaut aus. Und dann machten wir alle mit, alle Behausten schickten ihre Stimme in Richtung Himmel, der aussah wie verschüttetes Salz auf schwarzem Samt. Unser gemeinsames Wolfsgeheul war gewaltig und reichte hinauf bis zur Milchstraße. Abrahams Hand wanderte von Jims Schulter in seinen Nacken. Die Hand erinnerte mich an das Gebiss eines Rottweilers, der sich einfach einen Chihuahua vom Bürgersteig schnappt und schüttelt, bis er leblos daliegt wie eine Lumpenpuppe. Ein kleines Ding ist leicht zu töten, wenn es sich so zur Verfügung stellt.

79

»Und, was macht ihr hier, Tomas und du?« Xavier schlägt einen beiläufigen Ton an, als hätten wir vier Teresa zufällig an einer Straßenecke getroffen. »Ich dachte, hier wäre keiner mehr.«

Teresa rülpst. »Wir leben hier.« Sie kitzelt Sekou mit ihren verkrümmten Fingernägeln unterm Fuß. »Momentan.« Ich kann die Leichtigkeit ihrer Berührung richtig spüren, sie braucht mich gar nicht anzufassen, das zärtliche Kratzen, an das ich seit Jahren nicht mehr gedacht habe. Sekou zieht den Fuß weg. Ein Paar Amerikanerkrähen – *Corvus brachyrhynchos* – fliegt mit heiserem Geschrei über uns hinweg. In Teresas Stimme klingt ein Lachen auf. »Was ist, kommt ihr rein?«

»Wir wollen erst wissen, was hier los ist.« Cornelia verschränkt die Arme. Ihre wohl definierten Bizepse wirken verkrampft.

»Schaut euch ruhig um – guckt euch an, wie Zuhause aussieht, seit es sich von uns entdingt hat. Wahrscheinlich sollten wir es nicht mehr Zuhause nennen.« Der Wind weht mir ins Gesicht, und ich versuche, den Geruch zu benennen – durchdringend, süßer, größer als alle Worte, die ich habe. Teresa sieht mir an, dass ich mich erinnere. »Totaler Wahnsinn, oder?«

»Ist Abraham hier?«

Teresa betrachtet Cornelia nachsichtig, als sei sie ein süßes kleines Mädchen. In ihren Augen sind wir wahrscheinlich alle süße Kinder – Issy, mit beiden Beinen fest auf der Erde, die auf Antworten drängende Cornelia, der zum Höflichbleiben entschlossene Xavier. Und ich? Was sieht Teresa in mir?

»Lebt Abraham noch?«

Teresa teilt ihr Haar in drei Stränge. »Was glaubt ihr?«

»Jetzt komm, Teresa«, sagt Xavier.

»Warum habt ihr Ben nicht mitgebracht?«

»Glaubst du nicht, dass wir es versucht haben?« Cornelia geht hinüber zu Abrahams Hütte. Es ist dunkel und staubig darin. Sie rüttelt am Türknauf. Die Tür öffnet sich nicht. Cornelia zielt mit dem Fuß auf die Tür. Echter Vorstadt-Mama-Kickboxing-Shit. Die Tür schaudert, hält aber stand. Xavier tritt dazu, hält die Hand hoch, dass sie aufhören soll, und wirft sich mit der Schulter gegen die Tür. Cornelia schäumt vor Wut, dass sie beiseite geschubst, dass ihr Hilfe angeboten wird, dass sie eine verschlossene Tür vor sich hat, ist außer sich, dass Xavier uns überhaupt hergeschleppt hat. Unter dem Ansturm von Xaviers Gewicht erbebt das Holz. Das lächerliche Schloss gibt nach, und Xavier stolpert in die Hütte.

Die Vertrautheit des Inneren kommt mir vor wie ein Schal auf meinen Schultern: dort der Kamin, links Abrahams Lehnstuhl, der gewebte Wandbehang, der an einem Stück Treibholz hängt. Ich will sofort wissen, was hier noch zurückgeblieben ist. Ich will wissen, ob du da drin auf mich wartest. Aber ich tue so, als wäre ich Issy. Ich halte still. Xavier reibt sich die Schulter, und die beiden kommen mit leeren Händen zurück.

»Außer mir und Tomas ist niemand auf dem Grundstück«, sagt Teresa. »Hätte ich wahrscheinlich gleich sagen sollen.«

»Sie lügt«, sagt Cornelia.

Teresas Lächeln verlischt. »Beim Leben meines Sohnes.«

Issy richtet sich zu ihrer vollen Größe auf. Es scheint unmöglich, dass es noch Raum zum Wachsen gibt, aber über ihr ist Platz, und sie füllt ihn. Sie überragt Teresa mit ihrer beeindruckenden Statur, selbst ihr Haar steht kraftvoll ab. Sie spricht mit bemühter Ruhe. »Ich bin da ganz bei Cornelia. Am besten erzählst du uns jetzt auf der Stelle, was hier vor sich geht.«

80

Als ich an die Tür von Gabbys Hütte, ein Stück oberhalb des Haupthauses, klopfte, war es wieder dunkel. Issy schlief auch dort, aber wir nannten es immer nur Gabbys Hütte. Als sie die Tür aufmachte, erhaschte ich einen Blick auf ihre vielen Taschenbücher, die auf einem Brett oberhalb des kleinen Holzofens standen. Auf einer Pritsche schlief Issy mit dem Arm über den Augen.

Gabby trat nach draußen in die sternenklare Nacht. »Ist alles in Ordnung?«

Ich zog den Scheck aus der Tasche meines Kapuzenpullis. »Ich weiß Bescheid über die Prophezeiung«, sagte ich. »Deswegen hast du mir auch gesagt, Ben hätte sich nach mir erkundigt. Damals in New York. Du wolltest, dass ich zurückkomme. Du willst, dass die Prophezeiung wahr ist.«

»Aber er hat sich wirklich nach dir erkundigt.«

»Ich heirate Ben aber nicht.«

Gabby lächelte. »Das hat ja auch keiner gesagt.«

Ich faltete den Scheck auseinander und reichte ihn ihr. »Ich brauche keine Prophezeiung, damit ich für Zuhause kämpfe.«

»Das ist sehr viel Geld.«

»Ihr könnt wieder ein Riesenpalaver deswegen anfangen«, sagte ich. »Oder du könntest das Geld einfach auf euer Konto einzahlen, und wir können alle hierbleiben.« Und damit trat ich zurück auf den Pfad und machte mich auf den Weg ins Bett.

81

»Vor zwei Monaten waren wir noch in Iowa.« Teresa lässt sich langsam auf dem Stuhl am Ende des langen Tisches im schwach erleuchteten Haupthaus nieder. Beim Setzen stöhnt sie wie ein rheumatischer Hund. Sie reibt sich die Hüfte. »Man kann es wohl als Kommune bezeichnen.«

Tomas kommt hinter einer aus Sperrholz zusammengezimmerten Tür hervor, mit der die Küche abgeriegelt ist. Er ist noch größer, als er von Weitem am Eingang aussah, garantiert einen Kopf größer als Jim. Die Narbe in seinem Gesicht hat einen hässlichen Wulst gebildet. Er ertappt mich dabei, wie ich ihn anstarre. Er reckt das Kinn hoch ins schwache Licht, das zum staubigen Fenster einfällt, und bleibt neben dem Arm seiner Mutter stehen. Er legt eine Tüte Wonder Bread, einen noch ungeöffneten Behälter Erdnussbutter und einen Rührstock für Farbe auf den Tisch.

»Bist du das wirklich, Tomas?« Issy spricht im selben Ton mit ihm wie mit Sekou. »Wie kann das sein? Da bist du einfach ohne mich erwachsen geworden.« Ich rechne schnell nach – er ist um die dreißig. Es ist schwer zu sagen, ob der Impuls, ihn wie ein Kind zu behandeln, von uns oder von ihm ausgeht.

Auf den nackten Holzbänken vor dem Kamin liegen zwei Schlafsäcke. Dort hängt auch ein schmutziger Kochtopf, schwer wie eine Eisenkugel. Auf einem metallenen Klappstuhl, der mit jeder Beule vertraut wirkt, stapeln sich die speckigen Klamotten. Im Dach ist ein Loch, darunter steht ein Eimer. Grimm, der ausgestopfte Elch, ist verschwunden. Die Küche ist verbarrikadiert, erklärt Teresa, wegen eines Missgeschicks mit einem Baumstachelschwein, das sich dort angesiedelt hat.

Ich würde mich gern nach diesem Missgeschick erkundigen – *Erethizon dorsatum* ist berüchtigt dafür, wie heftig es sein Territorium verteidigt –, aber Xavier treibt das Verhör voran. »Und warum habt ihr Iowa verlassen?«

Teresa streicht mit den Fingerspitzen über den Tisch. »Hätten wir Zuhause nur in Iowa aufgebaut.« Sie macht eine Handbewegung in Richtung des früheren Gartens. »Im Mittleren Westen wehrt sich der Boden nicht gegen die Feldfrüchte. Er bringt sie freudig hervor.« Xavier dreht das Gesicht in Richtung Fenster, und mir wird klar, dass er auch unbedingt wissen will, wie sich das Land ohne unsere Fürsorge verändert hat. Wenn wir zwei allein hier wären, hätten wir uns längst alles angesehen: den Hühnerstall, unsere Hütte, den Anleger und jeden Schritt dazwischen. Aber stattdessen ertragen wir die harten Bänke, während Teresa weiter von Iowa erzählt, wo die beiden fünfzehn Jahre lang zusammen mit zwei anderen Familien als Bauern lebten – Landwirtschaft, vier Kühe und über hundert Hühner. Sie bauten so viel Gemüse an, dass sie es sogar auf dem Wochenmarkt verkaufen konnten. Irgendetwas muss dort vorgefallen sein, das Teresa uns verschweigt. Den Namen des einen Mannes verschluckt sie, als hätte sie einen ekligen Geschmack im Mund.

»Tomas hat gelernt, wie man sich um Tiere kümmert.« Voller Stolz zeigt sie ihre braunen Zähne. Tomas schraubt den Deckel der Erdnussbutter auf, öffnet den Plastikbeutel mit Toastbrot und taucht dann den Farbstock ins Erdnussöl, um es zu verrühren. Der kleine Sekou ist eingeschlafen. Gut. Er hätte bestimmt auch was davon abhaben wollen.

Selbst in dieser Situation, in der wir Teresa am liebsten an die Wand gestellt hätten, verbietet sich die Frage, wo sie vor Iowa und nach Florida waren. Zu persönlich. Die Vertreibung aus Zuhause war eine große Demütigung. Als wir uns das letzte Mal sahen, war sie voller, mir unverständlicher Angst und Verzweiflung gewesen. Und ich trug mit Schuld daran. Kurz überkam mich der Wunsch, sie wieder fest an mich zu drücken.

Aber Cornelias Geduld hat ihre Grenzen erreicht. »Warum seid ihr hergekommen, Teresa?«

»Wir haben Briefe bekommen.«

Cornelia sitzt kerzengerade. Als Spionin ist sie eine volle Niete.

Xavier beugt sich vor. »Briefe?« Er klingt überzeugend unwissend. »Was meinst du mit Briefen?«

Einen Sekundenbruchteil ist Teresa verunsichert. »Die Briefe. Seid ihr nicht deswegen …?« Plötzlich wirkt sie nicht mehr ganz so selbstsicher – faszinierend, fast glaube ich, dass jemand sie aufs Glatteis geführt hat. Abraham. Tomas klatscht einen Klumpen Erdnussbutter auf eine Scheibe Wonder Bread. Etwas an dieser Bewegung erweckt neue Kraft in seiner Mutter. Sie droht uns mit erhobenem Finger. »Ich sage kein Wort, solange ihr nicht alle fünf da seid.«

»Bitte, Teresa«, sagt Xavier. »Du kennst Ben doch. Seiner Familie sind hier richtig schlimme Dinge zugestoßen. Und dickköpfig ist er auch. Aber wir andern sind gekommen. Aus New York, Connecticut, North Carolina, Ohio. Wir sind sehr weit gereist.«

»Uns allen sind hier richtig schlimme Dinge zugestoßen.« Tomas spricht mit einer näselnden Teenagerstimme, die nicht zu seinem Männerkörper passen will. Das Schmieren des Erdnussbutterbrots hat sich in eine widerlich tropfende Angelegenheit verwandelt.

»Ich glaube, was Xavier damit sagen möchte«, interveniert Cornelia, ihr Gesicht eine lächelnde Maske. »Wir freuen uns sehr, dass ihr hier seid. Ihr beide. Wir hatten keinen Schimmer, was uns hier erwarten würde, und dann freundliche, bekannte Gesichter zu sehen, ist natürlich wunderbar. Für mich persönlich war es der totale Alptraum, diese Briefe zu bekommen, und –«

»Verrat ihr das nicht mit den Briefen«, unterbricht Issy genervt. Es ist zu viel für Cornelia – sie bricht wieder in Tränen aus.

»Glaubst du etwa, ich weiß nicht über die Briefe Bescheid?«, sagt Teresa. »Ich habe sie geschickt.«

»Tja, sie haben ihren Zweck erfüllt«, sagt Xavier. »Wir sind da. Jetzt sag uns, was du willst.«

Cornelia blickt hinunter auf ihre Hände und stottert: »Ich habe ein gutes Leben, wenn du's genau wissen willst. Ich werde nicht zulassen, dass es mir jemand kaputtmacht. Bitte, Teresa. Ich wäre bereit, euch einen größeren Scheck auszustellen, im Namen von uns allen. Dann machen wir uns gleich wieder auf den Weg und fallen dir nie wieder zur Last. Außer ihr braucht vielleicht unbedingt eine neue Unterkunft. Mein Mann Eric und ich besitzen ein hübsches Gästehaus.« Sie blinzelt, geschockt über ihre eigene fehlgeleitete Großherzigkeit. »Wollt ihr das? Ein Zuhause? Ich kann euch ein Zuhause geben.« Fast pruste ich los bei dem Gedanken, was ihre Eigentümergemeinschaft wohl zu Teresa und Tomas sagen würde.

Teresa streckt ihrem erwachsenen Sohn den Arm entgegen. Er hört auf, die Erdnussbutter mit dem Stock zu verstreichen, und drückt ihr das wabbelige Brot in die Hand. Sie faltet es zusammen und führt es zum Mund. Sie beißt ein Riesenstück ab und kaut mit vollen Backen. Bei dem Anblick wird mir schlecht. Ich sehe aus dem Fenster. Versuche, nicht aus den Augen zu verlieren, was wir hier wollen. Wie Cornelia es gesagt hat, oder? Wir wollen einfach nur wieder weg.

»Aber es ist nun mal so«, sagt Teresa, »in den Briefen stand: Alle fünf. Und ich zähle nur vier.« Sie zeigt mit wackelndem Finger auf Sekou, dann spitzt sie die Lippen und spricht leise weiter, um seinen Schlaf nicht zu stören. »Na gut, fünf. Aber nicht die richtigen fünf.«

»Teresa –«

»Als ich Sarah hergebracht habe, war sie offen. Ich dachte, ihr wärt auch ein bisschen offen, verdammt noch mal. Es ist mir scheißegal, was Ben Schlimmes erlebt hat. Er muss sich hier blicken lassen.«

»Du hast seine Mutter entführt«, sagt Xavier. »Vielleicht hättest du darüber mal nachdenken sollen, bevor du drauf bestehst, dass er hier erscheint.«

»Entführt!« Teresa beißt einen weiteren Riesenbissen ab. »Ben hat sie in einem Gefängnis für alte Leute eingesperrt. Sie ist nicht mal alt! Wir haben sie befreit.« Teresa strahlt hoch zu Tomas. »Mein Sohn hat sie befreit.«

»Aber jemand hat sie gefunden, wie sie auf der Bushrow Road herumirrte«, wendet Xavier ein.

»Ja, aber das bedeutet Freiheit doch gerade. Dass man frei ist!«

Xavier wirft mir einen schnellen Blick zu. Vielleicht stimmt es ja, was im siebten Brief steht. Vielleicht kann nur ich diese Sache lösen.

»Ben kommt nicht«, sage ich. »Wir haben ihn dazu aufgefordert, und er weigert sich.«

»Na, dann fragt ihn halt nicht«, sagt Tomas.

Er hat den Farbstock auf das Erdnussbutterglas gelegt. Was noch am Stock klebt, tropft herunter auf den Tisch; der Instinkt, das Verkleckerte abzuwischen, beschäftigt mich so, dass ich einen Moment brauche, bis mir klar wird, was Tomas anstatt des Rührstocks nun in der Hand hält. Erst als Cornelia keucht, sehe ich richtig hin.

Ruhig richtet er eine Pistole auf uns.

Issy weicht zurück in Richtung Tür, ihren Sohn auf dem Rücken.

Xavier nimmt die Hände hoch. »Leg das weg, Tomas.«

»Kommt wieder, wenn ihr zu fünft seid.«

Teresa zieht die Augenbrauen hoch, als wolle sie sagen: »Was soll man da tun?« Issy ist längst weg, und wir stürzen hinter ihr ins Freie, weg von den beiden, Augen auf Tomas, der im düsteren Raum neben seiner Mutter steht.

Und als ich hinaustrete in die Sonne, zeigst du dich.

Gut, du bist es nicht direkt, aber es ist ein Zeichen. Da, auf dem Boden, auf dem Weg zwischen dem Haupthaus und Xaviers SUV, liegt eine Vogelschwinge. Es handelt sich genauer gesagt um einen Flügel, der sauber aus dem Körper eines Vogels gerissen wurde, aber der restliche Vogel ist nicht da – kein Blut, keine Innereien, keine auf dem Boden verstreuten Federn. Nur der Flügel. Als wir hineingingen, lag er noch nicht da. So etwas übersieht man nicht.

Klein, schwarz, ausgebreitet – und an den Spitzen ein wenig Gold.

Du bist zu mir zurückgekehrt, so wie ich zu dir zurückgekehrt bin. Eine einfache Wahrheit, wie sie nur in der dinglosen Welt möglich ist.

Ich weiß das, aber Xavier und Issy und Sekou und Cornelia ziehen mich weg von der Pistole. Xavier hat mich am Handgelenk gepackt. Ich wehre mich, als könnte ich das seltsame, so reale Zeichen von dir festhalten, aber Xavier packt mich fester, und ich schreie, er soll mich loslassen, wir schreien alle – auch der aus dem Schlaf geschreckte Sekou.

Bevor ich weiß, wie mir geschieht, werde ich in den SUV geschoben. Wenn ich könnte, würde ich wieder rausspringen, aber Xavier knallt die Tür zu und Issy hält mich mit beiden Armen fest, während Sekou auf ihrem Rücken verrückt spielt. Xavier startet den Wagen. »Mama, nein«, heult Sekou, »nein, da kommt Pipi raus!« Der Geruch von Kleinkindurin erfüllt das Auto. Issy flucht. Sekou brüllt. Der Schotter fliegt unter unseren Reifen. Ich merke erst, dass ich weine, als Issy mir mit der Hand die Tränen aus dem Gesicht wischt.

»Es tut mir so leid«, sagt sie. »Es tut mir so leid, dass ich dich aus dem Haus gelotst habe. Mein armer Schatz, du armes, armes Ding.«

Sie ahnt nicht, dass ich weine, weil ich hierbleiben will. Sie ahnt nicht, dass ich zurückmuss.

82

Marta und ich fuhren in ihrem braunen, nach Kurkuma duftenden Golf durchs Tal. Schlingernd hielten wir auf dem Schotterstreifen neben der Straße unter einem Steilhang, der dicht mit Laubbäumen bewachsen war. Im Auto verzehrten wir die hartgekochten Eier und Honigmelonenstücke; die trocken gerösteten Erdnüsse waren für später. Dann ging die Sonne auf, und wir begannen den Aufstieg.

Meine Beine waren mindestens fünfzehn Zentimeter länger als die von Marta; sie war so alt, dass sie ein Schwarzweißfoto von sich besaß, auf dem sie aussah wie Shirley Temple. Trotzdem konnte ich kaum mit ihr Schritt halten. Von Issy wusste ich, dass Marta sich im Winter einen Kunststoffschlitten um die Taille band und darauf die Einkäufe vom an der Bushrow Road geparkten Golf bis zu ihrer Hütte zog.

Der Tag wurde schwül. Die Moskitos fanden uns. Einer setzte sich auf Martas Augenlid, und sie sprach zu ihm: »Lass mich in Frieden.« Wir befanden uns auf einem grünen, kaum begangenen Weg. Er wand sich in Serpentinen den Berghang hinauf. Wir stiegen den Wolken entgegen.

Unerwartet öffneten sich vor uns die Bäume, und wir wanderten über kahle Felsen. Marta trank einen großen Schluck Wasser. Sie trat gegen einen Felsen. »Das hier nennt man die Ledges.« Das Tal lag uns in Blau- und Grüntönen zu Füßen. Wir waren jetzt schon viel höher als der Kamm oberhalb von Zuhause.

»Es ist wunderschön«, sagte ich, bevor mir wieder einfiel, wie sie die Nase gerümpft hatte, als Butterfly das Wort benutzte.

Marta steckte die Wasserflasche zurück in den Rucksack. »Früher war ich oft mit meinen Kindern hier.« Sie bewegte sich in einer Diagonale weg von mir, bergan, ging einfach los, als habe sie nicht gerade zum ersten Mal verraten, dass sie Mutter war.

Die Ledges bestanden aus übereinandergestapelten Felsvorsprüngen, großen gelben Gesteinsbrocken, die waagerecht aus der Bergflanke ragten. Wir kletterten über ein halbes Dutzend von ihnen bergan, dann ging es weiter durch den Wald hin zu einem unsichtbar bleibenden Gipfel. Meine Beine brannten, aber Marta legte erst wieder eine Pause ein, als wir die nächste Felsformation erreichten.

Ich wagte die Frage: »Und was machen deine Kinder?«

Diesmal hatten wir einen anderen Blick über das Tal. Wir blickten nach Osten, hin zum weit entfernten Atlantik. Die Sonne schien uns in die Augen. Ich stellte meine Frage, als Marta gerade einen Schluck trank. Ich fragte auf erwachsene Art nach erwachsenen Kindern, weil man darauf einfach »Sie sind Rechtsanwälte« oder »Die Älteste wohnt in Boston« oder »Mein Sohn arbeitet in Singapur« antworten konnte. Aber vielleicht bekam ich ja auch zu hören, dass beide bei einem schrecklichen Unfall mit einem Beil gestorben waren.

Sie hielt mir die Wasserflasche hin. »Warum erzählst du mir nicht zuerst was über deinen Vater?«

Mein Mund war trocken, aber ich bekam kein Wasser herunter. »Er heißt William.« Das zu sagen war seltsam, außer dass William auch dein Name war, und es war schön, die Luft mit dem Klang von dir zu füllen.

Marta winkte ab. »Ich weiß. Und ich weiß, dass er lebenslänglich im Gefängnis sitzt, weil er deinen Bruder ermordet hat. Ich will etwas hören, was ich noch nicht weiß.«

Seit sehr langer Zeit hatte niemand unsere Geschichte einfach so ausgesprochen. Wenn doch, dann nur, um mir Gemeinheiten an den Kopf zu werfen: die schrecklichen Jungs an der Schule, in die Jane uns gesteckt hatte, oder die Frauen, die Mutter früher zu ihren Freundinnen gezählt hatte. Aber Marta schien etwas anderes sagen zu wollen: Erinnere dich, wer du bist.

Ich nahm einen kräftigen Schluck. Das warme Wasser verschwand in meinem Inneren. Die Sonne auf meinen Lidern war fiebrig und kitzelte mir in der Nase, aber ich zwang mich, die Augen offenzuhalten. »Mutter und Daddy haben sich bei einer Dinnerparty kennengelernt. Es gab Krabbencocktails. Mutter behauptete, allergisch dagegen zu sein, aber in Wirklichkeit mochte sie nur keine Krabben.« Ob das der richtige Anfangspunkt war? »Mutter war sehr schön. Sie war so schön, dass er den Blick nicht von ihr abwenden konnte.« Er hatte das immer vorwurfsvoll gesagt, aber ich ließ den Satz leicht klingen.

»Sie verliebten sich, heirateten und bekamen mich. Mutters Familie hat eine Menge …« Wie beschrieb man das am besten? Es war mehr als Geld. Ich schämte mich, es an diesem Ort mit seinem ganz anders gearteten Reichtum zu erklären, an dem nur das zählte, was man essen oder trinken oder anbauen konnte. Es war auch nicht nur Status oder ein Name, mit dem man einen Tisch in den besten Restaurants bekam, obwohl Großmutter auch das besaß. Ich dachte an Abraham, wie er im Morgenlicht am Seeufer gestanden hatte, und auch wenn es eine absurde Vorstellung war, meine Großmutter könne hineinwaten und sich neben ihn stellen, hatten die beiden etwas gemeinsam, das ich erst jetzt in ein Wort fassen konnte. »Macht.«

Martas Augen leuchteten auf.

»Dann kam Will auf die Welt. Mutter dachte wahrscheinlich, ein Baby würde die Situation verbessern, aber … Daddy war unzufrieden. Er nannte Mutter eine Lügnerin. Er hat gesagt, die Sache mit dem Krabbencocktail hätte ihm eigentlich schon verraten müssen, wer sie in Wirklichkeit war. Damals haben sie sich ständig gestritten. Mutter konnte sehr lieb sein, wirklich, sie hat mir die Haare immer so geflochten, wie ich es wollte, und an unserem Geburtstag durften wir Eis zum Frühstück essen.« Ich redete in der Vergangenheitsform von uns allen, dabei warst du der Einzige, der nicht mehr am Leben war. Wenn ich darüber nachdachte, dass Mutter und Daddy irgendwo ohne mich lebten, würde ich kein Wort herausbringen. »Wenn Mutter glücklich war, war sie einfach wunderbar. Wahrscheinlich mochte er sie deswegen so gern. Er hat geglaubt, sie könnte ihn auch glücklich machen. Aber das geht nicht – man kann einen anderen Menschen nicht glücklich machen.« Es gab so viel zu erzählen, dass Mutter nach Orangenblüten duftete und Daddy beim Abwaschen vor sich hinsummte, aber ich war erschöpft. Ich hielt Marta die leere Wasserflasche hin, aber sie nahm sie mir nicht ab. Sie blickte hinab aufs Tal, die Augen mit der kleinen faltigen Hand beschattet. Lange standen wir so da, bis ich schließlich die Wasserflasche sinken ließ.

Endlich sagte sie wieder etwas. »Kennst du die Geschichte von Odysseus und Polyphem?«

»Ja.«

»Fang an der Stelle an, als der einäugige Schäfer nach einem Tag mit seiner Schafherde in die Höhle zurückkehrt und dort Odysseus und seine Gefährten antrifft, die seine Milch trinken.«

»Ich dachte, du wolltest mehr über Daddy wissen.« Ich kam mir komisch vor, dass ich eine Sage erzählen sollte, die sie doch schon kannte. Aber Marta stand nur da. »Der Zyklop Polyphem … war wütend, als er Odysseus und Gefährten in seiner Höhle entdeckte. Er rollte einen Felsbrocken vor den Höhleneingang, damit die Seefahrer nicht entkommen konnten, schnappte sich zwei von ihnen und steckte sie sich in den Mund.«

»Richtig gruselig«, sagte Marta.

»Na ja, Polyphem war ja auch ein gruseliges Monster.«

Marta richtete den Blick auf mich. »Und was war dann?«

»Odysseus zürnte, aber er war ein Krieger und verschwendete seine Energie nicht auf seine Wut«, sagte ich. »Und er befand sich in einer Zwickmühle: Nur der Zyklop war stark genug, um den Felsbrocken vom Höhleneingang wegzurollen. Das hieß, Odysseus musste ihn überlisten.«

Wenn Daddy nach Hause kam, bevor wir einschliefen, rief er mich in dein Zimmer. Unten auf der Straße donnerte der Verkehr. Der beleuchtete Globus aus seiner Kindheit wurde angestellt. Du hast auf deinen mittleren Fingern gelutscht, Daddy hat sich auf das Fußende deines Betts gesetzt, und an der Wand jagten sich die Schatten seiner Hände, wenn er uns zeigte, wie Odysseus einen langen Stab mit dem Messer anspitzte und ins Feuer hielt, damit die Spitze besonders hart wurde. Mutter kam und stand in der Tür. Daddy erzählte, Odysseus habe sich dafür entschuldigt, als Polyphem am nächsten Tag mit seinen Schafen von der Weide zurückkam, dass sie sich anfangs nicht so gut verstanden hätten.

»Odysseus war in der Kunst der Rhetorik geschult«, wiederholte ich stolz einen Satz meines Vaters. »Er hat das Ungeheuer betrunken gemacht und behauptet, er hieße Niemand. Als Odysseus ihm dann den spitzen Stab ins Auge bohrte und der Zyklop vor Schmerzen laut schrie, kamen die Nachbarn, um ihm zu helfen. Aber Polyphem schrie zum verschlossenen Höhleneingang hinaus: ›Niemand tötet mich!‹ Die Nachbarn haben natürlich gedacht, da sei niemand.«

»Der Teil gefällt dir, was?«

»Na ja, das ist schon ziemlich schlau. Als Polyphem seine Schafe am nächsten Morgen raus ließ auf die Weide, konnten Odysseus und seine Gefährten endlich fliehen. Polyphem öffnete die Höhle, aber da er blind war, strich er den Schafen über den Rücken, damit auch ja keiner der Männer entwischte. Aber Odysseus hatte sich was überlegt – seine Männer klammerten sich unten am Bauch der Schafe fest und entkamen so unbemerkt aus der Höhle. Als sie schließlich wieder an Bord ihres Schiffs waren, rief Odysseus Polyphem seinen wahren Namen zu. Das war ein Riesenfehler. Polyphem war der Sohn des Poseidon, und den Meeresgott sollte man auf gar keinen Fall verärgern, wenn man noch nach Hause segeln muss.«

»Sehr schön«, sagte Marta. »Aber du hast einen Aspekt weggelassen, den ich für den wichtigsten Teil der Geschichte halte.« Mein Herz wurde schwer. Natürlich passte es ihr nicht, wie ich die Sage erzählt hatte; ich konnte noch so viele Pflanzen kennen, es gab immer eine, die ich nicht kannte. »Als Odysseus und seine Männer sich aus dem Zuhause Polyphems schlichen, den sie ausgeraubt, gefoltert und geblendet hatten, nahmen sie ihm auch noch seinen Lebensunterhalt weg. Sie nahmen seine Schafe mit auf ihr Schiff.«

»Und?«

»Und klingt das wie etwas, was der Gute machen würde?«

»Meinst du damit, Odysseus ist böse?«

»Ich sage nur, für den Sieger ist es immer einfach, jemand anderes ein Ungeheuer zu nennen.« Wollte sie damit sagen, dass ich mich in der Geschichte unserer Familie für die Siegerin hielt? Ich versuchte, mir eine Antwort zurechtzulegen, da atmete sie ganz tief ein, stieß einen langen, tiefen Seufzer aus und sagte: »Ich habe meine Kinder verloren, Saskia. Sie sind aus der Höhle entkommen wie Odysseus und seine Männer.«

»Versteckt unter Schafen?« Ich wollte sie zum Lächeln bringen.

Marta hob das Gesicht dem Berggipfel entgegen, der immer noch über uns aufragte. Sie sah so traurig aus. Ich atmete. Ich atmete ein und aus. Ich betrachtete die vollkommene Schönheit des Tals. Wie weit ich mich von dem Tag entfernt hatte, an dem Mutter in der Einfahrt geschluchzt hatte. Deinen Namen laut auszusprechen, auf einem Berg, den ich selbst erstieg, umgeben von Silberimmortellen, die man wie Kaugummi kauen kann, und Rainfarn, der sich zerdrückt als Mückenmittel verwenden lässt. Ich kannte nicht alle Namen, die zu diesem Ort gehörten, noch nicht, aber wenn ich mich genug anstrengte, würde ich eines Tages so viel wie möglich über die dinglose Welt wissen.

Marta zog den Reißverschluss an ihrem Rucksack zu. »Die Geschichten gehören den Siegern. Das ist es doch, wofür die Menschen kämpfen – dass sie am Ende erzählen dürfen, was geschehen ist, ganz gleichgültig, wie die Geschichte wirklich verlaufen ist.«

83

Als wir alle wieder bei Bens Ranchhaus angekommen sind, bereitet Cornelia das Abendessen zu, etwas im Ofen Geröstetes. Ich bin in Gedanken immer noch bei dem goldgeränderten Vogelflügel auf dem Boden. Die Stimmung im Haus ist angespannt, die anderen fürchten sich, aber ich habe keine Angst vor unserer Rückkehr.

»Soll ich nachsehen, ob der Sauerteig geht?«, ruft Cornelia.

»Ich hab gesagt, du sollst ihn in Ruhe lassen.« Issy runzelt die Stirn über meinen unfreundlichen Ton. Cornelia hat sich eine Schürze mit »Küss den Koch«-Aufschrift umgebunden und belädt die Spülmaschine. Sie sieht wieder aus dem Fenster und fragt sich, wo Ben und sein Transporter wohl bleiben. Cornelia hat ungefähr fünfzig Mal erwähnt, dass sie Hühnchen und Broccoli und Kichererbsen zusammen auf einem Blech backt, als müssten wir davon unglaublich beeindruckt sein.

»Ist wirklich alles in Ordnung?« Issy lehnt sich über die Sofalehne zu mir herüber, sodass niemand mithören kann.

»Es geht mir gut. Wirklich.« Ich bemühe mich sehr, meine Begeisterung zu verstecken. Wenn ich in Jubel über die Vogelschwinge in Zuhause ausbrechen würde, würde sie mich für verrückt erklären. Sekou lässt seine Playmobil-Sanitäter aus dem Krankenwagen schreien: »Aaaaahhhhh.« Sie schreien und schreien.

»Lass das«, sagt Issy.

»Aaaaahhhhh.«

»Sekou …«

»Das sind wir«, sage ich, während der Junge ohrenbetäubend herumbrüllt.

Issy versteht es nicht.

»Er ahmt uns nach, wie wir aus Zuhause geflüchtet sind.«

Sie lässt sich auf den Boden fallen, um ihren Sohn in die Arme zu schließen, aber er entzieht sich ihrem Griff. Er drückt ihr zwei

Figuren in die Hand. »Ja, Mama, wir spielen jetzt, dass du schläfst und du bist ein großes Kind, und ich bin die Mama und ich schreie gleich!« Er legt wieder los. Issy sieht aus, als sei ihr nach Weinen zumute.

Xavier ist oben und telefoniert mit Billy. Er telefoniert seit Stunden mit Billy. Allmählich wird Sekou das Nachspielen des heutigen Dramas langweilig, er findet ein Kartenspiel und breitet die Karten auf dem Boden aus, eine neben der anderen.

»Wie wär's mit einer Runde Speed?«, frage ich.

Issy legt die Stirn in Falten. »Ich weiß gar nicht mehr, wie das geht.« Cornelia schenkt uns Wein ein. Xavier kommt mit roten Augen die Treppe runter. Ben ist immer noch nicht da.

Als wir uns zum Essen hinsetzen, ist es fast dunkel. Von den Hunden keine Spur. Cornelia faltet die Hände und neigt den Kopf. Sie murmelt ein Tischgebet, wir anderen sehen uns an. Als sie den Kopf wieder hebt, zwinge ich etwas Hühnerfleisch auf meine Zunge. Das Abendessen wird gebührend gelobt, ooh und aah, so was Gutes haben wir noch nie gegessen.

Cornelia verkündet: »Ich fliege zurück nach Ohio.«

Xavier lässt die Gabel sinken. Mir bleibt das Huhn im Hals stecken.

Cornelia faltet immer wieder ihre Serviette. »Das war … zu viel heute. Das war zu viel für mich. Ich bin nicht so stabil wie ihr. Die« – sie wirft Sekou einen schnellen Blick zu – »W-A-F-F-E. Wie die beiden … sich benommen haben. Wir haben die ganze lange Fahrt auf uns genommen, und dann kriegen wir keine Antwort. Und ich weiß nicht mal, ob die beiden überhaupt eine Antwort für uns haben. Und Ben wird seine Meinung sowieso nicht ändern.«

»Aber ohne dich können wir da nicht wieder hin«, wendet Xavier ein, »selbst wenn wir Ben überzeugen. ›Alle fünf. Sonst …‹«

Issy pflückt Sekou von ihrem Schoß und setzt ihn auf den Boden. Sie streichelt ihm den Kopf. »Ganz ehrlich, das habe ich auch schon gedacht. Ich kann unmöglich nochmal mit Sekou dahinfahren, besonders nach der Sache mit der W-A-F-F-E. Und es war … es hat so unheimlich viel alten Mist wieder hochgebracht. Die Vorstellung, dass Gabby mich an so einem Ort aufgezogen hat. Mein Gott, und Tomas ist ja wirklich total abgedreht.«

»Meine Familie braucht mich«, sagt Cornelia. »Meine Töchter und Eric, sie brauchen –«

»Wir brauchen dich auch, Cornelia.«

Tränen glänzen in ihren Augenwinkeln. »Mutter zu sein, ist eine Übung. Meiner Familie ein Zuhause zu bieten. Das ist meine Übung. So halte ich mich davon ab durchzudrehen.« Sie schaudert, als sie das Wort ausspricht, und mir wird klar, dass wir uns ähnlicher sind, als wir uns eingestehen wollen: Immer am Rand des Abgrunds. »Ich bin nicht so stark wie ihr.«

»Ich bin auch nicht stark«, entgegnet Xavier, als sei das ein Vorwurf.

»Dein Partner steckt in einer Krise, und du erklärst das zu deiner Priorität. Das ist auch richtig so, Xavier, es soll keine Kritik sein. Ich bin beeindruckt, dass du siehst, was getan werden muss, und es tust. Aber will nicht ein Teil von dir heimfahren zu Billy? Meint ihr nicht, dass wir alle unser Bestes gegeben haben? Wir haben versucht, Ben zu überzeugen. Wir haben versucht, Teresa und Tomas zu überzeugen. Wir sind entkommen, als wir mit einer Schusswaffe bedroht wurden. Die Würfel sind gefallen. Wir haben gesiegt oder verloren. Ich akzeptiere verlieren.«

»Und was ist, wenn Teresa das ›oder sonst‹ wahrmacht?«, wende ich ein. »Hast du vergessen, warum wir eigentlich hier sind? Um den zu stoppen, der ›weiß, was wir getan haben.‹ Ich bin einfach nicht recht davon überzeugt, dass Teresa uns so leicht davonkommen lässt.« Im Grunde denke ich nur an dich, der du da oben auf mich wartest. Mir ist ›oder sonst‹ egal. Aber Cornelia ist es nicht egal. Und Cornelia darf nicht gehen. Issy darf nicht gehen. Ich brauche sie und Ben und Xavier, brauche sie in Zuhause, damit ich dich finden kann.

»Und meint ihr nicht auch, dass es merkwürdig war?«, sagt Xavier. »Dass Teresa irgendwie ihrer Sache nicht so recht sicher schien?«

»Wisst ihr, was ich glaube.« Cornelia nickt zu ihrem neuen Gedanken. »Die zwei wissen gar nicht, was wir getan haben. Sie haben's einfach nur auf unser Geld abgesehen. Haben sich wahrscheinlich gedacht, dass jeder, der in Zuhause gewohnt hat, sich auf die ein oder andere Art schuldig fühlt. Sie haben einfach auf gut Glück Briefe an alle geschickt, und wir sind die armen Irren, die drauf reingefallen sind.«

»Oder es ist Abraham«, sage ich.

»Oder jemand anderes, der Bescheid weiß«, sagt Xavier.

»Du klingst so erfreut«, sagt Issy. Sie meint mich.

»Ich will damit nur sagen, kann doch gut sein, dass Abraham Teresa auf uns angesetzt hat«, erkläre ich. »Sie hat zugegeben, dass sie die Briefe geschickt hat, aber sie hat nicht gesagt, dass sie sie geschrieben hat.«

»Oder sie hat sie selbst geschrieben«, antwortet Cornelia, »und Tomas und sie spielen mit uns. Und wissen vielleicht gar nicht, wie Zuhause zugrunde gegangen ist.«

»Aber warum mit uns spielen?«

»Weil sie verrückt sind!«

»Ich bin auch verrückt«, sage ich, »und ich erpresse euch trotzdem nicht wegen des Mords, den wir verübt haben.«

Cornelias beschämter Gesichtsausdruck verschafft mir Zeit. »Bitte. Für uns alle. Bitte lauft nicht weg, nicht bis ich Gelegenheit habe –«

»Ich laufe nicht weg. Wenn ich irgendwas tue, dann zurücklaufen zu dem Leben, das ich mir aufgebaut habe.«

»Dann für Issy und Xavier.« Ich ringe mir ein Lächeln ab. »Für mich wäre Einzelhaft kein Problem.«

»Eben. Warum hängst du dich so rein?« Issy runzelt die Stirn.

In diesem Augenblick kehren die Hunde zurück und werfen sich von außen gegen die Tür. Kläffend verlangen sie nach ihrem Herrchen. Issy hebt Sekou hoch. Xavier öffnet besorgt die Tür. Die Tiere kommen hereingedonnert. Wahrscheinlich haben sie am ganzen Körper Zecken. Bemerkenswerterweise lassen sie unser Huhn in Frieden. Gut erzogen sind sie, das muss man Ben lassen. Sie rennen durch die Küche in die Waschküche, wo ihre Futternäpfe stehen.

»Meint ihr, sie haben Hunger?«, fragt Cornelia.

Xavier zieht eine Grimasse und folgt ihnen. Sekou will auch hinterher, aber Issy hält ihn fest.

»Ich kann einfach nicht glauben, dass Ben seine Hunde im Stich gelassen hat«, sagt Cornelia.

»Er kommt wieder«, sage ich. »Gib mir noch einen Tag, und ich überzeuge ihn.«

»Ihr zwei könnt euch doch scheinbar nicht riechen. Nach dem Eklat heute Morgen kann ich mir nicht vorstellen, wie –«

»Ich bringe alles wieder in Ordnung. Ich versprech's euch. Aber ihr müsst es mir auch versprechen. Noch einen Tag. Mitternacht bis Mitternacht. Bitte.«

Sie wollen nicht, dass ich sie überzeuge. Aber ich schaffe es immer.

84

Am Wasser waren wir einfach Teenager – wir waren überdreht und sprangen von Felsen, waren albern und ausgelassen, entdingt vom Entdingen. Der samtige See war kühl an unseren Gliedern und verwandelte uns in Otter: Ben stürzte sich auf Xavier, um ihn unterzutauchen, Cornelia hielt eine Minute lang unter Wasser die Luft an, Issy ließ sich auf dem Rücken treiben. Als ich mich beschwerte, mir sei kalt, warfen die Jungs mich aus dem Kanu ins Wasser, aber das war gut, es war gut zu kreischen und Rache zu schwören. Die Berührung ihrer Hände wärmte mich noch lange, nachdem ich davongeschwommen war.

Auf Blueberry Island drückte Cornelia die Enden meiner langen Haare aus. »Da, du hast Spliss. Wenn wir ein ordentliches Stück abschneiden, würden dir die Haare viel luftiger ums Gesicht fallen.«

Issy schlug die Jungs beim Schnellschwimmen. Wir füllten unsere Strohhüte mit üppigen Spätsommerblaubeeren. Wir lagen auf dem Felsen, Schenkel an Schenkel an Schenkel an Schenkel an Schenkel, unsere Hände berührten sich, wenn wir nach den kleinen lila Beeren fassten und unsere Lippen damit küssten. Aber der blaue Himmel wurde erst golden, dann rosa, dann rot. Wir mussten zurück. Als wir uns dem Ufer näherten, bemerkte ich im Schatten stehend Jim. Issy sprang spritzend aus dem Kanu.

»Warum hast du nicht ins Wasser gepinkelt?«, rief Ben ihr hinterher.

»So was Ekliges machst du vielleicht, ich nicht!«

»Ich muss auch mal«, sagte Cornelia. Issy half ihr aus dem Boot, und ich blieb hin- und herschaukelnd zurück, während die beiden in den Wald sprinteten.

Jim watete ins Wasser und hielt Issys Ende meines Kanus fest, während Ben und Xavier ihr Boot am Anleger vertäuten. Jim zog mich ans Ufer. Wir schleppten das Boot hinauf auf die Kiefernnadeln. Das lange Glasfaserboot war auf dem Wasser elegant, aber an Land unhandlich. Als wir es endlich umgedreht hatten, waren die Jungs schon den Berg hinauf verschwunden. Unter den Abendbäumen war mir plötzlich kalt. Der Duft gebratener Zwiebeln kam vom Haupthaus heruntergeweht.

Jim kratzte sich am Bauch. »Und, was habt ihr da auf der Insel getrieben?« Sein Öltuchmantel roch nach Lagerfeuer. Ich wusste nicht, was ich antworten, wie ich den Genuss des frischen Winds in meinem Gesicht beschreiben sollte, oder die Sehnsucht, die diese Freiheit auslöste. Aber dann erinnerte ich mich an die Nacht, in der er, aus der Dingwelt zurückgebracht, das Wolfsgeheul ausgestoßen hatte: Er wusste Bescheid.

»Fühlst du dich auch manchmal einsam?« Sein Mund verzog sich. »Du hast deinen Freunden ja nicht verraten, was ich dir gesagt habe, du weißt schon« – er senkte die Stimme –, »über die Prophezeiung?«

Ich schüttelte den Kopf.

»Angeblich leben wir hier ohne Vorschriften. Dabei gibt es ständig und überall Scheißvorschriften. Sarah zum Beispiel. Dass sie immer das Essen kontrolliert.«

»Ohne Sarah würden wir verhungern.«

Er machte eine wegwerfende Handbewegung. Eine starke Whiskeyfahne traf mich. »Seit wann ist sie hier die Königin und hat das Sagen? Ist das nicht Entdingen, dass man leben kann, ohne dass einem ständig Vorschriften gemacht werden? Ich scheiß auf Amos und Ephraim mit den ganzen Sachen, die ständig repariert werden müssen. Ich scheiß auf Teresa und ihr ständiges Gemecker, was ich alles falsch mache.« Er lehnte sich zu mir vor. »Ich scheiß auf Abraham.«

»Wir müssen zum Essen.«

»Die reden über dich, nur dass du's weißt.« Er versuchte, mich zu fixieren. »Die haben sonst welche Theorien. Abraham glaubt, du bist auserwählt. Du wirst uns mit deinen Superkräften retten.« Mein Herz klopfte wie verrückt, als er mir noch einen Schritt näherkam. »So ein süßes kleines Ding wie du.«

»Ich bin ganz normal«, sagte ich.

Fragend legte er den Kopf auf die Seite. »Warum sagst du das so?«

»Weil es stimmt.«

»Nein, du sagst das so, als wärst du doch jemand Besonderes. Als hättest du noch ein Ass im Ärmel.« Mir standen die Haare im Nacken zu Berge. Er durchschaute mich, offensichtlich, durch und durch.

»Da bist du ja.« Hund stieß einen Kläffer aus, kam den Berg heruntergeschossen und preschte mit wedelndem Schwanz auf mich zu. Hinter ihm, noch auf halbem Weg den Pfad hinauf, rief Ben ungeduldig nach mir: »Sarah braucht dich, Saskia.«

Ich rannte schon bergauf, bevor ich wusste, was ich tat. Hund jaulte und sprang zu mir. Ich stolperte über eine Wurzel, richtete mich aber schnell wieder auf. Ich ertrug es nicht, dass Ben gesehen hatte, wie dicht Jim neben mir gestanden hatte. Ich ertrug nicht, dass Jim mich irgendwie durchschaut hatte. Ich ließ Ben in der schwarzen Nacht stehen, hinter ihm Jim unten am Ufer.

85

Irgendwann schlafen alle. Die Brotlaibe knacken und flüstern, als ich sie zum Abkühlen hinausstelle. Ich gehe nach oben und lege mich hin.

Nach Mitternacht ist das Brummen seines Autos zu hören. Ich wusste, dass er wiederkommen würde.

86

»Ich weiß, dass sie gut sind. Die Bilder sind verdammt noch mal das Beste, was ich je gemalt habe! Wird Zeit, dass die Welt auch Bescheid weiß.« Philip tigerte durch unsere Hütte – aus jedem Schritt, jeder Silbe sprachen verletzter Stolz und fieberhafter Rausch. Über dem See heulte der Wind und erinnerte uns an den kommenden Winter.

»Kannst du sie nicht nach New York schicken lassen?«, Xavier kaute auf seinen Fingerknöcheln. »Die Galerie würde bestimmt dafür zahlen.«

»Man kann niemandem trauen.« Philip blieb vor einem der größeren Gemälde stehen – eine düstere Wasserfläche, davor die Innenseite von Butterflys Handgelenk, an dem die Sehnen gen Himmel strebten. Fast könnte man das Bild obszön nennen. Butterfly hatte seit Wochen nicht mehr bei ihm übernachtet, nicht mehr, seit wir sie aus Abrahams Hütte hatten kommen sehen. Jim musste man unbedingt aus dem Weg gehen – das wusste ich jetzt –, aber an dem, was in ihm zerbrochen war, gab ich Butterfly die Schuld. Ich war davon überzeugt, dass das Verlangen, das sie in den Männern auslöste, sich wie ein Virus unter Jim, Philip und Abraham ausgebreitet hatte. Es gefiel mir gar nicht, wie nah Philip der Leinwand kam oder wie er sich davon losriss und auf uns zusteuerte. »Nein, ich muss sie selbst in die Stadt bringen. Ich werde Unmengen von Geld dafür kriegen, versteht ihr.«

Resigniert stand Xavier auf. »Ich packe meine Sachen.«

»Nein.« Philip schüttelte gewichtig den Kopf. »Nein. Ihr, meine Lieblinge, könnt hierbleiben. Ich bin bald wieder da. Ein paar Tage, mehr nicht. Wenn die Ferien zu Ende sind, bin ich auf jeden Fall wieder da und bringe euch zurück in die Stadt, in die Schule.«

Ich öffnete den Mund – nie im Leben würde ich zurückkehren in die Dingwelt, nicht, solange ich wusste, dass du hier in Zuhause warst. (Wusste ich, dass du noch in Zuhause warst? Du hattest dich seit Längerem nicht mehr gezeigt. Warst du wirklich noch der Grund, warum ich hierbleiben wollte?)

Aber Xaviers Protest siegte. »Du kannst uns nicht einfach hierlassen.« Philip blieb stehen und legte Xavier die Hände auf die Schultern, als wolle er irgendeine Weisheit zum Besten geben. Aber Xavier täuschte einen Boxhieb an und verschwand zur Tür hinaus.

Am nächsten Abend waren Philip und seine Bilder verschwunden und unsere Hütte wieder ein Verschlag aus Holz und Wind. Ben klopfte an die Tür. Xavier stand auf. Die Jungs spielten Rommé auf der Veranda. Ich saß auf den Stufen und sah Hund zu, wie er in der Erde herumschnüffelte, bis Nora und Tomas herbeigeflogen kamen. Sie spielten Hexe und ritten auf Kiefernästen, die sie als Besen benutzten. Hund schnappte nach Tomas' Ast. Nora hatte Tomas beigebracht, sich auf keinen Fall von Hund einschüchtern zu lassen, deswegen riss er ihm den Ast weg. Hund kam knurrend auf den Jungen zu. Tomas schrie. Nora schrie. Ich sprang auf, um etwas zu tun, aber Ben war schon an mir vorbei die Treppe heruntergerast und brüllte Hund an. Er kniff den Schwanz ein und verzog sich ans Wasser. Die Kinder wurden von ihren Müttern gerufen. Die Sonne war schon untergegangen. Ich schlich hinunter ans Ufer, wo Hund sich versteckt hatte, rief nach ihm und zeigte ihm meine offenen Hände. Ich beruhigte ihn. Zusammen gingen wir im Dunkeln zurück. Bens Blick streifte mich, als ich mit Hund an meiner Seite die Verandatreppe hochkam. Aber wenn es etwas gab, was er sagen wollte, sagte er es nicht.

87

»Du hast bestimmt Hunger, wenn du dich den ganzen Abend in deinem Transporter versteckt hast.«

Meine Stimme und mein Anblick in dem geisterhaft weißen Nachthemd im schwachen Kühlschranklicht jagen Ben einen gehörigen Schrecken ein. Er schafft es, seine Angst mit dem nächsten Biss vom Hühnerschenkel herunterzuschlucken, den er sich aus dem Kühlschrank geholt hat. Die Hunde heben die Köpfe, ihre Halsbänder klirren im mottendurchsetzten Licht, das zum Fenster hereindringt. Natürlich ist er heimgekehrt.

»Darf ich dich nach deiner Mom fragen?«

Ich hätte natürlich auch mit Entschuldigungen anfangen können. Aber so funktioniert das bei Ben nicht. Ich hätte damit anfangen können, dass Tomas uns mit der Pistole bedroht hat, weil Ben sich geweigert hat mitzukommen. Ein Ablenkungsmanöver funktioniert besser.

Er holt sich einen Teller aus dem Schrank. Wahrscheinlich durch lange Ehejahre trainiert oder durch den zivilisierenden Einfluss von Jenny. »Ma ist verwirrt.«

»Demenz?«

Er setzt sich. »Sie hat schon in der Kindheit einen Schaden weg gekriegt. Sie hatte sich noch nie irgendwo so sicher gefühlt wie in Zuhause – und ich meine Zuhause an der Bushrow, nicht das Haus, in dem sie aufgewachsen ist. Das sagt ja wohl Einiges. Aber dann hat Dad uns verlassen, und Zuhause ist zerbrochen.« Ben schluckt einen weiteren Bissen Hühnerfleisch herunter. »Bei Nora hat sie aufgegeben. Dass Dad sie verlassen hat, hat ihr das Herz gebrochen. Aber Nora zu verlieren, hat sie nicht verkraftet.«

Wie leicht ihm Noras Name über die Lippen kommt. Wie gut er schauspielert, als sei das alles nicht so schlimm.

»Der Sauerteig?« Ich zeige durch die Küche auf die abgekühlten Laibe.

»Sie hat ihn weggeworfen.«

»Ich habe meine Methoden.« Das entlockt ihm ein Lächeln. »Das hättest du nicht gedacht, was, dass ich in der Lage bin, etwas am Leben zu erhalten?«

Wenn Sarah mir am Tisch gegenübersäße, würde sie antworten: »Die Mutter gehört nicht mir.« Sie würde sagen, die Mutter gehört den Frauen, die vor uns da waren, die sie tagein, tagaus gefüttert haben und ihre Familien mit ihr ernährt haben, eine Generation nach der anderen, bis zurück in die Blockhütte, in der Sarahs Urururururgroßmutter sie aus Mehl und Wasser und Luft machte, in der Hoffnung, ihre Kinder damit satt zu bekommen.

Ben streckt die Finger über den Küchentisch. Flüchtig berühren sie meine. Dann, als sei es nicht gefährlich, hebt er den Blick. Ein Stromschlag, und die Erinnerung ist wieder da:

Ich, im Bett, wie ich mit den Lachtränen kämpfe. Ben jung und fit und splitterfasernackt. Sein steif werdender Schwanz wippt enthusiastisch, als er durch den Flur auf mich zuläuft und sich die nassen Haare mit einem Handtuch trocknet. Er kann doch unmöglich schon wieder wollen, so schnell, und ich denke: Gut so, Ben. Ich denke: Warum haben wir das nicht schon viel früher gemacht? Warum haben wir uns ewig lange umkreist, wenn wir doch das hier hätten machen können? Alle Regeln haben sich umgekehrt – aus Ablehnung ist Lust geworden, oder vielleicht sind wir endlich bei Liebe gelandet. Er steigt zurück zu mir ins Bett und zieht sich die Steppdecke um die Schultern. Was würde Cornelia dazu sagen? Und Issy? Und natürlich Xavier – er wäre so sauer, wenn er es wüsste. Es ist Ben! Die Wahrheit bricht einen Augenblick über mich herein – Ben hat eine Frau und die kleine Anna, ein weiteres Baby ist unterwegs. Dieses Abenteuer war nicht so frei und unbeschwert, wie es hätte sein können, wenn wir bloß früher damit angefangen hätten. Vielleicht war es falsch. Aber wie sollte etwas falsch sein, wenn wir uns seit dem Augenblick unseres Kennenlernens darauf zubewegt haben, viele Jahre, bevor er die arme Shelley-Ann traf? Und dann war mir die arme Shelley-Ann schnuppe, weil Ben mich küsste, wirklich küsste. Meine Lippen waren noch wund von der vergangenen Nacht, das Küssen tat weh, aber auf eine gute

Art. Ich küsste ihn zurück. Ich wollte ihn. Ich wollte Ben! Ben gehörte mir, niemand anderem, nicht seiner Frau, nicht Xavier – mir! Hier war er, in meinen Armen, in meinem Bett, wir kamen ganz allmählich herunter, nachdem wir es die ganze Nacht lang gemacht hatten. Immer und immer wieder, und jetzt waren wir schon wieder dabei, Ben war immer noch da, auf mir, in mir, sein Atem, mein Atem. Ich hätte nicht mal mehr sagen können, ob sich das noch gut anfühlte. Aber wir hatten keine andere Wahl.

Jetzt wirft Ben einen Blick hin zum Wohnzimmer, wo Cornelia und Xavier schlafen. Er flüstert. »Du hast es nie jemandem erzählt?« Deswegen hat er mich also zur Reise in die Vergangenheit eingeladen, nicht der schönen Erinnerungen wegen.

»Nein.«

Erleichtert lehnt er sich zurück. Fährt sich mit der Hand übers Gesicht. »So jemand bin ich nicht. Auch wenn du das von mir und Jenny denkst.«

Ich könnte ihn fragen, warum er ausgerechnet an jenem Abend bei mir vor der Tür stand, als ich mich endlich damit abgefunden hatte, dass es dumm war, einen Mann mit Frau und Kind zu begehren.

Ich könnte ihn fragen, wie er damals den Mut aufgebracht hatte, die lange Strecke von Maine nach Brooklyn zu fahren, sich der Parkplatzsuche zu stellen, seinen Namen in die Gegensprechanlage zu sagen und immer noch an der Tür zu stehen, als ich hinunter ins Foyer kam. Dass er mich aus seinen sanften Augen angeblickt hatte, als ich die Tür aufschloss, die Sehnsucht nach mir offen auf dem Gesicht, dass er mich gepackt und geküsst hatte, dort, vor aller Welt.

Ich könnte fragen, wie es möglich war, dass er mich so geküsst und dann verlassen hatte.

Stattdessen lasse ich das Nachthemd von meiner Schulter rutschen. »Merkst du nicht«, sage ich mit gespielt trunkener Stimme, »dass ich dich verführen will?« Er lacht. Ich lege ihm die Hand schnell genug auf den Arm, dass er sich dran verbrennt. Ich neige den Kopf und sage, Spaß beiseite, ganz ernst: »Kannst du mich morgen zu Sarah fahren? Ich will ihr ein Stück von ihrem Brot bringen.«

88

Ich war beim zweiten Durchkneten der zwölf Laibe, was keine kleine Leistung war. Die Hände taten mir weh. Meine Arme waren verklebt. Neben mir formte Sarah Burger aus einer Drei-Kilo-Dose schwarzer Bohnen, die sie mit ein paar angeschimmelten Haferflocken und Mandelmehl vermischte, das Gabby gegen eine Henne eingetauscht hatte. Zu unseren Füßen spielte Nora mit einer Maishülsenpuppe.

»Können wir keine Soße dazu machen?« Die Bohnenburger würden hart wie Hockey-Pucks werden. »Aioli – wir könnten ein paar Eier nehmen.«

Sarah schnalzte missbilligend. »Verschwendung.«

Die Fliegentür wurde aufgerissen. Abraham erschien als großer, dunkler Umriss vor der Außenwelt. Er ließ Kopf und Schultern hängen. Er durchmaß die ganze Länge des Haupthauses. Sarah wandte ihm den Rücken zu, aber meine Hände erstarrten bei seinem Anblick und lagen reglos auf dem Backbrett. Er stolperte in die Küche, fingerte am Radio herum und drehte am Senderknopf, bis verzerrt eine Stimme zu hören war.

» – Berichte, der Junge sei bewaffnet, aber auf dem Privatgelände der Familie gewesen und habe sich erst dann auf das FBI zubewegt, als dieses den Hund der Familie erschossen hatte. Wir sprechen mit unserem Korrespondenten vor Ort in Ruby Ridge, Idaho, zugeschaltet von –«

»Läute die Essensglocke.« Abraham zeigte mit dem langen Finger auf das kleine Mädchen am Boden.

»Aber es gibt doch noch gar kein Essen.«

»Mach.«

Sarah zog Nora auf die Füße und schob sie in Richtung Tür. Kurz darauf döngelte die Glocke, immer und immer wieder, viel länger als bei jeder Mahlzeit. Neugierig und besorgt drängten sich die Bewohner ins Haupthaus.

Die Berichterstattung war mittlerweile vorbei. Abraham reckte die Arme hoch.

»Gestern hat das FBI einen Jungen auf dem Land seiner eigenen Familie ermordet. Land wie diesem hier. Land, auf dem seine Familie sich ein Zuhause aufgebaut hatte.« Hund kam an Noras Seite ins Haus getrottet. Gabby erwischte ihn am Hals, um ihn wieder zur Tür hinauszuschieben, aber Abraham klopfte ans Bein und rief ihn zu sich. »Aber für das FBI ist es offensichtlich kein Privateigentum. Seit Wochen belagern sie das Grundstück. Haben im Wald Scharfschützen stationiert.« Unsere Augen folgten Abrahams Finger, mit dem er auf Bäume schoss.

»Der Hund der Familie hat das Versteck des FBI aufgespürt. Die Ungeheuer haben ihn ohne jedes Zögern abgeknallt.« Von Hunds kaugummirosa Zunge tropfte Speichel neben Abraham auf den Boden. »Der Junge hat das Grundstück überquert, um seinen Hund zu retten, und auch ihn haben sie kaltblütig ermordet. Einen kleinen Jungen. Als seine Mutter die Schüsse hörte, hat sie die Tür aufgemacht. Sie hielt ein Baby auf dem Arm. Und die Scharfschützen fackelten auch bei ihr nicht lange und brachten sie um. Haben einfach die Mutter unter dem Baby erschossen.« Er sah Teresa an, die Tomas auf dem Arm hielt.

»Ich will es nochmal wiederholen. Das war auf dem Privatgrundstück der Familie, das sie einfach nur beschützen wollten. Land, auf dem sie sich rechtmäßig aufhalten durften. Land wie unseres. Der Rest der Familie hat sich jetzt im Haus verschanzt. In dem Blockhaus befinden sich noch mehr Kinder. Und meint ihr, das FBI hätte sich zurückgezogen?« Abrahams Stimme bebte. Butterfly eilte auf Abraham zu und umarmte ihn. Ihr langes Haar verdeckte sein Gesicht, als er es an ihrer Schulter vergrub. Er weinte. Es war nicht schwer zu glauben, dass auch in unseren Wäldern Scharfschützen lagen und uns auflauerten.

»Die Familie, die du da verteidigst? Das sind Rassisten und Neonazis«, sagte eine Stimme aus der Menge.

Abraham blickte mit gerunzelter Stirn auf. Die Behausten traten beiseite. Marta stand in der Tür.

»Sie verteidigen ihr Land«, entgegnete Abraham.

»Aber es gibt einen guten Grund, warum das FBI da ist. Diese Familie hat Unmengen von Waffen gehortet, in der Vergangenheit hat sie Nichtweiße bedroht.«

Abraham verengte die Augen. »Was willst du hier?«

»Die Glocke hat geläutet.«

»Die Glocke für die Behausten.«

»Ich wollte nachsehen, ob auch alles in Ordnung ist bei euch.« Marta schaute Gabby an. »Alles in Ordnung bei dir?«

Gabby hob das Kinn. Marta richtete den Blick wieder auf Abraham und nickte dann zum Abschied. Kreischend fiel die Fliegengittertür hinter ihren Hacken ins Schloss.

89

»Nein, Mama, nein, ich mit dir spielen. Ich will spielen, du bist das große Baby und ich bin die Mama und ich schreie.«

Ich war vor der Sonne auf den Beinen, und die Mutter und ich haben unsere Zeit miteinander gehabt, das vertrauliche Klatschen meiner Hände in ihr, ihr Rülpsen und Schmatzen, ihr Schluckauf, bevor die anderen aufstehen. Jetzt kommt Issy mit Sekou auf dem Arm nach unten geschlurft, aber es ist für beide noch viel zu früh. Sie versucht, auf Zehenspitzen durchs Wohnzimmer zu schleichen, in dem Xavier und Cornelia schlafen.

»Nein, Mama, nein! Windel nicht ausziehn!«

»Du musst dich aufs Klo setzen.«

»Nein, Mama, will nicht Klo!« Sekou windet sich aus ihren Armen, als sie in der Küche stehen. Seine Windel hängt fast bis auf den Linoleumboden herunter. Issy funkelt ihn an. Ich schließe ihn auf dem Boden in die Arme und habe den Geruch von salzigem Babypipi in der Nase. Issy schlurft ins Bad. Ich singe Sekou seine Lieblingsstrophe von »Ein Hengst namens Bill« siebenmal vor.

Sie lacht so gern und lächelt breit,
Dann sieht man Zähne, meilenweit,
und Zäpfchen und Rippchen
und Dinge klein und zäh.

Ich drücke meine Stirn an seine und singe ganz leise, damit Cornelia nicht aufwacht. Der kleine Junge gähnt und lehnt sich an mich. Sein Atem wird langsamer. Aber das Klappen der Badezimmertür weckt ihn auf, seine Augen sind wieder weit offen, und er macht sich von mir los. Er rennt zu dem wunderbaren Playmobil-Krankenwagen.

»Leg dich wieder hin«, sage ich zu Issy. »Ich komme mit ihm klar.« Es sieht nach einer noblen Geste aus, aber in Wirklichkeit habe ich in den letzten zwei Tagen mehr gesprochen als normalerweise in einem ganzen Jahr. Ich spüre, wie die Welt außerhalb des Hauses an mir zerrt, der energische Druck der Bedürfnisse, die mich rufen wie seit Langem nicht mehr. Ich werde wieder hinausmüssen, was Klarheit und Umsicht erfordert. Ich kann mir kein überflüssiges Gespräch leisten, nicht mal mit Issy.

Als sie endlich weg ist, sagt Sekou: »Ich Hundi, Saski.« Ich bestreiche ein Stück Brot dick mit Nutella und stelle es ihm auf einem Teller auf den Boden. Das kleine Hundchen wedelt mit dem Po.

90

»Sammy Weaver.« Abraham zündete ein Stück Papier mit dem Namen des Jungen an.

Wir wiederholten »Sammy Weaver Sammy Weaver Sammy Weaver«, während das Papier sich blitzschnell in Asche verwandelte und vom Herbstwind davongetragen wurde. Die elftägige Belagerung von Ruby Ridge war vorbei und hatte mehr oder minder friedlich geendet, abgesehen natürlich von dem armen Hund und dem kleinen Sammy Weaver und seiner Mutter. Wir bliesen in unsere Hände und steckten sie in die Jackentaschen.

»Was könnt ihr von diesem jungen Krieger lernen? Er war in eurem Alter. Er hat das Gewehr zur Hand genommen und seine Familie verteidigt.« Der Wind zerrte an unseren Haaren.

»Ich weiß, wo Gabby das Gewehr versteckt«, sagte Issy.

Abraham legte ihr die Hand in den Nacken. »Im Grunde eures Herzens seid ihr jungen Leute fürs Kämpfen gemacht. Ihr wisst, was ihr liebt, und fackelt nicht lange, um es zu verteidigen. Jeanne d'Arc – sie war eine solche Kriegerin. Und Sammy Weaver – er starb, weil er sein Zuhause verteidigt hat.«

»Saskia hat das Beil«, sagte Issy. »Mittlerweile trifft sie schon richtig gut.« An meiner anderen Seite murmelte Xavier etwas in Bens Richtung, der grunzend zustimmte, aber ihre Stimmen wurden vom Wind weggetragen.

»Da bin ich froh, dass ihr so denkt«, sagte Abraham. »Ich gebe es zu, ich war ein wenig besorgt.«

»Wieso besorgt?«, wollte Issy wissen.

»Die Zeit ist reif. Wir müssen einen Plan schmieden, wie wir uns verteidigen wollen, wenn die Dingwelt kommt und uns angreift. Nicht falls – wenn. Vielleicht ist es besser, wenn wir diesen speziellen Plan für uns behalten. Die anderen Behausten werden es vielleicht nicht unbedingt verstehen.«

»Ich kann niemanden töten«, sagte Cornelia.

»Du wirst auch niemanden töten«, entgegnete Xavier. Man hörte, dass er das Wort nicht in den Mund nehmen mochte.

»Du kannst singen, Cornelia«, sagte Abraham. »Falls es zu einem Konflikt kommt, können wir weiß Göttin etwas Freude gebrauchen.«

Xavier wandte sich ab. Ein Zweig zerbrach unter seinen Füßen.

»Wir sind noch nicht fertig«, sagte Abraham.

»Mir reicht's aber«, erwiderte Xavier und verschwand mit langen Schritten den Pfad hinab. Ben sah ihm hinterher, blickte dann Abraham an, dann wieder in den Wald. Er folgte Xavier.

Abraham hielt den Blick auch dann noch auf die Stelle gerichtet, als es seltsam wirkte, so lange still zu stehen. »Marta?«

Und tatsächlich trat Marta hinter einer Birke am Rand des Wegs hervor, die Hände über den Kopf erhoben. Die Jungs waren einfach an ihr vorbeigerannt.

»Bespitzelst du uns?«

Sie faltete ihre kleinen Hände. »Ich gehe spazieren.«

»Wir brauchen dich hier nicht.«

»Du vergisst dich. Ich bin keine von deinen Anhängerinnen.« War ich das, eine Anhängerin?

»Du hast hier nichts zu suchen«, entgegnete er. »Das ist *unser* Grundstück.«

Sie hielt den Blick auf ihn gerichtet, als wolle sie sagen: Ich kenne dich. So ein Mensch bist du nicht. Dann wandte sie sich von ihm ab. »Willst du mit mir Pilzesuchen kommen, Saskia?«, fragte sie.

»Wusstet ihr schon, Kinder, dass Marta sich mit dem Sheriff angefreundet hat?«

»Ach, dann spionierst du also *mir* hinterher.«

»Diese Kinder«, sagte er, »wissen, wozu Gesetzeshüter fähig sind. Der arme kleine Sammy Weaver. Waffen. Gewalt. Alles, weil sie Kindern angeblich mehr Sicherheit bieten können als wir hier.« Er hielt die Hände nach oben und meinte die Ahornblätter über uns, das schnelle Zucken der Eichhörnchenschwänze, das Surren der Käfer, die auf den Waldboden rieselnden Kiefernnadeln.

Später schlürften wir Mädchen Kürbissuppe im leeren Haupthaus. Sarah rief besorgt aus der Küche: »Habt ihr die Jungs wirklich nirgendwo gesehen? Sie sind in die Dingwelt, ich weiß es genau!«

»Ach, lass sie doch auch mal ihre Dummheiten machen«, sagte Gabby an der Fliegentür. »Nur so lernt man was.«

Nora sprang im Seitgalopp um den Tisch herum, im Takt zu ihrem Singsang: »Du-mm, du-mm, die Jungs, die sind so du-mm.« Hund verfolgte sie, bis Sarah ihn an seinem selbstgeflochtenen Halsband packte und vor die Tür setzte.

Nach dem Abwasch gab es immer noch kein Zeichen von Ben oder Xavier. Issy, Cornelia und ich trödelten in der Dunkelheit am Fahnenmast herum. Es war zwar noch nicht eiskalt, aber fast. Butterflys bunte Wandbehänge hingen vor Abrahams erleuchteten Fenstern. Ich lauschte, ob ich etwas von drinnen aufschnappen konnte, aber es war still in der Hütte.

Endlich sahen wir zwei dunkle Umrisse die Einfahrt heraufkommen. Xavier lief Ben sehr weit voraus. Wir standen da, um ihn zu begrüßen, aber er ging einfach an uns vorbei und blickte nicht zurück, nicht mal, als wir ihn beim Namen riefen. Wir mussten auf Ben warten. Cornelia ging auf ihn zu, als sei er *ihr* Freund.

»Er ist den ganzen Weg von JimBob's gerannt.« Bens Atem bildete weiße Wolken. »Sein Dad ist verschwunden.«

»Na ja.« Es gefiel mir gar nicht, wie dicht er neben Cornelia stand.

»Aus New York.« Ben war aufgebracht. »Bei der Galerie hat keiner Philip gesehen, seit er vor einer Woche seine Gemälde abgeliefert hat. Und im Loft ist er auch nicht.«

»Und was ist mit Xaviers Mutter?«, fragte Cornelia. »Warum hat er sie nicht angerufen?«

»Sie ist auf Bali? Ich glaube, er hat Bali gesagt. Jedenfalls wollte er danach nicht mehr mit mir reden.«

Wir blieben draußen am Fahnenmast. Sterne wie Wunderkerzen. Ich wusste, dass ich eigentlich Xavier trösten müsste, aber er würde mich sowieso nicht lieber mögen, egal, was ich tat – ob ich mit ihm redete oder nicht, ob ich schlafen ging oder aufblieb. Und Ben in der Nacht so zu spüren, neben ihm zu bibbern und zu behaupten, mir sei gar nicht kalt, das war schön. Wir erzählten uns Geschichten; Ben erzählte, wie Nora und er Sarah mal einen Frosch in den Schuh gesetzt hatten und wie sie dafür von ihr angebrüllt wurden. »Am nächsten Tag war sie total sauer auf uns«, sagte er. »Ich hätte nicht gedacht, dass sie so sauer werden kann. Sie schimpft zwar mit uns. Aber so richtig stocksauer? Es war ja nur ein Frosch.«

Abraham kam aus seiner Hütte. Wir hoben die Köpfe, wie Rehe, die aufmerksam werden, wenn sie vom Scheinwerferlicht erfasst werden. Er sagte: »Sie stirbt.«

»Wer stirbt?«, fragte Cornelia.

»Marta. Habt ihr nicht gerade von ihr geredet?«

»Nein«, gab Issy zurück.

»Tod ist entdingen«, verkündete Abraham. »Niemand lehrt uns so viel über das Loslassen wie der Tod. Er ist der Weg. Ist euch nicht schrecklich kalt hier draußen?«

»Mir nicht«, sagte Issy. Aber der Wind heulte.

91

Der erste Mensch, dem ich im First-Community-Altersheim begegne, ist Sheriff Sal. Man hat ihn direkt hinter der automatisch aufgehenden Glastür geparkt, sein früher kräftiger Körper ist jetzt ein Knochengestell im Rollstuhl. Die Tür schließt sich, und wir sind eingesperrt in der desinfizierten Luft. Panik flackert auf. Aber Ben geht auf den Alten zu und schüttelt ihm kräftig die Hand.

»Du hast doch versprochen, du bringst deine Hunde mit«, sagt Sal. Den Schnurrbart hat er noch, aber sein Gesicht ist ausgezehrt und faltig.

Ben zeigt auf die Krankenschwester. Sie sieht aus, als hätte sie seit Jahrzehnten nicht mehr gelächelt. »Glaubst du, *die* würde hier Hunde reinlassen?«

»Und wer ist die hübsche Dame?«

Ben zögert nicht. »Eine alte Bekannte.«

»Schön, alte Bekannte, heute Abend gibt's Cherry Pie zum Nachtisch, falls Sie so lange bleiben dürfen.«

Ben legt mir den Arm um die Taille und schiebt mich weg. Weich gibt der beigefarbene Teppichboden unter unseren Schritten nach.

»Warum hast du mich nicht gewarnt?«

Ben grinst. »Der Ausdruck auf deinem Gesicht!« Er bewegt sich entspannter. »Harmlos. Gedächtnis wie ein Sieb. Er hat den Schwestern das Leben zur Hölle gemacht, bis sie kapiert haben, dass sie ihn bloß morgens an den Eingang zu schieben brauchen. Da bleibt er bis zum Abendessen sitzen. Er weiß gern Bescheid, was los ist.«

Ich bewege mich wie im Traum, mit Herzklopfen. Oder vielleicht tue ich ja auch so, als sei ich eine andere Version meines Selbst – die Saskia, die Ben nicht weggehen ließ, die zusammen mit ihrem Mann ihre Schwiegermutter besucht, die eine besondere Sonnenbrille fürs Autofahren besitzt, schnell zum Supermarkt düst, um Margarita-Mix zu besorgen, die durch die Boutiquen schlendert und Hüte aufprobiert. So sehen die Leute mich doch, oder? An den offenen Türen, an denen wir vorbeigehen, hängen in Schönschrift handgeschriebene Namensschilder: »Mrs. Dotty Smith«, »Mr. Rusty Hoggs.« Dotty und Rusty, einsame Gestalten unter dünnen Decken, blicken unter dem Piepen ihrer Maschinerie und dem Gemurmel ihres Frühstücksfernsehens auf, sehen einen Mann und seine Frau durch den Flur gehen, und die Frau hat keine Angst.

Eine junge Pflegerin kommt auf uns zu, die einen Metallkarren voller Schläuche und Knöpfe schiebt. Sie ist jünger als Jenny, blond, mit rosa Lippen, und ihre Brüste drücken sich gegen die Uniform. »Guten Morgen!«

Ben hebt nachlässig die Hand zum Gruß. Ich freue mich darüber, wie treu er Jenny ist. »Freundin meiner Tochter«, sagt er. »Vom Cheerleading.« Sie wirft ihm noch einen Blick zu, als wir in einen neuen Gang abbiegen, aber er merkt nichts davon. Wie kann Anna alt genug sein, dass sie mit einer Altenpflegerin befreundet ist? In meiner Vorstellung ist sie seit dem Tag, an dem Ben bei mir vor der Tür stand, vier geblieben.

»Und du findest so ein Heim okay?« Der sonnenbeschienene *Acer saccharum* wirkt schrecklich weit weg hinter den Fenstern, die man nicht aufmachen kann.

»Mom hat angefangen, sich zu verlaufen«, sagt er. »Und ich muss ja wohl meinen Lebensunterhalt verdienen. Als Shelley-Ann sie noch im Auge behalten konnte, war es einfacher.« Er geht mir einen halben Schritt voraus.

Ich folge ihm durch einen weiteren Gang – noch länger, noch schmaler, die Auslegware noch brauner. Eine Seite des Gangs wird von Fenstern eingenommen, die andere von Türen. Eine irre Vorstellung, dass Teresa und Tomas sich hier mitten in der Nacht zurechtgefunden haben sollen. Aber es bedeutet, sie sind zu mehr fähig, als man meinen sollte. Eine Frau mit Zuckerwattehaar winkt Ben in Vorbeigehen zu, ebenso ein großer, dünner Mann mit Baseballkappe. Ben muss oft hier sein, was mich freut.

Fast am Ende des Flurs dreht er sich auf einmal zornig zu mir um. »Und wie geht's Xavier mit seiner Sauferei?«

Ich sehe ihn ausdruckslos an. Völlig aus heiterem Himmel kommt die Idee nicht, Xavier könnte so vom Alkohol abhängig sein, dass er beschlossen hat, gar nichts mehr zu trinken. Gestern beim Abendessen hat er den Wein abgelehnt. Und Cornelia hat sich entschuldigt. Was bedeutet, dass sie Bescheid wusste.

Meine Unwissenheit feuert ihn an. »Und Cornelia? Alles in Ordnung bei ihr, nachdem sie vor ein paar Jahren die Fehlgeburt hatte?«

»Davon habe ich nichts gewusst.«

Er verzieht den Mund zu einem hässlichen Knoten. »Du bist dir doch so sicher, dass du immer über alles Bescheid weißt. Dabei verbringst du dein Leben eingeschlossen in einer schicken Villa und tust so, als wärst du besser als alle andern.«

Ich öffne den Mund, um mich zu verteidigen.

»Und komm mir bloß nicht mit irgendeinem Gesülze, wie wir diese ganzen Scheißprobleme hübsch ordentlich klären werden. Glaubst du echt, Tomas wird die Pistole nicht ziehen, wenn wir uns da oben wieder blickenlassen?« Jemand muss ihm von der Pistole erzählt haben, während ich mich angezogen habe – ich würde auf Cornelia tippen. Abneigung spricht aus Bens Gesicht. »Früher habe ich dich immer für so schlau gehalten.«

»Du kannst mich beleidigen, so viel du willst. Wir müssen die Sache trotzdem in Ordnung bringen.«

»Ich muss gar nichts in Ordnung bringen.«

»Aber du gehörst auch dazu. Genau wie ich. Genau wie Xavier und Issy und die verdammte Cornelia. Glaubst du echt, ich will dahin zurück? Das war nie mein Plan.«

Er tritt ganz dicht an mich heran. Sein Gesicht wird rot. »An der ganzen Sache bist du selbst schuld.«

»Du glaubst allen Ernstes, ich habe die Briefe geschrieben?«

Ich kann seinen Atem schmecken. »Nein. Aber du hast gesagt, wir sollen sie töten.«

92

Ein Klopfen an unserer Tür. Es war gerade erst hell geworden. Regen trommelte aufs Dach. Ich lag von hinten an Issy geschmiegt, die sich wiederum an Cornelia geschmiegt hatte. Wir waren in Philips früherem Bett eingeschlafen, eigentlich nur eine Matratze auf dem Boden, die immer noch nach verschmierter Ölfarbe roch. Der Wind pfiff zu den unsichtbaren Spalten in den Wänden herein. Die ganze Nacht lang hatte Hund versucht, zu uns ins Bett zu kriechen, aber wir hatten ihn abwechselnd immer wieder mit Tritten vertrieben. Diese Hütten waren nicht für die kalte Jahreszeit gebaut, und es war noch lange nicht Winter.

Cornelia sprang aus dem Bett und begrüßte Nora, die sich an ihr vorbeidrückte und über mich beugte. »Hey, was ist los mit euch? Hier drin stinkt's.«

Issy ächzte und zog einen Arm über die Augen. Ich richtete mich auf und landete mit den Füßen auf dem eisigen Boden. Der Raum kippte weg. Mit pochendem Schädel fielen mir die Abenteuer des Vorabends wieder ein: Abraham hatte uns mitgeteilt, dass Marta sterben würde – hatte er das wirklich gesagt? Bei Tageslicht betrachtet schien es unmöglich. Dann war Abraham weggegangen, Nora hatte entdeckt, dass Ben wieder da war, und ihn gezwungen, zu ihrer Mutter reinzugehen. Dann hatten wir Mädchen Butterflys Geheimversteck mit süßen Weingetränken unter dem Anleger ausgehoben. In der Nacht hatten wir das lustig gefunden. Jetzt hämmerte es in meinem Schädel wie verrückt, und meine Zunge war vom vielen Zucker belegt.

»Du sollst zu Marta kommen«, sagte Nora. Sie kraulte Hund am Kopf.

»Sagt wer?«

»Marta natürlich.«

Nora nahm Hund mit zum Haupthaus. Issy und Cornelia schliefen sofort wieder ein. Ich trat hinaus in den feuchten Morgen.

Mein dicker Regenmantel schützte mich vor dem Regen, aber die nasskalte Luft ging mir trotzdem durch und durch. Ich dachte daran, stehenzubleiben und zu lauschen – nicht auf Hund oder Abraham, sondern auf dich. Manchmal überkam mich immer noch die Hoffnung, dass du mich finden könntest, hier draußen im Wald. Hätte ich nur Topsy mitgebracht. Vielleicht warst du ja da in dem Birkenwäldchen und wolltest dich zeigen. Aber nein, ich war allein in Wind und Kälte, vor mir ein steiler, schlüpfriger Weg. Wenigstens konnte ich bei Marta gemütlich aufs Klo gehen.

Martas Hütte war mit roten Brettern verschalt. Ihre Veranda ragte hinaus über den Hang und bot einen hübschen Blick auf den See – eine kleine, aber luxuriöse Annehmlichkeit, die es bei keiner der rustikal zusammengezimmerten Hütten von Zuhause gab.

Sie war an der Tür, bevor ich die Hand zum Klopfen gehoben hatte. Seit der Hinrichtung von Samuel Weaver war ich härter geworden, aber wie weit ich mich innerlich von ihr entfernt hatte, war mir nicht klar gewesen. Wie schnell ich mich verändert hatte, verstand ich erst, als wir uns von Angesicht zu Angesicht gegenüberstanden. Sie bat mich herein. Ich zog den Regenmantel aus. Ich ließ das Beil an der Tür liegen. Die Welt löste sich im Regenschauer auf. So nah war sie sehr real; das weiße Haar, das sie selbst schnitt, die abgewetzten Fingernägel, der rauchige Duft ihrer Haut.

Im Gegensatz zu Zuhause war Martas Hütte an das Stromnetz angeschlossen, mit einem sauberen Elektroherd, dessen Heizspiralen orange glühten, und niedrigen, warmen Heizkörpern vor den Fußleisten. Dieses Haus war zum Überleben im strengen Winter Maines gebaut – doppeltverglaste Fenster, isolierte Wände und ein besonders effizienter Kaminofen aus Speckstein. In einer kleinen Kammer befand sich eine Keramiktoilettenschüssel, eine hochwillkommene Abwechslung zu unseren Plumpsklos. Mein Urin stank nach Alkohol; ich vergrub den Kopf in den Händen.

Im großen Raum roch es einladend nach Popcorn. Der Feuerschein aus dem Kamin fiel auf die Bücherregale, aus einem Radio kam blechern ein Klavierkonzert von Mozart. Marta schäumte heiße Milch mit dem Rührbesen auf und schüttelte einen weiteren Topf auf dem Herd mit schmelzender Butter. Ihre Wanduhr zeigte sieben. Sie stellte das Essen auf den Couchtisch und löffelte dampfenden Kakao in zwei handgetöpferte Tassen, braun wie die Erde. Sie ließ sich in einem bordeauxroten Sessel nieder, der perfekt auf ihre Körpergröße zugeschnitten schien.

Ich dachte, ich hätte keine Lust auf Popcorn, aber nach zehn Minuten hatte ich schon alles aufgefuttert. Marta wusste, dass ich nur bei ihr so aß. Sie streckte mir die schmale Hand über den Tisch entgegen, schmaler, als ich sie in Erinnerung hatte. Ich fasste nicht nach ihrer Hand. »Wenn du, oder die anderen, dir Sorgen machst über das, was vor sich geht, oder Angst hast, dann kannst du mir das ruhig erzählen. Du musst es mir erzählen.«

Sie war sterbenskrank; das hatte Abraham gesagt. Sie war mit dem Sheriff befreundet.

»Glaub mir, ich weiß, wie überzeugend Abraham sein kann. Aber es gibt niemanden, der hier einen Angriff plant. Niemand lauert euch im Wald auf. Und der Sheriff ist ein guter Mensch, Saskia, auch wenn Abraham etwas anderes behauptet. Ich verstehe natürlich, dass du dich vor Gesetzeshütern fürchtest. Es tut mir so leid, was mit deinem Bruder geschehen ist. Aber du darfst Abraham nicht in sein paranoides Mauseloch folgen. Die Welt da draußen ist einfach nur die Welt.«

Aber Marta hatte ja wohl mehr oder minder gesagt, der arme kleine Sammy Weaver hätte sein Schicksal verdient. Fast hätte sie mich reingelegt, wie die Hexe im Märchen, hätte mich mit dem warmen Zimmer und guten Essen eingelullt, dabei lauerte uns das FBI vermutlich in diesem Augenblick mit entsicherten Sturmgewehren auf.

»Niemand will uns überfallen«, sagte sie.

»*Uns* gibt es nicht.« Ich schnappte mir mein Beil. »Es gibt dich, und du hast nichts mit Zuhause zu tun.«

Ich rannte durch den Wald, durch den Morgenregen und dachte an das, was ich in Martas Bad im Müll gefunden hatte: haufenweise Taschentücher voller hellroter und rostroter Tropfen. Mehr, als man zählen konnte. Blut, das von irgendwo aus Martas Körper kam. Blut, das herauswollte.

93

Auf dem Bett in Sarahs Zimmer liegt ein Stapel Krankenhausdecken. Neben dem Stapel bemerke ich ein bisschen runzliges Fleisch, wie ein Spatz, der gegen eine Scheibe geflogen ist. Endlich findet mein Hirn ein Wort dafür: Hand.

An der Hand sitzt ein Arm, und der Arm wiederum ist mit der restlichen Sarah irgendwo unter den Decken verbunden, so unwahrscheinlich es auch scheint. Der Mund steht offen. Die Augenlider verdecken die tief in den Höhlen liegenden Augen. Die Fingernägel sind gelb. Am schlimmsten ist, dass ihr die Haare abgeschoren worden sind, so kurz, dass an manchen Stellen die Kopfhaut durchscheint. Zorn auf Ben lodert in mir hoch; er hat zugelassen, dass ihr die Zöpfe abgeschnitten wurden. Ich zwinge mich, einen Schritt auf das Bett zu zu machen. Ich zwinge mich, nach dieser Hand zu greifen.

Tod, so nah, erinnert mich an dich – ich muss zu dir zurück, und Ben muss das möglich machen.

»Du kannst dir nicht vorstellen«, sage ich zu Sarah, »wie schwer das war, so weit weg von euch zu sein.« Ich dachte, ich würde das schlafende Ding im Bett mit meiner heiseren Stimme aufwecken. Aber kein Finger zuckt. »Von euch allen. Ich will mich nicht rausreden. Aber jeder hat seine eigene Art und Weise in der Welt zurechtzukommen, und ich mache es halt so.«

Ben verschränkt die Arme vor der Brust. »Und was tue ich?«

Mund halten wäre besser. »Du vergräbst dich in deiner Arbeit, den Hunden. Sex. Nur nicht allein sein mit dem, was du getan hast.«

»Ach, das machst du also in deiner Villa in Connecticut? Bist allein mit dem, was du getan hast?« Er ist aufgebracht, weil ich das Wort »Sex« ausgesprochen habe.

»Du tust gern so, als würde ich dich nicht kennen. Dann kannst du besser schlafen. Aber du kennst mich, Ben. Du weißt, wozu ich in der Lage bin.«

Er schluckt. Gut. Ein bisschen Angst hat er noch.

»Und die anderen?« Er sieht mich herausfordernd an. »Was weißt du über die?«

»Issy schafft es nicht, irgendwo sesshaft zu werden; sie glaubt zwar, Zuhause zu hassen, aber es hat sie zutiefst geprägt. Als Gabby gestorben ist, musste sie sich ihre eigene dinglose Welt schaffen, sie hat sich sogar ein Kind zugelegt, mit dem sie sich entdingen kann. Aber jetzt muss sie feststellen, dass das Leben als Mutter …« Eigentlich wollte ich sagen, dass es einsam und mühselig ist, deprimierend, dass sie ihr Kind nicht vor dem Grauen der Welt bewahren kann. Aber dann muss ich auf einmal daran denken, wie sie kichernd auf dem Boden zusammengebrochen ist, weil Sekou einen Wachsmalstift im Nasenloch hängen hatte – vermutlich irre ich mich. Ben wartet auf meine Antwort. Lahm beende ich den Satz: »… anders ist, als sie erwartet hat.«

»Und Cornelia?«

»Cornelia setzt alles daran, die perfekte Mutter zu sein, weil ihre Mutter so alles andere als perfekt war.«

»Und Xavier?«

»Xavier kauft sich sein Glück. Er hat rausgefunden, dass die Welt mit Geld gar nicht so schlecht aussieht. Oder zumindest besser als ohne.«

»Du findest ihn oberflächlich?«

»Ich glaube, er hat sich das Leben möglichst sicher gestaltet.« Das könnte man wahrscheinlich von uns allen behaupten.

»Du magst Billy also nicht.«

»Ich bin überzeugt, dass Billy Xavier liebt. Außer den Beteiligten selbst weiß doch niemand, wie es in einer Ehe aussieht. Und bevor du jetzt sagst, dass ich alle verurteile, nur mich selbst nicht, darf ich dich dran erinnern, dass ich sechzehn Jahre lang das Haus nicht verlassen habe. Nicht aus Schuldgefühlen oder gebrochenem Herzen – zumindest nicht nur. Sondern weil ich fürchte, was ich euch antun könnte. Dafür liebe ich euch zu sehr.«

Unsere Blicke haben sich gefunden. Es geht mir durch und durch, wie ein Blitzschlag. Ich hatte vergessen, dass etwas völlig Aussichtsloses trotzdem überwältigend sein kann.

»Was bist du doch für ein Unschuldslamm.« Seine Stimme ist voller Bitterkeit. »Die liebe süße Saskia. Ich fass es nicht. Ich hatte total vergessen, wie du die Leute manipulierst –«

Die Finger unter meinen flattern, die Flügel eines Vogels, der sich befreien will. Sarah gähnt. Der Mund geht auf und wieder zu. Auf und zu. Ihr Blick wandert suchend. Sie hebt den Kopf vom Kissen. Ben streckt den Arm in meine Richtung. Ich denke einen Augenblick lang, dass er mich berühren wird. Aber er sucht nach dem Knopf, mit dem man das Bett verstellen kann. »Hallo, Ma.«

94

Der erste Schnee kam im Oktober. Mittlerweile war uns klar, dass wir nicht in die Schule zurückkehren würden. Keine Spur von Philip. Xavier schaffte es schließlich, Jane auf Bali zu erreichen, mit dem Münzfernsprecher im JimBob's. »Soll ich jetzt sagen, dass ich überrascht bin?«, sagte sie, den krähenden Sohn Nummer zwei auf dem Schoß. Sie hatte keine Pläne, in die Staaten zurückzukehren, würde Geld schicken und war froh, dass er es gut da hatte mit seinen neuen Freunden.

Nach einem Tag war der Schnee wieder geschmolzen. Darauf folgten Wochen mit weitem Himmel und frischer, kühler Luft. Die Blätter am gegenüberliegenden Ufer leuchteten in den schönsten Gold-, Rot- und Brauntönen. Aber wir hatten keine Zeit, die Herbstfärbung zu bewundern. Tagelang mussten Issy und Cornelia und ich Feuerholz hacken, bis uns unter den Second-Hand-Pullis der Schweiß ausbrach, während die Jungs den Garten winterfertig machten. Sobald die Sonne hinter dem Kamm verschwand, war es Nacht. Die Glocke läutete zum Abendessen.

Am Ende dieser Arbeitstage frische Kleider anzuziehen, war eine Wohltat. Überall klebte das Baumharz, meine Hände waren schwarz, die Lippen rau. Ich trabte zur Hütte, streifte mir die Kiefernnadeln von den Schuhsohlen und schälte mich aus den dreckigen Klamotten. Als ich die Arme hob, traf mich mein eigener Schweißgeruch. Zwischen dem Ausziehen und Wiederanziehen sagte mir vielleicht ein Geräusch, eher ein Gefühl, dass ich nicht alleine war.

»Issy?«

Einen Augenblick nichts.

»Klopf klopf.« Ich zuckte zusammen, wie nah Jims Stimme war. Er war schon in der Hütte.

Ich setzte ein Lächeln auf und straffte die Schultern. »Es gibt gleich Abendessen.« Er saß vorn, auf dem Sessel, neben dem Beil.

Direkt hinter ihm befanden sich Fliegentür, Freiheit und goldenes Licht.

Jim streckte die Beine aus und versperrte mir den Weg. Er stank nach Alkohol, aber mehr noch zuckte ich vor dem Gestank seines Verlangens zurück. Seine Hand war eine Tarantel auf meinem Arm. Er wirkte besorgt beim Anblick des schwarzbehaarten Teils von ihm auf meinem nackten Handgelenk, aber unter unserer beiderseitigen Bestürzung wurde sein Griff nur noch fester. »Ich mag dich.«

»Wo ist Teresa?«

»Ich scheiß auf Teresa.« Er sah mir in die Augen. Ich konnte in den Abgrund seines Unglücks sehen. Trotz aller Angst verspürte ich auch ein klein wenig Mitleid mit ihm. Ein klitzekleines bisschen. Ich wusste nicht, was er als Nächstes vorhatte, aber ich würde ihn bemitleiden, das war klar.

»Ich glaube …« Er schwankte ein wenig. Dann sammelte er sich wieder und stand auf. Seine Hand bildete eine Galgenschlinge um meine Freiheit. »Ich glaube, ich würde gern drüber reden, was mit deinem Bruder passiert ist.«

Das gab mir Kraft. Ich war stärker als Jims Hände. Ich brauchte mein Beil nicht. Ich brauchte nur ein Knie, das ich direkt in seinen Schritt rammte. In dem Atemzug, in dem er losließ, rannte ich.

95

Sarahs Zeichnungen schmücken die Wände. Ein paar davon erkenne ich wieder, auch wenn sie jetzt hübsch gerahmt sind: ein Elch, eine Meise, der Anleger von Zuhause. Aber da hängen auch Gesichter – Amos, Gabby, Abraham – perfekt getroffen und sehr lebendig. Marta. Diese Gesichter habe ich seit vielen, vielen Jahren nicht mehr gesehen. Dazwischen hängen ein paar von Philips kleineren Farbstudien: der Sommerhimmel in der Abenddämmerung, der See an einem windstillen Morgen. Ich frage mich, ob Ben ahnt, wie viel sie wert sind. Dazwischen hängt ein türkisfarbenes Wunderwerk von Philip, zwanzig mal zwanzig Zentimeter: die kleine Nora, die Augen vor Staunen weit aufgerissen, der Mund schelmisch verzogen, als habe sie gerade jemandem den Stinkefinger gezeigt. Gerahmt daneben ein Foto aus der Zeit, als ich sie nicht mehr kannte: eine Jugendliche mit Nasenring, verloren wirkendem Lächeln und abwesendem Blick. Sie hat den Arm um Bens Schulter geschlungen. Es tut mir in der Brust weh.

Das Wesen, das angeblich Sarah ist, stößt einen Rülpser aus.

»Ma«, sagt Ben. »Ich habe dir eine Freundin mitgebracht.« Es bewegt mich, dieses Wort, »Freundin«. Ich weiß, ich weiß – aber es bewegt mich trotzdem.

Sie dreht mir den Kopf zu.

»Sarah«, sage ich. »Ich bin's, Saskia.« Ich ringe mir Zärtlichkeit ab. »Du hast mir beigebracht, wie man Brot backt. In Zuhause.« Ich halte den Beutel mit geschnittenem Sauerteigbrot hoch. Idiotisch lasse ich ihn hin und her tanzen.

Ein Lächeln zieht Sarahs Mundwinkel in die Breite. Jetzt erkenne ich sie doch wieder: Beständigkeit, Kraft, Geduld. »Du liebst meinen Sohn.«

Ben wirft den kleinen geschnitzten Eistaucher auf dem Fensterbrett um. »Was redest du da für einen Unsinn, Ma.«

»Und er liebt dich«, sagt sie zu mir, »von ganzem Herzen.«

Er versucht, die Schnitzerei aufzurichten. Sie fällt wieder um.

»Am Abend, bevor er das Mädchen geheiratet hat, hat er mir gesagt, es wäre besser, wenn er dich heiraten würde. Und ich habe geantwortet: ›Siehst du? Du hättest auf die Prophezeiung hören sollen. Dann wärt ihr miteinander glücklich geworden.‹«

»Sie weiß nicht, was sie redet.« Er knallt den Eistaucher zurück aufs Fensterbrett.

»Ich glaube, Glück war für uns sowieso nicht drin.« Meine Stimme wird rau.

»Und ob.« Sarah klingt ärgerlich. »Du hast dir gewünscht, du hättest die Prophezeiung nie gehört, und ich habe geantwortet, Abraham wollte euch doch nur helfen, und du hast gesagt –«

»Abraham war ein schlechter Mensch. Hast du das vergessen, Sarah?« Eine Stimme von der Tür. Ein Rollstuhl blockiert unseren Fluchtweg. Sal.

96

Am Hühnerstall fing ich an zu schreien. Jim verfolgte mich zwar, aber er war so betrunken, dass er stolperte. Als ich die Tür des Haupthauses erreicht hatte, flossen mir die Tränen das Gesicht herunter, mein Hemd war zerrissen. Ich hatte es mir nicht eingebildet – Jim hatte mir zwar nichts getan, aber er wollte es. Mit einem anderen Mädchen und weniger Whiskey im Bauch hätte er es wahrscheinlich geschafft.

Die Fliegentür ging kreischend auf und ließ einen Schwall Erbsensuppenluft heraus. »Hilfe«, schrie ich. Das Wort zu benutzen war seltsam, ich hatte mir ja schon selbst geholfen. Ein Behauster nach dem anderen hob den Kopf. »Hilfe, er hat mich angegrapscht.«

Ich rannte geradewegs zu Sarah ganz hinten in der Küche. Sie schlang die Arme um mich; ich zitterte am ganzen Körper, immer stärker. Ich blickte über ihren Kopf hinweg. Die Männer rannten zur Tür. Sie glaubten, ein Fremder, ein Angler, der Sheriff hätten mich überfallen. Aber dann tauchte Jim vor ihnen auf, und ich zeigte mit dem Finger auf ihn.

Im Raum wurde es still. Angeführt von Ephraim drängten die Männer zur Tür hinaus. Sie warfen Jim zu Boden, der sich spuckend und tretend und fluchend wehrte.

Issy kam auf mich zu, und Butterfly. Cornelia. Die kleine Nora nahm meine Hand. Die Frauen bildeten eine Barrikade.

Gabby ging mit langen Schritten an den Männern vorbei zu Abrahams Tür. Sie hämmerte dagegen, bis sie einen Spalt weit aufging. Hund kam bellend herausgesprungen. Es war schrecklich. Es war simpel.

97

»Ach, hallo, Sheriff.« Ben steht auf. »Und wer bewacht jetzt den Eingang?«

Sal bleibt im Schatten der Tür.

»Ich habe mich gefragt«, sagt Sal, »wann du zurückkehren würdest.«

Bens falsches Lachen lässt es stickig werden im Zimmer. »Na komm! Das klingt jetzt, als würde ich euch hier nie besuchen.«

Ich brauche nicht in die Augen des alten Mannes zu blicken, um zu wissen, dass er mich meint. Fast witzig, so gefasst zu werden, von einem Greis in einem Altersheim, mit Polizei an jedem Ausgang. In gewisser Weise wünsche ich ihm diesen Erfolg. Ein Teil von mir ist überzeugt, dass er das verdient hat.

Sarahs Hand zerrt an mir und bringt mich wieder zurück. »Ich will Brot.«

In meinen Jahren allein habe ich gelernt, die Zeit einzuteilen, indem ich mich ganz auf meine Aufgabe konzentriere, einen Schritt nach dem anderen. Den Beutel aufmachen. Das Küchenhandtuch auseinanderschlagen und eine Scheibe Brot herausnehmen. Das Buttermesser herausholen. Das Marmeladenglas mit Butter öffnen. Den gelben Rahm auf dem Sauerteigbrot verstreichen, sodass jeder Zentimeter bedeckt ist.

Sarah leckt sich die Lippen. Ich halte das Butterbrot hoch: Soll ich sie füttern? Ihre Hand fliegt hoch und schnappt es sich. Während sie kaut, erzähle ich ihr eine schöne Geschichte, wie ich sie Sekou erzählen würde: Wie das Brot entstanden ist. Den Sauerteig umrühren, über Nacht stehen lassen, morgens mit Mehl und Wasser verrühren, gehen lassen, Salzwasser darüber gießen, dann mit dem Kneten beginnen, zweieinhalb Stunden lang jede halbe Stunde – einmal, zweimal, dreimal, viermal, fünfmal, sechsmal – dann den Teig aufteilen, wieder gehen lassen, zu runden Klößen formen und in die Gärkörbe setzen. Dann beginnt die lange Gehzeit. Sarah kennt die Geschichte besser als ich. Sie lehnt sich zurück ins Kissen und schließt die Augen. Die Kaubewegungen ihres Kiefers sind das einzige Zeichen, dass sie noch da ist.

Ich halte den Blick auf Sarah gerichtet, aber ich spüre die Männer hinter mir, Sal und Ben, der sich auf ihn zubewegt. Wenn das Gesetz uns wirklich eingeholt hat, gibt es kein Entkommen mehr.

Als Sarah zu Ende gekaut hat, wende ich mich ab, um meinem Schicksal ins Auge zu sehen.

Draußen auf dem Flur quatscht Ben die hübsche junge Krankenschwester an. Sie hat die Hände hinten an Sals Rollstuhl. Sal wehrt sich, sie beruhigt ihn, und Ben gibt zum Besten: »Ich habe keine Ahnung, worüber er sich so aufregt.«

Sie erwidert: »Sal hat eine blühende Fantasie. Hab ich recht, Sal?«

Ich wende mich wieder Sarah zu. Als ich sie jetzt anblicke, fällt mir wieder ein, warum ich überhaupt hergekommen bin. Du bist oben auf dem Land und wartest. Ohne ihren Sohn kann ich nicht zurückkehren.

»Sarah.« Ich beuge mich über sie. »Es war mal jemand da und hat dich mitgenommen und weggebracht. Tomas – weißt du noch? Du hast ihn früher als Kind gut gekannt. Teresa und er haben dich dahin gebracht, wo früher Zuhause war. Und dann hast du gesagt, Abraham ist wieder da.« Mein Atem geht abgehackt. »Sarah. Ist er? Ist Abraham zurück?« Mein Mund wird trocken, als ich mich dicht über sie beuge, mich frage, warum es so wichtig ist, ob er wieder da und uns auf den Fersen ist. Wird Ben seine Meinung ändern? Es wird alles ändern, das weiß ich, ich weiß nur noch nicht, wie.

Sie öffnet den Mund: Hoffnung.

Sie schließt ihn wieder: Verzweiflung.

Als sie endlich wieder etwas sagt, ist ihre Stimme klar. »Ich war ein kleines Mädchen, aber ich wusste, dass mein Daddy schlimme Sachen machte. Was das sein könnte, war mir unklar – ich war ja noch ein Kind. Wenn man mich gefragt hätte, ich soll es erklären, hätte ich das nicht gekonnt. Es war einfach so ein Gefühl.«

Wie es scheint, habe ich den langen Weg hierher nur gemacht, um ihr mein Brot zu bringen, ihr Gesicht zu sehen und irgendeine uralte Story über ihren schrecklichen Vater zu hören.

Sarah reckt einen mageren Finger in die Höhe. »Ich habe gewartet, bis es dunkel war. Ich tat so, als wäre ich eingeschlafen. Dann habe ich mich nach draußen geschlichen, zum Fenster der Gartenhütte von meinem Vater, und ich habe reingespäht.« Sie zieht die Schultern hoch zu den Ohren. Sie schaudert. »Es war schrecklich, was ich gesehen habe.«

»Tut mir leid, Ma.« Ben kommt zurück ins Zimmer gestiefelt. Er schiebt mich mit der Hand im Kreuz weg. »Saskia würde gern den ganzen Tag bleiben, aber du darfst dich nicht überanstrengen.« Er drückt seine Lippen auf ihre papiertrockene Stirn. Sarah schließt die Augen wie ein gehorsames Kind.

98

Es war warm in Abrahams Hütte, in der Hand hatte ich eine Tasse mit Sarahs Kräutertee, der Kopf von Hund lag schwer auf meinen Füßen. Es gab Bücher und eine Schreibmaschine, einen kleinen Perserteppich, zwei mit Gobelinstickerei bezogene Sessel. Im Holzofen flackerte ein Feuer.

Vor der Tür war gedämpft Butterflys Stimme zu hören. »Er hat gesagt, es soll keiner reinkommen.«

»Er hat mich gebeten, ihr das zu holen.« Gabby.

Die Tür ging auf, Gabby kam herein. Butterfly spähte sehnsüchtig herein, bevor die Tür zuging und sie wieder ausschloss. Weiter weg verhörten die Männer Jim. Ich stellte mir vor, dass er fluchend und bettelnd auf und ab lief und mich mit schrecklichen Ausdrücken beschimpfte.

Gabby hatte das Beil in der Hand, drückte es aber an sich: »Du weißt ja, dass du das nicht brauchst. Wir sorgen für deine Sicherheit.«

»Das wird sie kaum überzeugen«, wandte Abraham ein. »Wir haben ja scheinbar bisher nicht sonderlich gut für ihre Sicherheit gesorgt.« Er streckte die Hand aus. Gabby betrachtete das Werkzeug lange, bevor sie es ihm aushändigte.

»Ich habe dir auch das hier mitgebracht.« Gabby zog Topsy aus der Tasche und hielt ihn mir hin. Sein Hasenköpfchen hing auf einer Seite herunter, als stelle er mir eine Frage.

»Das brauchst du nicht mehr«, sagte Abraham. »Das ist ein Ding.« Gabby streckte mir das pelzige Stofftier noch ein wenig länger hin, aber als ich nicht danach griff, steckte sie es wieder ein. Abraham legte das Beil zwischen uns auf die Couch. »Ich verabscheue es so, was Jim dir angetan hat. Es widert mich so an.« Er schloss die Augen. »Ich habe immer gewusst, wie viel Mut du besitzt, aber jetzt ist mir klar, dass du tatsächlich eine Kriegerin bist, genau wie dein Vater gesagt hat.«

»Mein Vater?« Mein Inneres verknotete sich.

»Vielleicht gebe ich das ja falsch wieder. Das habe ich von Philip gehört – deinem Vater. Hat er dich nicht als Kriegerin bezeichnet?«

Hatte er das? Ich atmete ein und wieder aus. Ich hatte Jim abgeschüttelt. Ich brauchte keine Angst mehr zu haben. Ich dachte an seine Hand auf meinem Arm. Wie er mich festgehalten hatte. Vielleicht war ja wirklich etwas passiert. Vielleicht hatte ich mir das Ganze doch nicht nur ausgedacht.

»Er muss weg«, sagte Abraham.

Gabby sprang auf die Füße. Sie war bereits zur Tür hinaus.

Abraham drückte die Hand ans Herz. »Hat Jim früher schon mal versucht, dir wehzutun?«

Ich schüttelte den Kopf.

»Hast du dich auch vorher vor ihm gefürchtet? Das hättest du mir ruhig sagen können. Du kannst mir alles sagen. Ich werde dich immer beschützen.« Abraham umfasste mein Gesicht mit seinen warmen Händen. Tränen tropften ihm aus den Augen. »Bitte«, sagte er. »Verheimliche mir nichts. Ich bin zu deinem Schutz da.« Er war mir so nah, sein Atem, mein Atem, und ich dachte: Oh. Vielleicht ist es wirklich so einfach – ein Körper trifft auf einen anderen. Vielleicht war es ja von vornherein nur darum gegangen.

»Marta hat mich in ihre Hütte bestellt«, platzte es aus mir heraus. »Frühmorgens, als alle noch geschlafen haben. Keiner sollte was davon mitkriegen. Sie hat gesagt, ich soll dir nicht glauben. Sie meint, der Sheriff sei ein guter Mensch. Dass ich mich nur zu melden brauche, und er kommt und holt mich weg.«

»Niemals holt er dich von hier weg. Nie. Ich schwöre es dir.«

Daddy war nicht mehr da. Mutter war nicht mehr da. Jane war nicht mehr da. Philip war nicht mehr da. Großmutter auch nicht, und du hast mich als Allerersten verlassen. Aber Abraham war bei mir.

99

Mit einem Fauchen springt Bens Transporter an.

»Ma hat den Verstand verloren.« Er beschleunigt auf der zweispurigen Straße.

»Warum hast du ihr die Haare so brutal abschneiden lassen?«

»Der alte Idiot wusste ganz genau, wer du bist.« Er schlägt mit der Faust aufs Lenkrad. »Ich hätte dich nie da hinbringen sollen.«

Auf dem Schild steht Tempo siebzig. Wir rasen daran vorbei.

Ich erinnere Ben nicht daran, wie selbstsicher er noch war, als wir das Altersheim betreten haben. Dass er gemeint hat, ich soll mich entspannen. »Es sah wirklich aus, als hätte er auf mich gewartet.«

»Eben! Das meine ich! Ich hab euch doch gesagt, ihr sollt euch von hier verpissen, aber nie hört einer auf mich.« Der Transporter ächzt, als wir mit hundert in die Kurve gehen. Zwei-, dreihundert Meter vor uns biegt ein Wagen in unsere Spur. Ich weiß, dass Ben nicht nur wegen Sals Anschuldigungen wie eine gesengte Sau fährt. Viel schwerer wiegt, dass seine Mutter behauptet hat, er liebt mich.

Wir befinden uns auf klarem Kollisionskurs mit dem Auto vor uns, das in ländlichem Tempo dahinzockelt. »Kannst du mal langsamer fahren?«

Wenige Augenblicke, bevor er dem anderen fast hinten reinkracht, schert Ben auf die Gegenfahrbahn aus, um zu überholen. Der Transporter ächzt, als Ben weiter beschleunigt. Es ginge leichter, wenn der andere Wagen langsamer führe, aber dessen Fahrer betrachtet Bens Überholmanöver als Herausforderung. Jetzt sind wir zwei Autos, die nebeneinander auf einer zweispurigen Straße einen Berg hochdonnern – garantiert, da bin ich mir sicher, auf ein entgegenkommendes Auto zu.

»Ben.«

Er ist so konzentriert wie seine Mutter beim Verzehr des Sauerteigbrots. Er beißt die Zähne zusammen. Er beugt sich vor. Wenn ich die Worte dafür finden könnte, würde ich sagen, so verhält sich nur jemand, der sich auf gar keinen Fall der Wahrheit stellen will.

Der andere Wagen fängt an zu hupen, johlende Teenager sitzen darin. Zeigen uns den Stinkefinger und machen Lichthupe. Sie sind zu jung, um zu wissen, dass diese Situation nicht lustig ist.

Wir haben die Bergkuppe fast erreicht. Ben macht keine Anstalten, langsamer zu fahren. Falls es jemals eine unterbrochene Mittellinie gab, ist sie schon seit langem wieder durchgezogen. Ich will Bens Namen rufen, aber dann sind wir oben auf dem höchsten Punkt, und ich kneife die Augen zu. Mein Atem, ein, aus, alles ist verlangsamt.

Es gibt keinen Zusammenstoß. Kein Auto kommt uns auf der Bergkuppe entgegen. Aber vor uns befindet sich eine weitere Steigung, und von der kommt ein Auto herunter, auf unserer Fahrbahn. Eigentlich dessen Fahrbahn.

»Mach langsamer!«

»Früher sind die Leute wenigstens mit ein bisschen Verstand gefahren. Das sind alles Touristen. Kommen im Sommer her und saufen. Bringen alles um, was ihnen in die Quere kommt!« Ich habe seit einer Weile nicht mehr zu den Teenagern hinübergeschaut, aber sie besitzen eine manische Energie. Mittlerweile hat das auf uns zukommende kleine, blaue Auto angefangen zu hupen. Aber es kann nirgendwohin, außer ins Gebüsch, und außerdem ist das seine Fahrspur.

»Deine Firma ist außen auf dem Transporter zu sehen«, sage ich und versuche, ohne Zittern in der Stimme zu sprechen, während wir unserem Tod immer näherkommen. »Denk an deinen guten Ruf.«

Daraufhin fährt er nur noch schneller. In fünf Sekunden sind wir tot.

»Denk an Jenny.« Ich meine damit: Denk an das süße junge Ding, das deine Leiche einsammeln muss.

Er nimmt den Fuß vom Gaspedal. Wir fahren bergab, die Schwerkraft trägt uns weiter, aber dann tritt Ben auf die Bremse, immer wieder, der andere Wagen braust davon, Ben biegt dahinter in die Spur ein, und das entgegenkommende Fahrzeug fährt mit wütendem Hupen an uns vorbei. Der andere Wagen segelt über den nächsten Hügel davon.

Ben fährt an den Straßenrand und tritt die Bremse durch. Der Transporter schlingert über den Sand und steht endlich still. Wir sitzen da. Er atmet schwer und nimmt die Hände nicht vom Lenkrad. Ich überlege, ob ich aussteigen soll, aber ich würde auf der Stelle zusammenbrechen und nie mehr auf die Füße kommen. Ein weiteres Auto donnert vorbei. Die Leute darin ahnen nichts.

100

Nach Jim:

Cornelia flocht mir die Haare.

Issy erlaubte mir, das Kartenspiel auszupacken, das wir in New York gekauft hatten.

Xavier brachte mir einen Laib Brot von Sarah.

Weit entfernt hallten Gewehrschüsse durch den Wald: Jagdsaison in der Dingwelt. Früh am Nachmittag wurde es dunkel. Der Wind heulte. Wir stopften die Ritzen in den Wänden mit zusammengerolltem Zeitungspapier aus. Wir spielten Speed am ausbrennenden Feuer. Mäuse huschten mit ihren Familien über die Bodendielen. Das Beil lag unter meinem Kissen.

Ben saß neben mir auf dem Boden und wachte über meinen Schlaf.

101

Als Ben in seine Einfahrt einbiegt, haben wir seit zwanzig Minuten kein Wort miteinander gewechselt. Wir parken neben dem SUV, aber er stellt den Motor noch nicht aus. »Das war ich nicht«, sagt er nach einer Minute.

Ich muss lachen.

»Ich habe Ma nicht die Haare abgeschnitten. Das war Teresa.« Ich kann sehen, wie viel Angst ihm das Ganze macht.

»Okay«, sage ich. »Alles klar.« Die anderen beobachten uns aus dem Haus. Die Hunde jaulen, als sie seinen Wagen hören. »Lass uns zusammen zu Abend essen.« Und dann: »Mit Jenny.«

Er atmet tief durch.

»So schlecht wäre es doch gar nicht, zusammen zu sein.« Er zuckt zusammen. Ich erkläre. »Wir alle. Ein letztes Mal. Und dann lassen wir dich endlich in Frieden.«

Sein Blick schweift über die Fensterfront, als wohne er nicht selbst dort. »Heute um sieben?«

»Cornelia wird ganz aufgeregt sein, dass sie für euch Turteltäubchen kochen darf.«

Er schlägt mit der flachen Hand aufs Lenkrad, was heißen soll: In Ordnung, steig schon aus. Und so einigen wir uns, ohne ein Wort darüber zu verlieren, dass ich die Ereignisse des Morgens für mich behalten werde. Im Gegenzug wird er zulassen, dass Jenny, die junge Frau, die uns gerade das Leben gerettet hat, mehr als eine Minute in meiner Gegenwart verbringen darf. Es ist mir nicht entgangen, dass ihr als Stoßgebet ausgesprochener Name ihn davon abgehalten hat, uns mit einem Frontalzusammenstoß ins Jenseits zu befördern. Ich rede mir ein, dass nur zählt, ob ich dir einen Schritt näherkomme oder nicht.

102

Am Weihnachtsmorgen weckte Hund mich mit einem Nasenstüber. Draußen war es still und verschneit und das Licht dünn. Ich wollte nicht raus aus dem warmen Bett, aber Hund hatte gehört, dass jemand den Pfad herunterkam. Er schleckte mir durchs Gesicht, dann stand er winselnd an der Tür. Xavier grummelte im oberen Stockbett. Ich ging mit Hund nach vorn in den Raum, stocherte in der schwächlichen Glut und spähte aus dem Fenster.

»Nein, Mama!« Tomas, unten am Ufer, der in die Tundra des gefrorenen Sees hinausheulte, während Teresa ihn an einem Arm festhielt. Sie beugte sich über sein Ohr, um ihn zu beruhigen, aber er entwand sich ihrem Griff. Er befreite sich und rannte weg.

»Tomas!« Unter seinen kleinen Füßen brach das Eis nicht. Teresa ließ sich auf einen Baumstamm sinken und vergrub den Kopf in den Händen.

Aus dem Wald kam Marta. Wie ein Schatten bewegte sie sich über den Schnee, bis sie neben Teresa stand. Sie legte ihr die Hand auf die Schulter. Teresa zuckte bei der Berührung zusammen, aber Marta sagte nichts. Sie stand einfach nur neben Teresa und sah zu, wie der Junge rannte.

War Marta wirklich todkrank? Bei unserem mageren Festtagsmahl, die Köpfe über das Linsen-Curry gebeugt, Kohldämpfe aus dem Aluminiumtopf, dachte ich, die Tür würde mit einem Wirbel Schnee und kalter Luft aufgehen und Marta würde davorstehen, unerschütterlich wie immer, in der Hand Popcorn für uns alle. Stattdessen saßen wir fröstelnd vor unseren Schalen, während Abraham aus dem Manifest vorlas, an dem er gerade arbeitete. Danach sangen wir »Greensleeves« und »O Tannenbaum«, und Butterfly führte einen Sonnenwendtanz am Rand des Feuerscheins auf.

In meinem eiskalten Bett, kurz vor dem Einschlafen, kam mir Marta mit ihrer kleinen Gestalt in den Sinn, wie sie vor mir den

Weg entlangging: Außer unseren Schritten war nichts zu hören. Ich vermisste sie mit unter die Haut gehender Sehnsucht, vermisste die überreichen Blaubeeren auf der Bergwiese – *Vaccinium myrtilloides* – und den wilden Spargel, *Asparagus officinalis*. Sie drehte unsere Schätze mit ihren kleinen rauen Händen im Sonnenlicht.

103

Jenny kommt mit einer Platte dekorierter kalter Eier herein, hinter ihr Ben, als sei er hier nur zu Gast. Sie muss irgendwo eine Wohnung haben, oder ein Haus, aber ich erlaube mir keinen Gedanken daran, auch wenn seine Hand an ihrer Taille liegt. Wir stellen uns zum Empfang auf. Cornelias Koffer ist für den frühmorgendlichen Flug gepackt. Die Sorgfalt, mit der Cornelia das Fett über den Braten schöpft, sagt mir, dass sie glaubt, ihr Abendessen wird alles gut machen, für immer. Aus der Küche strahlt sie Jenny an, die die Stoffservietten faltet, Sekou, der seine Figürchen auf dem Boden aufreiht, Xavier, Ben und Issy, die am Küchentisch sitzen und Allagash-Weißbier trinken. Sie strahlt Bens Hunde an, die nach einem Tag an der frischen Luft hechelnd durch die Küche laufen.

Dann sitzen wir im Esszimmer, und ja, der Braten ist zugegebenermaßen köstlich. Das Fleisch landet in meinem Magen, ohne Alarm auszulösen. Alle reden, Jennys kehliges Lachen deutet unerwartete Tiefen an, und Sekou schmeckt das Fleisch so gut, dass Issy ihn auffordern muss, sich immer nur ein Stück auf einmal in den Mund zu stecken, und Ben betrachtet mich und legt dann demonstrativ den Arm um seine Freundin.

»Und wie sieht es bei dir aus?«, sagt Jenny zu Xavier, während sie sich Kartoffelbrei nimmt. »Was machst du beruflich?«

»Ich habe eine Kunstgalerie«, antwortet Xavier. »In New York.«

»Eine sehr erfolgreiche Galerie«, unterbricht Cornelia. Sie hat schon ein bisschen Wein getrunken.

»Danke«, sagt Xavier. »Ja, sie läuft recht gut, kann man sagen.«

»Er stammt aus einer wohlhabenden Familie.« Das kommt von Issy. »Ich meine, lasst uns doch sagen, was Sache ist. Ich bin mir sicher, deine Galerie ist erfolgreich, aber der Großteil deines Vermögens stammt von deiner Mutter. Ganz zu schweigen davon, dass dein Vater einer der bekanntesten Maler seiner Generation ist. Schwierige Familienverhältnisse, ja, aber Geld zieht immer mehr Geld an. Privilegien bringen –«

»Privilegien.« Xavier lächelt freudlos. »Da hast du völlig recht.« Aber hinter dem kurzen Satz verbergen sich Verärgerung und Unbehagen.

Cornelia lässt die Gabel sinken. »Das ist aber nicht gerade nett von dir, Issy.«

»Stimmt. Aber sonst sagt ja keiner was. Ihr mit euren weißen Privilegien.«

Cornelia macht einen Rückzieher. »Ja klar, hast ja recht. Tut mir leid.«

»Denk das nächste Mal einfach dran.«

»Ich werde auch dran denken«, sagt Jenny. »Ich habe viel gelesen und –«

»Ich mag lesen.« Sekou ist von seinem Stuhl geklettert und steht jetzt neben Jenny.

»Wirklich?« Sie legt ihm die Hand auf die Schulter und wendet sich ihm aufmerksam zu.

»Ich erzähle die Geschichten in meinem Kopf.«

»Das ist der erste Schritt.«

»Komm, jetzt iss deine Bohnen auf«, sagt Issy. Der Kleine klettert zurück auf ihren Schoß, steckt sich eine grüne Bohne in den Mund und lächelt Jenny an, weil sie die hübscheste Person in der Runde ist.

Ben streicht Jenny übers Haar.

»Und hast du eine Familie?«, fragt Jenny Xavier, um das Gespräch voranzubringen.

»Ich bin mit einem Mann verheiratet, er heißt Billy.« Xavier holt das Handy aus der Tasche und findet ein hübsches Bild: beide in Mets-Baseballkappen beim Blick auf Citi Field.

»Gut sieht er aus«, flötet Jenny.

»Wir, äh, wir sind dabei, ein Kind zu adoptieren.«

Ich tue erstaunt. Er hatte Angst, mir davon zu erzählen, was ich erst in dem Augenblick verstehe, in dem er mich ansieht. »Es ist eine langwierige Sache, aber wir geben die Hoffnung nicht auf.« Ben und Jenny murmeln Glückwünsche – er reserviert, sie mit einem gefühligen Seufzer, der durchblicken lässt, wie dringend sie sich Nachwuchs wünscht.

Sekou fallen die Augen zu. Zwischen seinem Kinn und der Schulter seiner Mutter hält er immer noch eine grüne Bohne in der Faust. Issy sagt: »Ich freue mich für dich, Xavier.«

»Ich habe totale Angst davor.« Xaviers Augen sind feucht. »Was zum Teufel stimmt nicht mit mir?«

»Gar nichts«, brummt Cornelia tröstend.

»Wir haben doch alle unsere Macken«, sagt Issy. »Denkt nur mal an die Leute, bei denen wir aufgewachsen sind. Die uns kein bisschen erzogen haben. Ist doch kein Wunder, was wir gemacht haben. Abraham wusste, wie einsam wir waren. Das hat er gegen uns eingesetzt. Er hat unsere Einsamkeit ausgenutzt und uns zur Waffe gemacht.«

Ben rutscht auf seinem Stuhl herum und räuspert sich.

»Aber in vielem hat Abraham doch auch recht gehabt«, wendet Cornelia ein. »Entdingen ist die einzige Chance, die wir noch haben, um den Klimawandel aufzuhalten – wenn es überhaupt noch möglich ist. Du lebst immer noch nach dem, was an seiner Lehre am besten war, Issy. Du bist entdingt, das bewundere ich – im Ernst.«

Issy verdreht die Augen.

»Warum glaubst du mir nicht?«

»Wenn du mich so unglaublich bewundern würdest, dann würdest du dich auch entdingen und nicht in einem Zweihundertachtzig-Quadratmeter-Neubau in einem schicken Vorort voller Weißer wohnen.«

Cornelia blickt zu Boden. »Ich bin eine Heuchlerin.«

»Ach, Quatsch. Schuldgefühle bringen nichts. Tu was. Ihr müsst alle anfangen, was zu tun. Es reicht nicht rumzusitzen und zu sagen, wie anders man leben möchte, wenn man nichts verändert.«

Xavier nickt. Die Tränen laufen ihm das Gesicht herunter.

»Und warum flennst du jetzt, verdammt nochmal?«, sagt Issy.

»Was sollen wir bloß tun? Wir stecken so was von in der Scheiße.« Er fängt an zu schluchzen.

Frostige Erstarrung hat sich über den Raum gesenkt. Cornelia,

Issy, Ben und ich gucken irgendwohin, bloß nicht zu Jenny. Vermutlich ist ihr mittlerweile sowieso klar, dass wir nicht zu einem geselligen Ausflug aufs Land hier sind.

Ich bewundere sie für ihre Offenheit: »Und wenn ich fragen darf – was habt ihr denn getan?«

Ben räuspert sich. Issy steht mit Sekou im Arm auf, als könne sie ihn so vor den Taten der Vergangenheit schützen. Cornelia ist blass geworden. Xavier drückt die Hand an den Mund.

»Ach«, sagt Jenny, während sie Ben mustert. »Wahrscheinlich ist es besser, wenn ihr es mir nicht erzählt. Falls es was Illegales war. Dann kann ich nicht gegen euch aussagen, stimmt's? Hat es was mit der Sekte zu tun, in der ihr alle wart?« Ben starrt sie an, als hätte sie ihm gerade mitgeteilt, sein Haar stehe in Flammen. »Ich wollte nicht das Abendessen ruinieren«, sagt sie. »Ich finde es nur besser, die Dinge beim Namen zu nennen.«

»Ich dachte, du weißt nicht über Zuhause Bescheid«, entgegnet Cornelia.

»Na ja, er« – sie zeigt mit Daumen auf Ben – »hat nicht das beste Pokerface. Vor ein paar Monaten habe ich seine Ex im Supermarkt getroffen, und sie hat gesagt: ›Ich bin gespannt, ob du's schaffst, dass er über das hinwegkommt, was da oben passiert ist.‹« – Ben läuft mit jedem Wort dunkler an, aber sie unterbricht sich und lehnt sich an ihn wie eine Schmusekatze – »Und dann kommt ihr hier an und macht bedeutungsschwere Gesichter. Da hab ich gestern die beste Freundin von meiner Mom angerufen. Sie hat damals schon hier im Ort gewohnt, und von ihr weiß ich, dass ziemlich unglaubliches Zeug an der Bushrow Road abgegangen sein muss. Irgendeine Sekte oder so. Wirklich, das hättest du mir ruhig erzählen können, Ben! Mein Mann hat eine wüste Vergangenheit!«

Sie ist so naiv, dass es mir die Sprache verschlägt. Und trotz der Wahrheit, die sie gerade angerissen hat, verschränkt Ben die Finger mit ihren. Jenny ist der Schlüssel.

104

Meine steifgefrorenen Finger krümmten sich um den Griff des Beils, als ich es bei meinen Wurfübungen durch die Luft segeln ließ. Weit weg, in der Mitte des zugefrorenen Sees, stieg Rauch aus den vereinzelten Hütten der Eisfischer auf. Mein Atem kam als weißer Nebel aus meinem Mund. Dann hörte ich es. Ein Knurren. Ein Bellen. Zorn aus der Kehle eines Tiers, dann ein Aufjaulen und der Schrei eines Kindes in schrecklichem Schmerz.

Ich raste durch den verschneiten Wald, hin zu dem durch Mark und Bein gehenden Schrei. Auch die arbeitenden Männer sprinteten darauf zu. Beim Rennen wirbelten sie Schneekristalle auf, die wie kleine Regenbogen in der Luft aufblitzten. Am zugefrorenen See herrschte ein Geknäuel von Gliedmaßen. Aus der Mitte ertönte ein Knurren aus der Tiefe einer Hundekehle, voll dramatischer, wahnsinniger, rasender Wut. Das Geschrei des Kindes wurde immer hysterischer, während die Männer brüllten: »Trennt sie voneinander!« Jemand kam mit der Mistgabel angerannt. »Tretet das Vieh!«

Totales Chaos, die Leiber und Geräusche unmöglich zu entwirren, die zerrenden Arme, die hektischen Schläge. Ich wollte es sehen, und ich wollte es nicht sehen. Ich wollte wegbleiben, aber mein Körper trieb mich voran.

Marta tauchte auf. Betäubt stand ich da. Sie riss mir das Beil aus der Hand.

105

»Ich gehe jetzt nach Zuhause«, sage ich, als von Cherry Pie und Eiscreme nur noch die Erinnerung auf unseren Tellern übrig sind. »Heute Nacht.« Ich blicke in Bens sorgenvolle Augen. »Denk dran, was deine Mom über ihren Vater erzählt hat. Wie sie bei ihm ins Fenster geschaut hat? Ich will ins Fenster gucken.«

Sie versuchen, mir die Idee auszureden. Es ist zu dunkel (darum geht es ja). Ich habe kein Auto und Xavier weigert sich, mich hinzufahren (dann laufe ich eben). Da oben ist ein Mann mit einer Schusswaffe (weiß ich). Wenn ich allein hingehe, wird er mich erschießen, sobald er mich sieht (möglich). Ich erkläre ihnen, wie der Sauerteig zu füttern ist. Da wissen sie, dass ich es ernst meine.

Ich stehe auf. Ich schaffe es bis nach draußen. Vom Fenster eingerahmt sehe ich Jenny, die sich zu Ben hinlehnt, mit einem flehenden Blick, der sagt: Hilf ihr, und ich weiß, ich habe ihn.

106

Marta stürzte sich ins Gewirr der Körper und wurde vom Knäuel geschluckt. Dann ertönte ein neues Geräusch: ein dumpfer Schlag wie von einer platzenden Melone. Das Kindergeschrei hielt an, andere Stimmen gesellten sich dazu, Brüllen, Rufen, Heulen. Als wir anderen näherkamen, war das Unglück bereits geschehen.

Ich sah, wie Amos den kleinen schlaffen Körper hochhob. Ich konnte nicht verstehen, warum Tomas kein Gesicht mehr hatte. Wo seine schmutzigen Bäckchen gewesen waren, schwamm jetzt ein See aus Rot. Sein Arm hing unnatürlich herunter. Amos rannte den Pfad hinauf. Er brüllte: »Holt die Schlüssel«, und die, die nicht in der Nähe gewesen waren, blickten auf, verstanden, dass etwas Fürchterliches passiert war und hasteten hinter ihm den Berg hoch und schrien in Richtung Küche nach Teresa. Nora folgte ihnen verstört mit riesig aufgerissenen Augen.

Auf dem Boden blieb zurück, was von Hund übrig war. Das Beil steckte in seinem Schädel. Marta kniete neben ihm im scharlachroten Schnee und streichelte sein blutverklebtes Fell. Ihre Arme waren mit so viel hellrotem Blut bedeckt, dass ich sicher war, er hatte auch sie erwischt.

107

Mitten auf der Bushrow Road stellt Ben Licht und Motor aus. Die Mondsichel ist schmal, was uns helfen wird. Wir bleiben sitzen, bis unsere Augen sich an die Dunkelheit gewöhnt haben. Hinter den geschlossenen Fenstern scheint die Nacht ruhig, aber sobald wir draußen sind, wird der Gesang von *Pseudacris crucifer* die Luft füllen – Spring Peeper, winzige Laubfrösche mit sehr lautem Organ. Vielleicht denkt Ben an Jenny. Vielleicht denkt er an die anderen, die zurückgeblieben sind.

»Ein Wunder, dass du dich nochmal zu mir ins Auto gesetzt hast.« Dabei ist ihm sicher nicht nach Scherzen zumute. Ich weiß, was es für ihn bedeutet, hierher zurückzukehren.

»Die Zeichnungen deiner Mom sind wirklich schön.« Ob Ben sie gerahmt hat? Oder Shelley-Ann? All die Gesichter, die ich früher mal kannte, dort an der Wand. All die Jahre, in denen ich sie nicht gesehen habe.

»Sie wäre gern auf die Kunsthochschule gegangen.«

»Das überrascht mich nicht.«

»Mein Vater hat ihr immer eingeredet, sie sei nicht stark genug, um Künstlerin zu werden. Und da habe ich gesagt: ›Scheiß auf Dad, geh jetzt auf die Kunsthochschule, Ma.‹ Sie hat geantwortet, dass der Teil von ihr, der Kunst schaffen konnte, zusammen mit Zuhause zerbrochen ist. Das hat mich sehr sauer gemacht.«

»Aber ich glaube, ich weiß, was sie meint.«

Er schweigt.

»Was sie über uns gesagt hat – nein, lass mich weitersprechen, Ben, bitte. Die Nacht, die wir zusammen verbracht haben –«

»Es tut mir leid.«

»Mir tut es nicht leid. Ich habe es nie bereut. Es war … es hat mir viel bedeutet. Du brauchst nichts zu sagen. Ich möchte nur, dass du weißt, dass ich … dass ich es nie vergessen habe. Ich weiß, dass es dumm war zu glauben, dass du deine Frau verlassen würdest, besonders, als ihr euer zweites Kind erwartet habt. Wahrscheinlich … « Ich nehme all meinen Mut zusammen. »Wahrscheinlich hat deine Mom recht. Wahrscheinlich habe ich dich geliebt, und deswegen habe ich dich begehrt, auch wenn …«

Ben nickt im Dunkeln.

»Warum …« Sei mutig. »Warum bist du die ganze lange Strecke nach New York gefahren, um die Nacht mit mir zu verbringen, wenn du sowieso wieder gehen wolltest?«

»Es tut mir so leid.«

»Sag's mir einfach.«

»Ich wusste nicht, dass ich dich wieder verlassen würde.«

»Und warum bist du dann ausgerechnet an jenem Tag bei mir aufgekreuzt? Als es schon lange keine Hoffnung mehr gab, dass wir wieder zusammenkommen würden? Ich meine, du warst ja seit vielen Jahren mit Shelley-Ann zusammen.« Ich schlucke. »Warum wolltest du mich berühren? Auf einmal? Nach all den Jahren, in denen du mich nie angefasst hast?«

Er stößt einen langen Seufzer aus. »Ich habe dir nie etwas davon gesagt. Aber am Vortag … Am Tag davor beging Nora ihren ersten Selbstmordversuch. Ich weiß, wie egoistisch das ist. Aber … aber ich brauchte …«

Hätte ich nur nicht gefragt.

»Es tut mir so leid.«

»Nicht deine Schuld.«

»Saskia –«

»Ich will nicht bemitleidet werden.«

Er schluckt das herunter, was er sagen wollte. Wir sitzen in unendlicher Dunkelheit.

Dann sagt er: »Manchmal kommt es mir so vor, als wären wir infiziert worden. Zuhause hat uns mit einem Virus infiziert, und dieses Virus hat uns dran gehindert, wie normale Menschen zu leben. Bis heute. Vielleicht hätten wir uns von dem Virus erholen können, wenn wir sie nicht umgebracht hätten. Aber wir haben es getan und waren seitdem nie wieder frei.«

Ich bin dankbar, dass es so dunkel ist.

»Ich bin damals nach New York gekommen«, fährt er fort, »weil ich gedacht habe, vielleicht kann ich es ja doch. Frei sein. Hast du schon mal versucht, dir das weiszumachen? Dass du frei sein könntest, auch wenn es nur für kurz ist? Vielleicht, habe ich gedacht, vielleicht ist es ja einfacher, als ich gedacht habe. Ich fahre einfach los, weg von meinem ganzen Leben, zu Saskia« – seine Stimme bebt –, »und wir finden zusammen unser Glück.«

Ich hatte ihm Frühstück angeboten. Er hatte gefragt, ob er das Telefon benutzen dürfe. Ich betrachtete seinen Rücken, als sie dranging. Wie er mich aussperrte, je länger sie miteinander sprachen. Als er auflegte, teilte er mir mit, Anna habe Fieber. Aber ich wusste ja sowieso, dass er mich verlassen würde, in dem Augenblick, in dem er fragte, ob er telefonieren dürfe.

Er räuspert sich. »Es hätte nicht geklappt. Du weißt das, oder? Selbst wenn ich geblieben wäre.«

Scheinwerfer kommen die Bushrow Road hoch und bohren sich von hinten in die Scheiben. Unmöglich zu sehen, wer sich nähert. Ben flucht und duckt sich. Das Auto verringert das Tempo. Es schlägt einen Bogen von der Straßenmitte zu uns und hält hinter uns an. In dem Augenblick, als wir von den Scheinwerfern angestrahlt werden, fürchte sogar ich mich. Ich glaube nicht an Gespenster – du bist kein Gespenst, mein Schatz – aber jetzt, in dieser finsteren Mitternacht, fassen wir uns bei der Hand. Bens Finger sind schweißnass. Wir warten, bis die Scheinwerfer ausgehen. Das Fahrzeug hinter uns ist groß, massig, schwarz.

Die Beifahrertür des Wagens öffnet sich, und heraus springt Issy. Sie legt die Hand um die Augen und späht hinten zur Scheibe hinein. Erleichterung überflutet meinen Körper, dann wäre ich am liebsten rausgesprungen, um sie zu erschrecken. Aber Issy würde zu viel Lärm machen. Ben nimmt seine Hand weg. »Ich dachte, ihr kommt nicht«, flüstere ich durch meine geöffnete Tür nach draußen.

Mittlerweile sind alle ausgestiegen und kommen über den Schotter zu uns geknirscht. Issy erklärt, dass Jenny zu Hause geblieben ist und auf Sekou aufpasst. Cornelia verkündet, wie schlau es von uns gewesen ist, hier draußen zu parken. Jetzt muss ich vier Personen unter Kontrolle halten statt einer. Aber es ist sowieso besser, es hinter uns zu bringen. Endlich unserem Ruf zu folgen.

Ben schließt das Handschuhfach und steckt das schwere Ding, das er dort herausgeholt hat, in ein Küchenhandtuch gewickelt in die Innentasche.

108

Es war so kalt, dass unsere Augäpfel schmerzten. Es war so kalt, dass die Luft in der Lunge brannte.

»Tomas hat Glück gehabt«, sagte Sheriff Sal zu uns, die wir vor dem Haupthaus versammelt standen. »Es ist eine relativ saubere Wunde, wenn man das so sagen will. Die Ärzte in Portland sagen, er wird wieder völlig gesund.« Sarah drückte die Hände an den Mund und wandte sich weinend ab.

Der Sheriff beugte sich hinunter zu Nora, die sich hinter Issys Beinen versteckte. »Tomas durfte im Hubschrauber fliegen«, sagte er. Nora beäugte Sal, zeigte ihm aber nicht den Stinkefinger. »Du musst mir erzählen, was da los war«, sagte der Sheriff. Er sah die Kleine an, aber er meinte uns alle. »Ich bin auf niemanden böse. Aber wir müssen dafür sorgen, dass so was in Zukunft nicht noch mal vorkommt.«

Abraham breitete die Arme aus. »Sehen Sie hier irgendwelche anderen Hunde, Sheriff?« Der Sheriff schmunzelte, als sei es ein schrecklicher Witz. Hinter Abraham war neben dem geparkten Einsatzfahrzeug der finster dreinblickende Ephraim zu sehen. Eine eisige Bö traf uns; es ließ sich unmöglich sagen, ob der Schnee vom Himmel kam oder vom Boden aufgewirbelt wurde. Abraham führte den Sheriff zu seiner Hütte. Wir verzogen uns schnell ins Haupthaus.

Sarah gab uns Karotten zum Schnippeln. Ben saß so dicht neben mir, dass ich die von ihm ausgehende Wärme spürte. Ich war froh, dass ich einen Vorwand hatte, in seiner Nähe zu bleiben. Dann fiel mir wieder ein, was passiert war, und ich war wie betäubt vor Traurigkeit. Nora weinte an der Schulter ihrer Mutter. Cornelia weinte auch, und Issy zog die Knie an die Brust. Xavier sah zu Boden. Alle waren wegen Tomas traurig. Theoretisch war ich auch wegen Tomas traurig – seine Schmerzen, seine Angst – und weil Teresa weg war. Aber was ich wirklich als tonnenschweres Gewicht auf meiner Brust fühlte, war der Verlust der samtigen Stelle hinter Hunds Ohren, die plötzliche Nässe seiner Zunge auf meinem Handrücken, sein warmes Gewicht auf meinen Füßen mitten in der Nacht. Dichtgedrängt saßen wir um den Tisch und warteten darauf, dass der junge Polizist uns, Hand auf dem Pistolenholster, zum Verhör rief.

Später, im schwachen Licht von Abrahams Hütte, behandelte Sal mich freundlich, aber ernst.

»Sag ihm die Wahrheit«, trug Abraham mir mit weit gespreizten Händen auf. Ich wusste, dass er das so meinte, wie Großmutter es damals gemeint hatte. Und so erzählte ich, ich hätte Hund geliebt, Tomas auch, aber dass Tomas getrocknetes Elchfleisch in der Tasche gehabt hätte und dass Kinder unberechenbar sein können. Dass sie einen Hund mit etwas Leckerem reizen und es ihm dann wieder wegnehmen, dass sie den Hund manchmal schlagen, und der Hund weiß es nicht besser und tut das, was seiner Natur entspricht. Wie schrecklich es für uns war, was dem armen kleinen Tomas zugestoßen war, und wie mutig, wie klug Marta sich verhalten und genau das getan hatte, was in dem Moment notwendig war.

Ich hatte Topsy bei mir. Ich hielt ihn so, wie du ihn immer gehalten hast. Ich weinte. Ich weinte, weil das Beil den Kopf von Hund gespalten hatte. Als ich mir Tomas in dem weißen Krankenhauszimmer in Portland vorstellte, umgeben von piepsenden Maschinen, meldete sich ein fürchterliches Grauen in mir – aber davon brauchte der Sheriff nichts zu wissen. Er sah mich mit einem Stoffhasen im Arm weinen. Ein weinendes Mädchen, das arme kleine Ding.

Der Polizist und der Sheriff fuhren wieder ab. Abraham stand mitten in der Einfahrt, die Hand zu einem starren Winken erhoben, bis sie von unserem Land verschwunden waren. Dann drehte er sich zu uns um. Es schien, als würde er etwas sagen, das uns ein wenig trösten könnte. Aber er ging einfach an uns vorbei. Alle lauschten auf das kalte Geräusch des Riegels, mit dem er seine Tür verschloss.

109

Dunkler wird es in diesem Teil der Welt nicht: kein Mond, keine Wolken, nur das Funkeln der Milchstraße. Aber hier draußen brauche ich die Augen auch nicht. Ich lasse mich von meinen Ohren und meinem Gedächtnis leiten, am Rand der Schotterstraße entlang, die oben an Zuhause vorbeiführt. Ich habe keine Übung darin, an der Einfahrt vorbei und außen herum zu gehen. Eine Taschenlampe würde natürlich helfen, aber die Drohung von Tomas' Pistole lässt das unklug scheinen.

Ich lausche auf den Bach. Ich erinnere mich an den Felsen unter meiner Hand. Die beiden aus Stein gebauten Stufen, direkt bei der Stelle, an der sie immer ihren Golf parkte. Ich erinnere mich. Ich erinnere mich. Ich finde den Weg auf Martas Land.

110

Issy und Cornelia und Xavier und Ben und ich spielten Speed am kümmerlichen Feuer, veränderten ständig unsere Haltung, um möglichst viel Hitze in uns aufzunehmen, bevor wir in unsere eisigen Betten krochen. Das gesäuberte und frisch geschärfte, von Amos zurückgebrachte Beil glomm im Feuerschein. Er hatte einen Tragegurt aus Schnur für mich gemacht, mit angesengten Enden, damit sie nicht ausfaserten, und eine Scheide aus Hirschleder gefertigt. Eigentlich hatte ich das Beil nicht wieder anfassen wollen, aber er hatte es mir in die Hand gedrückt und gesagt: »Es ist ein Werkzeug, Kind. Nichts als ein Werkzeug.« Keine Spur von Blut. Aber es war nicht nur das Beil, das den Tag wieder heraufbeschwor: Jedes Gespräch, jeder Gedanke, jedes Geräusch schien den Moment zurückzubringen, und die Momente davor, in denen die Krallen von Hund über die Dielen klickten, weil er hinter den Ohren gekrault werden wollte.

»Was meint ihr, wie lange Tomas und Teresa noch weg sind?«, fragte ich.

»Müssen die nicht ein neues Gesicht bei ihm aufbauen?«

»Issy!«, mahnte Cornelia.

Issy sah nicht auf, während sie die Spielkarten austeilte. Die Traurigkeit hatte sie abgebrüht werden lassen. »Ich mein ja nur. Das dauert garantiert seine Zeit.«

»Der wird wieder«, sagte Xavier. Er sah Cornelia an und verpasste seine Chance, auf den kleineren Kartenstoß zu klopfen. »Das hat Teresa doch in dem Brief geschrieben, oder? Sein Gehirn hat nichts abgekriegt. Er wird eine kleine Narbe davontragen, aber sonst ist alles okay.«

»Es ist gar nichts okay.« Tränen liefen Cornelia über das Gesicht. »Er wird nie ein normales Leben haben.«

Ben saß in der Ecke und betrachtete sie voller Mitleid.

»Es war nicht die Schuld von Hund«, sagte ich.

»Hätten wir ihn nur besser erzogen.« Xavier streichelte Cornelia den Rücken.

Nach kurzem Zögern sagte Ben: »Ich habe was gehört. Etwas, das mein Dad im Geheimen zu meiner Mom gesagt hat.«

Issy klatschte auf den kleineren Stapel. »Und …?« Sie schob ihre Karten zusammen und mischte. Xavier ließ seine liegen.

Ben räusperte sich. »Ich war ja nicht dabei, unten am Wasser, als Hund sich auf Tomas gestürzt hat. Ihr wart alle nicht dabei, stimmt's?«

»Das haben wir doch schon hundertmal durchgekaut«, erwiderte Issy. Xavier bedeutete ihr, Ben reden zu lassen. Issy ließ die Karten mit einem dramatischen Seufzer sinken. Eine Maus huschte durch den Flur, eine schnelle Bewegung im Schatten.

»Butterfly und Abraham waren mit Hund am See, da kam Tomas vorbei. Mein Dad hat sie von dem Dach aus gesehen, auf dem er gearbeitet hat. Hund war bei ihnen und hat herumgeschnüffelt.«

»Wie Hunde es so tun«, warf Cornelia ein.

»Nach dem schlimmen Vorfall nahm Butterfly meinen Vater beiseite und sagte ihm, Abraham hätte … hätte Hund geärgert. Hätte ihn aggressiv gemacht. Hund hat ein paarmal nach ihm geschnappt. Dann sah sie Tomas den Hang herunterkommen und sagte zu Abraham, er soll den Hund wieder beruhigen, ihn an die Leine nehmen, was weiß ich. Aber das hat Abraham nicht getan.«

»Na und?«, warf Issy ein.

»Tomas kommt und fragt die zwei, ob sie seine Mom gesehen haben. Und Hund ist immer noch ganz aufgebracht. Tomas benimmt sich einfach wie ein Kind, aber Hund stürzt sich auf ihn. Mit gefletschten Zähnen.«

»Genau«, sagte Issy mit gezückter Karte. Aber Xavier hörte Ben gebannt zu, der sich beim Erzählen zu ihnen vorgebeugt hatte. Sein Gesicht wurde jetzt vom Feuerschein erleuchtet. Ich konnte den Blick nicht abwenden.

Bens Stimme war leise, die Worte wohl überlegt: »Butterfly sagte, als der Hund Tomas beim Gesicht gepackt hatte, bevor alle angerannt kamen, bevor jemand versuchte, Tomas und den Hund zu trennen, da hätte Abraham … gelacht.«

Issy mischte die Spielkarten in einer Brücke. »Ich weiß, sie ist deine Mutter«, sagte sie zu Cornelia. »Aber ich würde keiner Geschichte trauen, die Butterfly über Abraham erzahlt.«

Ben beachtete sie einfach nicht. »Am selben Abend hat Butterfly im Geheimen mit meinem Vater geredet. Sie hat ihm von der Sache erzählt, und er hat erwidert: ›Und was soll ich jetzt tun?‹. Sie meinte, dass wir alle Abraham auf eine bestimmte Art sehen, aber tief im Innern sei er nicht so. Sie sagte, er spiele ein Spiel mit uns. Sie sagte, sie sei mit der Sache zu meinem Dad gekommen, weil er der Einzige sei, der es körperlich mit Abraham aufnehmen könne.« Ben spielte an den gestopften Zehen seiner Wollsocke herum. »Und dann hat mein Dad meiner Mom davon erzählt, mitten in der Nacht. Sie haben geglaubt, ich schlafe. Sie hat geantwortet, so etwas wolle sie nie wieder hören. Normalerweise schreit meine Mutter ihn eigentlich nie an. In ihrer Stimme war was, das klang – nach viel mehr als Angst. Es klang, als wüsste sie, dass es stimmt, was er sagt, was Butterfly sagt, aber dass es niemand wissen darf.«

Ben lächelte unsicher. »Aber es klingt auch wirklich nicht wie Abraham, stimmt's? Zu lachen, als Tomas zerfleischt worden ist? Und ich meine, wir haben dem Sheriff hinterher ja alle gesagt, Tomas hätte Hund geärgert. Und ich fühle mich einfach schlecht, wenn –«

»Willst du, dass deine Mom in Sicherheit lebt?« Issy sprach mit einer solchen Schärfe in der Stimme, dass wir alle aufblickten. »Ben, schau mich an. Die dinglose Welt ist der einzige Ort, wo deine Mutter in Sicherheit ist.«

Ben wandte den Kopf ab und sah aus dem Fenster.

Xavier schaute mir fragend in die Augen. Wir hatten keinen blassen Schimmer, wovon Issy redete.

»Das hat deine Mom genau richtiggemacht. Deinem Dad zu sagen, er soll den Mund halten. Über so was soll man nicht reden. Und wir dürfen auch nicht darüber reden.« Issy sah uns tief in die Augen, einem nach dem anderen. »Verstanden? Keiner redet mehr darüber.« Sie fasste nach Xaviers Karten, mischte sie und zwang ihn zum Weiterspielen.

111

Undurchdringlich wirkt die Finsternis des Waldes, aber wir müssen hinein. Die Bäume vor uns zu erkennen, ist unmöglich, nicht mal die Birken, die doch eigentlich weiß leuchten müssten. In weniger als einer Minute haben wir uns alle die ersten Kratzer geholt – Wange, Arm, Zeh.

Noch schlimmer ist es, wie schnell wir uns aus den Augen verlieren. Martas Fußweg ist schwer zu finden. Ich weiß, dass er hier irgendwo sein muss, aber die anderen flüstern viel zu laut und zweifelnd hinter mir. Wenn ich Tomas wäre, hätte ich uns schon lange erschossen. Wie die Kinder ermahne ich sie zum Schweigen. Vielleicht erwähne ich die Pistole. Jedenfalls halten sie die Klappe.

Es geht nicht anders, wir brauchen eine Taschenlampe. Cornelia holt ihr Handy heraus. Als sie den Reißverschluss ihrer Handtasche öffnet, summt es, und das Display leuchtet auf. Wir zischen, sie soll das Ding ausstellen. Es beleuchtet sie mit einem bläulichen Schein. Sehnsucht zeigt sich auf ihrem Gesicht. Eine der Töchter ruft aus der Sicherheit eines geschmackvoll eingerichteten Wohnzimmers bei ihrer Mommy an. Es geht um Hilfe bei den Hausaufgaben, Liebeskummer.

Xavier fasst nach dem Handy. Sie weigert sich, es herzugeben. Ein Gerangel entsteht in der Dunkelheit, idiotisch und lauter als bislang, trotz des Flüsterns, oder deswegen, beide ziehen daran, das Telefon segelt durch die Luft. Xavier zieht sein Handy heraus, im Dunkeln wird nach Cornelias Handy getastet, die, wie es scheint, nur eine einzige Sorge hat, nämlich dass das Display kaputtgegangen sein könnte. Es ist noch heil. Darüber ist sie so glücklich, dass ich mich mit aller Macht daran hindern muss, sie nicht zu treten.

Xaviers Handy in seiner T-Shirt-Tasche verbreitet ein rotes Licht. Er geht in die Hocke und bewegt das Handy hin und her, bis er endlich den Weg findet. Er ist nicht zugewachsen. Das hatte ich mir gedacht. Ich habe richtig vermutet.

112

»Ich will das Ding nicht hier drin haben.« Sarah zeigte auf das Beil an meiner Hüfte. Nora lächelte zum ersten Mal seit Tagen ein klein wenig – sie genoss es, wenn mal nicht sie ausgeschimpft wurde. Aber als ich zurück in die Küche kam, knetete sie wieder mit ernster Miene den Brotteig. In jedem Raum, den ich betrat, erwartete ich, dass Hund dort sein würde oder gerade irgendwohin lief. Das Beil hing im eisigen Wind an einem schwankenden Zweig. Wir arbeiteten in einer Dunstglocke heftigen Geruchs, bis aus der Dunkelheit Morgen wurde. Die Küche füllte sich mit der Hitze der backenden Kürbismuffins.

»Du hast Marta auch lange nicht mehr gesehen, oder?«, fragte Sarah.

Der Teig federte geschmeidig unter meinen Fingern. »Im Winter kann man ja auch nichts im Wald suchen.« Ich vermisste Hund aus ganzem Herzen, aber ich wusste, dass ich Marta nicht die Schuld an seinem Tod geben durfte. Wenn man zwischen einem Hund und einem Kind zu wählen hatte, dann musste der Hund sterben. Ich dachte immer wieder an den Augenblick, in dem sie vor mir aufgetaucht war und die Hand nach dem Beil ausgestreckt hatte. Sie wusste, was zu tun war, und hatte keine Angst, es zu tun. Und ich dachte ständig daran, dass ich nie wieder beim Aufwachen den heißen Atem von Hund im Ohr spüren würde, nie wieder.

»Das Brot ist mittlerweile Gummi«, sagte Sarah und machte eine Bewegung mit dem Kinn hin zu dem Teig, den ich zu Tode geknetet hatte.

»Tut mir leid.«

Quietschend öffnete sich die Tür des Haupthauses, als sich die ersten morgendlichen Ankömmlinge vor dem Kamin Schnee und Eis von den Füßen traten. Ich dachte, Sarah hätte die Muffins als Überraschung für alle gebacken, aber sie drückte mir das Körbchen in die Hand.

»Bring Marta was zum Frühstück«, sagte sie.

Wie Messer schnitt der Wind durch meine Wollfäustlinge, als ich den Hauptweg entlangging. Das auf dem zugefrorenen See reflektierte Sonnenlicht brachte meine Augen zum Tränen. Ein Eisangler saß vor seiner Hütte und sah in meine Richtung. Ich dachte darüber nach, ob er uns wohl genauso seltsam fand wie wir ihn und seine Kumpane: Vor Sonnenaufgang fuhren die Angler mit dem Motorschlitten raus aufs Eis, hingen da den ganzen Tag in ihren Polaranzügen rum und tranken Bier, bis es wieder dunkel wurde.

Wenn ich mich vom Winter schlucken ließ, konnte ich die Kälte schön finden. An den Spitzen der Zweige hatten sich kleine Eiszapfen gebildet und erfüllten die Luft mit Klingeln. Früher hätte ich solche himmlischen Klänge als Zeichen gedeutet, dass du in der Nähe warst. Reichte mir Zuhause mittlerweile, und ich brauchte deine Anwesenheit nicht mehr, um mich dort heimisch zu fühlen? Allein der Gedanke kam mir wie Verrat an dir vor. Anfangs erschien mir alles in Zuhause wie vergoldet, weil es die Möglichkeit von dir bot. Aber mittlerweile war jeder morsche Baumstumpf, jedes im eisigen Wind zitternde braune Blatt an sich genug. Problemlos konnte ich sie beim Namen nennen: *Picea mariana, Betula cordifolia, Amelanchier laevis, Pinus strobus, Acer saccharum.* Vielleicht reichten mir die Namen. Das Beil schlug gegen meinen Oberschenkel.

»Du siehst aus wie Rotkäppchen.«

Abraham lehnte an einer Birke am Wegesrand. Ich errötete durch und durch. Er nahm mir den Korb ab und sagte: »Und dann bin ich wahrscheinlich der böse Wolf, und wir sind auf dem Weg zu Großmutters Häuschen.« Ich entdingte mich von meinen sorgenvollen Gedanken. Entding dich, entding dich, entding dich. Wie gut es tat, einfach Befehlen zu befolgen.

Wir stiegen hinauf zu Martas Haus. Eiszapfen hingen von der Regenrinne. Ich betrachtete Abraham, der das ordentliche kleine Haus musterte. Grimmig biss er die Zähne aufeinander. Er musste Marta die Schuld an Schlimmerem geben als am Abschlachten des Hundes. Er trat mit meinem Korb, Sarahs Korb, an die Tür. Er hätte klopfen müssen. Aber er trat einfach ein. Und ich hinterher.

Die Kaminhitze war ein Geschenk, der Kaffeeduft eine Überraschung aus der Welt der Dinge. Abraham schien mit einem Mal Angst zu bekommen. Ich sah hin.

Da, auf Martas Sofa, lagen zwei Menschen aufeinander: Marta und der Sheriff, nackt wie am ersten Tag. Er unten, sie oben, ihre Brüste auf seiner grauen Brustbehaarung, im Hintergrund lief ein Mozart-Klavierkonzert. Die Kleider lagen auf dem Boden verstreut. Sie küssten sich. Ihre Augen waren geschlossen. Ein Stöhnen. Sie wussten noch nicht, dass wir vor ihnen standen, noch nicht.

113

Ich rede mir ein, dass wir auf dem Weg zu Martas Hütte sicher ganz leise sind. Wie vermutet taucht das kleine Haus vor uns auf. Gelber Lichtschein kommt aus den Fenstern, fast obszön in der Schwärze der Nacht. Wir bleiben stehen, um uns zu besprechen. Wir werden es genauso machen, wie Sarah gesagt hat: Wir gehen hin und spähen hinein.

Aus der Hütte sind Stimmen zu hören. Ich werde vom Gefühl überwältigt, wie nah wir der Antwort sind. Hinter dieser Wand wartet sie auf uns.

Das Klicken eines Entsicherungshahns ist zu hören. Wir fahren herum. Tomas' Narbe glänzt im schwachen Licht. Cornelia hält sich den Mund zu. Ben fasst in die Jackentasche nach dem, was er im Transporter eingesteckt hat.

»Abraham!«, schreie ich.

Die Stimme in Martas Hütte wird ausgeschaltet. Das Radio. Wir drehen uns zur Hütte um, sogar Tomas. Eine Gestalt aus dem Innern kommt auf uns zu, abgehackt bewegt sich der Schatten. Es könnte ein Fremder sein, oder Teresa. Es könnten die Toten sein, die zurückgekommen sind, um uns zu holen.

Der Schatten macht dem Körper Platz, zu dem er gehört. Schritt, Schritt, noch ein Schritt. Auf uns zu. Der Körper ist dünn, viel dünner als normal. Aber groß, und als er die Hände an die Scheibe legt, fällt etwas Licht in seine Augen.

Er beobachtet uns so, wie er es immer getan hat. Fast ohne Blinzeln.

114

»Er? Er?« Abrahams Stimme klang ungewohnt hoch.

Marta und Sal hoben die Köpfe. Ein erschreckter Aufschrei, von wem, war unklar. Marta machte sich von Sal los. Sein lilafarbener Penis pendelte im Raum, dass ich Mitleid mit dem Ding hatte. Sal warf Marta die Wolldecke zu. Ich wich zurück, hinaus in die Kälte, als Marta noch splitterfasernackt war. Ich sprang von der Veranda und rannte, bis ich von den kahlen Bäumen geschluckt wurde. Hinter mir schallten die lauten Männerstimmen über den eisverkrusteten Schnee. Ich war schon wieder auf unserem Grundstück, am zugefrorenen See und an unserer Hütte vorbei, den Berg hinauf, Schweiß tropfte meinen Rücken hinunter, sammelte sich in meiner langen Unterhose, das Beil knallte mir immer wieder gegen das Bein, meine Finger waren halb abgefroren – wo waren bloß meine Handschuhe? – weiter, immer weiter, keuchend bergan, die Muskeln brannten, Rennen durch den Schnee, zum Haupthaus, mit dem Schornstein, aus dem sich der Rauch in den Himmel kräuselte. Die warme Luft im Haus war wie eine Wand, und Sarah, und das Brot, das Messer auf dem Schneidebrett, das Aroma von Zwiebel Salz Kohl Curry Linsen Reis würden mich schützen.

»Und?« Sarah hob den Kopf. »Hat Marta sich gefreut, dich zu sehen?«

Ich hatte nur den feuchten, violetten Penis vor Augen. Ich lachte. Ich hielt mir den Mund zu. »Den Korb hättest du ruhig wieder mitbringen können.« Aber sobald ich mich zur Mithilfe anbot, vergaß Sarah das Thema schnell. Ich hielt den Blick auf die Tür gerichtet. Bald würde Abraham erscheinen. Er würde mich anschauen, und wir würden beide wissen, was wir gesehen hatten. Ich konnte mir nicht vorstellen, was er sagen, wie ich reagieren würde. Dann wünschte ich wieder, ich wäre bei Marta geblieben. Dann hätte ich verstanden, was da vor sich ging und was als Nächstes passieren würde. Für mich gab es nur noch kneten kneten kneten. Abrahams

Gesicht wollte mir einfach nicht aus dem Sinn, seine hohe, gepeinigte Stimme, mit der er nach ihr gerufen hatte – er hatte sich verhalten, als gehöre ihm das, was sie da tat.

Ich schauderte. Sarah tauschte den Platz mit mir, damit ich näher am Ofen stehen konnte.

Später, viel später, als hinter den Fensterscheiben schon das Blau des späten Nachmittags kurz vor der Winternacht leuchtete, ging die Tür auf. Ein kalter Luftschwall kam herein. Butterfly stürzte mit verheultem Gesicht auf uns zu.

»Er hat uns verlassen! Er hat uns verlassen!«

Sarah faltete ihr Küchenhandtuch ordentlich zusammen, bevor sie auf Butterfly zuging. Im Februar war es schwierig, Zuhause zu verlassen – die Zufahrt wurde nicht geräumt und war tief verschneit, und abends, wenn die Temperaturen absackten, war es gefährlich, nach draußen zu gehen. Trotzdem war Abraham mit den Schneeschuhen die dunkelwerdende Einfahrt hinuntergegangen, hin zur Straße, die ihn von uns wegführen würde – »ich habe versucht, ihn aufzuhalten, Sarah, ich habe ihn angefleht, er hatte nicht mal eine Mütze auf, aber er hatte seine Tasche dabei, die er mitnimmt, wenn er weggeht, oh, er verlässt uns, er wollte nicht mal mit mir reden, er schien ganz außer sich, ich sag's euch, diesmal ist es anders, etwas muss passiert sein, er wollte mir nichts sagen, jemand muss ihm hinterher«, und so weiter und so weiter. Ich war dankbar, dass Butterfly so ein Spektakel veranstaltete und niemand mich beachtete.

Am nächsten Morgen lagen meine verlorenen Fäustlinge auf dem Türknauf unserer Hütte. Ich holte sie herein und tat so, als wüsste ich nicht, dass Marta sie bei sich auf dem Boden gefunden hatte. Der Muffinkorb stand wartend im Haupthaus auf dem Tisch. Sarah rührte im Haferbrei. »Diese Marta ist schon ein seltsames Huhn.«

Ich wurde von der schrecklichen Angst umgetrieben, was passieren würde, wenn Marta bei mir vor der Tür stand. Aber sie meldete sich nicht, und Sal auch nicht. Waren sie ineinander verliebt? War es nur ein abartiges Sexding? Machten alte Leute so was, abartigen Sex? Ich wäre bisher nie auf den Gedanken gekommen, dass alte Leute überhaupt miteinander schliefen – und doch: dieser Penis. Der Penis! Vielleicht würde Sal Abraham ja verhaften lassen, weil er Martas Grundstück betreten hatte. Ob ich als Zeugin aussagen müsste? Ich spürte jedes Mal, wenn meine Gedanken wieder zu Sals Penis zurückkehrten, der nackt im Raum schwankte, ein Kichern in mir brennen.

»Was ist denn los mit dir?«, wollte Issy wissen. Nora krabbelte von ihrem Schoß herunter und starrte mich mit zusammengekniffenen Augen an, als könne sie meine Gedanken lesen. Mittlerweile wurde geflüstert, es habe einen Streit zwischen Marta und Abraham gegeben. Aber niemand wusste, was ich mit angesehen hatte. Nora streckte mir die Zunge raus. Wir waren in der Küche. Wir hielten uns so viel wie möglich in der Küche auf, weil es da am wärmsten war. Es war wieder Abend, und aus dem großen Raum kamen Löffelgeklapper, Schlürfen und Seufzen. Schneeflocken tanzten um Eiszapfen, die lang wie Oboen draußen vom Dachvorsprung hingen. Ich behielt meine Geheimnisse für mich.

115

»Abraham.« Issy durchbricht die Erstarrung.

Er tritt vom Fenster zurück.

»Rein mit euch«, sagt Tomas hinter uns.

»Steck die Pistole weg.« Cornelias Stimme klingt mütterlich. »Wir sind hier, alle fünf, genau wie ihr wolltet. Du brauchst uns nicht zu bedrohen.«

Tomas gehorcht. Glückwunsch, Cornelia. Aber auch als er die Pistole weggesteckt hat, treibt er uns unnachgiebig wie ein Border Collie auf die Eingangsveranda zu. Wir gehen die Treppe hoch in Martas Haus – zuerst Xavier, dann Cornelia, Issy, ich, Ben. Die Veranda ist mit Moos bewachsen und an mehreren Stellen durchgefault, aber sie trägt uns noch.

Was da in der offenen Tür steht und uns erwartet, ist nicht so sehr Abraham, sondern ein Schatten seines früheren Ichs. Er muss sich an der Tür festhalten. Die Schlafanzugshose hängt ihm schlabberig am Körper. Wo früher seine Wangen waren, sind jetzt eingefallene Höhlen.

Xavier tritt zur Seite, dann Cornelia, dann Issy, bis wir im Halbkreis vor Abraham stehen wie das Publikum vor dem Schauspieler.

»Wie ich sehe, habt ihr meine Briefe erhalten.«

»Was willst du von uns?«, fragt Ben finster.

Abrahams Grinsen wird breiter. Hinter ihm der helle Schein der Hütte. Er wendet sich ab und lässt die Tür offen. Tomas treibt uns hinein.

Mit so vielen Erwachsenenkörpern ist es sehr voll in dem kleinen Haus – Gliedmaßen und Haare und Gesichter und Knie, unser Achselschweiß, unser Schlucken, unser Schnaufen. Es ist viel enger, als ich es in Erinnerung hatte. Nichts fehlt; da sind das Sofa und der kleine Tisch, die vier Tassen, der Teekessel auf dem kleinen, weiß emaillierten Herd. Sogar Martas Bücher stehen noch da.

Zwei Öllampen – eine auf dem Küchentisch, eine neben ihrem Lieblingssessel – wehren die Dunkelheit draußen ab.

Tomas huscht schnell an uns vorbei, um Abraham in den Lehnstuhl zu helfen. Abraham stöhnt, als er sich darin niederlässt. Wir wenden alle den Blick ab, außer Ben, der die Schmerzen des alten Mannes mit einem kleinen, aber befriedigten Lächeln registriert. »Und, wo bist du die ganze Zeit gewesen? Kanada? Mexiko? Und wen hast du verdammt nochmal um die Ecke gebracht, damit es aussah, als wärst du tot?«

»Nehmt doch bitte Platz«, sagt Abraham aus dem Sessel. Tomas entfernt sich rückwärts und macht einen seltsamen Bückling wie ein Butler. Abraham ertappt mich beim Lächeln. An Tomas gewendet sagt er: »Kannst du bitte da weitermachen, wo wir eben unterbrochen wurden?«

Tomas eilt in die Küche und kommt mit einer wassergefüllten Schale, Epsom-Salz und einem zusammengefalteten Handtuch zurück. Er geht vor Abraham in die Knie. Er krempelt ihm die Schlafanzugshose hoch, Beine kommen zum Vorschein, so dünn, dass das Hingucken wehtut. Er zieht Abraham die Wollsocken aus, rollt sie von den Knöcheln hinunter bis zu seinen gelben, krallenartigen Zehennägeln. Tomas misst eine Tasse Epsom-Salz ab und verteilt sie mit der bloßen Hand im Wasser.

»Es tut mir leid, das Wasser ist schon wieder ein bisschen abgekühlt«, sagt er, als er Abrahams Füße in die Plastikschale stellt.

»Herrgott nochmal«, knurrt Ben.

»Ah, Benjamin. Bist du mittlerweile gottesfürchtig geworden?«

»Sag uns einfach, was du willst«, erwidert Ben. »Wenn du uns nicht verrätst, wo du warst, oder dich verantwortlich erklärst für das, was du uns angetan hast, dann sag uns wenigstens, was du willst.«

»Was habe ich euch angetan?«

»Himmel Herrgott nochmal!«

Xavier legt Ben beruhigend die Hand auf die Schulter. Tomas taucht die Hände ins Wasser und reibt Abraham die Knöchel. Abraham fallen sofort die Augen zu, wie einem Baby an der Brust.

»Ich glaube an Gott und Jesus Christus«, wirft Cornelia ein. Sie berührt die leere Stelle unter ihrem Hals.

»Tja, das überrascht mich nicht«, erwidert Abraham.

»Ich bemühe mich täglich«, Cornelia nimmt das Kinn hoch, »nach den christlichen Idealen zu leben. Ich bin bereit, dir zu helfen, so gut es geht.«

»Was bist du doch für ein gutes Herz. Singst du noch?«

»Im Kirchenchor.«

Abraham nickt und schließt die Augen wieder. »Was für eine wunderbare Gabe.«

Ben verengt den Blick und nestelt mit der Hand an seinem Hosenbund herum. Er hat es geschafft, das Ding aus dem Auto von der Jackentasche in den Hosenbund zu befördern. Es darf auf keinen Fall zu Gewalt kommen, nicht so kurz nach unserer Ankunft.

»Geht es dir um Geld?«, frage ich.

»Geld?« Abrahams Stimme klingt ungläubig. Er zeigt mit einer weiten Geste auf den kleinen Raum, uns und den jungen Mann, der ihm hingebungsvoll die Füße badet. »Ich habe alles, was ich brauche.«

»Warum hast du uns dann die Briefe geschickt?« Xavier tut sein Bestes, damit man ihm die Angst nicht anmerkt. Ich weiß nicht, warum er sich die Mühe macht. Abraham durchschaut uns alle. »Bist du einsam? Musst du wirklich Leute erpressen, um … Gesellschaft zu haben?«

Das bringt Abraham wieder zum Lachen. Aber es ist eine schwache Darbietung. Er ist aus der Übung.

Ich lasse mich aufs Sofa sinken. Staubwolken steigen auf. »Jetzt sind wir ja da«, sage ich. »Wir verlassen dich nicht.« Ben funkelt mich an. »Ich will dir helfen. Bitte. Lass dir von mir helfen.«

Abrahams Hände bilden ein Zelt, und er nimmt die Zeigefinger an die Lippen. Die anderen sehen mit an, wie Abraham und ich einander betrachten. Tomas bearbeitet Abrahams Füße, den weißen, schlaffen Spann. »Ich habe daran geglaubt, und es wurde so. Ich wollte, dass es so wird und nicht anders.« Abraham bedeutet Tomas aufzuhören und lehnt sich im Sessel zurück. Ihm fallen die

Augen zu. »Aber ich habe nicht damit gerechnet, dass ihr mitten in der Nacht kommt.« Er gähnt.

»Du willst uns wohl verarschen«, sagt Ben.

»Ich will überhaupt niemanden verarschen.« Abrahams Stimme wird immer leiser. »Tomas bringt euch zu eurer Hütte. Teresa gibt euch morgen früh was zu essen. Dann kommt ihr wieder, und wir reden weiter. Es gibt viel zu besprechen.« Und damit schläft er ein. Ja, so schnell. Tomas hebt seine Beine an, aber sie sind leblos. Er bemüht sich, die Schale wegzuziehen. Wasser schwappt auf den Boden. Tomas wickelt Abrahams Füße in das Handtuch. Abraham fängt an zu schnarchen.

»Einfach weggeratzt. Unfassbar«, sagt Ben.

»Aber wir müssen ja nicht wirklich hier schlafen, richtig?«, fragt Cornelia.

»Halt den Mund«, sagt Tomas.

»Red nicht so mit ihr«, sagt Issy.

»Jetzt beruhigt euch doch mal alle«, sagt Xavier.

All die Jahre sind wir hier gewesen, hier in diesem Raum, und haben auf unsere Heimkehr gewartet.

116

Dann kam Abraham ohne jede Vorwarnung nach Hause. Es war wieder Essenszeit, volle drei Stunden früher als im Sommer. Schnee fiel von seiner Jagdmütze, als er sich die Stiefel abtrat. Butterfly rannte auf ihn zu. Wir taten so, als hätten wir nicht gesehen, dass er sie einfach stehenließ.

»Wo warst du?« Gabby führte braune Linsensuppe an die Lippen.

Butterfly drängte sich an ihn, aber er wandte sich Gabby zu. »Wir brauchen Schlösser. Schlösser an allen Türen.«

Sarah teilte weiter Suppe aus. »Wann hast du zum letzten Mal etwas gegessen?«

»Das Gewehr«, sagte er. »Holt das Gewehr. Die Messer. Die Mistgabel. Alles, was wir haben. Wir hätten uns besser vorbereiten sollen.« Cornelia neben mir zitterte.

»Setz dich hin und iss«, sagte Gabby. Sie erinnerte mich an Teresa: Wenn Tomas sie wahnsinnig machte, konnte sie sich nur durchsetzen, indem sie völlige Gleichgültigkeit vortäuschte. Teresa hätte gewusst, was zu tun war. In diesem Augenblick vermisste ich sie von ganzem Herzen.

»Ihr wisst von nichts?« Abrahams Stimme war ruhig, zu ruhig. »Waco? Texas? Hat irgendjemand eine Ahnung?« Er schlug mit der Faust auf den Tisch, direkt neben Gabbys Teller. Ihre Suppe schwappte heraus. »Ich habe euch doch gesagt, ihr sollt verdammt nochmal Radio hören.«

Gabby erhob sich. »Und ich habe dir gesagt, nicht mit mir in diesem Ton zu reden.«

Mit ausgebreiteten Armen trat er von ihr weg. »Das FBI hat vor vier Tagen eine Ansiedlung belagert und gestürmt. Eine Ansiedlung wie unsere, mit Leuten wie euch und mir. Voller Kinder. Sechs Menschen wurden ermordet.« Er zeigt auf sechs von uns – Issy, Xavier, Ben, Cornelia, sich selbst und mich. »Menschen wie der kleine Sammy Weaver. Und jetzt hat das FBI sich mit Gewehren und Bomben am Rand des Grundstücks stationiert. Lauert den armen Kindern auf. Und wisst ihr, was dort passieren wird? Man wird die Kinder abschlachten. Die Dingwelt will uns in die Knie zwingen. Vergesst das nicht, vergesst das keine Sekunde.«

Butterfly wollte sich ihm wieder an den Hals werfen. »Entdinge dich von mir«, sagte er mit zusammengebissenen Zähnen. Sie wich vor ihm zurück und brach in Tränen aus. Ephraim hielt ihr ein Taschentuch hin, aber als sie den Kopf an seine Schulter lehnen wollte, blickte er mit einer Grimasse zu Boden und streichelte ihr nicht über den von Schluchzern geschüttelten Rücken.

»Was ist zwischen dir und Marta vorgefallen?«, fragte Ephraim in neutralem Ton. »Ich bin zu ihr gegangen, und sie wollte mich nicht reinlassen. Du hättest gesagt, sie sei nicht mehr hier bei uns willkommen.«

»Ich habe Sal bei ihr erwischt, wie er den Schwanz in sie gesteckt hat. Sakia hat's auch gesehen.«

Es wurde totenstill im Haupthaus.

Es klang so hässlich, wie er das ausdrückte. Als ob sie Tiere wären. Aber gelogen war es nicht.

Mein Schweigen wurde als Beweis ausgelegt. »Ich brauche nicht zu sagen, dass Marta nicht mehr zu uns gehört. Wenn ihr sie auf unserem Land seht, dann habt ihr meine Erlaubnis« – er sah Amos an –, »mit ihr zu tun, was ihr wollt.«

»Mensch, hör auf«, sagte Gabby.

»Sie liegt mit dem Feind im Bett, Gabby, verdammt nochmal! Und ich gebe es zu, ich war schwach. Ich bin geflohen, als ich das herausfand. Ich habe mich von meinen Gefühlen beherrschen lassen. Aber dann war ich draußen in der Dingwelt und habe gehört, was die Sals dieser Welt mit unschuldigen Menschen machen, Menschen wie uns, die auf ihrem eigenen Grund und Boden leben und niemandem etwas zuleide tun. Und wenn Sal kommt, um uns anzugreifen – und glaubt mir, er wird kommen, Marta hilft ihm jetzt schon dabei, den Angriff zu planen – dann werden wir uns verteidigen. Wir werden unser Zuhause verteidigen.« Er zeigte auf das Beil an meiner Hüfte. »Saskia weiß Bescheid. Sie ist bereit.«

117

Das flackernde Licht der Öllampe erhellt die Spinnweben und den Mäusedreck, den Staub, die trockenen Blätter und das vor dem Kamin aufgestapelte kaputte Mobiliar in unserer alten Hütte. In Martas Haus müssen Tomas und Teresa hart daran gearbeitet haben, dass es aussieht, als sei keine Zeit vergangen.

»Habt ihr Decken?«, fragt Issy.

»Die Latrine ist ausgehoben.« Tomas ignoriert sie. »Der Brunnen führt Wasser, aber ihr müsst es selbst hochholen. Frühstück gibt's um sieben.«

»Bitte, lass uns heute Nacht zurück zu Ben fahren«, fleht Cornelia ihn an. »Wir versprechen, dass wir morgen früh wieder da sind.«

Tomas streckt seine Pranken aus. »Handys.«

»Ich brauche mein Handy«, sagt Issy. »Ich muss erreichbar sein, falls –«

»Ich brauche meins auch«, fällt Cornelia ein.

Tomas schüttelt den Kopf. »Dann ruft ihr die Polizei.« Er macht »Her damit«-Bewegungen mit seinen langen Fingern. Er klopft auf die Pistole in seiner Tasche. »Lauft nicht weg.«

Cornelia schluckt einen hysterischen Tränenausbruch hinunter. Issy schüttelt den Kopf. Ben sagt: »Natürlich rufen wir nicht die Scheißpolizei.« Xavier händigt ihm das Telefon aus. Dann Issy. Dann Ben. Schließlich rückt sogar Cornelia ihres heraus. Tomas sieht mich an.

»Ich habe keins«, sagt er. Die Wahrheit würde ihm sofort einleuchten – ich bin wie du, Tomas, nicht wie die anderen hier. Ich weiß nicht mal, wie man so ein Ding bedient. Aber ich nehme die Hände hoch wie eine Geisel und lass mich vorn und hinten von ihm abtasten. Von Nahem riecht er vertraut – es ist die gereifte Version seines dreckstarrenden Körpergeruchs als Kleinkind. Die Erinnerung an seinen kleinen Körper, deinem so ähnlich, geht mir zu Herzen. Fast streichle ich seine Wange. Aber wir werden beobachtet.

»Was ist los mit Abraham?«, will Ben wissen. »Was hat er für eine Krankheit?«

Tomas sagt: »Das mit Nora tut mir wirklich leid.«

Ben hält überrumpelt die Luft an. »Ja, Mann. Mir tut es auch leid. Ich weiß, ihr zwei wart euch …«

»Für mich war sie wie eine Schwester«, sagt Tomas. Seine Stimme hat den forschen Tonfall verloren. Er zögert an der Tür, die Taschen vollgestopft mit Technik.

»Glaubst du wirklich, sie würde so was wollen?«, fragt Ben. Er meint uns, hier, die Pistole.

»Nora will, dass ihr dafür büßt, was ihr gemacht habt.«

»Was soll das heißen?«

Tomas grinst. »Du weißt genau, was ihr gemacht habt. Sie weiß es auch.« Er zeigt auf den Wald. »Ich höre sie da draußen herumstreifen. Weinen.«

Die andern halten ihn für verrückt. Aber für mich wird das Verlangen nach dir mit einem Schlag wieder übermächtig: Die Vogelschwinge, das Versprechen, dass du dort draußen wartest, auf mich. »Du bist dir sicher, dass es Nora ist?«

»Natürlich ist sie das nicht«, knurrt Ben.

Tomas Augen bohren sich in meine.

Und damit sperrt Ben ihn einfach aus. Die Außenwelt und Tomas' Gesicht verschwinden hinter dem zugehenden Türspalt. Früher haben wir das oft so gemacht: ihn ausgesperrt, damit wir unsere Ruhe haben. Als er das letzte Mal über die Veranda davonging, waren seine Schritte kurz und flink.

»Na, der ist ja wirklich gründlich missraten«, sagt Ben.

»Er ist auch nicht schlimmer geraten als wir andern«, sagt Issy.

»Kindliche Traumata hinterlassen unsichtbare Narben«, sagt Cornelia. »Das darf man nicht auf die leichte Schulter nehmen. Mit Therapie lassen sich –«

»Alles klar, ich werde es auf keinen Fall ›auf die leichte Schulter‹ nehmen.«

Issy wirft mir einen schnellen Blick zu: *Tu was gegen Bens schlechte Laune.*

»Aber was er über Nora gesagt hat, war nett«, schalte ich mich ein. Sie sich älter als das kleine Teufelchen vorzustellen, das ständig mit einem frechen Wort auf den Lippen durch den Wald flitzte, ist schwierig. Aber Nora ist aufgewachsen, wenigstens das. Sie durfte genug vom Leben kosten, dass sie sich dagegen entscheiden konnte. Ben drückt sich mit den Handballen an der Tür ab. Die Öllampe flackert.

»Ich glaube nicht, dass Teresa und Tomas wissen, was wir verbrochen haben«, sagt Xavier nach einer Weile. Im Schein des gelben Lichts sieht er zehn Jahre jünger aus. »Tomas hat ja gesagt: ›Du weißt genau, was ihr gemacht habt.‹ Und dann hat er uns die Handys abgenommen.«

»Und was beweist das, dass er die Handys eingesammelt hat?«, fragt Issy.

»Er weiß, dass wir etwas verbrochen haben. Er weiß, es war so schlimm, dass wir zurückgekommen sind. Aber er weiß nicht, dass wir nie im Leben die Polizei rufen würden. Tomas und Teresa waren ja am Ende nicht hier. Sie wissen nicht, was hier los war.«

»Vielleicht hat Abraham es ihnen verraten.«

Xavier schüttelt den Kopf. »Das glaube ich nicht. Ich vermute, für ihn ist das … intim. Etwas, das uns mit ihm verbindet. Nur uns.«

Ben verzieht angewidert das Gesicht.

»Aber letztendlich ist es ja auch gleichgültig, ob sie es wissen, oder? Abraham weiß Bescheid«, sagt Cornelia. Sie gähnt. »Was er wohl von uns will? Was meint ihr?«

Aber es ist viel zu spät am Abend, um sich darüber noch den Kopf zu zerbrechen. Cornelia und ich teilen uns den Verschlag mit den Stockbetten. Issy und Xavier legen sich in Philips Bett. Ben hält Wache an der Tür. Wenn wir irgendwelche Vermutungen haben, was der morgige Tag bringen wird, behalten wir sie für uns.

118

Trotz der beißenden Kälte brachte Gabby den Ford zum Laufen, eine erstaunliche Leistung. Vom Fenster des Haupthauses aus beobachtete ich, wie sie sich über den Vergaser beugte. Dann lief sie auf Schneeschuhen zu JimBob's, einen Benzinkanister auf den Rücken geschnallt. Als Nächstes wurden Schneeketten aufgezogen. Ihre Bewegungen waren schnell und zielgerichtet, als müsse sie unbedingt irgendwohin, aber der Wind heulte so stark, dass der Schnee seitwärts weggeweht wurde. Eine Schneeverwehung, die Nora bis über den Kopf ging, blockierte die Einfahrt. Wenn die FBI-Beamten uns wirklich beobachteten, froren sie sich den Arsch ab.

In unserer Hütte schlug Issy mich bei Speed, nachdem sie Xavier und Cornelia vernichtet hatte. Beide waren sofort ins Haupthaus gegangen, um es wärmer zu haben. Ich konnte in der kalten Luft kaum noch die Finger bewegen, aber wenigstens hatte ich Noras Kopf auf dem Schoß, der mich ein wenig wärmte. Ich kraulte sie hinter den Ohren, wie ich es früher bei Hund gemacht hatte. Ihr machte das nichts aus.

Gabby klopfte an die Hüttentür. »Zieht die Stiefel an. Wir fahren in den Ort.«

Nora sprang auf. »Darf ich auch mit?«

»Das ist kein Ausflug für kleine Kinder.«

»Ich bin kein kleines Kind.«

Gabby sah, wie ich das Beil beäugte. »Das brauchst du nicht.« Sie trat zurück in den Schnee.

Auf dem verschneiten Pfad fasste Nora nach meiner Hand. »Bitte, nimmst du mich mit? Bitte.« Ihre Knie stießen gegen meine. »Ich störe euch auch gar nicht.« Es war schwer, kein Mitleid mit ihr zu haben; seit Tomas nicht mehr da war, war sie einsam und hing uns ständig am Rockzipfel.

Gabby warf mir einen schnellen Blick zu.

»Geht nicht, Kleine.«

Nora ließ meine Hand los. Ich brauchte den Mittelfinger nicht im Zelt ihrer Fäustlinge zu sehen, um zu wissen, dass sie ihn hochgereckt hielt.

Vorn am Pickup war ein Schneepflug befestigt, den ich noch nie im Einsatz erlebt hatte. Unsere Essensvorräte und Holzscheite reichten für den ganzen Winter, und das Auto wurde nur in Ausnahmefällen vor der Schneeschmelze benutzt. Aber schon zwanzig Minuten später fuhren wir die Bushrow Road hinab, wo der Schnee von der Stadt geräumt wurde. Die Heizung brachte unsere Füße zum Kochen und unsere Augen zum Tränen. Gabby hielt das Lenkrad umklammert und lehnte sich der Windschutzscheibe entgegen. Aus dem Radio kam das ständige Geheul *Waco Waco Waco*, bis uns einfiel, dass man das Ding auch ausstellen konnte. Ich drückte das Gesicht an die Scheibe, während die Nadelbäume an uns vorbeiflogen. Die Geräusche im Haupthaus fehlten mir schon, und ich fragte mich, was Abraham gedacht haben mochte, als er uns mit dem Schneepflug losfahren sah.

Ich hatte so viele Fragen – wo fuhren wir hin, glaubte Gabby, dass das FBI uns umbringen wollte, warum war Abraham wütend auf Butterfly, wo war Abraham gewesen, warum war er geflüchtet, als er Marta und Sal zusammen gesehen hatte, liebten Marta und Sal sich richtig, hatten alte Leute wirklich noch Sex? Aber Issy ließ sich im Sitz nach unten rutschen, um den Kopf auf Gabbys Schulter zu legen, und ich wusste, dass ich kein Wort sagen durfte.

Die Kleinstadt: Kinder, die auf einem schneeverkrusteten Rasen einen Schneemann bauten. Männer in Parkas, die Einkaufswagen auf dem Parkplatz von Food City entluden, und Frauen, die in schicken Mänteln frisierte Hunde spazierenführten. Wir fuhren auf einen freigeschaufelten Stellplatz vor der Bank, einem klotzigen, säulengeschmückten Steingebäude in der Ortsmitte. Ein Mann mit einer Aktentasche kam die Stufen herunter. Er verzog das Gesicht, als er das Röhren unseres kaputten Motors hörte.

Gabby knallte die Fahrertür zu und rannte die Freitreppe hinauf. Der Mann sah ihr hinterher, als sie drinnen verschwand, dann ging er allein die Straße entlang. Die Hitze war schon aus dem Fahrerhaus verschwunden. Issy mischte die Karten, bis ihr die Finger nicht mehr gehorchten, dann vergrub sie die Hände in den Achseln ihres Parkas. »Ich habe Butterfly zusammen mit Ephraim gesehen«, flüsterte sie. »Die …« Schaudernd atmete sie ein. »Die haben nicht nur geredet. Sie hat ihr Ding gemacht.« Issy streckte die Brust heraus und klimperte mit den Wimpern. »Und du weißt, wie es läuft; erst redet sie mit einem Mann, und als Nächstes …« Sie bewegte die geschlossene Faust um ihren Zeigefinger.

»Nicht Ephraim.«

»Na ja … er schlägt Sarah. Wusstest du das?«

Das mochte ich mir einfach nicht vorstellen. Manchmal rannte Nora schnell davon, wenn er ins Haupthaus kam, an anderen Tagen krabbelte sie ihm direkt auf den Schoß. »Ja, aber er würde doch nicht diese Klamotten tragen, wenn er sie nicht lieben würde.«

»Es ist nicht Sarahs Idee, dass sie so herumlaufen müssen.«

Ich war immer davon ausgegangen, dass Sarah sich gern schlicht kleidete oder dass die altmodische Kleidung ihre Art war, ihre Brut in dem Gewimmel an sich zu binden. Aber wenn Ephraim dahintersteckte, dann sah die Sache schon anders aus.

»Bei uns in der Hütte, weißt du?«, sagte ich. Ich konnte es nicht glauben, aber das Herz klopfte mir bis in den Hals. »Als du gesagt hast, wir sollen nicht über das reden, was Ben uns verraten hat? Da hast du gesagt, Sarah kann nicht zurückgehen in die Dingwelt.« Ich hatte noch im Gedächtnis, wie Abraham am Seeufer über Liebe gesprochen hatte, und Sarah hatte sich mit dem Rücken an Ephraim gelehnt wie an einen starken Baum, und er hatte die Augen in der Morgensonne geschlossen. »Warum?«

Issy sah weg von mir. »Sie hat gegen das Gesetz verstoßen.«

»Aber du glaubst doch nicht ans Gesetz.«

Da kam Gabby schon mit finsterem Blick wieder die Treppe herunter. Sie setzte sich hinters Steuer.

»Wohin fahren wir jetzt?«, fragte Issy, froh, dass sie mir nicht zu antworten brauchte.

Gabbys Blick war auf die Stelle in der Straße gerichtet, an der sie bergab führte.

»Gabby?«

Gabby atmete hörbar ein. Sie drehte sich um und sah mich an. »Das viele Geld, das du uns geschenkt hast? Ist alles weg.«

»Geld?«, fragte Issy. »Was für Geld?«

»Wo ist es hin?« Meine Unterhaltszahlungen für ein ganzes Jahr – nach Großmutters Berechnung – waren verschwunden. Ein schrecklicher Zaubertrick.

Gabby machte eine Kopfbewegung in Richtung Straße. Ein in Wollmütze, Schal und Second-Hand-Jacke verpackter Mann kam vom Bürgersteig gegenüber auf den Pickup zu. Den schwankenden Gang erkannte ich sofort.

Issy legte mir schützend die Hände auf die Beine. »Fahr los, Gabby. Das ist Jim.«

Aber Gabby kurbelte das Fenster auf ihrer Seite herunter.

»Mommy«, sagte Issy. »Mommy, das ist Jim.«

Gabby winkte. Jim winkte zurück. Als er näherkam, drehte Issy sich zu mir um, legte die Arme um mich und zog mich an sich. Sie war mein Schild. Ich hätte aussteigen können, aber dieselbe Luft draußen zu atmen wie er, schien mir noch schlimmer. Jetzt war er fast am Pickup.

»Das Geld ist weg, stimmt's?« Jims Stimme klang genauso wie immer: Freundlichkeit und Selbstverachtung.

»Ich hätte es kommen sehen müssen.«

»Glaubst du etwa immer noch, ich habe das Geld genommen?« Ein auf uns zukommendes Auto hupte. Jim winkte es um sich herum. »Ich bin vielleicht nicht der tollste Typ, aber Kindern das Essen aus dem Mund stehlen – Scheiße, so was mache ich nicht.«

»Du versuchst nur, sie zu vergewaltigen«, giftete Issy.

»Ich hab's geahnt, wie begeistert sie sein würden, wenn sie mich sehen«, murmelte er.

Gabby sah mich an. »Vertraust du mir?«

»Er hat sie überfallen.« Issy schrie mittlerweile. Ich war still geworden wie eine Maus, Hände regungslos, Füße halb erfroren auf dem Boden.

»Saskia«, sagte Gabby, »wenn die Lage verzweifelt ist, müssen wir auf jeden hören, der die Wahrheit sagt. Vertraust du mir? Ich glaube diesem Mann nämlich – ja, er hat dir etwas angetan, und er muss den Preis dafür zahlen. Aber ich glaube, er ist der Einzige, der die Wahrheit sagt, und wir müssen ihn anhören.«

Jim wagte es nicht, mich anzusehen – wenigstens das. »Abraham ist nicht der, für den er sich ausgibt. Ich weiß nicht mal, ob das sein echter Name ist. Er ist ein völlig gestörter Typ –«

»Du bist doch hier der Gestörte!« Issy umklammerte mich noch fester. Mir blieb fast die Puste weg.

»Kann ja sein, dass ich ein alter Drecksack bin. Aber jetzt komm, Saskia, du weißt genau, dass ich dich nie –«

»Sag einfach, was du zu sagen hast«, unterbrach Gabby.

Jim seufzte. »Der Sheriff ist kein schlechter Mensch, okay? So im Vergleich. Der hätte euch schon hundert Mal hier vertreiben können, aber er lässt euch in Ruhe. Er sagt, es ist egal, was hier im Ort geredet wird, ihr habt das Recht, dort zu wohnen. Aber jetzt fällt das Grundstück an die Bank zurück. Abraham hat das Konto leergeräumt, das eure letzte Chance war, die notwendigen Zahlungen zu leisten. Wer weiß, wo euer Geld hin ist. Wollt ihr meine Theorie hören? Er hat es alles beim Blackjack verloren. Könnt ihr euch so was vorstellen? Jemand, der an das Entdingen glaubt, hebt das ganze Geld ab, das eigentlich einer Minderjährigen gehört, schleppt es ins nächste Kasino und verzockt da alles beim Blackjack?

Hör zu, Saskia. Ich weiß, dass ich mich beschissen verhalten habe, und du bist fast noch ein Kind, und es tut mir echt leid, wirklich, ich entschuldige mich. Ich war fertig im Kopf, ich habe viel zu viel gesoffen und mich saublöd verhalten, das stimmt. Aber letztendlich will ich doch, dass es euch Kindern gut geht. Ich will nicht, dass ihr euch in dumme Sachen reinziehen lasst. Bald wird der Sheriff bei euch aufschlagen und euch vom Land vertreiben müssen. Die Bank will euch da weghaben, und Abraham unternimmt nichts. Also – hört mir gut zu.« Er umklammerte den Rand des offenen Fensters. Eisige Luft wehte herein. »Ich weiß, Abraham sorgt dafür, dass alle aufgebracht sind wegen dieser Sache in Waco. Dabei hat unser Sheriff eine Menge Möglichkeiten gehabt, in Zuhause alles auseinanderzunehmen, und er hat's trotzdem nie gemacht. Er will niemandem weh tun.«

Jim steckte die Hände wieder in die Taschen. Er blieb da stehen, wo er war, direkt neben dem Pickup. Gabby startete den Motor. »Sonst noch was?«

»Ich weiß nicht, was zwischen Philip und Abraham schiefgelaufen ist, aber Butterfly hat uns jedenfalls ganz schön in die Scheiße geritten.«

»Brauchst nicht Butterfly die Schuld in die Schuhe zu schieben«, sagte Issy.

Er zog den Kopf ein, aber er sah mir in die Augen. »Es tut mir echt leid, dass Philip nicht zurückgekommen ist.«

Tränen standen mir in den Augen.

»Wir ähneln uns ein bisschen, er und ich. Wir wollen das Richtige tun, aber irgendwie kommt immer Mist dabei raus.« Er hatte die Finger schon wieder in Gabbys Fenster. »Hey, wisst ihr, wie ich Teresa erreichen kann? Das Letzte, was ich gehört habe, war, dass sie und Tomas nach Florida zu ihrer Schwester gefahren sind.«

»Teresa und Tomas sind in Florida?«, fragte Issy. »Ich dachte, sie sind noch im Krankenhaus.«

»Ich will nur mit meinem Sohn sprechen.« Jims Stimme versagte. Aber Gabby legte den Gang ein. »Falls du mal mit Teresa redest, dann sag ihr bitte, dass ich hier festsitze. Bitte, Gabby.«

Ich blickte in den Rückspiegel und sah Jim mitten auf der Straße stehen. Und dann fuhren wir in die Senke und waren auf dem Weg zurück in den Wald.

119

Gemessen daran, wie sportlich Cornelia die Leiter heruntergeklettert kommt, scheint sie die Nacht oben im uralten Stockbett ganz gut überstanden zu haben. Mein Hals ist so steif, dass ich ihn kaum bewegen kann, meine Gelenke sind nach der Nacht in Jeans völlig eingerostet, und ich muss so wahnsinnig dringend pinkeln, dass der Gang zur Latrine genauso schlimm sein wird wie deren Benutzung.

Ben hat Wort gehalten: Er sitzt immer noch mit offenen Augen an der Tür. Xavier und Issy kommen aus Philips Schlafkammer gestolpert; die zerzausten Haare sehen danach aus, als hätten sie wenigstens ein bisschen gedöst.

Bevor Ben die Tür öffnet, sieht er nochmal nach dem, was er im Hosenbund stecken hat. Und dann stürmt die Welt auf uns ein: das Flattern der Meisen, das Blätterrascheln in den Bäumen, Wolken wie weiße Schafe, die sich im Wind biegenden Kiefernspitzen. Tomas hat gesagt, er hört Nora hier im Wald. Aber woher will er wissen, dass sie es ist? Ich muss bei jedem Schritt an die goldgeränderte Vogelschwinge denken.

Im Haupthaus will Teresa uns unbedingt an die Brust drücken, einen nach dem anderen, als hätte sie uns nicht den pistolenschwingenden Tomas auf den Hals gehetzt. »Dein Söhnchen!« Sie herzt Issy, die die Arme hängen lässt. »Der ist ja so was von süß!« Tomas schaufelt sich eine doppelte Portion des klebrigen Haferschleims seiner Mutter rein. Wir setzen uns hin und essen. Ich ergebe mich brav der Situation – kauen, schmecken, schlucken. Wiederholen.

»Wisst ihr noch, Grimm?«, sage ich. Vom Elchkopf, der früher über uns hing, ist nur noch der Haken übrig.

»Tomas glaubt, Teenager haben ihn geklaut«, sagt Teresa. »Teenager klauen gern große Gegenstände, ist euch das schon mal aufgefallen?«

»Baustellenschilder«, wirft Tomas ein.

»Werbe-Maskottchen«, sagt Xavier.

»Zählt Kühe umschmeißen auch?«, fragt Cornelia.

Während sie weiterreden, lässt Teresa sich neben mir nieder. Sie späht in meine fast leere Schale. »Schmeckt's dir?«

»Ja, sehr.«

»Lügnerin. Dir hat immer nur das geschmeckt, was Marta gekocht hat.«

»Gestern habe ich Sarah gesehen.«

Sie nickt, als sei sie nicht erstaunt.

Ich sehe schnell nach, ob Ben uns nicht belauscht. »Warum hast du Sarah die Haare abgeschnitten?«

»Sie hat mich darum gebeten.« Teresa schüttelt den Kopf, als sie meinen geschockten Gesichtsausdruck sieht. »Du hättest sehen sollen, wie sie sich gefreut hat, wieder hier im Wald zu sein. Sie hat gesagt, hier fühlt sie sich frei. Sie hat wieder Lust zum Zeichnen bekommen. Damals, weißt du, da hat sie mir erzählt: ›Ich weiß nur in Zuhause, wer ich bin‹. Und als sie dann wieder hier oben war, da sagte sie auf einmal, ganz unvermittelt, sie wisse nicht, warum sie all die vielen Jahre immer die Zöpfe getragen hat. Sie war natürlich nicht immer ganz da. Die Hälfte der Zeit war sie geistig ziemlich weggetreten. Aber als ich sie gefragt habe, was sie damit meint, da hat sie mir klipp und klar gesagt: ›Die Zöpfe, das war Ephraims Ding.‹« Als Ben den Namen seines Vaters hört, hebt er den Kopf. Ich lächele ihn beruhigend an, und er unterbricht nicht, als Teresa einfach weiterredet. »Er wollte immer, dass sie das brave kleine Frauchen ist. Ich weiß nicht, ich hab einfach gedacht, ich schenk ihr das bisschen Freiheit. Zeige ihr, dass sie die Haare nicht so tragen muss, wie er das immer wollte. So viele Jahre, nachdem er sie für diese Schlampe verlassen hat. Hat mich wirklich überhaupt nicht erstaunt, als ich hörte, dass Butterfly sich an ihn –«

»Hat Sarah auch Abraham gesehen?«

»Die Arme ist uns davongelaufen, bevor er zu sprechen war.« Das bringt ein Feuer in meiner Brust zum Lodern. Teresa sieht schnell hinüber zu Tomas, der über etwas lacht, das Xavier gerade gesagt hat. »Tomas schaut sehr zu euch auf. Es ist schön, dass ihr wieder da seid.« Als würden wir hier nicht gegen unseren Willen festgehalten.

Issy hat sich vor uns aufgebaut. »Ich muss mich bei meinem Kind melden.« Teresa sieht Tomas an. Er schüttelt den Kopf. »Seine Babysitterin weiß, wo wir sind«, fährt Issy fort. Ben sieht sie wenig erfreut an, als er hört, dass Jenny als »Babysitterin« bezeichnet wird. »Wenn ich nicht anrufe, wird sie jemanden herschicken und nach mir suchen lassen. Das haben wir so verabredet.«

Tomas sagt: »Ich rufe sie an.«

»Du musst Issy erlauben, mit ihrem Sohn zu sprechen«, sagt Cornelia.

Tomas holt die Pistole aus der Tasche und legt sie auf den Tisch. »Ich rufe an.«

Teresa sagt: »Ich glaube, er erwartet euch.« Sie meint Abraham.

Zu Abraham ist es nur ein kurzer Fußweg. Kiefernnadeln rieseln auf uns herunter. Am Wasser schlägt eine Stockente – *Anas platyrhynchos* – hektisch mit den Flügeln. Über uns stößt der Weißbauch-Phoebetyrann, *Sayornis phoebe,* sein gleichförmiges Geschrei aus. Wir finden Abraham, der wie der Märchenwolf in Martas Bett liegt. Sein Haar ist lang, aber dünn, der Bart ungewaschen. Neben dem Bett steht eine Schale mit den verkrusteten Resten des Morgenbreis. Tomas kniet neben seinem Bett. Das Bild, wie sie im von draußen hereinströmenden Licht miteinander flüstern, könnte von einem Alten Meister der niederländischen Malerei stammen.

»Warte draußen«, sagt Abraham.

Tomas lässt den Kopf hängen, aber er nimmt die Schale mit und geht. Abraham setzt ein sarkastisches Lächeln auf, als sich die Tür hinter Tomas geschlossen hat.

Ben verschränkt die Arme. »Sag, was du von uns willst.«

Ein tiefer Atemzug von Abraham. Und dann: »Ich will, dass ihr mich tötet.«

120

In den wenigen Stunden, die wir im Ort gewesen waren, hatte es schon wieder geschneit. Gabbys Stiefel hinterließen Spuren in der frischen Puderzuckerschicht der Einfahrt, als sie auf Abrahams Tür zuging. Sie riss die Tür auf und ließ sie sperrangelweit offenstehen. Licht und viel zu laute Radiostimmen drangen nach draußen. Ich spürte immer noch Issys liebevolle, aber auch bedrängende Hände an mir, als ich aus dem Wagen stieg.

Gabby schrie es in die kalte Luft hinaus: »Ich rede von deinem rassistischen, egoistischen Verhalten. Du meinst, du kannst es dir erlauben, das Geld auszugeben, das wir zum Überleben brauchen. Es in einer Welt auszugeben, die nur ganz nebenbei so unglaublich verdorben ist, dass keiner von uns da hingehen darf oder Geld bekommt, um sich dort was zu kaufen. Aber du nimmst dir die Freiheit, unser Geld einfach zu verschleudern?«

Abraham war in der Hütte, wir hörten ihn, aber wir konnten nicht verstehen, was er von sich gab, weil das Radio so laut plärrte, ein lautes, ärgerliches Gefasel, Waco, immer nur Waco.

»Stell das aus«, befahl Gabby.

Das Radio verstummte.

Als Gabby weitersprach, schrie sie nicht mehr. Ich hätte sie nicht verstanden, wenn ich mich nicht ganz nah herangeschlichen hätte. »Damit mussten wir unseren Kredit abbezahlen, Abraham.« Als er nicht antwortete, drehte sie sich um und zeigte auf Issy. »Pack deine Sachen.« Ihr Atem war eine Wolke.

Ohne Hemd erschien Abraham im Türrahmen, das Haar offen über den Schultern. »Wusstest du, dass deine Mutter dich nicht gewollt hat, Issy?«

»Was redest du da?«

Aber er sah Gabby nicht an. Er war barfuß, trotzdem ging er über den schneebedeckten Boden auf Issy zu. »An dem Tag, an dem ich sie kennenlernte, da hat sie zu mir gesagt, dass du ihr zu viel bist. Das waren ihre Worte: ›Sie ist mir zu viel.‹ Sie hat überlegt, ob sie dich weggeben sollte.«

»Das ist eine Lüge«, sagte Gabby. »Issy, Baby, das ist nicht wahr.«

»Arme kleine Issy.« Er umfasste ihr Gesicht mit beiden Händen. »Es hat mir das Herz gebrochen. Die Vorstellung, dass jemand dich nicht wollte. Dich wunderbares Wesen. Dich quicklebendiges kleines Ding. Was meinst du, warum ich Gabby gebeten habe, dass ihr mit mir zusammen herzieht? Es wäre viel einfacher gewesen, wenn ich nicht zwei weitere Mäuler zu stopfen gehabt hätte. ich hätte es still und friedlich haben können. Aber mein Herz floss über vor Liebe zu dir, Issy. Ich konnte den Gedanken nicht ertragen, dass sie –«

»Du glaubst das doch nicht etwa?«, unterbrach Gabby.

Issys Kinn bebte.

Genau in diesem Augenblick schwebte eine Feder auf Abrahams Scheitel. Kein Vogel flog am Himmel. Es war eine schwarze Feder – nicht mit goldenem Rand, nicht wie die, die du mir am Tag deines Todes geschenkt hast. Aber trotzdem eine Feder, und als Abraham sie auf seinem Kopf spürte, nahm und in die Luft hielt, breitete sich ein Lächeln auf seinem Gesicht aus, als existiere Gabby gar nicht mehr. Er hielt die Feder hoch und zeigte sie den Behausten, die herandrängten, um dieses seltsame Omen zu sehen – Sarah, Ephraim, Amos, Xavier, Ben, Cornelia, Butterfly, Nora. Ein Hoffnungsstrahl durchfuhr mich: Du hattest mir ein weiteres Zeichen gegeben. Issy fasste nach meiner Hand. Sie zog mich mit sich weg, bergab, in die Sicherheit meiner Hütte, weg von dem Menschen, der ihr das Leben geschenkt hatte, zurück in den Bauch von Zuhause, zurück in die Möglichkeit deiner Rückkehr.

121

»Es ist kein Mord«, sagt Abraham, »wenn ich euch darum bitte.«

»Aber illegal ist es trotzdem«, entgegnet Ben ein wenig süffisant.

»Ich töte niemanden.« Cornelia lässt den Blick über uns huschen. »Wir töten niemanden.«

Beschwichtigend hält Abraham die Hände hoch. »Euch wird ja sicherlich aufgefallen sein, dass ich mich nicht in guter Verfassung befinde. Ich bin schon seit längerer Zeit nicht mehr gesund. Ich bin hierher zurückgekehrt, um –«

»Ja, genau, wo zum Teufel bist du die ganze Zeit gewesen, Mann?«, fragt Ben. »Rauszufinden, dass du immer noch am Leben bist, hat nur einen einzigen Vorteil, und –«

»Halt die Klappe, Ben«, sagt Issy.

»Ich danke dir, Isobel«, sagt Abraham.

»Lass mich in Ruh, Issy.«

Abraham unterdrückt ein Lächeln und breitet dann die Arme aus, als wolle er fragen, ob er weitersprechen soll. Keiner hält ihn zurück. »Ich leide seit langem an Schmerzen –«

»Gut«, sagt Ben. Issy stößt ein warnendes Knurren aus.

»Starken Schmerzen. Ich möchte euch nicht mit den Details langweilen, aber die Symptome werden euch sicher bekannt vorkommen.«

Xavier fährt sich mit den Fingern durch seine wunderschöne Stirnlocke. »Wenn Ben etwas sagen dürfte, würde er jetzt wahrscheinlich sagen, komm endlich zum Punkt, verdammt noch mal.«

»Richtig«, sagt Abraham. »Ich habe Maßnahmen ergriffen, um sicherzustellen, dass ihr euch unvoreingenommen mit meiner Bitte beschäftigt. Ihr habt zwei Tage Zeit. Wahrscheinlich seid ihr ja jetzt alle sehr erwachsen und moralisch und braucht ein bisschen Zeit, um das unter euch auszumachen. Gut. Also zwei Tage. Wenn ihr mich bis morgen bei Sonnenuntergang in den Tod befördert habt, wird Teresa meinen Anwalt anrufen, er soll die Briefe vernichten, die ich an eure Angehörigen geschrieben habe« – er wirft mir einen Blick zu –, »sofern ihr Angehörige habt, außerdem an eure Arbeitgeber und die Zeitungen in euren Wohnorten.«

»Ich fass es nicht. Noch mehr anonyme Briefe.« Diesmal verbietet niemand Ben den Mund.

»Und wenn wir dich nicht töten?«, fragt Xavier.

»Sollte es euch misslingen, oder ihr verschwindet vorher, dann, tja.« Abrahams Finger bewegen sich mit überraschten Trillern in Richtung Decke. »Eure kleine Tat, eure schreckliche kleine Tat, dringt an die Öffentlichkeit.«

Cornelia verschränkt die Arme. »Und du weißt wirklich, was diese Tat war?«

»Ich meine den Mord«, antwortet er. Es ist nicht zu überhören, wie sicher er sich ist.

»Den Mord, der garantieren würde, dass wir in Zuhause bleiben durften, wie du uns damals weisgemacht hast? Den Mord, den du in Auftrag gegeben hast, und dann hast du uns im Stich gelassen? Wir waren noch Kinder, Abraham.« Issys Stimme wird laut, als die Gefühle mit ihr durchgehen. »Der Mensch, dem wir am allermeisten vertrauten, hatte uns weisgemacht, dass wir nicht in der Lage sein würden, draußen in der Welt zu überleben.«

»Aber alt genug, um zu wissen, was ein Mord ist, wart ihr ja wohl?«

Ben sieht uns an. »Von mir aus können wir ihn ruhig umbringen. Darf ich es jetzt gleich tun?«

»Aber warum müssen *wir* das machen?«, fragt Xavier. »Du kannst doch auch Schlaftabletten schlucken. Du könntest dich mit Tomas' verdammter Pistole erschießen. Scheiße, wahrscheinlich würde Tomas es sogar liebend gern selbst erledigen.«

»Weil du gut darin bist.«

Mir stehen die Haare im Nacken zu Berge. Abraham sieht mir direkt ins Gesicht. Alle sehen es.

»Du hast gewusst, dass Saskia nicht kommen würde, wenn wir anderen nicht auch dabei sind.« Ben. »Es geht um sie. Immer geht es um sie.«

»Du meinst also« – Cornelia klingt mehr als nur ein wenig erleichtert –, »du willst, dass Saskia dich tötet?«

»Ihr werdet es zu fünft tun«, erwidert Abraham. »Ihr werdet es gemeinsam planen und ausführen. Wenn es eine Pistole ist, berührt ihr alle die Pistole. Wer feuert, ist egal, weil ihr alle fünf zusammen entschieden habt. Wenn ihr nicht alle daran beteiligt seid, dann werdet ihr euch gegeneinander richten. Die Vorstellung, dass euch das auseinanderreißen könnte, bedrückt mich so. Der Kreis schließt sich.«

»Du bist ein Psychopath«, sagt Cornelia, Grauen und Staunen in der Stimme.

»Meinst du vielleicht Soziopath? So hat mich wenigstens meine Mutter genannt.« Abraham gähnt. »Meine Güte, bin ich müde. Ich werde heutzutage immer so schnell müde.«

»Nein, du wirst nicht einschlafen«, sagt Ben. »Nicht, bis wir hier fertig geredet haben.«

Abraham macht eine vage Handbewegung, dass wir entlassen sind. »Ich lasse euch wiederkommen. Aber erst ein bisschen ausruhen.«

Ben stürmt aus der Hütte. Wir folgen ihm hinaus in den Wald. Tomas ist irgendwo da draußen und beobachtet uns. Wir gehen hinunter an den See und versuchen, möglichst leise zu sprechen.

»Scheiß drauf«, sagt Ben. »Kommt, wir erschießen ihn.«

»Erschießen ihn womit?« Cornelia blickt hinaus aufs Wasser. »Ich glaube nicht, dass Tomas so leicht –«

»Ben ist bewaffnet«, sage ich.

»Du bist was?«

Ben berührt die Stelle in seinem Hosenbund. Xavier und Issy seufzen entnervt auf. »Nein«, sagt Cornelia. »Wir erschießen niemanden.«

»Ich würde sagen, wir lassen es drauf ankommen. Soll er die Briefe doch schicken«, sagt Issy. Ben reißt den Kopf zu ihr herum. »Vielleicht wäre es ja gar nicht so schlecht, wenn wir für das büßen, was wir getan haben. Vielleicht wäre es ja eine große Erleichterung.«

»Und was ist mit Sekou?« Im Grunde meint Cornelia damit ihre eigenen Kinder.

»Ich würde sagen, wir gehen einfach.« Xavier. »Tun so, als beschäftigten wir uns mit seinem Vorschlag. Dann verdrückt sich einer von uns hinaus in die Nacht. Einer tut so, als wäre er auf einmal krank oder so. Wir sorgen für Ablenkung.«

»Du hast zu viel *Law and Order* geguckt«, entgegnet Cornelia.

»Wir schaffen es bis in den Ort und verständigen die Polizei. Sagen, dass wir hier oben gegen unseren Willen festgehalten werden. Glaubt ihr wirklich, sie würden eher dem Wahnsinnigen als uns fünf glauben?«

»Aber dann schickt er die Briefe ab«, sagt Cornelia. »Dann weiß Billy Bescheid. Und Eric. Und Jenny. Meine Töchter. Jeder, den wir kennen.«

»Sucht ihr irgendwas?« Tomas tritt hinter einem dicken Kiefernstamm hervor. Wer weiß, wie lange er schon dort steht.

»Hast du meinen Sohn angerufen?«, fragt Issy.

»Ich habe die Nummer gewählt, aber es ist keiner drangegangen.«

»Hast du eine Nachricht hinterlassen?«

»Nein.«

»Das ist nicht dein Ernst, Tomas. Du musst nochmal anrufen.«

»Hab's ja versucht.«

»Ich habe es dir doch gesagt, Jenny ruft die Polizei! Und dann wird es ziemlich kompliziert für dich.«

»Für euch wird es auch kompliziert.« Es ist offensichtlich, dass er einen Komplex hat. Die frühe Kindheit, in der er uns immer hinterhergerannt ist. Er hat Geschichten über uns gehört und kann sich an manche Sachen auch selbst erinnern. Er weiß, dass wir ihn vergessen haben.

»Warum machen wir's nicht so«, sagt Xavier. »Wir gehen hoch zum Haupthaus und rufen Jenny an. Wir wollen nur sicherstellen, dass es Issys Sohn gut geht. Das verstehst du doch, richtig, Tomas?« Xavier sieht Ben an. »Du wüsstest wahrscheinlich auch gern, wie's ihr geht.«

»Wenn ihr einverstanden seid, würde ich gern noch ein bisschen am See bleiben«, sagt Cornelia.

Die anderen blicken mich an. Ich mag nicht an die Angst rund um diesen Anruf denken, Teresa, die mich mit ihrem Körper bedrängt, den Geruch der Erbsensuppe, die auf dem offenen Feuer köchelt. Hier draußen sehe ich die Welt, wie Marta sie mir gezeigt hat. Hier draußen habe ich die Hoffnung, einen Blick auf dich zu erhaschen.

122

Die gespenstisch weißen Stämme der *Betula papyrifera* ächzten. Schneekristalle flogen mir in die Augen, mein Atem malte Dampfwolken in die Luft. Allein, ohne die anderen, warf ich in der beißenden Kälte mein Beil, den Blick auf den Wulst im Baum gerichtet. Ich traf immer, ausnahmslos.

Die Feder – die Einzelheiten blieben unklar: Warum war sie rabenschwarz, warum hatte sie Abraham auserwählt – es bedeutete zumindest, dass du noch draußen im Wald warst. Ich dachte, ich würde weinen – die Kälte brachte mich durcheinander –, dabei lachte ich eigentlich oder lachte beim Weinen. Mein Herz summte wie eine Hornisse, aber ich würde mich still verhalten. Ich würde der kleine Sammy Weaver sein und auf der Lauer liegen. Du hattest mich auf die Probe gestellt. Ich würde dich nicht im Stich lassen.

Ich klopfte wie verabredet dreimal. Aus der Hütte drang das Donnern schwerer Möbelstücke, bevor Ben die Tür aufmachte. Ich spürte Bens Atem im Nacken, als ich an ihm vorbei in die enge Hütte ging.

»Ist Gabby nochmal aufgekreuzt?«, fragte er, während er die Stühle wieder als Barrikade vor die Tür schob.

Richtig; ich hatte ihnen ja gesagt, ich würde nachschauen gehen, ob Gabby noch irgendwo in der Nähe war, damit Issy raus konnte zum Pinkeln. Gabby klopfte Tag und Nacht bei uns an der Tür, ging weg, kam wieder und stand bettelnd vor der blockierten Tür. Issy beharrte darauf, sie dürfe nicht reingelassen werden.

Issy lief, immer noch in Hausschuhen, schluchzend auf und ab. Xavier sah mich an: Issy hatte normalerweise keinerlei Veranlagung zum Schluchzen. Schließlich beruhigte Cornelia sie so, dass sie sich zu uns ans Feuer setzte. Sie streichelte ihr den Arm. »Warum kommst du nicht heute Abend mit ins Haupthaus zum Essen?

Ich bleibe die ganze Zeit neben dir sitzen, und danach kommen wir gleich wieder her und spielen Speed.«

Bei der Erwähnung des Kartenspiels schniefte Issy hoffnungsvoll.

»Und vielleicht wäre es ja auch gar nicht so schlecht, sich wenigstens anzuhören, was Gabby zu sagen hat, weißt du? Vielleicht kannst du ihr ja sagen, dass –«

»Ich rede nie wieder mit der«, sagte Issy.

»Aber es tut ihr doch leid!« Cornelia versuchte, nicht in Tränen auszubrechen. »Es tut ihr so leid. Kannst du ihr nicht verzeihen? Sie ist deine Mutter, Iss.«

Issys Mund wurde schmal. Sie schüttelte den Kopf. »Jim ist ein Ungeheuer.« Sie sah mich an. Sie blinzelte, einmal, zweimal, wie du früher, wenn du wolltest, dass ich die Führung übernahm. »Oder?«

Jim war schwach und versoffen und konnte einem leidtun. Er war verwirrt und unglücklich. Ihn ein Ungeheuer zu nennen, war zu einfach.

»Ja«, sagte ich. Denn wenn Issy Gabby vergab, würden sie sich wieder vertragen und Zuhause verlassen. Ich konnte nicht ohne Issy in Zuhause leben, aber ich musste bleiben, weil ich dich wiedersehen wollte. Im Grunde war Jim nur ein Mann wie andere Männer auch – alle wollten sie etwas und glaubten, sie konnten es sich einfach nehmen, und wir ließen es zu. Oder etwa nicht?

123

»Jetzt sind sie weg. Wir könnten abhauen. Unsere Anwälte anrufen.« Cornelia klingt bestimmt. Der Wind bläst Fransen in die Wasseroberfläche. Bei Blueberry Island verschwindet ein Eistaucherpaar, *Gavia immer*, unter Wasser, und ist noch nicht wieder da, als wir bis fünfzig gezählt haben. Weit weg tauchen die Vögel schließlich wieder auf, die schwarzen Köpfe deutlich als Umrisse vor dem Ufer zu erkennen. Vielleicht bist du ja da draußen auf der Insel und wartest ab, was ich als Nächstes mache, oder beobachtest uns aus einer hohen Kiefernkrone von oben. Garantiert lachst du darüber, wie inkompetent ich die Sache handhabe. Ich bin mit Gebrüll angerückt und jetzt … passiert gar nichts. Vielleicht wolltest du mir diese Lektion erteilen. Vielleicht hast du mir den Flügel gezeigt, um mich zurückzulocken, nur um dann wieder zu verschwinden und mich daran zu erinnern, wie oft ich dich im Stich gelassen habe.

Cornelia hat recht: Zu Fuß von hier zu verschwinden wäre zwar nicht einfach, aber möglich. Wir würden uns durchs Unterholz kämpfen und über die Feldsteinmauer klettern, die uns vom nächsten Grundstück trennt. Irgendwann würden wir auf eine Hütte mit einem Fischer darin stoßen, der gerade Speck brutzelt. Wir würden fragen, ob wir bei ihm telefonieren dürfen, würden die Polizei anrufen oder Anwälte, warum nicht, auch wenn ich mir nicht ganz sicher bin, wie uns das helfen würde, aber Cornelia scheint es zu wissen, und sie versteht besser, wie die Dingwelt funktioniert.

Aber dann würde Abraham die Briefe abschicken, und ich glaube nicht, dass selbst die besten Anwälte das wieder hinbiegen könnten. Vielleicht weiß Cornelia das. Vielleicht sitzt sie deswegen hier, auf dem in den See hinausragenden Felsen, die Arme um die Beine geschlungen.

»Ich muss ständig dran denken, wie Tomas immer überall hingekackt hat.«

Schwach kehrt die Erinnerung zurück: der kleine Tomas, der sein Hemd hochhob und sich mitten auf den Weg hockte. Cornelia, die ihn mit einem Ahornblatt abwischte.

»Wir haben uns immer alle darüber amüsiert: ›Achtung, Tretmine!‹ Was haben wir darüber gelacht.« Sie schüttelt den Kopf. »Armes Kerlchen.«

»Aber wir waren selbst noch Kinder.«

»Ist das wirklich eine Entschuldigung?«

Touché.

»Und dann Gabby. Wie wir sie behandelt haben. Dabei war sie die Einzige, die der Wahrheit ins Auge blicken wollte.«

»Na ja, Jim wusste auch, was wirklich los war. Wenn man ganz fair sein will.«

»Den brauchst du nicht fair zu behandeln.« Sie verengt die Augen. »Warum hat er versucht, dich anzugrapschen, was glaubst du?«

Damals dachte ich, ich hätte gelogen; dass er mich nur am Arm gepackt, mir aber sonst nichts weiter getan hatte. Jetzt, wo ich älter bin, weiß ich, dass ich mir das nicht ausgedacht habe. »Ich glaube, er hat es nicht verkraftet, dass Butterfly ihn nicht mehr wollte, als sie mit Philip zusammen war.«

»Ihr vergesst immer alle, dass ihr von meiner Mutter redet. Dass sie *mich* im Stich gelassen hat. Alle haben immer Mitleid mit dem armen Ben, weil er Ephraim verloren hat; aber Butterfly, die treibt's doch mit jedem, zum Glück ist sie weg. Dabei habe ich meine gesamte Familie an dem Tag verloren, an dem sie von hier verschwunden ist.« Sie beobachtet die Eistaucher.

»Das tut mir wirklich leid.«

»Von wegen.«

»Doch. Ich weiß genau, was das für ein Gefühl ist.«

Sie betrachtet mich kurz, dann nickt sie. »Jim hat versucht, mich zu vergewaltigen.«

»Wann?«

»Im selben Sommer, in dem er auch dich angegriffen hat. Nachdem meine Mutter mit ihm Schluss gemacht hatte. Da hat er versucht, in mein Bett zu kriechen.« Sie wirft einen Stein ins Wasser.

»Warum hast du nichts gesagt?«

Der nächste Stein. »Niemand sollte mich eine Schlampe nennen.«

»Das hätten wir nie gemacht.«

»Ganz sicher, Saskia? Du scheinst doch immer nach einem guten Grund zu suchen, warum unsere Freunde etwas gegen mich haben sollen.« Sie schürzt die Lippen. »Jedenfalls habe ich mich gewehrt und ihn vertrieben. Ich wollte auf keinen Fall so enden wie meine Mutter.«

Ich laufe schamrot an. »Du hättest es uns ruhig sagen können, statt es mit dir alleine auszumachen.«

Sie schweigt so lange, wie die Eistaucher unter Wasser bleiben. »Ich verstecke mich, wenn ich mit dir zusammen bin. Ich habe so viel Angst davor, von dir verurteilt zu werden. Ich habe mich nicht mal getraut, vor dir zu beten, bis neulich am Abend.« Sie fasst hoch, um mit der unsichtbaren Kette um ihren Hals zu spielen – es muss ein Kruzifix sein. »Ich habe Tausende Dollar für Psychotherapie ausgegeben, aber ich komme immer wieder nur bis zu diesem einen Punkt. Dumm, aber wahr. Ich will immer nur so gut sein wie …«

»Wie was?«

»Wie du, Saskia. Ich wollte auch, dass Ben mich so ansieht wie dich – wie er dich immer noch ansieht. Ja, das tut er, das weißt du genau. Abraham hat dich immer für etwas so unglaublich Besonderes gehalten. Du warst immer die Auserwählte.« Sie räuspert sich. »Und du bist sicher, dass Abraham sich nie an dich rangemacht hat? Du weißt schon.«

»Hat er nicht.« Warum ist es mir so wichtig, ihn gegen diesen Vorwurf zu verteidigen, wenn das, was er uns angetan hat, auch schrecklich war, nur anders? »Er hat dich nie angegrapscht?«

»Nein.« Sie glaubt mir.

»Aber es war Abrahams Schuld, dass es keine Vorschriften gab. Und Jim hat uns nur angegriffen, weil alles erlaubt war.«

»Aber es gab doch jede Menge Vorschriften.«

»Du hast geglaubt, es gäbe Vorschriften, weil sie für dich geschaffen waren. Sie waren nur da, damit du wusstest, wie viel Macht du hast. Du warst wichtig. Etwas Besonderes. Die Vorschriften haben dir das Entdingen beigebracht, damit du dich hier auf Schritt und Tritt auserwählt fühlen konntest. Mit diesen Vorschriften hat Abraham dich an genau den Punkt gebracht, wo er dich haben wollte. Damit er dich als Waffe benutzen konnte, wie er so oft gesagt hat. Und als er dich brauchte, warst du da, zu seiner Verfügung.«

»Das ist unfair«, verteidige ich mich.

»Warum?«

»Du warst auch da.«

»Da hast du recht.« Sie kommt auf die Füße und wischt sich die Hose ab. »Und das werde ich mir niemals verzeihen.« Sie blickt am Seeufer entlang. »Wir müssen versuchen, die Sache wieder geradezubiegen, stimmt's? Auch wenn es unmöglich ist?«

»Ja.«

Eine Bö kommt übers Wasser. Cornelia mustert mich, als mir der Wind in die Haare weht. »Wenn ich es nicht wüsste, würde ich nie im Leben glauben, dass du dich die letzten sechzehn Jahre lang zu Hause eingeschlossen hast.«

»Was willst du damit sagen?«

»Du wirkst so … zufrieden.«

»Ich bin nicht zufrieden.«

Cornelia geht ohne mich den Weg hoch. Ich lausche, ob ich dich höre, aber du versteckst dich.

124

Ende März wurde der Schnee endlich weniger. Die Luft war immer noch nicht warm, versprach aber etwas anderes als Kälte. Aus Abrahams Radio dröhnten unentwegt Theorien über die FBI-Manöver und David Koreshs weiteres Vorgehen. An diesem Morgen übertönte ein Schrei das Radiogeklapper und hallte den Berg hinunter; wir rannten so schnell wie möglich zur Einfahrt, um zu sehen, wer gestorben war – alle, außer Issy, die sich nach wie vor in der Hütte verschanzte, um Gabby aus dem Weg zu gehen.

Sarah kniete vor dem Haupthaus auf dem Boden und riss an ihren Kleidern. Ich hätte nicht gedacht, dass Leute so etwas wirklich machten.

Schlitternd kam Ben neben ihr zum Stehen. »Was ist denn los, Ma?« Verzweifelt drehte er sich im Kreis, damit ihm irgendjemand etwas sagte. Aber das einzige Zeichen eines anderen Erwachsenen war Abrahams geschlossene Tür, hinter der das Radio plärrte.

Nora kam hinter einem Baum hervorgeschossen und zeigte in Richtung Einfahrt. »Daddy hat sein Werkzeug mitgenommen.«

Amos tauchte auf und spuckte auf den Boden. »Dein Dad ist mit dieser Hure weggerannt.«

»Butterfly ist keine Hure!«, kreischte Nora, als hätte sie so ein Wort schon ein Dutzend Mal in den Mund genommen. Sie riss sich von uns los und raste in den Wald.

Ben war bei seiner Mutter. »Er ist weg? Er ist mit Butterfly abgehauen?«

Cornelia wich vor uns zurück und lief weg. Xavier blickte ihr hinterher und dann mich an, bevor er Cornelia in den Wald folgte, was hieß, ich brauchte mich nicht um sie zu kümmern.

»Ich hab's doch gewusst«, heulte Sarah und starrte die Einfahrt hinunter. »Ich wusste, dass er es auf die Frau abgesehen hatte, aber ich wollte es einfach nicht glauben. Er ist ein guter Mann. Er ist ein guter Mann.«

Ben versuchte, seine Mutter in den Arm zu nehmen, aber sie schob ihn weg. Ihr Wehgeschrei klang mittlerweile wie jämmerliches Blöken. »Er kommt ja wieder, Ma.« Aber dass Ephraim seine rote Werkzeugkiste mitgenommen hatte, ließ sein Verschwinden aus Zuhause endgültiger wirken als alles andere. Ich wusste, dass Ben etwas sagen musste, um Sarah zu trösten, um sie zurück zu Verstand zu bringen. Aber er stand nur stumm da.

»Dein Brot«, sagte ich. Es war das Erste, was mir einfiel. »Die Mutter.« Ich meinte: Dein Brot wird die beiden zurückrufen. Ich meinte: Versenk deinen Kummer im Teigkneten und Backen. Ich meinte: Gib uns zu essen.

Sarah hob den Kopf, als wären meine Worte mit dem Wind an ihr vorbeigeweht. Sie folgte ihnen ins Haupthaus und wischte sich mit der Hand das Gesicht trocken. Es dauerte nicht lange, da hörten wir die Küchentür am anderen Ende des Blockhauses knallen. Jemand schrie von drinnen. »Sie hat die Mutter genommen.«

Wir machten uns auf den Weg hinunter zur Latrine, aber als wir Sarah eingeholt hatten, hatte sie die Mutter schon in das stinkende schwarze Loch gekippt. Ben hob verzweifelt die Arme und trabte den Hang hinunter. Ich folgte ihm, an dem geschlossenen Hühnerstall und dem unterm Schnee schlafenden Garten und den Hütten vorbei. Issy saß immer noch eingeschlossen in unserer Hütte. Ich überlegte, ob ich ihr die Neuigkeiten erzählen sollte, aber Ben stand schon zehn Meter vom Ufer entfernt auf dem Eis.

Die glatte Eisschicht knackte unter meinen Füßen. Mit jedem Schritt ein Knacken. »Ben, wir dürfen nicht aufs Eis. Es ist nicht mehr dick genug.« Die Sonne blendete mich. Weiße Buckel warfen hier und da einen Schatten. Blueberry Island war unter einer Schneewehe begraben.

»Glaubst du, sie fängt wieder mit Drogen an?« Seine Frage war einfach. Er dachte, ich kenne ein Geheimnis, von dem ich nichts ahnte. Ich wusste zwar nichts, aber mir war klar, dass er Sarah meinte. »Sie hat etwas sehr Schlimmes gemacht, Saskia. Was genau, weiß ich nicht, aber vielleicht hat sie sogar jemanden auf dem Gewissen? Ich weiß nur, dass sie früher Drogen verkauft hat, sie für ihren Vater transportiert hat. Mein Grandpa ist wahrscheinlich irgendein Großdealer oder so. Mein Dad hat mir gesagt, er hätte sie gerettet. Er meinte, er repariert gern Sachen, und da hätte er gewusst, dass er sie auch wieder heile machen kann. Er hatte von der Gemeinschaft in Zuhause gehört. Er wusste, dass sie hier in Sicherheit sein würde, weil es keine Versuchungen gibt. Er hat gesagt, wir könnten hier nie wieder weg.« Ben schützte seine Augen mit der Hand vor dem endlosen Weiß. »Aber vielleicht sollte ich ja Mutter und Nora nehmen und mit ihnen weggehen.« Sein Kinn bebte. »Wenn der Sheriff wirklich herkommt und uns alle abknallt.«

Ich streckte die Hand aus und strich ihm über den Arm. »Sie ist hier sicherer als sonst irgendwo. Genauso wie wir alle. Und wo willst du schon hingehen? Wir haben kein anderes Zuhause als das hier.«

»Ja«, sagte er nach kurzem Zögern. Dann fasste er nach meiner Hand.

125

Das Mittagessen ist ganz wie in alten Zeiten – Linsen und Reis. Sarahs Rezept besaß irgendein samtiges Geheimnis, aber bei Teresa schmeckt es bestenfalls wie das, was es ist: Reis mit Linsen.

Teresa beobachtet mich dabei, wie ich die Mahlzeit herunterwürge. Cornelia und Issy sind in irgendein besorgtes Gespräch über ihre Kinder verstrickt, und ich nutze die Gelegenheit und frage: »Wie geht es Jim?«

»Glaubst du wirklich, ich habe noch ein Wort mit dem Mann gewechselt? Nach dem, was er dir angetan hat?«

»Aber er war dein Mann, Teresa.«

Sie zuckt die Achseln. »Wenn du mich fragst, zählt Freundschaft viel mehr als die Ehe.«

Sind wir das – Freundinnen? »Und warum erpresst du uns dann?«

»Nur dass du's weißt: Ich habe euch nicht angelogen. Ihr habt gefragt, ob Abraham hier ist, und ich habe geantwortet, nicht auf dem Grundstück. Und das stimmt auch. Er ist auf Martas Grundstück. Ich bin keine Lügnerin.«

»Warum hilfst du ihm?«

Sie seufzt. »Tomas hat davon geträumt, hierher zurückzukehren, seit wir weggegangen sind. Er war noch so klein damals, und der Hundebiss war so schrecklich. Man sollte meinen, dass er alle Erinnerungen an Zuhause verdrängt hat. Aber für ihn wurde es nur noch wichtiger, weil wir so überstürzt wegmussten. Er ist mit dem Gefühl aufgewachsen, dass er die guten Zeiten am besten Ort der Welt verpasst hat. Als Abraham uns aufgespürt und hierher eingeladen hat, da konnte ich einfach nicht nein sagen.«

»Aber es waren keine guten Zeiten am besten Ort der Welt. Abraham hat uns benutzt. Er benutzt dich auch, Teresa.«

»Ach, das weiß ich doch.« Sie betrachtet ihren Sohn. »Aber ich wollte Tomas seine Wünsche erfüllen. Das hat er verdient, nach dem Preis, den er gezahlt hat.« Sie schenkt mir ein schnelles Lächeln. »Man könnte sagen, ich benutze Abraham auch.«

Wenn ein Fremder reinkäme, würde er uns für genau das halten, was Teresa gesagt hat: Freundinnen. Tomas schaufelt das Essen in sich rein. Bens Blick wandert von einem Gesicht zum nächsten. Xavier versucht, ein Gespräch am Laufen zu halten. Issys Braue ist sorgenvoll gerunzelt. Cornelias Finger spielen praktisch nonstop an dem Phantom-Kruzifix herum. Und ich? Ich blicke aus dem Fenster. Du, du, du.

126

Das Kampfgetümmel der Apokalypse in Texas riss uns aus dem Schlaf – erst die Stimme eines Mannes, dann eines anderen, beide aufgeregte Radioreporter: »Die Wohnanlage der Branch Davidians ist mit zwei Pionierpanzern gestürmt worden. Mithilfe eines Rammbocks wurde links von der Tür ein Loch in das Gebäude gebrochen. Es wird geschossen! Ich wiederhole, es wird auf beiden Seiten geschossen!«

Wir erwachten wie Soldaten, die den Gefechtsbeginn verschlafen hatten. Draußen war heller Morgen, aber der Tagesablauf in Zuhause – Frühstück kurz nach Sonnenaufgang, den ganzen Tag lang harte Arbeit – verlief mittlerweile, seit Teenager einen wesentlichen Teil der Behausten ausmachten, Ephraim und Butterfly nicht mehr da und Sarah die Küchenarbeit aufgegeben hatte, viel lockerer. Wir wurden sehr dünn. Abraham hockte meist vor dem Radio, Gabby blieb in ihrer Hütte, wo sie sich von Nüssen und allem ernährte, was Nora für sie aus der Küche mitgehen ließ. Die Mahlzeiten unterschieden sich nicht mehr voneinander: Pintobohnen, rote Bohnen oder Dicke Bohnen über Reis, von Amos zu einem Brei verrührt. Jeden Morgen rutschten die Bohnen des Vortags schnell, nass und stinkend aus unserem Körper in die Latrine.

Wir waren erstaunt, als wir feststellten, dass Abraham über das Handkurbelradio gekauert bei uns auf der Veranda hockte, als spende es ihm Wärme. Das Gewehr lehnte in Griffweite hinter ihm am Geländer. Die durch die nackten Zweige scheinende Sonne wärmte bereits. »Sie werden alle vergast.«

Cornelia öffnete den Mund, schloss ihn, dann öffnete sie ihn wieder. »Vielleicht will das FBI sie ja retten.«

Wieder Schüsse, die durch den Morgen knallten, in Texas und bei uns. »Klingt das wie eine Rettungsaktion?«

»Und woher weißt du das mit dem Gas?« Issy sah aus, als würde sie gleich in Tränen ausbrechen.

»Das würde ich jedenfalls machen.«

Ben sah mir ganz kurz in die Augen. Die Berührung seines Blicks erfüllte mich mit vergeblicher Hoffnung – als könne dieser Blick und das Gefühl, das er in mir auslöste, auch den Unbekannten in Texas das Leben retten. Krächzend kamen die aufgeregten Stimmen aus dem Radio, die das Massaker vor ihren Augen in eine aufregende Story verwandelten. Cornelia vergrub das Gesicht an Issys Hals. Xavier legte mir die Hand auf die Schulter.

Abraham führte uns zum Wasser und trug das Radio wie ein Leuchtfeuer vor uns her. Zwischen den nassen Kiefernnadeln waren die ersten Frühjahrsblüher zu sehen. Die kleinen Blüten zeigten sich nur, solange das Sonnenlicht bis auf den Waldboden schien und die Laubbäume noch nicht ausgetrieben hatten. Die süße kleine *Epigaea repens*, das im Wind tanzende Buschwindröschen, die wilde Akelei, intensiv rot und rosa. Marta hatte mir beigebracht, wie man sie fand, aber jetzt sah ich sie zum ersten Mal mit eigenen Augen.

Sich einen sonnendurchglühten Morgen in Texas vorzustellen war schwierig, aber auch bei uns war das Eis endlich geschmolzen, nachdem es tagelang am Seeufer geknackt und sich vom Rand gelöst hatte und in Schollen zerbrochen war, wie hart gewordenes Fett, dass sich auf einem abgekühlten Topf mit Sarahs Knochenbrühe absetzte. Die Luft war nach wie vor so kalt, dass wir zitterten.

»Der Panzer rechts vom Gebäude scheint einen Rammbock zu benutzen. Man mag nicht recht über so etwas spekulieren, aber es scheint, als seien das vorbereitende Schritte, um irgendeinen Kampfstoff dort in die Anlage einzuleiten, vielleicht Gas, vielleicht Tränengas.« Wie war es möglich, dass ein dreitausend Kilometer entfernter Ort so viel näher schien als unsere eigene Kleinstadt? Ich schloss die Augen, entdingte mich von meinem Körper und ließ mich vom Radio hintragen zu den Kindern, die dort in Texas ängstlich zusammengekauert saßen, während die Wände bebten und das Gas brennend in ihre Lungen drang. Ich wollte, dass sie zu mir sahen, zu dem freundlichen Gesicht, das sie aus dieser Geschichte herausreißen könnte.

Amos gesellte sich zu uns und setzte sich auf einen Baumstumpf. Er schnitzte ein Kaninchen aus einem Stück Treibholz. Abraham stand da, das Gesicht der Weite des Sees zugewandt. Er breitete die Arme aus. »Sehet den Wandel der Jahreszeiten.« Seine Stimme übertönte das Knallen der Schüsse aus dem Radio. »Sehet unsere große, wunderschöne Welt, wie sie sich entdingt.« Abraham hauchte seinen weißen Atem wie Kriegsgeschrei in den bitterkalten blauen Himmel. Sarah kam in ein Tuch gewickelt ebenfalls dazu. Vor der Vernichtung der Mutter hätte sie uns frische Brötchen mitgebracht. Nora versteckte sich hinter einem Baumstumpf und verschoss Kiesel mit einer selbstgebastelten Zwille.

War das Marta, die weiter oben über den Weg huschte? Etwas an den Kindern der Branch Davidians, die sich in Texas vor den Panzern versteckten, löste den Wunsch in mir aus, wieder ganz klein zu sein, lange, bevor Marta mich kannte, und mich von ihr in die Arme nehmen zu lassen. Aber nein, es war nur ein Streifenhörnchen, das mit dem ersten Frühlingsduft unterwegs war.

»Wer will mal?«, fragte Abraham. Er meinte das Gewehr. Das Geplärr der Nachrichten ging immer weiter. Es würde uns den ganzen Tag lang begleiten. »Xavier?«

»Oh, okay.« Xavier kam langsam näher.

Abraham händigte ihm das Gewehr aus. »Behandle es wie ein wildes Tier.« Xaviers Fingerspitzen zuckten vor der Waffe zurück. Er hob den Blick zu Abraham, und es wurde klar, worauf er hoffte: Er wollte von dem Mann gelobt werden.

»Na, vielleicht nicht direkt ein wildes Tier«, schmunzelte Abraham. »Eher wie jemand, der dein bester Freund werden soll.« Abraham legte seine Hände auf die von Xavier. Ben beobachtete die zarte Berührung. Sein Gesichtsausdruck erinnerte mich an mein eigenes Verlangen.

»Leg sofort das Gewehr weg.« Gabby hatte die Arme verschränkt. Sie stand keine fünf Meter von uns entfernt auf dem Pfad. Sarahs Blick raste zwischen Gabby und Abraham hin und her, als Abraham Xavier das Gewehr abnahm. Er zielte, nicht direkt auf Gabby, aber in ihre Richtung.

»Nein!«, schrie Sarah.

Abraham strahlte Sarah an und ließ das Gewehr sinken. »Das war doch nur Spaß.«

Amos schnitzte weiter.

»Das ist nichts für Kinder.« Gabby zeigte auf das Radio.

Abraham legte Xavier eine Hand auf den Kopf. »Sie sind Krieger.«

»Ihr seid Kinder«, sagte Gabby. Sie sprach zu Issys Rücken. »Das ist Gehirnwäsche, bei den Branch Davidians. Die Erwachsenen haben eine Gehirnwäsche verpasst gekriegt. Die armen Kinder dort werden den Preis dafür zahlen, dass ihre Eltern einem Kinderschänder hinterhergelaufen sind.« Sie wandte sich Sarah zu. »Dass Abraham sich auf die Seite von David Koresh geschlagen hat, bedeutet, dass er absolut alles von dem vergessen hat, wovon wir hier jemals geträumt haben. Du weißt, dass ich recht habe. Du weißt, dass es Zeit wird, hier wegzugehen.«

»Dann geh doch.« Abrahams Stimme wurde lauter. »Du redest ständig davon, dass du weg willst, Gabby. Warum verschwindest du nicht einfach, verdammt noch mal?«

»Es geht ihm nicht ums FBI.« Gabby sah Amos an. »Er erzählt euch hier irgendwelchen Bullshit, dass es ihm um Ideale oder was weiß ich geht. Dabei hat er uns das Essen vom Mund weggestohlen, weil er spielsüchtig ist. Und jetzt sollt ihr euch den Weg zur Apokalypse freischießen, weil er sich langweilt. Seine Langeweile wird euch noch umbringen!«

Sarah wollte offensichtlich zustimmen. Aber Abraham schnitt ihr das Wort ab, bevor sie etwas sagen konnte. »Kannst ruhig gehen, Gabby. Issy weiß ja schon, dass du sie nicht wolltest.«

»Mein kleiner Schatz.« Gabby schüttelte den Kopf. »Das ist Schwachsinn.«

»Issy will dich auch nicht.«

»Gib mir nur ein paar Minuten, Baby –«

»Sag's ihr.« Abraham starrte Issy ins Gesicht. »Na los. Sag deiner Mutter, dass nicht *ich* die Bedeutung von Zuhause vergessen habe. Dank euch« – er meinte uns fünf, die wir um ihn versammelt standen – »verstehe ich ein bisschen besser, zu wie viel wir in der Lage sind. Den Reichtum unserer Gaben.« Er trat auf Issy zu und hob ihr Kinn. »Na los. Sag deiner Mutter, was du wirklich willst.«

Eine einzige Träne lief Issys runde Wange hinunter.

»Baby.« Gabbys Stimme war sehr sanft geworden. »Mein süßer kleiner Schatz. Lass uns einfach reden. Nur du und ich. So wie früher. Wenn du danach immer noch hierbleiben willst, können wir auch darüber reden. Bitte. Ich flehe dich an, nur eine Minute. Mehr will ich nicht. Eine Minute deiner Zeit.« Gabby streckte ihr die Hand entgegen. Die Hand blieb, wo sie war, auch wenn man ihr die Absicht, den dringenden Wunsch ansah, sich in den leeren Raum zwischen ihnen zu schieben, nach dem Hemd ihrer Tochter zu greifen und sie an sich zu ziehen. »Es ging immer nur um uns, dich und mich.«

Etwas an diesem Satz brachte Issy wieder zu sich. Sie stapfte durch den letzten nassen Schnee direkt auf die ausgestreckte Hand zu. Sie war mehr als einen ganzen Kopf größer als ihre Mutter, aber als sie jetzt vor Gabby stand, richtete sie sich noch weiter auf. »Und es war nicht genug.«

»Es war mehr als genug.«

Issy schüttelte den Kopf. »Du hast gesagt, wir wären stärker, wenn wir mehr wären als nur wir beide. Dass wir dann glücklicher wären.« Sie beachtete ihre Tränen nicht. »Du hast gesagt, dass eine Familie mehr als zwei Leute sein soll. Also.« Issy drückte sich an uns. »Damit hattest du recht.« Das Nächste sagte sie mit einem Zischen: »Geh. Jetzt. Und komm nicht wieder.«

Gabby verschlug es den Atem. Aber sie bettelte nicht. Sie packte ihre Tochter nicht. Sie sah uns nicht mit einem letzten, langen Blick an. Sie stand einfach einen Moment reglos da, am Scheidepunkt zwischen dem, was gewesen war und dem, was kommen würde. Und dann ging sie mit straffen Schultern den Weg hinauf. Sarah stand auf, um ihr zu folgen, aber Abrahams drohender Blick reichte, und sie setzte sich wieder. Amos schnitzte immer noch.

»Es handelt sich um einen militärischen Angriff, so groß, so etwas hat es praktisch noch nie auf amerikanischem Boden gegeben«, rief der aufgeregte Reporter und füllte mit seinem Geplärr die Leere, die Gabby hinterlassen hatte. Ein Streifenhörnchen streckte direkt neben Abrahams Fuß den Kopf aus einem Loch und verschwand laut schnalzend wieder unter der Erde. Abraham lächelte hinunter auf das kleine Wesen, dann hob er den Blick und zeigte auf die Fischerhütten am gegenüberliegenden Ufer, die immer noch vom Winter vernagelt waren. »Sie lauern uns auf.« Er meinte den Sheriff. Er meinte die Polizisten und das FBI. »Sie sehen, dass wir uns gut verteidigen können.« Wir hatten nichts als ein Gewehr, mein kleines Beil, die Küchenmesser, Amos' Schnitzmesser und, irgendwo im Wald, Noras Zwille.

»Vergesst nie« – er zeigte auf die dunklen Fenster am anderen Seeufer – »dass sie nach dem Gesetz handeln, wenn sie euch mitnehmen. Saskia, Cornelia, Xavier und Issy – ihr seid hier allein ohne Eltern, jedenfalls der offiziellen Meinung nach. Ihr seid ›minderjährig‹ – was immer das heißen soll. Die Dingwelt erkennt es nicht an, dass wir eine Familie sind. Sie vergasen die Kinder in Texas, jetzt, in diesem Augenblick. Ich sorge für eure Sicherheit. Bei mir seid ihr sicher, egal, was sie mit uns vorhaben.«

Voller Angst und Vorahnung zu warten, Ruhe und Bereitschaft zu bewahren, war schwer. Abraham sah mich an, bevor ich ihm ein Lächeln schenkte. Dann drehte er sich um, mit dem Rücken zum See. Er hob seinen Parka. Er knöpfte den Hosenstall auf. Er zog die Hose runter und reckte dem anderen Ufer seinen blanken Hintern entgegen.

Cornelia kicherte nervös. Nora kam aufgeregt aus ihrem Versteck hervorgeflitzt: »Was? Was? Was ist so lustig? Verrat's mir!« Beim Anblick von Abrahams nacktem Po lachte sie laut los, und dann ließ sogar Amos das Messer sinken und schmunzelte, Sarah schüttelte den Kopf, als sei Abraham ein ganz Schlimmer, und Gabbys Abschied war vergessen.

Aber Ben lachte nicht mit. Er blickte hinaus zu der Eisscholle auf dem See, wo er nach meiner Hand gefasst hatte. Bald würde sie weggeschmolzen sein, und dann würde es diesen Ort nie mehr geben.

»Du brauchst sie nicht.« Abraham zog Issy an sich. »Du brauchst keine Mutter.«

Ben wandte den Blick ab und schaute Sarah an. Wenn er nicht zu unserer Eisscholle sah, würde ich sie nie wiederfinden, das wusste ich.

127

Wir verteilen uns, während wir auf Abrahams Ruf warten – Issy und Cornelia sitzen mit ihren Muttersorgen auf der Veranda des Haupthauses, Xavier sinnend auf den Stufen unserer alten Hütte. Ben tritt gegen die vermoderten Beeteinfassungen, wo früher der Garten war. Wahrscheinlich stellt er sich vor, das sei Abrahams Kopf, den er mit seinen Stahlkappenstiefeln bearbeitet. Tomas beobachtet uns von irgendwo. Teresa steht auf der Treppe des Haupthauses und mustert uns mit verschränkten Armen.

Wir sollten vielleicht einfach warten, bis wir ihr langweilig werden. Wir sollten uns zusammenrotten, sobald sie wieder hineingeht. Wir sollten flüstern. Wir sollten Pläne schmieden. Ich sollte in der Nähe bleiben, damit die anderen keine Entscheidungen ohne mich treffen.

Aber ich bin frei. Offen liegt die dinglose Welt vor mir: Die beim ersten Schritt wegflitzenden Streifenhörnchen, die Flechten, die silbrig grün und schuppig Granitbrocken und Baumstämme bedecken, das unaufhörliche Rieseln der Kiefernnadeln, die von den Zweigen hinunter auf den Waldboden regnen. Jeder Farnwedel, jeder Tannenzapfen, jede Vogelschwinge ist von Sonnenlicht gesäumt, und es ist gefährlich, meine Schritte führen mich von den anderen weg, mitten ins Herz dieser Fülle. Ich bin aufgekratzt, dabei müsste ich doch finster gestimmt sein. Ich fühle mich wieder wie ein Mädchen, voller Leben, voller Neugier. Das gehört sich nicht, würde Cornelia vermutlich sagen. Dieser Blick, als sie mich »zufrieden« genannt hat. Die Brise ist ein Wispern auf deinen Lippen. Du küsst meine Augen, als sie sich von der Sonne geblendet schließen.

»Was ist mit dir?«

Ben. Wie er es vor mir runter ans Wasser geschafft hat, ist mir ein Rätsel. Er blickt den Pfad nach oben. Wir sind allein. Er macht einen Schritt auf mich zu. Ich erröte von Kopf bis Fuß.

»Ich weiß, was wir machen.« Seine Stimme hallt durch meinen Kopf, als wolle sie dort Wohnung nehmen. »Du, äh, du suchst was im Wald. Du weißt, was ich meine. Du suchst etwas, und dann machen wir …«

Ach, wäre der Augenblick davor doch nie vergangen. Vor diesem. Vor der Brutalität, die er immer von mir verlangen wird. Er will Jenny. Die süße, vertrauensselige, fruchtbare Jenny.

»Wo willst du hin?«, fragt er. »Wir brauchen einen Plan.«

Du, du, du.

128

Der Sonnenaufgang malte eine violette Linie über den Horizont, als sie kamen. Es war Kriebelmückensaison, zwischen Muttertag und Vatertag, zwei Feiertagen, die keiner feiern wollte. Die Staatsgewalt kam ohne Geschrei oder Gewehre, und es waren auch nur zwei: Sal und ein junger Polizist, der angewiesen war, den Mund zu halten. Ich verschlief ihre Ankunft, schlief tief und fest, und im nächsten Augenblick war Nora da, ihre offenen Schnürsenkel schlappten über den Boden, wie ein Gespenst sah sie aus im Nachthemd mit aufgelöstem Zopf, und schrie, wir sollten weglaufen, uns verstecken.

Wir stolperten hinaus in den kühlen Morgen. Issy hatte ihre Zudecke um die Schultern geschlungen. Cornelia zitterte. Xaviers Stirnlocke stand zu Berge wie ein Hahnenkamm. Ben hatte einen wilden Blick. Stimmen hallten von der Einfahrt herunter. Ich flüchtete durch den Wald, runter vom Grundstück, Kiefernnadeln raschelten, Zweige knackten, mein Herz galoppierte, voller Grauen und ja, auch Aufregung – die Polizei würde mich jede Minute schnappen. Schüsse würden durch den Wald gellen. Leichte Enttäuschung zwickte mich, als sich herausstellte, dass es nicht so rasch wie erwartet zum Showdown kommen würde. Aber ich war auch froh, nicht in den Rücken geschossen oder vergast zu werden wie die Kinder in Waco. Und man durfte natürlich nicht vergessen: Sie würden uns bei der erstbesten Gelegenheit mitnehmen, auch ohne Feuergefecht. Das durften wir nie aus dem Blick verlieren. Ich drehte mich um, weil ich das zu den anderen sagen wollte, aber Cornelia und Issy und Xavier und Ben und Nora waren verschwunden.

Mir war natürlich klar, dass sie sich nicht einfach in Luft aufgelöst hatten, aber so schien es auf den ersten Blick. Im Wald wimmelte es nur so vor Leben – der quäkende Ruf des Kanadakleibers, ganz weit oben ein Fischadler – auf Latein herrschaftlich *Pandion haliaetus* –, der beim Jagen einen hohen Schrei ausstieß. Doch ohne meine Freunde schien es, als sei ich der letzte Mensch in der Welt der Dinge und der Dinglosigkeit.

129

»Saskia. Hey, Saskia. Saskia! Ich weiß, dass du mich hörst.«

Dabei hörte ich sie nicht. Oder wollte es zumindest nicht. Aber jetzt hat Issy mich aus meinen Gedanken gerissen, auf dem Felsen, der wie eine kleine Halbinsel ins Wasser ragt, wo wir zum ersten Mal miteinander sprachen, als wir noch Kinder waren.

»Hey, was ist los?« Sie rüttelt mich an der Schulter.

»Muss ich irgendwas tun?«

»Wir brauchen einen Plan, wie wir hier rauskommen. Du weißt genau, dass Ben seine Pistole benutzen wird, wenn wir ihm das nicht ausreden.«

»Habt ihr's probiert? Ich meine, es ihm auszureden?«

»Mit ›wir‹ meine ich dich. Er wird nur auf dich hören.« Sie ist mir jetzt ganz nah, so nah wie damals am ersten Tag. Blueberry Island schwimmt an derselben Stelle wie immer auf dem Wasser. Du bist irgendwo hier. Ich muss einfach nur zur rechten Zeit am rechten Ort sein.

»Ist alles in Ordnung?«, fragt sie mich.

»Natürlich ist alles in Ordnung.«

»Irgendwas verschweigst du mir doch.«

Das höre ich nicht zum ersten Mal.

Aber das, was sich auf meinem Gesicht abzeichnet, verändert auch ihren Gesichtsausdruck – sie will es nicht mehr wissen. »Als wir bei dir in Connecticut waren, habe ich ein solches Mitleid mit dir gehabt. Es sah wirklich aus, als würdest du dich vor allem fürchten, und ich habe gedacht: Das überstehst du nicht, diese Reise. Aber hier wirkst du … völlig ungezwungen. Wenn ich es nicht besser wüsste, würde ich sagen, du freust dich. Freust dich, wieder hier zu sein.« Sie hat offensichtlich mit Cornelia gesprochen.

»Natürlich freue ich mich nicht.«

Sie mustert mich skeptisch.

»Na ja, so schlecht ist es hier doch wirklich nicht, oder? Wir haben immerhin jemanden umgebracht, um in Zuhause bleiben zu dürfen.«

»Ich halt's nicht aus! Vor drei Tagen durfte ich das Wort noch nicht mal aussprechen. Und jetzt redest du so locker darüber, als wäre es eigentlich ganz okay gewesen?«

»Ich sage nicht, dass es okay war, ich meine nur –«

»Nein. Weißt du was? Mir reicht's jetzt mit dir! Mein Sohn ist bei einer Fremden und weint, weil ich hier wegen einem Mord erpresst werde, und die einzige Lösung ist, noch einen Mord zu begehen? Nein. Das kommt nicht in Frage, dass du hier sitzt und den herrlichen Blick aufs Wasser genießt und den romantischen Erinnerungen an das Schrecklichste nachhängst, das wir je im Leben begangen haben.« Sie atmet tief durch. »Zumindest dem Schrecklichsten, das *ich* im Leben begangen habe.« Ich reagiere nicht darauf. Sie dreht sich herum, dem Wald zu. »Wo guckst du ständig hin?«

»Ich gucke nirgendwo –«

»Du guckst ständig irgendwo hinter mich. Ist Abraham da irgendwo?«

»Ich bin nur abgelenkt, na und?«

»Abgelenkt? Nein. Vergiss es. Konzentrier dich gefälligst ein bisschen! Wir stecken in einer Scheißsituation. Es geht um Leben oder Tod, und du hast nichts Besseres zu tun, als die Aussicht zu genießen. Du bist sowas von wirklichkeitsfremd! Du hast dich doch vor Jahren von der Realität verabschiedet. In deiner tollen Festung oben auf dem Berg hinter Tor und Wassergraben –«

»Ich habe keinen Wassergraben.«

»Ja ja, ich hab's kapiert, du bist verrückt. Du bist depressiv. Dir ist was Schreckliches passiert, als du ein kleines Mädchen warst. Aber weißt du was? Mir sind auch schreckliche Sachen passiert. Und eine Menge von diesen schrecklichen Sachen sind uns hier passiert, uns beiden! Aber du denkst ja immer nur an dich.« Wieder wendet sie den Kopf dem Wald zu. »Wohin. Guckst. Du?«

»Ach, nichts.«

Issy lässt nicht locker.

»Man kann es nicht rational erklären.«

»Ja, ich weiß.« Sie kommt näher auf mich zu. »Sag es.«

»Manchmal glaube ich … seit langem nicht mehr … aber als wir hier angekommen sind, als Tomas uns mit der Pistole bedroht hat … da habe ich … ein Zeichen gesehen. Von ihm.«

»Sicher. Er sitzt da oben in seiner Scheißhütte und dreht Däumchen, während er uns das Leben ruiniert.«

»Nicht Abraham.« Jetzt. Ich werde es tatsächlich aussprechen. »William.«

Issy steht nur da. Sie steht lange regungslos da. Erst glaube ich, dass sie etwas Nettes sagen wird. Dann glaube ich, dass sie etwas Gemeines sagt. Dann glaube ich, dass sie nie wieder sprechen wird. Schließlich sagt sie: »Sogar in deinem Wahn geht es nur um dich.«

Wir stehen da wie Fremde, zwischen uns ein riesiger Abgrund.

»Du bist also wirklich davon überzeugt, dass der Geist eines toten Kindes wichtiger ist als mein Sohn? Mein Sohn – mein lebendiges, echtes Baby – hockt ein paar Kilometer entfernt und wartet drauf, dass ich endlich zurückkomme. Dein Bruder ist tot. Er ist seit deiner Kindheit tot, verdammt noch mal! Ich weiß nicht, was an dem Tag vorgefallen ist, an dem er starb, oder ob du etwas damit zu tun hattest. Ja, ich spreche es jetzt einfach mal laut aus, weil ich den Gedanken seit Jahren nicht loswerde. Wir alle fragen uns das, aber keiner hat den Mut, es auszusprechen. Ganz ehrlich gesagt will ich es auch gar nicht wissen. Es ist mir egal. Weil es nichts mit meinem Sohn zu tun hat, und momentan interessiert mich nichts anderes. Ich will, dass dieser Abschnitt meines Lebens vorbei ist, am besten heute, damit ich Sekou endlich wieder eine anständige Mutter sein kann. Und dazu brauche ich verdammt noch mal deine Hilfe. Also reiß dich zusammen. Begrüße William oder was zum Teufel du hier tun musst, lad ihn ein, uns zu helfen, aber klinke dich nicht aus. Du darfst dich nicht ausklinken. Ich werde nicht zulassen, dass du dich mit deinem Egoismus für wichtiger hältst als mein wunderbares, lebendes, atmendes Kind.«

130

Martas Haus lag direkt vor mir, deswegen robbte ich auf dem Bauch daran vorbei. Ich wollte hoch zum Bergkamm und nach Farnschösslingen Ausschau halten. Mein Magen knurrte, vor meinen Augen drehte sich alles. Ich merkte, dass ich am Tag zuvor nichts gegessen hatte. Die vielen Bohnen, die knatternd durch uns hindurchrutschten, das viele Schlafen, das Dröhnen aus dem Radio, die Warterei – ein Tag verschwamm zunehmend mit dem nächsten.

Aber wenigstens hatte ich die anderen. Issy und Xavier und Cornelia und Ben. Wenigstens blieben wir zusammen, in Zuhause. Wenigstens hatte ich Weymouthskiefern und Rothörnchen und Blaubeerbüsche – *Pinus strobus, Tamiasciurus hudsonicus, Vaccinium myrtilloides*. Wenigstens war es bald wieder Sommer, Abraham hatte niemanden erschossen und war auch nicht erschossen worden. Vielleicht brauchten wir ja nicht mehr so viel Angst zu haben.

Knackend kamen Schritte den Weg entlang. Ich lag schon auf dem Bauch. Ich wieselte ein Stück zurück, immer im Rhythmus der Schritte, und schaffte es ungehört hinter einen umgestürzten, moosbewachsenen Baumstamm neben dem Weg. Ich war unsichtbar.

Stiefel. Ein Mann. Entfernt ein laufender Motor auf der Bushrow Road. Zigarettenrauch. Ein Klopfen an Martas Tür. Ich war weit genug entfernt, dass ich den Kopf heben und zwischen den knotigen Wurzeln, Ästen und Laub am Boden hindurchspähen konnte.

Der Sheriff.

Mir drehte sich der Magen um. Sein Ding, das aus ihr herausrutschte, stand mir wieder vor Augen. Warum fand ich den Gedanken daran so schrecklich, konnte aber auch nicht aufhören, daran zu denken? War er schon wieder da, um es mit ihr zu treiben? Würde ich hier draußen liegen und es mitanhören?

Die Tür ging auf. Ich sah den Rücken des Sheriffs – sobald er zurückkam, musste ich mich ducken –, aber Martas Gesicht war hinter dem Stamm einer Hängebirke verborgen. Er hatte den Hut abgenommen und drehte ihn in den Händen. »Ich wollte dir einen Auflauf bringen.«

»Bring mir bloß nichts, was sie gekocht hat.«

»Wie geht es dir heute?«

»Wie ist es gelaufen?«

»So, wie du's vorhergesehen hast. Wir sind unbewaffnet gekommen. Henry hat Schiss gehabt, aber ich habe ihm gesagt, er soll Abraham einfach wie einen ganz normalen Menschen behandeln. Aber er hatte natürlich Angst wegen der vielen Gerüchte. Dass hier Kinder gefressen werden und so weiter. Ich habe Abraham mitgeteilt, dass er runter muss vom Grundstück – wenn es nach der Bank geht, bleiben ihm genau zehn Tage. Er hat gelächelt und mir auf den Rücken geklopft. So getan, als wäre ihm das piepegal.« Der Hut hörte auf sich zu drehen. »Er macht nicht den Eindruck auf mich, als würde er gewalttätig werden.«

»Er hat Gabby mit dem Gewehr bedroht.«

»Mein Gott. Echt?«

»Sie ist weg, ohne Issy – das Mädchen wollte nicht mitkommen.«

»Damit kann ich ihn drankriegen, weißt du. Die Kinder –«

»Warte damit. Wenn du etwas wegen der Kinder unternimmst, wird er unzurechn–« Sie fing an zu husten. Es war ein feuchter Husten. Ich sah eine Hand, die sich am Türrahmen festklammerte, und dass der Sheriff den Arm ausstrecken und sie stützen wollte, aber stattdessen die Faust ballte.

»Du musst wirklich zum Arzt«, sagte er, als der Anfall vorbei war.

»Der Arzt kann auch nichts machen.«

Er räusperte sich. »Marta, ich wollte dir sagen –«

»Weiß sie, dass du hier bist?«

Er trat einen Schritt zurück. »Komm weg hier von diesem verfluchten Berg. Wir suchen dir eine Wohnung im Ort.«

»Da wäre sie sicher begeistert.«

»Sie braucht es ja nicht zu wissen.«

»Aber ich weiß es.«

Seine Füße bewegten sich nicht. Er blickte sie direkt an, aber ob sie seinen Blick erwiderte, konnte ich nicht sehen. »Hier oben gibt es doch nichts mehr für dich«, sagte er nach einem langen Schweigen.

»Er ist hier.«

Sal räusperte sich. Setzte den Hut wieder auf. Entfernte sich. Ich drückte mich flach auf den Boden, als er die vier Stufen hinunterkam. Knirschend ging er über den Weg zurück zu Henry und dem wartenden Polizeiwagen.

Bei den Schritten des Sheriffs musste ich überhört haben, wie sich Martas Tür schloss. Aber wenn nicht, wenn sie noch auf der Veranda stand, dann würde sie mich sehen. Ich zählte bis hundert und dann nochmal bis hundert. Garantiert war sie wieder drinnen. Ich lauschte angestrengt – Mozart im Radio, die Toilettenspülung. Aber da war nichts. Mein Bein juckte. Je mehr ich versuchte, nicht an das Jucken zu denken, desto schlimmer wurde es, und außerdem hatte ich wahrscheinlich sowieso nur das Klappen ihrer Tür verpasst, weil seine Schritte zu laut gewesen waren. Ich hob den Kopf.

Sie stand in Jogginghose und Holzfällerhemd direkt vor mir und sah mit gerunzelter Stirn auf mich herunter. »Du hast eine Zecke im Gesicht.« Fluchend wischte ich mir über die Wange, aber sie machte eine Bewegung, dass ich aufstehen sollte. »Andern Leuten hinterherspionieren … Komm, ich zieh sie dir raus.«

131

»Will er sich nun mit uns treffen oder nicht?« Bens Knie bringt den Tisch zum Wackeln.

Teresa zuckt die Achseln. Tomas kaut weiter. Zum Abendessen gibt es Spaghetti mit Erdnusssoße, zu salzig, zu trocken.

»Erzähl mir nicht, dass er immer noch pennt.« Das Besteck klirrt. »Ich weiß genau, dass er in der Hütte sitzt und sich einen lacht.« Ben zeigt mit der Gabel auf Tomas. »Über dich lacht er auch, nur dass du's weißt. Du bist nicht über seinen Spott erhaben, nur weil du die Pistole halten darfst.«

Werden wir wirklich morgen entscheiden, ob wir Abraham töten oder nicht? Wenn nicht – wir tun es nicht, richtig? Aber was, wenn doch? – findet die Welt dann wirklich heraus, was wir getan haben? Die Realität unserer Situation ist beunruhigend absurd. Wir sind darauf reduziert, an einem Tisch, der vor Bens Wut bebt, Nudeln in uns reinzuschieben.

Ben wirft die Gabel in seinen Teller. Er dreht sich zu Xavier um. »Gibst du mir Rückendeckung?« Abraham hat behauptet, er wolle uns wieder zusammenbringen, aber natürlich hat er es geschafft, einen Keil zwischen uns zu treiben. Ben steht auf. Er fasst nach seinem Hosenbund. Die anderen sehen es auch, Xaviers Augen groß vor Schock, Cornelia keucht – er fasst nach seiner Pistole – also halte ich schnell seine Hand fest. Ich ziehe Ben hinter mir her, über die glatten, knarrenden, unseren Füßen vertrauten Bodendielen, hinaus in den Abend mit seinem lauten Froschgequake. Aus den Fenstern des Haupthauses dringt das gelbe Licht. Wir stolpern den Weg hinunter zum See, aber wir brauchen keine Taschenlampe, auch wenn der Mond nicht scheint. Wir kennen diesen Pfad besser als jeden anderen und lassen uns vom Gedächtnis führen. Das Wasser schlägt sanft gegen das Ufer.

»Gib mir die Pistole.«

»Nein.«

Ich fasse nach seinem Hosenbund. Ich kann nicht zulassen, dass er auf Tomas schießt und wir alle umgebracht werden. Erst wehrt Ben sich, aber dann bekomme ich den Griff zu fassen. Ich ziehe und dann halte ich das Ding in der Hand.

»Was ist das denn?«

Es ist eine Steinschleuder.

»Du hast was anderes erwartet.«

Fairerweise muss man sagen, dass es eine richtige Steinschleuder ist, keine Kinderzwille, aus Titan oder etwas in der Art. Dennoch: Es ist und bleibt eine Schleuder. Bevor ich mich's versehe, falle ich fast um vor Lachen und lache so sehr, dass ich nach Luft schnappen muss.

»Ha ha«, sagt er. »Sehr witzig.«

Aber es ist witzig. Wirklich.

»Kannst du aufhören zu lachen? Wir müssen etwas unternehmen.«

»Was sollen wir bloß tun?«

Da lacht Ben auch, aber zornig. »Wenn nicht mal du das weißt, sind wir am Arsch.«

Ich wische mir die Lachtränen aus den Augen und gebe ihm die Schleuder zurück.

»Was anderes hatte ich nicht«, sagt er.

Der Mond geht auf. Ich blicke hinaus auf die weiße Linie, die der Mond auf die Wasseroberfläche zeichnet. Wir können einander nicht deutlich erkennen, aber das macht nichts – ich kenne die Landkarte von Bens Gesicht, die gerunzelte Braue, den verzogenen Mund, wie er die Finger in die Nasenwurzel drückt.

»Ich rede mit ihm.« Mein Herz schlägt wie wild bei dem Gedanken, allein hoch zu der Hütte zu gehen. Aber mit einem Mal verstehe ich, wozu der heutige Tag gut war: Abraham hat darauf gewartet, dass ich den Mut aufbringe, nach einem Publikum zu verlangen. Er ist mir so viele Schritte voraus.

»Kannst du hier auf mich warten?«, frage ich. »Genau hier, am Ufer, egal, wie lang es dauert. Versprichst du mir, dass du niemanden erschießt? Mit Kieseln?«

»Zieh Leine.« Bens Stimme ist voller Lachen.

132

Marta zog mir die Rehzecke mit einer Pinzette aus dem Kinn, achtete darauf, dass sie gründlich zerquetscht wurde, und betupfte die Stelle mit Jod. Davon abgesehen sagte sie kein Wort, besonders nichts darüber, dass ich ihr und dem Sheriff hinterherspioniert hatte.

Zusammen stiegen wir hinauf zum Bergkamm. Eine sanfte Brise spielte in unseren Haaren, und ein Rothörnchen sprang über uns auf einem Ast herum. Marta bekam nichts davon mit. Ich musste meinen Schritt verlangsamen. Um uns entfaltete sich der Frühlingsmorgen – frisches Grün, Zwitschern und Zetern und Klopfen und Gurren –, aber Marta lehnte sich schwer auf ihren Stock und blickte nicht auf. Sie musste stehenbleiben, um zu husten. Über uns flatterte ein *Sayornis phoebe.* Allmählich kamen wir dem Himmel näher.

Die Farnschösslinge standen wie die eingerollten kleinen Fäuste eines Neugeborenen in hübschen grünen Bündeln beieinander. Marta öffnete ihren Rucksack und holte eine alte, oft benutzte Oraweat-Plastiktüte heraus, um die Fiedelköpfe zu sammeln. »Nimm nur, was du brauchst.« Als ob ich das nicht wüsste.

Das Omelett vor so langer Zeit. Mein Magen knurrte wieder, ein weit entferntes Geräusch, weit weg wie die schöne Erinnerung. Marta zog einen Kanten Sauerteigbrot heraus. Sie hielt ihn mir hin. Mir lief das Wasser im Mund zusammen. Ich glaubte, noch nie so viel Hunger auf etwas gehabt zu haben, nicht seit dem ersten Tag in Zuhause, als Issy mir zum ersten Mal ein Stück von dem Sauerteigbrot hingehalten hatte. Ich dachte an Persephone und die Granatapfelkerne. »Aber Sarah hat die Mutter doch weggekippt.«

»Das besondere an der Mutter ist, dass sie sich selbst erneuert.« Sie bot mir wieder das Brot an. »Sarah hat mir vor vielen Jahren was von ihrem abgegeben. Ich füttere den Sauerteig. Ich mache ihn auf meine Art.«

Ich biss ein Stück ab. Als ich auf der Brotkruste herumkaute, öffnete sich eine Leere in mir, die ich bisher ignoriert hatte. Das Brot in meinem Mund wurde zu Brei, während mir die Tränen in die Augen schossen. Andere Menschen hätten den Blick abgewandt oder etwas Tröstendes zum Besten gegeben. Aber Marta sagte nur: »Ich war mir ganz sicher, dass Philip wiederkommen und euch holen würde.«

»Es gehen ständig Leute weg. Ich finde es sowieso besser in Zuhause, wenn nicht so viele Leute da sind.« Nicht ganz die Wahrheit.

Der Husten überfiel sie wieder. So aus der Nähe war er scheußlich – ein Ungeheuer, das sie unbarmherzig von innen überfiel, immer und immer wieder. Sie drückte ein Taschentuch an den Mund. Hellrot ergoss es sich hinein. Aber sie nannte es nicht beim Namen, genauso, wie sie auch meine Tränen nicht benannt hatte. Sie faltete das karierte Stück Stoff in das kleinstmögliche Viereck und steckte es in die Tasche.

»Ich mache mir Sorgen um dich, seit wir uns kennen«, sagte sie, als hätte *ich* gerade das Blut hochgehustet. »Der Tag damals im Wald? Als ich dich beim Beilwerfen kennengelernt habe?« Bei der Erinnerung drückte Marta die Hand an die Brust. Sie schüttelte den Kopf. Es war die Geste einer alten Frau, was mir gegen den Strich ging. »Die Prophezeiung.« Sie beugte sich zu mir vor. »Du kennst Abrahams Prophezeiung ja, stimmt's?«

»Ich weiß, dass ich Ben heiraten soll.«

Ein unerwartetes Lächeln durchbrach ihre Ernsthaftigkeit. »Ja, das verstehe ich, dass du dich auf diesen Teil konzentrierst.« Sie legte mir die Hand auf den Arm. »Ich meine damit nur: Das ist der Teil, der dir wichtig sein sollte. Es ist ganz natürlich für ein Mädchen in deinem Alter, sich dafür zu interessieren.«

Das beruhigte mich.

Ihr Blick war verträumt, als sie den Berg hinunterblickte, auf die Miniaturhütten am See unter uns, die Boote, die hinausfuhren, nachdem sie so viele Monate unbenutzt am Ufer gelegen hatten. »Ich habe die Prophezeiung natürlich als völligen Quatsch abgetan. Abraham hält sich für einen Propheten, und ich habe es lange als meine Aufgabe angesehen, ihm das Gegenteil zu beweisen. Sehr lange wollte ich ihm einfach nur zeigen, dass er Unrecht hatte. Er präsentierte mir eine seiner Wahrheiten, und ich habe die Luft rausgelassen. Ich dachte, das reicht.«

Sie machte eine Armbewegung nach dem Motto: Vergiss, was ich gerade gesagt habe. Aber ich hatte verstanden, dass es nicht nur leeres Gerede war. Sie blähte die Wangen, stieß einen Seufzer aus und setzte noch einmal neu an. »Als ich das Beil in deinen Händen sah, musste ich daran denken, was er vorhergesagt hatte: dass du zum Töten gemacht seist. Ich will es zugeben – ich bekam es mit der Angst zu tun. ›Das Mädchen wird zum Töten gemacht sein‹, und da warst du, die Waffe in der Hand.« Sie schmunzelte. »Aber dann habe ich gesehen, dass du geworfen hast wie eine Fünfjährige. Entschuldigung, ich lache dich nicht aus. Ich lache mit dir. Jedenfalls war es eine Erleichterung zu sehen, dass deine Wunderkräfte nicht ganz so groß waren, wie ich das befürchtet hatte. Ich bin unachtsam geworden.«

Ihr Ausdruck wurde wieder ernst. »Dann bist du zum Baumstumpf gegangen, um das Beil herauszuziehen und hast nach unten geblickt. Du hast den Todesengel gefunden, ohne auch nur danach zu suchen. Von allen Pilzen in diesem Wald« – ihr Blick wanderte hinauf in den wolkenlosen Himmel – »hatte sich dir der giftigste präsentiert, direkt unter meinen Augen. Das habe ich ehrlich gesagt persönlich genommen. Ich fühlte mich … angegriffen. Nein, nein, nicht von dir. Nicht von dir, meine Liebe. Von der Natur, die dem Mädchen, das Abraham zufolge zum Töten gemacht war, etwas Todbringendes an die Hand lieferte.« Der Husten nagte an ihr, wollte von Neuem loswüten, aber sie ließ ihn nicht, noch nicht. »Ich war überzeugt, dass die Natur *mich* auserwählt hatte, weißt du. Ich hatte gedacht, es würde mir helfen, dass ich so viel Zeit darauf verwendet hatte, sie zu verstehen …« Ihre Augen glitzerten. Sie wollte weitersprechen, aber es war nicht der Husten, der ihre Worte erstickte.

Ich hatte Marta noch nie weinen sehen. Die anderen wären besorgt. Wenn Abraham mich hier oben mit ihr zusammen fände … er durfte auf keinen Fall denken, dass ich mich für sie statt für ihn entschieden hatte.

Sie legte ihre kleine, weiche Hand auf meine.

»Ich will damit sagen, dass ich zum ersten Mal glauben musste, dass seine Ideen nicht wahnhaft sind. Dass er vielleicht doch recht hatte. Er hatte vorhergesagt, dass du zum Töten gemacht bist, er hat deine Ankunft prophezeit, und da warst du, und vor deinen Füßen wuchs der giftigste Pilz, den es gibt. Also dachte ich mir: Vielleicht weiß ich ja doch nicht alles. Vielleicht sieht Abraham ja doch vieles richtig.«

»Ich muss los.«

Sie umklammerte meinen Arm fester. »Du siehst ihn manchmal, stimmt's?« Sie warf einen Blick auf meinen Hosenbund, den Knoten an meiner Hüfte, wo sich der Stoff hochwölbte, ähnlich wie damals die Laubschicht über dem Todesengel. Ein Windstoß kam über den Bergkamm und ließ mich schaudern. Sie streckte mir die offene Hand hin. Ich wusste, dass sie nicht lockerlassen würde. Ich zog Topsy heraus und ließ den Stoffhasen in ihre Hand fallen. Sie drehte ihn in den Händen herum. »An dem Tag, damals, da habe ich dich im Wald gesehen. Du hast mit jemandem geredet. Jemandem, den sonst niemand sehen kann. Mit dem kleinen William. Du hast mit ihm gesprochen.« Ihre Stimme wurde sanft. »Es ist nicht schlimm. Du fühlst dich besser, wenn du das Geheimnis nicht mehr für dich behalten musst.«

Ich nickte, nur einmal, nur ein winziges bisschen.

»Gut.«

Es war nicht gut. Es hieß, dass ich verrückt war – weil ich hoffte, glaubte, dass du, ein toter Junge, in diesem Wald unterwegs warst. Und wenn ich das Richtige tat, würdest du dich mir zeigen. Es fühlte sich sehr seltsam an, das auszusprechen.

»Und er ist freundlich? Er will dir nichts antun?«

»Natürlich nicht.« Woher wusste sie, wie sie nach ihm fragen sollte?

»Das ist gut«, sagte Marta. »Das ist gut.« Sie händigte mir Topsy wieder aus. »Das heißt, du erkennst, wenn du einen Fehler gemacht hast. Es heißt, dass du Reue empfindest.«

133

Abraham sitzt im Lehnstuhl und erwartet mich in seinem abgewetzten Schlafanzug. Die Augenbrauen hat er erwartungsvoll hochgezogen. Er war nicht sicher, dass ich allein kommen würde.

»Ben will dich erschießen.«

»Die Pistole hat er nicht sehr gut versteckt. Tee? Etwas zu essen? Es tut mir leid, Teresa ist keine besonders gute Köchin.«

»Morgen sind wir sowieso wieder weg.«

»Ja, natürlich. So oder so.« Er wirkt ein wenig niedergeschlagen.

Ich trete auf ihn zu und setze mich aufs Sofa. »Aber du willst ja nicht wirklich, dass wir dich töten, stimmt's?«

»Glaubst du, ich mache Witze?«

»Ich meine: Warum? Warum jetzt, abgesehen davon, dass du krank bist? Warum wir, das ist mir wahrscheinlich klar – zumindest, warum du glaubst, dass wir es sein müssen.«

»Ich wusste, du würdest mich verstehen.«

»Ich finde es trotzdem völlig unglaublich, das meine ich nicht mit ›verstehen‹. Dir ist es doch immer um deine Macht gegangen.«

»Meine Macht? Du glaubst also, deswegen habe ich euch hierher bestellt?«

»Du willst uns kontrollieren. Jahrzehnte sind vergangen, und trotzdem glaubst du immer noch, dass du das Recht dazu hast.«

»Darum geht es ganz und gar nicht.«

»Nein?«

Ein schnelles Lächeln. »Na gut, vielleicht ein kleines bisschen. Aber nein, warte doch, nein, bitte. Das ist ein Witz. Bitte, hör mir zu. Wie du so schön sagtest, denke ich seit Jahrzehnten darüber nach.« Er unterbricht sich, sammelt seine Gedanken, seine Daumen und Zeigefinger bilden ein Dreieck. Jetzt wirkt er entspannt und zeigt offen seinen Hunger nach Gesellschaft, nach Menschen wie mir. »Ich habe euer Leben ruiniert. Das ist mir klar. Ich war überzeugt, dass ich euch das Leben rette, aber stattdessen habe ich es ruiniert. Deswegen bin ich auch ohne jeden Abschied verschwunden.«

»Du bist ohne jeden Abschied verschwunden, so siehst du das also? Seltsam. Wir sehen es so, dass du uns mit dem Mord hast sitzen lassen.«

Ein Atemzug. »Ich habe euch nicht sitzenlassen. Ich bin davongelaufen.«

»Und hast – wen? Amos? – umgebracht, damit es aussah, als wärst du tot?«

»Glaubst du wirklich, damit hatte ich etwas zu tun? Ich schwör's dir, das war reiner Zufall. Amos war wütend auf mich, weil ich verschwinden wollte. Er nannte mich einen Feigling, ich stimmte zu, aber ich konnte nicht bleiben, bis ich wusste, ob ihr es zu Ende gebracht hattet oder nicht. Also rannte ich weg, und Amos muss wohl einen seiner getrockneten Giftpilze gegessen haben. Er hatte sich einen ganzen Vorrat angelegt, weißt du, für den Fall, dass die Invasion kam. Er muss durchgedreht sein. Aber die Leiche wurde lange nicht gefunden, erst, als die Natur sich ihrer schon bemächtigt hatte.«

»Du meinst die Geier. Er ist von den Geiern gefressen worden.«

»Ich bin nicht stolz darauf, dass ich mir das zunutze gemacht habe. Aber versteh doch, ich war mir sicher, die Polizei war mir auf den Fersen und würde mich jeden Moment schnappen. Aber dann kam niemand. Nichts passierte. Hier und da hörte ich mal was und schloss daraus, dass die Zwangsversteigerung stattgefunden hatte. Mir wurde klar, dass ihr mit dem Mord davongekommen seid.«

»Wir haben sie getötet, weil du uns das befohlen hast. Und dann bist du trotzdem verschwunden, und dann mussten wir auch gehen.«

»Es war so einfach mit euch. Viel einfacher als mit den Erwachsenen. Irgendwann haben sie aufgehört, an mich zu glauben, einer nach dem anderen. Sie haben an mir gezweifelt. Aber ihr habt nie gezweifelt. Und ich habe nicht an euch gezweifelt. Wir haben eine Welt erschaffen, an die wir glauben konnten – zusammen. Ich konnte nicht ertragen, dass uns das weggenommen werden sollte.«

»Gab es die Erbschaft denn wirklich?«

»Das habe ich zumindest geglaubt. Damals habe ich es geglaubt. Ich habe mich verkrochen, Saskia. Ich habe kein Leben in Saus und Braus geführt, das kannst du mir glauben. Ich bin einsam gewesen. Und das mit Amos tut mir leid. Wirklich. Aber als mich niemand gesucht hat und ich in der Zeitung gelesen habe, das sei ich gewesen, der Tote oben im Wald, da habe ich mir gedacht: Warum sterbe ich nicht gemeinsam mit Zuhause? Weißt du? Ein neuer Anfang.«

Jetzt kann ich mir das Lachen nicht verkneifen. »Du hast gut reden.« Das Lachen wird in meinem Hals zum Husten. »Keiner von uns hat einen Neuanfang bekommen.«

»Aber doch, natürlich! Siehst du das denn gar nicht? Ihr wart so jung. So brillant und schön und lebendig. Stark und mutig. Du hast mich so viele Male überrascht, Saskia. An dem Tag, als der Sheriff da war, um uns nach dem Hundebiss zu verhören? Woher hast du bloß gewusst, dass du Topsy mitbringen und in Tränen ausbrechen musstest? Es hat Wunder gewirkt.«

»Ich habe geweint, weil ich traurig war.«

Er sieht hinunter auf seine Hände. »Du willst nicht, dass ich stolz auf dich bin?«

»Nein.«

»Aber ich bin stolz auf dich! Auf mich selbst bin ich nicht so stolz. Was ich ruiniert habe …« Er blickt mir zum ersten Mal in die Augen, schaut mich wirklich direkt an, und ich muss mich ermahnen, es auszuhalten, nicht wegzuschauen. Wie schön ich ihn früher fand, jede Faser an ihm, jeden Zentimeter, jedes Haar. Früher war ich überzeugt, dass ich Hingabe für ihn empfand.

»Warum jetzt?«, sinniert er. »Warum jetzt? Tja, ich vermute, ich wollte dir Gelegenheit geben, mich zu bestrafen. Eine Zeitlang dachte ich, tot zu bleiben sei der beste Abschied. Euch einfach in dem Glauben zu lassen, dass ich nicht mehr da war.«

»Wir wollten dich leiden sehen.«

»Dann lasst mich leiden.«

»Ich verstehe, dass du mit deinem kranken Hirn wirklich glaubst, dass uns so was helfen wird. Aber echt, Abraham, bring dich einfach selbst um. Wenn du willst, sehen wir dir dabei zu. Ich kann nicht glauben, dass ich das gesagt habe. Ich wette, Ben würde das Ganze liebend gern filmen und sich das Video den Rest seines Lebens täglich in Zeitlupe angucken. Also tu's doch einfach selbst. Die andern haben das nicht verdient.«

»Und du?«

»Und die arme Teresa, der arme Tomas. Sie glauben, dass sie eine Rolle spielen.«

»Ich habe jemanden gebraucht, der dich herbringt. Ohne die anderen wärst du nicht gekommen. Und die anderen wären nicht gekommen, wenn sie sicher gewusst hätten, dass ich dahinterstecke.«

Es geht also nur um mich. Endlich hat er es ausgesprochen, ohne zu merken, dass er sich verraten hat. Es ist einzig und allein meine Schuld, dass wir hier sind.

»Ich kenne dich«, sagt er. »Ich weiß, dass du mich bestrafen musst. Ich weiß, dass du nur so das Kapitel Abraham abschließen kannst. Aber du wirst es nicht tun, wenn ich dich nicht dazu zwinge.«

Ich schüttele den Kopf. Es hat mir die Sprache verschlagen.

»Du hast es verdient, frei zu sein, Saskia.«

Ich bin schon auf dem Weg hinaus in die Nacht.

134

»Reue?« Das Wort bedeutete, dass man etwas bedauerte, was man falsch gemacht hatte. Das Wort hieß, sie wusste Bescheid.

Ihre Augen tanzten über mein Gesicht. »Was wäre, wenn du deine Geschichte anders erzählst? Dir selbst, meine ich? Du glaubst wahrscheinlich …« Sie unterbrach sich. »Wenn du dich selbst mit einem Wort beschreiben solltest, welches wäre es?«

Bei dieser Frage quoll ein Gefühl herauf – dunkel, hässlich, bitter. Bedauern. Scham. Heiß kamen die Tränen.

»Sag's mir.«

Ich schüttelte den Kopf. Das Wort donnerte durch den Käfig meiner Brust, schaffte es aber einfach nicht nach draußen: *böse.*

Tränen schimmerten in ihren Augen. »Armer Schatz. Warum erzählst du mir nicht einfach, was deinem Bruder wirklich zugestoßen ist? Lass es raus.«

Doch bevor es dazu kam, krümmte sie sich zusammen und fing wieder an zu husten. Das Ding in ihr war gefräßig. Es schüttelte sie nur so. Fast hätte ich ihr die Hand auf den Rücken gelegt, aber dann tat ich es doch nicht. Ich war froh, sie ganz offen beobachten zu können, solange sie vom Hustenanfall geschüttelt wurde. Sie hatte schon so viel aus mir herausgeholt. Sie wollte, dass ich ihr alles sagte. Um ein Haar hätte ich es getan. Sie war in den Sheriff verliebt. Sie konnte ihm sonst was erzählen. Und das würde sie auch. Da kauerte sie am Boden, klein und krank, und ich war Teil der entdingten Welt. Jetzt verstand ich, wie gefährlich es gewesen war, mit ihr zum Bergkamm hinaufzusteigen.

Diesmal holte sie das Taschentuch nicht schnell genug heraus. Das Blut spritzte auf den Boden. Ich blickte hinab auf die roten Flecken, die in die Erde sickerten. Sie wischte sich den Mund mit dem Handrücken ab und blickte hoch zu mir. Sie sah mein verschlossenes Gesicht. Sie sagte: »Du erinnerst mich so sehr an meinen Sohn, dass ich ganz außer Acht gelassen habe, worin ihr euch unterscheidet.«

Sie zog eine Feder aus der Tasche – klein und braun. Sie kitzelte ihren Handteller damit.

»Sehr wach. Klug. War ständig dabei, die anderen Kinder zu beobachten. Sie zu … studieren. Ich sage ›studieren‹, weil er sie wie ein kleiner Wissenschaftler analysierte. Als wisse er aus sich heraus nicht, wie er sich verhalten sollte, und verstand, dass das nicht unbedingt normal war. Es machte ihm Angst. Er hat es sehr gut versteckt. Aber eine Mutter merkt es trotzdem.«

Ich dachte, wenn ich nicht reagiere, dann könnte ich vielleicht gebannt zuhören und trotzdem so tun, als ginge mich das nichts an. Dabei hätte meine Mutter mich ganz genauso beschrieben, wenn sie freundlich gesinnt gewesen wäre:

Im New Yorker Natural History Museum war der kleine Xavier im Schatten des großen Wals auf mich zugerannt gekommen, ein Lächeln auf dem pummeligen Gesicht. Ich griff nach dem Schuh, den er ausgezogen hatte – ein Lederschuh, es wurden ja unsere Geburtstage gefeiert –, und warf ihn Xavier so kräftig ich konnte an den Kopf. Nicht, weil ich ihm wehtun wollte. Nicht, weil ich nicht wusste, dass es ihm wehtun würde. Sondern weil ich seine Reaktion sehen wollte. Ich wollte den Schock beobachten, den Schmerz, das bebende Kinn, die panische Flucht vor mir, das Geheul, das die riesige Halle füllen würde, die Tränen, die ihm das Gesicht runterlaufen würden, die roten Wangen, Jane, die gerannt kam, um ihn auf den Arm zu nehmen, Mutter, die kam, um mich zu schelten, die anderen Mütter, die mein Verhalten gesehen hatten und ihre Kinder an sich drückten. So viel Wirbel, alles nur wegen einer kleinen Handlung – ein Stück Leder im genau richtigen Moment loszulassen.

Ich wollte Xavier nicht wehtun.

Aber wenn ich herausfinden wollte, was geschah, wenn ich ihm wehtat, musste ich ihm wehtun. Und deswegen tat ich es.

»Er hat versucht, seiner kleinen Schwester weh zu tun«, sagte Marta und riss mich aus meinen Erinnerungen. »Häufig, auf verschiedene Arten. Hat sie rückwärts von der Schaukel gestoßen.

Hat seine eigene Hand in kochendes Wasser gesteckt, nur um seine Schwester davon zu überzeugen, es sei gar nicht so schlimm. Er ist ihr mit der Säge an den Finger gegangen – keine Sorge, ich bin dazwischengekommen, bevor er echten Schaden anrichten konnte. Aber er hätte den Finger einfach abgeschnitten, wenn ich nicht durch den Garten gerannt wäre und ihm die Säge weggenommen hätte. Es war, als würde er mich nicht hören, als ich seinen Namen rief. Oder wollte mich nicht hören. Er war viel zu fasziniert vom Fingerabsägen, um aufzuhören. Dabei hat er seine Schwester geliebt – das versteht der Rest der Welt nicht. Er hat sie sehr geliebt. Aber es war, als gäbe es keinen Widerspruch zwischen Liebe und Finger abschneiden.«

Ich nickte.

»Natürlich dachte ich, es sei alles meine Schuld. Er war mein erstes Kind. Ich war schon älter. Sein Vater war mit der Arbeit beschäftigt und wollte, dass ich die Schwangerschaft abbreche. Und als ich das nicht tat, sagte er, dass die Kinder natürlich meine Aufgabe seien. Ich dachte, ich könnte gar keine Kinder bekommen, bis dann mein Sohn kam und direkt danach meine Tochter. Bäm, bäm. Es kam mir einfach falsch vor, so lange ein Geheimnis in mir zu tragen – das Geheimnis der Fruchtbarkeit – und dieses Geschenk der Natur dann nicht anzunehmen, verstehst du? Was es bedeuten würde, Mutter zu sein, darüber hatte ich nicht lange nachgedacht. Ich hatte mein Leben im Labor und im Klassenzimmer verbracht. Und dann merkte ich, dass er mir ähnelte – er beobachtete, analysierte, wartete. So macht man das als Wissenschaftler. So habe ich es auch immer gehalten. Ich habe eine ganze Weile gebraucht, bis mir klar war, dass ihm etwas fehlte … vielleicht ist Mitgefühl das falsche Wort. Dass ihm etwas fehlte, was die meisten Menschen besitzen – schlichter menschlicher Anstand.

Als mir das klar wurde, glaubte ich, ich hätte als Mutter versagt und er sei deswegen so geworden. Ich sage das, als liege das alles in der Vergangenheit, aber zum Teil glaube ich das immer noch. Meine Tochter glaubt es auf jeden Fall. Sie ist ausgezogen, sobald sie konnte, und hat nicht zurückgeschaut. Ganz ehrlich gesagt kann ich es ihr nicht übelnehmen. Aber ich konnte ihn nicht verstoßen. Ich konnte mich nicht wie deine Mutter verhalten. Ich konnte ihn nicht verlassen. Wie kann man jemanden verlassen, der anderen schreckliches Leid zufügen könnte, es aber nur noch nicht getan hat? Die Möglichkeit steckt in ihm, das wusste ich. Soll man so jemanden wirklich auf die Welt loslassen? Meine Tochter würde auch allein zurechtkommen. Aber um ihn habe ich mir Sorgen gemacht.« In ihren Augen glimmerte es. »Sie wirft mir vor, dass ich ihn mehr liebe als sie; vielleicht ist etwas dran. Er ist in mir entstanden, in meinem eigenen Körper, als ich nicht ahnte, dass mein Körper zu so etwas in der Lage ist. Das schien wie ein Wunder. Ich habe mich an ihn gebunden. Ich würde in seiner Nähe bleiben. Ich habe geglaubt, dass ich die Welt vor ihm schützen kann, und ihn davor bewahren kann, was er der Welt antun will. Ich habe geglaubt, dass ich ihn davon abhalten kann, seine schlimmste Seite auszuleben. Ich würde ihm gut raten. Ich würde wachsam sein. Ich würde ihm die Säge wegnehmen, bevor er schlimmen Schaden anrichten konnte.«

Sie war ganz weit weg, ihr Blick in die Ferne gerichtet.

»Mein Mann wollte, dass er Abraham heißt, weil so viel Kraft in diesem Namen liegt. Aus der Geschichte im Alten Testament – Abraham steht auf dem Berg und macht sich bereit, seinem eigenen Sohn die Kehle durchzuschneiden, weil Gott es verlangt hat. Entschlossenheit. Aber jeden Tag denke ich: Hätten wir ihn nicht besser nach jemandem benannt, der zu so etwas nicht in der Lage ist? Hätten wir ihn nicht besser Isaac taufen sollen?« Sie schüttelte den Kopf. »Jetzt ist mir endlich klar, was ich tun soll, was ich immer schon tun sollte. Ich habe alles falsch verstanden, von Anfang an. Ich hätte ihn aufhalten müssen, oder nicht? Ich bin seine Mutter. Von Anfang an habe ich hier Pflanzen gesammelt, was er für nichts als ein nettes Hobby hält. Er hat keine Ahnung, welche Pflanzen giftig sind.« Sie sah mich flehend an. »Ich kann ihn aufhalten, oder? Sag mir, dass ich den Mut aufbringe, ihn aufzuhalten.«

135

In der dinglosen Welt ist es nachts nicht still – der *Pseudacris crucifer* quakt, *Lasiurus borealis* schreit, weit weg der unheimliche Ruf eines *Strix varia.* Ben steht noch da, wo ich ihn zurückgelassen habe. Ich brauche nicht zu fragen, ich spüre ihn unten am Wasserrand.

»Er lässt uns nicht davonkommen.«

»Hast du das wirklich erwartet?«

Die Wasserfläche ist groß, weit, lebendig. Es ist unsere letzte Nacht hier, so oder so. »Ich dachte, vielleicht kann ich es ihm ausreden.«

»Ja.« Aus seiner Stimme klingt ein Seufzer, als wünschte er, er könne mich vor mir selbst schützen.

»Wollen wir raus aufs Wasser?«

Wir finden die Kanus unter der Veranda der nächstgelegenen Hütte. Wie dicke Säugetiere haben sie darauf gewartet, dass jemand sie auf die Weide lässt. Das oberste Boot dreht sich bei der ersten Berührung.

Unsere Augen haben sich mittlerweile an die Dunkelheit gewöhnt, aber das ist nicht der Grund, warum sich das Kanu so leicht drehen lässt. Uns verbindet ein Wissen, draußen in der Dunkelheit, die einst die unsere war. Ich kenne das Lächeln, das sich ungebeten auf seinen Lippen zeigt, als das Heck platschend im Wasser landet und ihm die Füße nassspritzt. Ich bin der verwitterte Griff des Holzpaddels, das er aus dem alten Gefährt zieht, stolz in seiner freundlichen Hand. Was zwischen uns ist, entzieht sich der Sprache, ist jenseits der Worte, und wir stehen rechts und links des Boots und schieben es von uns weg, der Kiel rutscht über die Kiefernnadeln, das Boot buckelt unter den Händen, bis es vom Wasser gehalten und hochgehoben wird.

Ben steht still. Er schlüpft aus den Schuhen. Ich weiß, dass ich erröte, ich kann nichts dafür, es ist ein alberner Gedanke, aber er zieht sich aus, auch wenn es nur die Strümpfe sind und die Hosenbeine hochgekrempelt werden. Schnell geht es, fast verzweifelt. Ich halte mich am Bootsrand fest, ziehe auch die Schuhe aus, erst links, dann rechts. Ich stelle mir vor, wir würden weitermachen, würden im Schutz der Nacht alles ausziehen. Ich könnte auf ihn zutreten, ihm die Überraschung meiner Hitze bringen, seine Lippen an meinem Schlüsselbein spüren.

Er räuspert sich. Also keine Worte. Ich bin dankbar. Ich bin auch den anderen dankbar, dass sie uns die Zeit hier allein lassen, gleichgültig, wie sie darüber denken. Und Tomas und Teresa, und Jenny, der süßen Jenny unten im Ort, wo sie sich um ein Kleinkind kümmert, das sie kaum kennt, weiß, dass wir etwas Schlimmes auf dem Gewissen haben müssen, weil wir hier oben festsitzen. Aber sie vertraut uns – vertraut Ben und, ja, auch mir –, dass wir das Richtige tun, dass wir wissen, was das Richtige ist.

Ich halte das Kanu am Bug aufrecht, spüre den Druck seines Fußes, als er ihn ins Boot setzt, dann das betrunkene Schwanken des Kahns, hin und her, als Ben über den Kiel und die Sitzbänke hinweg bis ganz nach hinten zum Heck geht, von wo er uns steuern wird. Er setzt sich auf die Bank und wird ein Schatten, nur wenig dunkler als die Nacht. Er blickt in meine Richtung. Er wartet. Jede Faser in mir erinnert sich an das Gefühl, zu einem Mann ins Bett zu steigen. (Wie oft ist das geschehen? Nicht oft. Nicht viele Male, wenn ich ehrlich sein soll, und kein Mal spielte eine so große Rolle wie die Nacht mit ihm. Aber gegeben hat es das schon, die hungrigen Blicke auf meinen Körper, das Zucken der Lust in meinem Unterleib, als ich mich auf die Berührung zubewegte.)

Ich stelle den linken Fuß ins Boot. Mit dem rechten stoße ich mich ab. Das Kanu ruckelt das letzte Stück über den Grund, dann schwimmt es. Ein Hauch streicht über die Wasseroberfläche. Bens Paddel teilt das Wasser, sticht hinein, hinein, hinein. Ich setze mich. Das Kanu gehorcht. Ben dreht uns herum, weiter herum, bis wir das Gesicht dem dunklen See zuwenden, und dann steche ich mein Paddel im gleichen Takt wie er ins Wasser und wir gleiten geübt hinaus in die Nacht.

Sterne gibt es, das wusste ich, aber bisher ist mir nicht aufgefallen, wie still das Wasser heute Nacht daliegt, wie wolkenlos der Himmel ist, und was die Summe dieser beiden Elemente für die Reflektion des Himmels im Wasser bedeutet. Als wir uns auf die Mitte des Sees zu bewegen, weg vom Schatten der Bäume, umfängt uns eine Kugel aus Lichtpunkten: über uns und unter uns. Wir schweben inmitten des Himmels.

Voller Staunen, Resignation, Demut legt Ben den Kopf in den Nacken.

Als er dann etwas sagt, klingt seine Stimme viel leiser als erwartet. Gefühlvoll, rau. »Diese verdammte Prophezeiung.«

Ich spüre ihn überall um mich herum – nicht seinen Körper, sondern das Gefühl seines Wesens, seines Ben-Seins – alles, was ich an ihm schätze, alles, was ich so gern berühren würde. Es ist ja schon einmal passiert, oder nicht? Sein Denken in meinem Kopf, selbst, wenn ich es nicht verdient habe, selbst wenn ich mich darum nicht so bemüht habe wie um andere Lieben. Ist es überhaupt Liebe? Es fühlt sich einfach an, als solle es so und nicht anders sein.

Dann weiß ich es: du.

Mit ihm gemeinsam in dieser Sternenkugel zu sitzen ähnelt der Glückseligkeit, dich zu finden. Selbst ein kurzer Blick, eine Berührung von dir in der Luft bringt die Erinnerung zurück, dass du einst neben mir auf der Erde herumgelaufen bist, und es ist genug – zu wissen, dass du immer noch irgendwo dort bist, auch wenn ich dich nicht berühren kann. Dass du mir verzeihst. Das Geschenk der Welt kann den Schmerz des Vermissens lindern. Wie hat Issy noch gleich gesagt? »Du bist also wirklich davon überzeugt, dass der Geist eines toten Kindes wichtiger ist als mein Sohn?« Und da kommen sie und umgeben uns: Nora und Ephraim, Mutter und Vater, Cornelias Zwillingsmädchen, ihr Mann, sogar (warum nicht auch er?) Billy und die Babys – das, das Xaviers Familie komplett machen sollte, und das, das eines Tages kommen wird, und Philip und Jane, Sarah, Butterfly, Amos, Marta, Gabby, Bens Töchter, seine Frau, die süße Jenny und Sekou, in diesem Augenblick in Jennys Armen.

Alle, die hier gewesen sind, entweder in Zuhause, als es noch

Zuhause hieß, oder die wir in Körper oder Gedächtnis hierhergetragen haben.

Alle, die wir geliebt haben.

Alle, die nicht mehr da sind.

Issys anklagende Stimme hallt in mir nach: »Du bist also wirklich davon überzeugt, dass der Geist eines toten Kindes wichtiger ist als mein Sohn?«

Etwas öffnet sich in mir, und ich verstehe: Was ich für dich empfinde und für Ben, für meine geliebten Freundinnen und Freunde, die ihre eigenen Lieben haben, ist Liebe. Wir sind nicht allein, weil wir diese Liebe haben – auch wenn wir die Menschen unterschiedlich lieben, gleichgültig, ob sie tot sind oder lebendig, von uns geschieden oder miteinander im Streit. Ob sie uns weh tun. Ob sie uns hassen. Es ist Liebe, auch wenn wir nie wieder mit ihnen sprechen.

Warum verstehe ich auf einmal, als ich so zwischen den Sternen hindurchschwebe, in einem Boot mit jemandem, den ich geliebt habe, den ich beweint habe, jemand, bei dem ich mich selbst verstehe und den ich trotzdem nie wieder in den Armen halten werde, dass dein Verlust nicht der außergewöhnlichste Teil von mir ist, sondern der normalste?

Ich merke, dass ich weine. Ich merke, dass ich weiß, was getan werden muss.

136

Ich ließ Marta oben auf dem Kamm stehen. Sie rief mir hinterher, aber ich rannte wie der Wind davon, flog zwischen den *Pinus strobus* nach unten, rannte an unserer Hütte vorbei, wo Issy auf der Veranda den Kopf hob und Cornelia mir hinterherrief. Aber ich blieb nicht stehen. Ich verschwendete keine Zeit mit Anklopfen.

Abraham lag auf dem Sofa, die Füße auf der Armlehne.

»Marta ist deine Mutter?«

Er zog die Hand unter dem Kopf heraus und strich sich über den zotteligen Bart. »Du warst bei ihr?«

»Warum hast du uns nichts davon gesagt?«

»Warum spielt das eine Rolle, wessen Mutter sie ist?«

Weil er uns gegen sie aufgehetzt hatte. Weil er uns weisgemacht hatte, dass man aus höheren Gründen gegen sie sein sollte. Dabei war sie seine Mutter. »Darum.«

»Als Marta von Zuhause hörte, als ich ihr das erste Mal davon erzählte, als nur Issy und Gabby und ich hier wohnten, sagte sie, sie würde gern alles darüber wissen. Sie wollte es mit eigenen Augen sehen. Eine Zeitlang durfte sie hier bei uns wohnen, unter der Voraussetzung, dass sie niemandem etwas über unsere biologische Verbindung sagt.« Er setzte ein spitzbübisches Lächeln auf. »Ich wollte ihr mein Projekt zeigen, wie ein Schuljunge sein preisgekröntes Physikexperiment. Aber ich wollte nicht, dass sie mir reinredet. Sie hielt ihr Versprechen. Gabby wusste, dass sie jemand besonderes für mich ist, aber falls sie je vermutete, Marta könnte meine Mutter sein, dann hat sie das für sich behalten. Wir sehen uns nicht besonders ähnlich, stimmt's?«

Vor dem Fenster saß rot und stolz ein *Cardinalis cardinalis*, der sein gut gelauntes Lied trällerte. Abrahams Lächeln war einem ernsten Gesichtsausdruck gewichen. »Marta hat es hier gefallen. Sie mochte Gabby. Sie liebte Issy. Sie sagte, sie wolle hierbleiben, aber ich habe sie lange angesehen – wie Söhne ihre Mütter ansehen – und da hat sie gesagt: Nein, nicht hier. Sie würde hier auch ein Stück Land kaufen. Was sollte ich dazu schon sagen? Meine Mutter wollte in meiner Nähe sein. Das war ein Kompliment. Mütter lieben ihre Kinder – sogar deine Mutter liebt dich, Saskia. Aber es gab etwas, was sie mir nicht sagte, und es dauerte lange, bis ich es verstand: In Wahrheit wollte sie in meiner Nähe bleiben, weil sie an mir zweifelte.«

Was hatte Marta oben am Kamm zu mir gesagt? »Ich kann ihn aufhalten, oder? Sag mir, dass ich den Mut aufbringe, ihn aufzuhalten.« Wie weit würde sie gehen?

Er runzelte die Stirn. »Habe ich dir je das Gefühl gegeben, dass ich an dir zweifle?«

Ich stand immer noch in der offenen Tür, aber mir war die Vorstellung unangenehm, jemand, der zufällig vorbeikam, könnte mithören. Ich trat ein. Ich schloss die Tür hinter mir. »Nein.«

Er schwenkte die Füße vom Sofa herunter, um mir einen Platz freizumachen, wo ich mich hinsetzen konnte. Es schien seltsam, dass ich so wutentbrannt hierher gerauscht war, mich auf Streit eingestellt und vor ihm aufgebaut hatte, und jetzt setzte ich mich brav und vernünftig neben ihn und hörte mir an, was er zu sagen hatte. Er ähnelte seiner Mutter mehr, als mir bisher klar gewesen war. Beide besaßen dieselbe Macht über Menschen; jetzt, wo ich darauf achtete, war es offensichtlich.

»Zweifel richtet Schreckliches mit dem Denken an«, sagte er. »Du weißt das besser als die meisten anderen Menschen. Als du draußen in der Dingwelt gelebt hast, da haben sie an dir gezweifelt, stimmt's? Deine Mutter. Dein Vater.« Er zählte sie an den Fingern auf. »Kindergärtnerinnen. Lehrer. Die Mitschüler. Deine Großmutter.«

Du hast nie an mir gezweifelt. Du warst so klein und so klug. Du hast mir meine Neugier vergeben. Nicht nur vergeben – du hast mir vertraut.

»Ich habe deinen Vater besucht, weißt du«, sagte Abraham. »Nach deinem ersten Sommer hier, als Philip dich wieder mitgenommen hatte. Das war gar nicht einfach, zu ihm reinzukommen. Aber ich habe mit den richtigen Leuten gesprochen, die ihn überzeugten, ja zu sagen. Hast du ihn mal besucht?« Er wartete meine Antwort nicht ab. »Ich war vorher noch nie in einem Gefängnis, ob du's glaubst oder nicht. Es war viel … normaler … als man meinen sollte. Sauber und ordentlich. Jedenfalls wollte er wissen, wer ich sei, und woher mein Interesse an dir stamme, und ich antwortete, dass ich dir helfen wolle. Ich sagte, du seist zu mir gekommen, und ich wolle dir helfen, und deswegen müsse ich mehr über dich wissen.«

Er sah, wie ich an den Händen, dem ganzen Körper zitterte. Ich ließ die Erinnerung zu: Die weiche Haut in deinem Nacken. Deine winzigen Zehen. Endlich würde es jemand aussprechen.

Abraham saß keine Armlänge entfernt vor mir, legte mir die Hände ans Gesicht, sah mir in die Augen und schenkte mir sein schönes Lächeln. Er beugte sich vor, und ich dachte: Okay, so läuft der Hase, es ist also doch so verdammt einfach. Während sein Gesicht auf mich zukam, überlegte ich, wie ich wohl reagieren würde. Natürlich kannte ich alle Gründe, warum ich ihn nicht küssen sollte, aber ich wusste auch, dass ich ihm an jeden Ort folgen würde, an den er mich führte. Aber genauso wie beim letzten Mal, als wir uns so nah gewesen waren, bewegte er sich an meinen Lippen vorbei. Sein Adamsapfel war ein Lutschbonbon, das ich hätte lecken können. Seine ruhige Stimme fiel schwer in mich wie ein Bleigewicht:

»Er hat gesagt, ich würde ihm niemals glauben, wenn er mir die Wahrheit sagt.« Er drehte den Mund weg, aber er war immer noch sehr nah. »Was hat er damit gemeint, was meinst du?«

Das könnte ich ihm sagen. Ich könnte alles aussprechen. Aber tief in mir war Großmutters Stimme und hielt mein Gedächtnis unter Verschluss. Martas Stimme war auch da – wollte ich wie Abraham sein oder nicht? War es möglich, beides zu wollen?

Überrascht runzelte er die Braue, als ich nicht gleich antwortete. Einen Augenblick lang dachte ich, ich würde es einfach sagen, aber er sprach weiter. »Du weißt, dass wir nicht zurückgehen können in die Dingwelt. Menschen wie wir, die davon kaputtgemacht worden sind? Wir können nicht dahin zurück, wo an uns gezweifelt wird. Deswegen haben wir uns unsere eigene Welt geschaffen. Du willst doch hierbleiben, oder? Du willst doch, dass deine Freunde hier bei mir in Sicherheit sind, wo ich mich um euch kümmern kann?«

Natürlich wollte ich das.

»Ich weiß, wie hart du daran gearbeitet hast, eine Kriegerin zu werden. Aber mittlerweile ist mir klar: Wir brauchen nicht auf die Art zu kämpfen, wie Sal und seine Männer das wollen.« Ich stellte mir Hubschrauber vor, die über der Hütte kreisten und mit ihren Rotorblättern die Fenster zum Klirren brachten, Soldaten, die sich mit Maschinengewehren aufs Dach abseilten und in Tarnkleidung vom Bergkamm heruntergekrochen kamen. Abraham hatte natürlich recht: Wir hatten keine Verteidigung. Wir hatten keine Chance. »Wir können sie nicht austricksen.«

»Glaubst du nicht? Du bist sehr schlau, Saskia.« Er zuckte die Achseln, dann stimmte er zu. »Vielleicht können wir sie nicht mit Worten besiegen. Aber wenn wir ihnen ein Opfer bringen?«

»Ein gemästetes Kalb?« Oder meinte er etwa mich? »Oder eine Jungfrau?«

»Marta«, sagte er, »wird eine beträchtliche Erbschaft hinterlassen. Hast du das gewusst? In Wirklichkeit ist sie Millionärin. Mehrfache sogar. Man sollte es nicht meinen, wenn man sieht, wie sie sich anzieht, oder in was für einer Hütte sie lebt. Mein Vater hat mir gerade genug hinterlassen, um das Grundstück hier zu kaufen, aber für die Steuern hat es nicht gereicht. Marta hat den Löwenanteil bekommen.«

»Dann bitte sie doch um Geld«, sagte ich. »Für die Bank.« Etwas riss innerlich in mir und wollte fauchend herausgelassen werden. Oben auf dem Bergkamm hatte sie gesagt, dass sie ihn aufhalten würde. Was hieß das: Abraham aufhalten?

»Wahrscheinlich ist dir aufgefallen«, sagte er, »dass es ihr nicht besonders gut geht.«

Die Blutspritzer auf dem Boden. »Der Husten.«

»Magenkrebs. Mittlerweile hat er sich bis in die Lunge ausgebreitet.«

Ich konnte nur an Zuhause denken. Wir mussten Zuhause retten. »Aber dann erbst du doch alles – das ist super. Und dann kannst du das Geld dafür benutzen, dass wir hierbleiben dürfen.«

Er schüttelte den Kopf. »So schnell geht das nicht. Sie wird erst sterben, wenn wir lange von hier vertrieben sind. Und Magenkrebs ist … na ja, es ist kein schöner Tod. Wenn ich ganz ehrlich sein soll, würde es mich nicht überraschen, wenn der Tumor auch schon ihr Hirn befallen hat. Auch das ist möglich. Ich habe ja versucht, sie zu überreden, ins Krankenhaus zu gehen oder eine Pflegerin kommen zu lassen, aber sie beharrt darauf, dass sie keine Hilfe will. Es bricht mir das Herz, wenn ich mir vorstelle, dass sie so leiden muss. Ich will nicht, dass sie leidet, weißt du. Sie ist meine Mutter, trotz aller Meinungsverschiedenheiten. Wie wäre es …«, begann er. Der Rotkardinal flog davon. »Wie wäre es, wenn du ihr hilfst?«

»Ihr hilfst?« Wir waren auf einem Pfad, der in einen dunklen Wald führte.

»Ihr hilfst, diese Welt zu verlassen. Es wäre eine Gnade. Schnell, einfach, umgeben von liebenden Menschen. So, wie sie gehen will, wird es ein fürchterlicher Todeskampf. Sie wird so schrecklich allein sein. Aber du könntest es ihr einfach abnehmen. Stell dir doch nur vor, wie viel Geld uns dann zufließt, dass wir Zuhause am Leben erhalten können.« Abraham schob mir das Haar aus dem Gesicht.

»Ich glaube«, sagte ich, »dass sie dir etwas antun will. Sie hat mir gesagt, dass sie dich aufhalten will.«

Seine Hände verharrten reglos in der Luft. »Ah. So.« Ein schnelles, ironisches Lächeln. »Dann gibt uns das einen weiteren Grund. Sie ist wesentlich gerissener als ich, das ist schon mal klar. Wenn sie mir etwas antun will, dann kann man sich darauf verlassen, dass es auch klappen wird.«

Gegen meinen Willen traten mir Tränen in den Augen. Seit du nicht mehr da warst, hasste ich das Weinen.

»Ist es nicht seltsam.« Er beobachtete mich. »Ich habe mich geirrt. Die ganze Zeit dachte ich …« Er schüttelte den Kopf, als wolle er den Zweifel verscheuchen, der in seinem Kopf saß. »Du bist soweit. Du bist eine Kriegerin.«

Ich kämpfte mit den Tränen.

»Mein lieber Schatz, du wirst nicht allein sein. Davor hast du doch Angst, oder? Einsamkeit?«

Ich zitterte unter seinen Händen.

»Die anderen werden dir helfen. Du brauchst sie, genau wie sie dich brauchen, weil du sie ins Gefecht führen wirst. Wer zum Töten gemacht ist, braucht Menschen, die ihn stützen. Ben arbeitet hart, er wird dafür sorgen, dass die Arbeit getan wird. Xavier ist treu, er wird euch zusammenhalten. Issy wird diejenige sein, die dich aus der Finsternis hebt, wenn alles vorbei ist. Und Cornelia –«

»Singt?«

Abraham lachte laut auf, kurz und böse. Ich auch. Es war witzig, was ich gesagt hatte. Es machte mir Spaß, mich böse zu fühlen.

»Ja klar«, sagte er. »Aber ich will ganz ehrlich sein: Cornelia wird an dir zweifeln. Aber auch das ist gut, Saskia. Zweifel machen unsere Entschlossenheit noch stärker. Es macht uns stärker.«

»Aber wie soll ich die anderen davon überzeugen? Sie lieben Marta so –«

»Na, setz deine Talente ein. Du kennst ihre Stärken. Du brauchst dir nur zu überlegen, wie du sie am besten nutzt.«

Da verließ der Verstand meinen Körper. Ich saß da, mit Abraham, aber ich schwebte auch berechnend, verstehend über uns. Was uns erwartete, breitete sich vor meinem inneren Auge aus, als sei es eine bereits abgeschlossene Geschichte. »Und du wirst uns dabei helfen?«

Er atmete seufzend ein. »Die Sache ist so: Marta lässt mich nicht in ihre Nähe. Ich möchte, dass sie friedvoll aus der Welt scheidet. Aber wenn ich dabei bin, wird es alles andere als friedlich zugehen. Dich und deine Freunde hingegen, Saskia – sie wird euch reinlassen, sobald ihr anklopft.«

137

Am Ufer erwartet uns Xavier. »Hey, wo wart ihr? Ihr könnt euch nicht einfach absetzen!«

Ben springt mit einem Klatsch ins flache Wasser und zieht uns an Land. »Wir waren mit dem Kanu draußen.«

»Aber ihr habt niemandem was davon gesagt.« Xavier blickt anklagend zwischen uns hin und her, ob er Beweise für Sex an uns riechen kann.

Sobald Ben das Kanu ans Ufer gezogen hat, steige ich aus. Mache den Schritt auf Xavier zu, lasse ihn an mir schnüffeln, er darf ruhig wissen, dass ich den anderen nicht berührt habe, auf jeden Fall nicht mit dem Körper. »Aus dir wird nochmal ein wunderbarer Vater«, sage ich. »Trotz Philip, oder gerade deswegen.«

»Wie kommst du jetzt darauf?«

Ben atmet entspannt. Er wirkt glücklich.

»Was sollen wir bloß tun?«, fragt Xavier. »Und sag jetzt nicht erschießen, wir können ihn nicht erschießen.«

»Warum nicht?«

»Weil wir dann in den Knast kommen, verdammt nochmal. Es muss doch einen Ausweg geben. Saskia, kannst du nicht mit ihm reden? Kannst du ihn nicht irgendwie loswerden? Warum muss es denn Mord sein?«

»Und was sagen die Damen?«

»Die Damen haben sich aufs Ohr gelegt.« Xavier streicht sich die Haare zurück. »Warum hat hier eigentlich keiner Panik?«

»Weil Ben ihn erschießen wird.« Ich grinse. Ben lacht laut auf.

Xavier seufzt genervt.

»Wie spät ist es?«

»Nach Mitternacht, vermute ich.« Zu dritt gehen wir zurück zur Hütte. »Wir brauchen einen Plan.«

»Wir brauchen Schlaf.« Fünf Stunden also, ungefähr. Lass sie schlafen. Lass sie träumen.

138

Es war Morgen. Die Rothörnchen flitzten an den Baumstämmen hinauf. Am Fenster hing glitzernd ein Spinnennetz in der hereinströmenden Sonne. Goldenes, vom See reflektiertes Licht wanderte über die Decke. Martas Augen waren eingesunken und im tiefen Schlaf geschlossen. Ich dachte, wir hätten Glück; sie war dem Tod näher als am Tag zuvor.

Aber nein, sie hob den Kopf vom Kissen, rieb sich die Augen und wünschte uns überrascht einen guten Morgen. Xavier warf mir einen schnellen Blick zu. Marta stand auf, als ich hereinkam; sie freute sich immer sehr, uns zu sehen. Ben und Xavier und Issy drängten sich hinter mir in die Hütte. Cornelia hatten wir als Wache draußen gelassen; sie wollte einfach nicht aufhören zu weinen. Auch das Beil hatte ich draußen unter Martas Veranda deponiert: an sicherer Stelle, aber bereit.

»Es tut mir leid, dass ich neulich einfach weggerannt bin«, sagte ich.

Issy setzte sich aufs Sofa. »Wie geht es deiner Mutter?«, fragte Marta.

»Gabby ist weg.«

»Du musst sie ja sehr vermissen.«

Issy setzte ein gezwungenes Lächeln auf. »Und hast du in letzter Zeit irgendwas Gutes im Wald gefunden?«

»Ich komme ja nicht mehr vor die Tür.« Martas Augen wanderten in Richtung Fenster. Wenn Marta nicht mehr nach draußen gehen konnte, war es auch kein richtiges Leben mehr für sie. Wir halfen ihr nur. Das durften wir nicht vergessen.

Ben und ich machten uns schon in der Küche zu schaffen. Xavier auch, dabei sollte er sich laut Plan zu Issy und Marta setzen und das Gespräch unverfänglich am Laufen halten. Stattdessen hing er uns im Genick. Die Küche war viel zu klein, um darin zu flüstern. Ich zog die Augenbrauen hoch und zeigte in Richtung

Marta. Aber sein Gesicht war zu einer Grimasse verzogen, hing direkt vor mir und verstellte mir den Weg zur Arbeitsfläche, wo ich mich betätigen musste. Ich schob ihn beiseite, öffnete unseren Beutel, holte die zusammengefalteten Stoffbündel heraus, die kostbaren Eier, die jungen Farnschösslinge.

»Ist es dir recht, wenn wir Frühstück für dich machen?«, fragte Ben.

»Ihr seid ja wirklich lieb.«

»Das war alles Saskias Idee«, sagte Issy ausdruckslos.

Marta strahlte. »Das wundert mich nicht.« Sie versuchte, aus dem Stuhl aufzustehen. »Kann ich euch helfen?«

Ich muss Ben einen schrecklich alarmierten Blick zugeworfen haben, weil er mich mit einem selbstsicheren Lächeln ansah, als er die schwere Gusseisenpfanne auf den Herd hob. »Ich komme schon zurecht. Warum unterhaltet ihr euch nicht ein bisschen?«

»Ich hoffe, deiner Mutter geht es gut«, sagte Marta zu Ben.

»Na klar.« Warum war mir das noch nie aufgefallen, wie einwandfrei Ben lügen konnte? »Ja, ihr geht's gut.«

»Aber sie hat doch angeblich die Mutter weggekippt.«

»Tja, wahrscheinlich wollte sie einfach mal ein bisschen Veränderung.«

Ich gab Xavier einen Tritt. Xavier sollte sie mit einer Charmeoffensive um den Finger wickeln. Stattdessen war er in der Mitte des Raums wie zu einem Eisblock erstarrt. Issy beugte sich zu Marta vor. »Es ist, äh, schönes Wetter heute, stimmt's?«

»Ich kann das nicht«, murmelte Xavier. Er sah aus, als würde er gleich in Tränen ausbrechen. Wenn Xavier losheulte, war alles vorbei.

»Ben.«

Ben drehte sich um, als er meine Stimme hörte. Er warf Marta einen Blick zu, die nur halb hinhörte. Er trat dicht an Xavier heran, wandte Marta den Rücken zu, damit sie sein Gesicht nicht sehen konnte, und sagte leise und drohend: »Kannst du irgendwo anders hin?«

Xavier sah zu Boden.

»Hast du Eltern, die dich wollen?«

Xavier schüttelte den Kopf.

»Das hier ist dein Zuhause. Du tust, was getan werden muss.«

Xaviers Blick huschte hin und her, als er Ben ansah. Ben ließ nicht zu, dass er schwach wurde. Sein Blick bohrte sich in Xaviers Augen, bis Xavier schnell einatmete, sich zu Marta umdrehte, ein falsches Lächeln aufsetzte und durch den kleinen Raum auf sie zuging. »Und hast du in letzter Zeit irgendwelche guten Bücher gelesen?«

Ben ließ die Butter schmelzen. Ich schlug die Eier auf und rührte sie schaumig. Im Kühlschrank fanden wir ein Stück Cheddar – grün verschimmelt, aber wir schnitten das Grüne ab und raspelten den Rest. Es reichte gerade für sechs Omeletts. Wir machten die ersten fünf und hielten sie im Ofen warm. Martas briet ich als Letztes.

Wir saßen zusammen in ihrem ordentlichen Wohnzimmer, sogar Cornelia, die sich beruhigt hatte, als sie zum Essen hereingerufen wurde. Marta hatte keinen großen Appetit, aber sie war höflich. Ich zwang mich, so viel zu essen wie sie. Ein paar Bissen würden sowieso reichen.

»Tintlinge?«, fragte sie.

Der Käse bildete einen Faden zwischen meinem Mund und dem Teller. Ich steckte ihn mir in den Mund. »Genau, Tintlinge. Wir haben sie oben am Kamm gefunden.«

Und dann brauchten wir nur noch zu warten.

139

Die Übelkeit packt mich, aber ich stehe still und aufrecht, Martas Hütte im Blick. Vielleicht sieht er mich hier draußen, zu Beginn des Tages. Ich schaffe es nicht zu ihm, noch nicht, ich muss erst tief durchatmen.

Fünf Dinge, die ich sehe: oben am Hang eine *Populus tremuloides*, deren silbrige Blätter sich hin- und herdrehen; das Netz einer *Argiope aurantia* zwischen den Zweigen, in den Tautropfen bricht sich das erste Licht; ein Scheibchen vom See, spiegelglatt, bevor der Wind aufkommt; ein *Tamius striatus* mit seinen dicken Backen, das mich mit erhobener Pfote betrachtet; der noch am blauen Himmel stehende Mond.

Vier Dinge, die ich höre: ein Dunenspecht – *Dryobates pubescens* –, der auf der Suche nach Maden auf einen toten Baum einhämmert; eine gurrende Carolinataube – *Zenaida macroura*; das Rascheln des Laubs unter meinen Füßen; irgendwo unsichtbar das Knattern eines Motorboots.

Drei Dinge, die ich anfasse: ein elektrisch grüner *Calosoma scrutator*, der über meinen Daumen kriecht; die raue Rinde der *Tsuga canadensis* unter meiner Hand; eine Kiefernnadel, die auf meiner Schulter landet.

Zwei Dinge, die ich rieche: meine Angst, die ich stoßweise ausdünste; der unbeschreibliche, durchdringende Geruch von Zuhause.

Ein Ding, das ich schmecke: Das, was ich zuletzt gegessen habe, relativ geschmacklos, aber es tut bereits sein Werk.

Als ich klopfe, erleuchtet die Sonne die gesamte Veranda. Eine weitere Übelkeitswelle, aber ich schlucke sie herunter. Abraham braucht eine Weile, bis er mir aufgemacht hat.

»Lass uns hochgehen zum Kamm«, sage ich, als er endlich auftaucht. »Den neuen Tag begrüßen.«

Wir wissen beide, was es für ihn bedeuten wird, in seinem Zustand dort hochzusteigen. Wir wissen beide, dass er trotzdem ja sagen wird. Der Aufstieg ist lang und mühsam, aber das habe ich alles mit eingerechnet, die vielen Male, in denen er stehenbleiben und nach Luft schnappen muss, die Hand auf meiner Schulter, die Male, in denen ich mich abwenden muss, damit er nicht sieht, wie ich mich winde. Seine kraftlosen Schritte, sein flacher Atem, die schwache Lunge. Aber als die Sonne über den Wäldern von Zuhause aufgegangen ist, stehen wir endlich oben.

Wahrscheinlich hätte ich nicht erstaunt sein dürfen, dass alles zusammenpasst – der Schatz, den ich beim gestrigen Spaziergang entdeckt habe. Ein Zeichen von dir. Das mir gezeigt hat, was getan werden muss.

Er steht mit ausgebreiteten Armen in der Sonne und blickt hinunter auf das Land, dem er den Namen gegeben hat. Ich trete zurück und höre zu, wie er zu singen anfängt:

Ich besaß einen Hengst, und der hieß Bill
der rannte wie wild und stand nicht still.
Dann kam ein Tag, da lief er weg
und ich mit ihm, durch jeden Dreck.

Ich hole Topsy aus dem Hosenbund, vergrabe die Nase in seinem Kopf. Setze ihn neben mich. Ich nehme das Beil zur Hand, der Griff noch moosig von den vielen Jahren unter Martas Veranda.

Er rannte so, dass Stoppen nicht ging,
bis Barber's Shop den Lauf auffing.
Den Eckzahn schlug im Sturz das Tier
links in die Schulter dem Barbier.

Die Klinge ist scharf. Dafür habe ich in der Nacht gesorgt. Ein Schlingern in meiner Magengrube lässt mich zusammenzucken. Mein Arm zittert. Womöglich habe ich nicht genug Kraft.

Er bemerkt mein Zögern.

Er dreht sich um. Sein Blick ist scharf und wissend.

Ich werfe das Beil.

Wir sehen beide zu, wie es über den Rand des Bergkamms hinwegsegelt, einen Meter neben seinem Ziel.

»Das war's?« Abrahams Ende, im Abgrund verschwunden. Die Chance, die anderen zu befreien – vertan. Er fängt an zu lachen. Er lacht mich aus. »Das war deine geniale Idee? Mir ein Beil an den Kopf zu werfen?« Bei diesen Worten muss er nur noch lauter lachen. Das Gelächter hallt bis hinunter zum See und zurück. Sie werden ihn hören. Sie werden uns finden. »Hast du wirklich geglaubt, du kannst mich mit dem kleinen Ding um die Ecke bringen? Armes, armes Mädchen. Du tust mir ja so leid. Natürlich hast du vorbeigeworfen.«

Nein. Ich darf nicht zulassen, dass er den anderen seinen Tod abverlangt. Es ist ein zu schrecklicher Preis, sie würden es nicht verkraften. Sie haben es beim ersten Mal kaum überstanden. Das hier war meine Chance, sie zu retten. In meinem Zorn, meiner Enttäuschung zittert die verborgene Wahrheit: Ich bin bereit, dich wiederzusehen.

Abraham lacht mich aus, lacht und lacht, wie früher, so spöttisch ist sein Mund. Ich muss an Daddy denken.

Ich weiche zurück, in den Wald oben am Kamm. Zu den Bäumen. Den Blumen. Dem Dorngebüsch. Den Stämmen. Er ist mir auf den Fersen. Er ruft meinen Namen, als würden wir ein fabelhaftes Spiel aus der Kindheit machen. »Ich hab dir doch gesagt, wie es zu sein hat«, ruft er. »Ich habe gesagt: Alle fünf. Was war daran unklar? Haben sie dich dazu gezwungen? Arme, arme Saskia. Immer allein.«

Ich weiche den Tannenbäumen, den Ahornbäumen, den Birken aus. Ich vergesse ihre Namen, die Krämpfe schütteln mich, ich weiß, dass ich nicht mehr sehr lange vor ihm wegrennen oder mich verstecken kann. Alle Hoffnung ist verloren, es Ben zu ersparen – und Issy, Cornelia, Xavier, dem kleinen Sekou, allen, die sie liebhaben – meine Begabung zu nutzen, ihnen zu helfen, alles verloren.

»Wein doch nicht«, sagt er. »Wein doch nicht.« Als hätte er mir was zu sagen. Als dürfte er entscheiden.

Dann fällt es mir wieder ein. Der klaffende Spalt im Boden, im Wald. Siebzig Meter tief, hatte Marta Butterfly damals gewarnt.

Wer dort hineinfiel, wurde nie wieder gefunden. Das ist nicht weit von da, wo ich jetzt bin, im Grunde irgendwo ganz in der Nähe, ich weiß bloß nicht, in welcher Richtung. Der Spalt könnte mich schlucken. Ich könnte für immer darin verschwinden. Vielleicht wartest du ja am Höhlenboden auf mich. Abraham hat recht: Ich bin schwach, so viel schwächer, als ich gedacht habe. Ein Krampf packt mich, ich halte mir den Bauch. Bald werden es keine Nadelstiche mehr sein, bald wird es reiner Schmerz sein, und Abraham wird über mir stehen und zusehen, wie ich sterbe.

»Komm zurück«, ruft er. »Saskia, komm zurück. Ich glaube an dich. Du willst mich umbringen? Probier's einfach nochmal.«

Er spielt mit mir. Er weiß, dass ich versagt habe. Er findet das lustig. Aus dem Augenwinkel sehe ich, wie er sich an einem Zedernstamm festhalten muss. Ah – es geht ihm schlechter, als er vorgibt. Ich lasse den Blick über den Waldboden wandern. Totes Laub, abgebrochene Zweige, Kiefernnadeln, heruntergefallene Äste. Kein Pfad, dem man folgen könnte, kein Hinweis von Marta, wohin ich gehen soll. Denk einfach nach.

Wir sind später gestartet als damals an dem Tag, an dem Marta den Spalt zum ersten Mal erwähnt hat. Wenn ich zurückgehe, und er folgt mir … er hat mich fast eingeholt, aber ich bleibe vorn, ich denke wieder daran, wie geschwächt er ist, denke daran, dass er sterbenskrank ist – auch, wenn wir seinem Leben ein Ende setzen sollen, auch wenn er will, dass wir für ihn leiden, auch wenn er uns bis zum Ende kontrollieren will. Ich gehe, den Blick zu Boden gerichtet. Ich merke, dass ich das, was in mir vor sich geht, besser verdrängen kann, weil es etwas gibt, nach dem ich suche. Einen Schritt. Noch einen. Noch einen.

Schritt für Schritt, derselbe glatte Waldboden. Ich habe es probiert.

Und dann – ich stoße mit dem Fuß an einen Ast. Auf dem Ast liegt ein Häufchen Kiefernnadeln. Bei meiner Berührung rieseln sie vom Ast herunter und fallen … ins Nichts. Sie landen nicht auf dem Waldboden, weil kein Boden unter ihnen ist. Nur ein Schlund in der Erde, der alles schlucken will, was ihm nahekommt. Ich gehe weiter. Ich gehe darauf zu. Lass dir nichts anmerken. Welch wunderbare Vorstellung: sich hineinfallen lassen und nie mehr über irgendetwas nachdenken zu müssen. Nie mehr hoffen zu müssen, dass du zurückkehrst, nie mehr grübeln zu müssen, wie anders mein Leben hätte verlaufen können, wenn ich mich anders entschieden hätte. Wenn ich dich festgehalten hätte.

»Saskia«, sagt Abraham, »Saskia. Bitte. Du nimmst das alles viel zu ernst. Eigentlich ist es ganz schön komisch, weißt du.«

Ich bin fast da, dann sehe ich den Spalt, sehe, dass die Öffnung des Abgrunds auf einer Seite weiter klafft, aber auf der anderen Seite ist sie schmal, so schmal, dass man mit einem Schritt darüber kommt. Ich mache den Schritt über den Spalt, er merkt es nicht mal. Ich höre nicht hin, als der Schlund mit der Versuchung ruft, mich hinuntersinken zu lassen in die kühle, dumpfe Luft. Jetzt liegt der Spalt zwischen uns, und ich gehe seitwärts, tue so, als blickte ich hoch zum *Dryobates pubescens*, der an einem Ahorn hämmert, damit Abraham nicht sieht, dass sich zwischen ihm und mir jetzt der breiteste Teil des Abgrunds auftut. Ein drei Meter breiter Spalt, würde ich sagen. Ein Busch nimmt ihm die Sicht, und Blätter, aber wenn er nach unten blickte, würde er ihn sehen. Es kann natürlich sein, dass Marta ihm von dem Abgrund erzählt oder er Marta darauf hingewiesen hat. Tja, es gibt nur eine Methode, das herauszufinden.

Ich bleibe stehen, drehe mich um und wische mir durchs Gesicht.

»Ich habe dir wehgetan«, sagt er. »Ich weiß, wie schlimm es für dich ist, ausgesondert zu werden. Ich habe nicht gewollt, dass du dich so einsam fühlst.« Er glaubt, dass ich seinetwegen weine. Er macht einen Schritt auf mich zu. »Ich dachte, ich mache dich stark, wenn ich dir sage, was du bist. Damit du es endlich selbst glaubst. Wenn ich dir erlaubt hätte, du selbst zu sein, wärst du viel stärker geworden.«

»Ich war ich selbst.«

»Eine Mörderin?« Er lacht. Er schüttelt den Kopf. »Du hast die andern gebraucht, damit sie es für dich tun, und sie haben dich gebraucht, damit du sie überzeugst.«

Er weiß es nicht.

»Ich habe sie nicht gebraucht.«

Er wirft den Kopf in den Nacken, und aus seinem Mund kommt das Lied:

Sie lacht so gern und lächelt breit,
dann sieht man Zähne, meilenweit,
und Zäpfchen und Rippchen
und Dinge klein und zäh.

Anerkennend zieht er die Nase kraus. »So ein zähes kleines Ding.«

Da wird es mir mit einem Schlag klar. Ich bin sein Ding. Abraham wird nie entdingt sein. Und ich auch nicht, solange er glaubt, dass er mich kontrollieren kann. Er will, dass ich ihn töte, und ich wollte das einfach mit mir geschehen lassen. Er wollte sich zum Verfasser meiner Geschichte aufspielen, wollte bis ganz zum Ende der Besitzer des Besonderen an mir sein und es benutzen.

»Nicht du hast mich zum Mörder gemacht«, sage ich.

Verständnislosigkeit flackert in seinen Augen auf.

»Ich habe getötet, lange bevor du mich kennengelernt hast.« Vielleicht werde ich es endlich laut aussprechen – du kannst den anderen helfen, du und die Geschichte deines Todes.

»Ich habe meinen Bruder getötet.«

Er begreift meine Wahrheit. Sein Mund steht bewundernd offen. Er kann nichts gegen seine Neugier tun. Er will alles wissen. Ich trete einen Schritt zurück. Er macht einen Schritt nach vorn. Ich mache den nächsten Schritt zurück, während er mir eine Frage stellt, es spielt keine Rolle welche Frage, es zählt nur, dass er weiterredet, er muss weitergehen, auch wenn die Schmerzen wieder unerträglich werden. Er macht einen weiteren Schritt, und noch einen, näher, immer näher, und dann – ist er nicht mehr da.

Abraham wird von der Erde geschluckt.

140

Ich hatte geglaubt, jemanden zu vergiften sei einfach, sauber. Aber es bedeutete Kotzerei und Durchfall, fürchterlicher Gestank, Stöhnen, Ächzen, Würgen und Schmerzen, die Martas kleinen Körper auf fürchterliche Art und Weise schüttelten. Es dauerte viel zu lange, bis nach Einbruch der Nacht und dann nochmal bis zum dünnen Licht im Morgengrauen, als das Spinnennetz am Fenster wieder voller Insekten im Wind funkelte.

Es war nicht schön.

Marta flehte uns an, einen Arzt zu holen. Sie bat mich, zu Jim-Bob's zu gehen und Sal anzurufen. Krämpfe schüttelten sie. Ben drückte sie an den Schultern nach unten, bis sie Ruhe gab. Noch nicht tot, aber ruhig.

Xavier lief in der Hütte auf und ab. »Wie lange dauert das noch?«

Es gab keinen Grund, die andern nicht gehen zu lassen.

Aber Ben und Issy blieben bei mir, Issy mischte die Karten immer und immer wieder, regelmäßig wie ein Herzschlag. Als Marta still wurde – sie atmete noch, ein und aus, aber ihre Stimme war für immer verschwunden – ließ Issy die Karten sinken und trat vor die Hütte. Als die Sonne aufging, sagte Ben, er müsse nach seiner Mutter sehen – Sarah würde sich fragen, was los war, wenn er nicht nach Hause kam.

Und dann waren es nur noch Marta und ich. Ich dachte daran, wie ich mit ihr zusammen oben auf dem Bergkamm gestanden hatte. Sie hatte zu mir gesagt, es zeuge von Reue, wenn ich dich in der Nähe spürte, und du seist mir wohlgesonnen. Reue hieß, ich war nicht verrückt und auch nicht böse. Reue hieß, ich hatte einen Fehler gemacht. In meinem halb wahnsinnigen Zustand verspürte ich für einen Sekundenbruchteil ganz egoistisch nichts als Erleichterung, ja Freude – bis mir wieder einfiel, dass ich gerade dabei war, die Person zu ermorden, die das zu mir gesagt hatte. Und das hieß wahrscheinlich, sie hatte nicht recht.

Es konnte jeden Augenblick an der Tür klopfen. Sal. Die Polizei. Sarah. Gabby. Jim.

Aber niemand kam.

Doch das ist nicht die ganze Wahrheit.

Du bist gekommen. Ich blickte auf, durch den Raum, und da warst du, standst da, hell wie der Tag, an der Wand, dein süßes, weißblondes, kurzes Haar, deine Apfelbäckchen, das sägende Rasseln deines Atems. Dein kleiner Kussmund. Deine Augen, *blinzel blinzel*, die mich direkt ansahen. Du hattest keine Angst davor, wer ich war. Du wusstest es ja schon. Du kamst zurück, als ich vergessen hatte, weiter nach dir Ausschau zu halten. Ist es nicht immer so?

141

Als Abraham im Boden verschwindet, sehe ich mich nach dir um. Ich halte mir den Bauch. Abraham stößt einen Schrei aus, als er fällt, dann verstummt der Schrei ganz plötzlich. Er hat sich den Kopf angeschlagen, denke ich. Ich warte. Jeden Moment wird er wieder herausgeklettert kommen und mich auslachen. Aber er kommt nicht. Keine Hände. Keine Augen. Ich kann nicht die geringste Spur von ihm dort unten sehen. Nichts als Dunkelheit. Ich schiebe den großen Ast mit dem Fuß über den Rand, und er fällt ebenfalls in die Finsternis. Von unten kommt kein Laut. Keine Spur.

Nichts wie den Berg hinunter. Zurück zu Martas Hütte. Auf jeden Fall weg von hier. Alle Geräusche klingen seltsam, meine Füße gehorchen mir kaum noch. Zwei oder drei Mal muss ich stehenbleiben, um mich zu übergeben. Aber ich gehe weiter. Ich halte Ausschau nach dir. Ich halte Ausschau nach dir, während ich mich auf den Weg zurück zu Martas Haus mache. Ich versuche, mich auf den Füßen zu halten. Ich habe geduldig auf diesen Augenblick gewartet. Ich habe gespürt, dass du dich in meiner Nähe aufhältst. Ich habe mir diesen Moment vorgestellt, diese Lieblichkeit, der Ausdruck auf deinem Gesicht, wenn wir uns wiedersehen, wenn du mich von neuem erwählst.

Aber du kommst nicht.

Ich kann kaum noch denken, die Schmerzen sind barbarisch, mein Inneres tut so fürchterlich weh, dass ich mir wirklich wünsche, ich hätte mich hinter Abraham in den Abgrund gestürzt, aber ich suche immer noch nach dir, selbst als ich Issys Gesicht über meinem sehe. Sie sagt meinen Namen, sie hält mein Gesicht, sie sagt etwas, aber ich kann es nicht hören, mein Magen schlingert wie wahnsinnig, sie ruft die anderen herbei. Ich will etwas sagen, aber ich kann die Worte nicht finden für das Gefühl, von ihren starken Armen gehalten zu werden, zu wissen, dass sie und Cornelia und Ben und Xavier und alle, die sie lieben – Sekou, besonders Sekou – frei sind. Frei von Abrahams Geschichte und allem, was er von uns verlangt hat.

Und dann weiß ich, warum du nicht zurückgekehrt bist: Weil ich mich für die Lebenden entschieden habe.

Zuletzt:

Sieben Uhr in der Früh, Küche. Im hereinströmenden Licht tanzt der Staub. Draußen zetert der *Cardinalis cardinalis*, ein Vogel, der so stolz ist, dass er seinen lateinischen Namen gleich zweimal führt. Ich nippe an meinem Ceylontee und schaue nach der Mutter. Sie ist heißhungrig, und ich füttere sie, verrühre sie zu einem klebrigen Batzen und hülle sie am Fenster in Leinen. Als Nächstes vermähle ich den Sauerteig von gestern mit einer Mehlpyramide und einem Spritzer Wasser. Und so beginnen die Mutter und ich von neuem das, was wir auch gestern begonnen haben und vorgestern, und an jedem Tag davor, seit jenem Tag vor siebzehn Jahren, als ich Großmutters großes weißes, mit Fensterläden verschlossenes Haus zu meinem machte: den Laib für morgen.

»Du hast verschlafen.« Issy liegt im Salon auf dem Boden, eine London Bridge aus Magna-Tiles über sich, als sei sie die Themse höchstpersönlich.

»Hab ich gar nicht.«

Sie grinst. »Dich zu ärgern ist echt so einfach.«

»*Wuff wuff.*« Sekou krabbelt auf allen Vieren zu mir. »*Wuff wuff.*«

»Ach, darf ich vorstellen: Mein neuer Hund, Macramé.«

»Macramé?«

Issy fängt an zu lachen. »Ja. Keine Ahnung. Macramé.«

»Na, das ist ja auch ein schönes Wort.«

»*Wuff wuff.*« Er kommt zu mir gerutscht und flüstert mir ins Ohr: »Das heißt: Kann ich Toast haben? In Hundesprache.«

Ich nicke. »*Wuff wuff.*« Macramé braucht keine Übersetzung, er ist ja ein Hund.

Nachdem ich die beiden später mit Gummistiefeln und Regenmänteln und einem Rucksack mit Brot, Keksen und Äpfeln ausgestattet habe – man weiß ja nie, wohin einen der Tag führen wird –, bin ich allein. Sie ziehen los, über den Rasen an der Südseite hinaus ins Licht. Sekou dreht sich um und winkt wie ein Wahnsinniger zurück zum Haus und sucht nach mir. Ich weiß, dass er mich nicht sehen kann, aber ich winke auch, beide wollen wir unbedingt gesehen werden, bis Issy ihn zum Weitergehen überredet. Es ist ein gutes Übereinkommen, das neue Leben, das wir führen, die Fingerfarbbilder an meinem Kühlschrank, die Extrastiefel in der Diele, das rosa Schlafzimmer, das nicht mehr rosa ist, weil der Junge die Farbe Orange liebt und ich ihm keinen Wunsch abschlagen kann, was Issy ebenso wahnsinnig wie euphorisch macht.

Ich weiß, dass sie ein Auge auf mich hat. Ich weiß, dass sie es den anderen versprochen hat. Sie ist nach dem, was sie »den Versuch« nennen, hier eingezogen. Offiziell sagen wir natürlich, dass wir uns gegenseitig helfen, aber sie glaubt garantiert, dass ich sie mehr brauche als sie mich. Ich kann niemandem sagen, warum ich ganz sicher weiß, dass ich so etwas nie wieder versuchen würde, weil ich ihnen nicht erklären kann, dass ich den Knollenblätterpilz nur deswegen gegessen habe, weil ich Abraham mit dem Beil töten wollte, und keiner von ihnen sollte den Preis dafür bezahlen. Ich wollte erst ihn und dann mich selbst töten, eins zwei, und sie würden völlig unbeteiligt bleiben: Alle Schuld würde mich treffen.

Aber dann wurde Abraham von der Erde geschluckt, was keiner von ihnen sah, und bevor ich ohnmächtig wurde, verstand ich, dass sie nie etwas von seinem Ende zu erfahren brauchten, wenn ich es ihnen nicht erzählen wollte. Als sie mich im Wald fanden, schien es keine Rolle mehr zu spielen, da ich mich so offensichtlich auf dem Weg zum Ableben befand. Erst als sie sich eine ganze Woche später – nachdem mich die Wunder der Wissenschaft gerettet hatten – in meinem Krankenhauszimmer zusammenfanden, ohne Arzt oder Schwester in Hörweite, konnten sie mich fragen, wo um Himmels willen Abraham abgeblieben war.

»Ich habe ihn von der Idee abgebracht«, sagte ich. »Ich habe ihm gesagt, er müsse verschwinden, und er hat gehorcht. Hat Teresa die Briefe abgeschickt?«

Sie sahen einander an. Issy antwortete: »Tja, das haben wir Cornelia zu verdanken, die hat es ihr ausgeredet. Teresa meinte, wenn ihr keiner sagt, was sie zu tun hat, dann schickt sie die Briefe erstmal nicht, auf jeden Fall nicht, bis es dir bessergeht und wir dich fragen können.«

Cornelia fragte: »Aber wenn du doch wusstest, dass Abraham uns in Ruhe lässt, warum hast du dann den Pilz gegessen? Warum hast du versucht, dein Leben zu beenden?«

Das war der Punkt, an dem es ein wenig kompliziert wurde. Den wahren Grund konnte ich ihnen nicht verraten. Dann wüssten sie nämlich, dass Abraham am Boden einer Höhle lag, und würden wieder den Rest ihres Lebens in einem Strudel aus Drama, Schuldgefühlen und Selbstvorwürfen verbringen. Und wenn ich ihnen weismachte, ich hätte einen Selbstmordversuch gemacht, weil er uns verlassen hatte, würden sie mich für eine Fanatikerin halten und einen noch größeren Bogen um mich schlagen als vorher. Ich konnte auch schlecht in Freudengeheul ausbrechen und sagen, dass ich mich lebendiger als je zuvor fühlte, obwohl ich im Krankenhaus lag, obwohl ich jemanden in den Tod gelockt hatte und selbst dem Tod die Stirn geboten hatte – nicht, weil ich ein Menschenfeind war, wie ich immer befürchtet hatte, sondern weil ich endlich wusste, dass ich es in mir hatte, die Lebenden zu wählen, oder die Liebe, oder wie sich dieses große Gefühl nennt, das Bedürfnis, meine Leute um mich zu scharen, in der Nähe zu haben, sie in Körper und Geist zu schützen, sie zu hegen und zu pflegen, sie zu kennen.

»Weil es mir leidgetan hat«, sagte ich. »Weil es meine Schuld war, dass wir Marta ermordet haben und ich euch in diese beschissene Situation gebracht habe.«

Nein, sagten sie, nein. Ben lief auf und ab, Xaviers Kinn bebte, und Issy fasste nach meiner Hand. Cornelia brachte mir einen frischen Fresienstrauß. Aber wir wussten alle noch, wie es sich abgespielt hatte. Wir erinnerten uns alle.

In der Nacht, bevor wir Marta töteten, ging ich runter zu unserer Hütte, wo die anderen Karten spielten. »Abraham hat recht«, sagte ich. »Marta steckt mit Sal unter einer Decke. Und sie haben vor, Abraham aus dem Weg zu räumen.«

Die anderen waren außer sich, konnten es nicht glauben. Voller Angst. Cornelia fragte, woher ich das wüsste. Abraham hatte es vorhergesagt – sie würde an mir zweifeln, und es würde mich nur stärker machen.

»Weil Marta es mir selbst gesagt hat«, erwiderte ich. »Oben auf dem Kamm. Aber macht euch keine Sorgen. Ich habe einen Plan.« Ich sah Ben in die Augen; wenn er sich jetzt aufregte und einfach weglief, würden wir wertvolle Zeit verlieren. »Ich brauche deine Hilfe.« Ich öffnete den Beutel, den ich an der Taille trug. Darin waren sieben Tintlinge. »Die musst du für mich aufbewahren.«

Er sah mich an, als hätte ich den Verstand verloren. »Warum?« Ich holte den Todesengel, den Knollenblätterpilz, aus meiner Jackentasche. »Weil wir sie von dem hier getrennt halten müssen.«

»Was hast du vor?«, fragte Cornelia, Beklommenheit in der Stimme.

An Xavier gewandt sagte ich: »Wir können nirgendwo anders hin. Dein Vater hat uns im Stich gelassen, und wir haben beide keine Mutter mehr. Abgesehen von Abraham gibt es keinen Erwachsenen, der sich einen Scheißdreck für uns interessiert. Wir müssen alles dafür tun, damit wir hierbleiben können. Das weißt du doch, oder?«

Zu Issy sagte ich: »Sie ist krank, Iss. Das weißt du so gut wie ich. Wir müssen uns einfach denken, das ist nicht Marta, jedenfalls nicht die richtige. Und sie ist ja auch nicht mehr sie selbst. Sie kann nicht mehr nach draußen gehen. Wir müssen sie uns einfach als jemanden vorstellen, der vergessen hat, wer sie ist, und immer dran denken, dass wir sie an einen glücklicheren Ort bringen.«

»Was meint sie damit?«, fragte Cornelia.

»Sie meint töten«, sagte Issy.

»Jeder von uns hat Mutter oder Vater oder beide verloren. Wir haben nur noch Abraham. Abraham ist jetzt unser Vater. Und Marta will ihn umbringen? Nie im Leben können wir hier in Zuhause bleiben, wenn Abraham tot ist.« Ich sah schließlich Cornelia in die Augen. »Du brauchst es dir nicht in allen Einzelheiten zu überlegen. Ich habe schon alles ausgetüftelt. Es wird schnell und einfach gehen, und wenn es getan ist, können wir hierbleiben.«

Cornelia willigte als Erste ein.

Kein lebender Mensch weiß, dass wir für Martas Tod verantwortlich sind. Sheriff Sal hatte uns im Verdacht – verdächtigt uns immer noch, wenn er nicht das Zeitliche gesegnet hat, außerdem ist er in dem Altersheim weggeschlossen. Und was die Leute aus dem Ort angeht, die sich vielleicht noch an Marta erinnern – die sahen sie als eine verrückte alte Waldläuferin, die dummerweise einen Giftpilz erwischt hat. Stillschweigend haben Issy und ich uns darauf geeinigt, dass das ganze Thema nicht mehr erwähnt wird. Aber sie weiß so gut wie ich, dass dort irgendwas vorgefallen ist. Manchmal sieht sie mich aus dem Augenwinkel an und versucht, zu verstehen, was eigentlich wirklich passiert ist, aber dann kommt Sekou angehüpft und fordert unsere uneingeschränkte Aufmerksamkeit, und die wollen wir ihm nicht versagen.

Derweil hält Jenny mich mit Briefen auf monogrammbedrucktem Papier auf dem Laufenden, über Ben und die Hunde, über ihre bevorstehende Hochzeit, an der ich leider aus gesundheitlichen Gründen nicht werde teilnehmen können, auch wenn Sekou der Ringkissenträger werden soll. Cornelia schickt unserem Haushalt passende Pyjamas zu jedem Anlass – sogar zum St. Patrick's Day – und plant, zu Thanksgiving mit ihrer Familie zu Besuch zu kommen. Xavier und Billy versorgen mich mit Handybildern von dem Sauerteigbrot, das sie aus der Mutter gebacken haben. Von Teresa und Tomas hören wir auch gelegentlich; wie es scheint, haben sie sich einer neuen Kommune angeschlossen, diesmal im Norden von New York State.

Sekou braucht endlos lange für den Weg über den Rasen. Er krabbelt schon wieder auf allen vieren, was vermutlich bedeutet, dass man ihn wieder Macramé nennen muss. Die beiden sind unterwegs zum Teufelsspaziergang, Großmutters japanischen Ahornbäumen und dem dichten Wald dahinter. Ich werde Issy nicht verraten, wo ich deinen Todestag verbracht habe. Ich will nicht, dass sie oder Sekou auf diesem Grundstück leben, als sei es ein Museum deiner Vernichtung. Ich will, dass Issys Sohn frei und unbeschwert aufwachsen kann. Ich glaube, das würdest du dir auch wünschen.

An dem Morgen, an dem du starbst, war es zu heiß. Du hast mir das bunte Stück Papier mit der Feder darin geschenkt, und ich habe dir schwören müssen, dass ich dir deine Geschichte erzähle. Der Teufelsspaziergang hat geleuchtet. Daddy und Mutter führten Krieg gegeneinander. Du hast Topsy von der Dachterrasse aufs Dach fallen lassen, ich musste nach drinnen, um einen Besen zu holen, damit ich an ihn drankam. Im Salon zersplitterte eine Fensterscheibe – das weißt du natürlich alles, aber ich erzähle es noch einmal. Gut, dann erzähle ich es jetzt zum letzten Mal. In Ordnung? Ein letztes Mal.

Ich hatte gehofft, dass Miriam den Besen im zweiten Stock vergessen hatte, aber sie war so gründlich wie immer gewesen und hatte ihn an seinen Platz zurückgestellt. Ich musste also das Risiko eingehen und zum Besenschrank hinunter, der sich vorn in der Diele befand. Mutter und Daddy waren im Salon. Sie gab ein fürchterliches Geräusch von sich, vor dem ich gern meine Ohren verschlossen hätte, als ich nach unten schlich und dabei einen Bogen um die knarrenden Stufen machte. Zweimal würde ich mich an ihnen vorbeischleichen müssen: einmal auf dem Weg zum Besen und einmal auf dem Rückweg.

Als ich am Salon vorbeikam, hörte ich das Blut in Mutters Kehle. Ich hätte sofort abhauen, den Umweg durchs Esszimmer und die Küche nehmen sollen. Sie hätten mich nie bemerkt. Aber ich konnte nicht anders. Ich sah hin, nur für einen Augenblick.

Daddy sagte: »Deine Kinder haben unser Leben ruiniert.«

Mutter sagte: »Das sind auch deine Kinder.«

Daddy sagte: »Soll sie der Teufel holen, mir scheißegal.«

Er sah mich. Er wurde Polyphem, ein einäugiger Riese, der mir den Weg verstellte. Er trat hinaus in die Halle. Sie sprang ihn von hinten an. Während sie auf seinen Rücken einschlug, wollte ich nur noch eins: ihn töten. Ich wollte, dass die Streitereien endlich aufhörten, ich wollte Mutter befreien, sie für mich haben. Er behauptete, er würde uns hassen, aber ich wollte, dass er in einer Hölle landete, in der er auf diesen Tag zurückblicken und sich nach dem Leben sehnen würde, das er vorher hatte.

Wie ich ihn töten wollte, wusste ich noch nicht, aber ich wusste, dass es mit der Dachterrasse zu tun hatte. Immer zwei Stufen auf einmal nehmend rannte ich nach oben. Ich wusste, dass er Mutter bald abgeschüttelt haben würde. Als ich mit brennenden Oberschenkeln im ersten Stock angekommen war, hörte ich ihren Schrei, als sie mit dem Körper gegen die Wand krachte. Darauf folgte das Donnern seiner Schritte auf der Treppe. Es war ein Wettrennen aufs Dach: Mutter verfolgte Daddy, Daddy verfolgte mich.

Ich platzte hinaus ins Freie. Du hast wieder auf dem Geländer gesessen, die Füße über der Welt baumelnd. Bei meinem plötzlichen Auftauchen hast du geschwankt. Du hast dich wieder festgeklammert. Du hast die Stirn gerunzelt. »Wo ist der Besen, Saski? Ich will Topsy.«

»Komm sofort da runter.«

»Ich will jetzt Topsy haben!«

»Komm da runter, sonst fällst du.« Ich habe dich am Handgelenk gepackt. Du hast angefangen zu heulen. Daddy kam durch die Tür nach draußen gestürmt. Dann verringerte er sein Tempo, wie ein Sturm, sein Gesicht grau und bestimmt. Er gab einen Laut von sich, wortlos, aber er schien eine Geschichte zu erzählen, die Antwort auf eine Frage, die ich noch nie gestellt hatte. Wieder der Wind. Mutter kam die Treppe hoch und rief nach mir. Daddy und ich in der Sonne, und du, wie du nach deinem Stoffhasen geheult hast. Du hast versucht, dich aus meinem Griff zu befreien, hast dich gedreht und gewunden. Seit ich dich am Handgelenk gepackt habe, hast du nicht mehr selbst die Balance gehalten. Du hast mir vertraut, dass ich dich festhalte – hast es ohne jede Frage erwartet. Alle haben sie das erwartet, als sei ich dafür verantwortlich. Gleichzeitig kam Daddy immer näher, mit diesem fürchterlichen Laut und dem Grauen in seinem Gesicht.

Ich fuhr zusammen, als mir klar wurde, wie einfach alles war. Sogar offensichtlich. Dann fragte ich mich, was die Schwerkraft in Verbindung mit der richtigen Geschichte anrichten würde. Beides zusammen könnte alles verändern. Ich hielt dich noch – einen kurzen Augenblich hatte ich dich noch. Dann hast du gezappelt. Dann hielt ich dich nicht mehr. Du bist nach unten gestürzt, an Topsy vorbei.

Ich sah Mutter an, als sie durch die Tür kam. Ich sagte: »Er hat Will gestoßen, Mama. Daddy hat ihn vom Dach gestoßen.«

Ich raste durch das Haus nach unten. Ich rannte über den Rasen hinweg zum Teufelsspaziergang. Ich rannte tief in den Wald hinein. Ich redete mir ein, dass ich keine Verantwortung mehr für die Sache hatte. Vielleicht hattest du dich irgendwo festgehalten, vielleicht nur den Arm gebrochen. Vielleicht hatte Daddy dich irgendwie gepackt und mit Mund-zu-Mund-Beatmung wiederbelebt. Ich schlug mich durch bis in die Mitte des Waldes und redete mir ein, wenn ich nicht zurückblickte, brauchte ich auch nicht daran zu denken, dass meine Hand losgelassen hatte. Was kommen sollte, würde kommen, aber solange ich im Wald blieb, brauchte ich keine Entscheidung zu treffen. Ich konnte die Geschichte entscheiden lassen.

Danksagungen

Das Jahr 2020 brachte außergewöhnliche Herausforderungen mit sich, und ein Buch zu beenden, war alles andere als einfach (was für alle, die 2020 kreativ gearbeitet haben, besonders, wenn sie mit Kindern leben, keine Überraschung sein wird). Zum Glück haben mich viele weise, großzügige, kluge Menschen unterstützt, die an dieses Projekt geglaubt und mir die Kraft gegeben haben weiterzumachen. Ihnen ist es zu verdanken, dass Sie dieses Buch in den Händen halten. Für alle eventuellen Fehler bin natürlich ich selbst verantwortlich.

Zuhause ist Fiktion, aber ich danke Astrea und Al Fatica dafür, dass sie ihr Grundstück und ihre schönen Hütten für mich geöffnet haben, damit ich mir die dinglose Welt vorstellen konnte. Dr. Jesse Dubin verdanke ich das Wissen um die in der Sebago Lake Region typische Pilzwelt. Und Kenneth, Phyllis und Bruce Forman leben im Erbe ihres schönen Hauses weiter, dem Ort, an dem die Idee für dieses Buch entstand.

Ich bin mit einer großzügigen literarischen Gemeinschaft gesegnet. Dazu zählen Emily Raboteau (sie hat die frühesten Fassungen dieses Buchs gelesen und mir gesagt, dass es Saskias Geschichte ist), Jessie Chaffee und Amy Wilkinson, die mich über Zoom ermuntert haben, am Schreibtisch sitzen zu bleiben, die phänomenale BFG: Kristi Coulter, Claire Dederer, Tova Mirvis und Joanna Rakoff, die meine Rohfassung in Rekordzeit gelesen und bei der Überarbeitung geholfen haben; Stella Fiore und der Rest der Cut + Paste ARIM Gruppe (und Lenka Clayton, die eine Künstlerresidenz für Mütter erfunden hat – sehen Sie sich's an, wenn Sie kreativ arbeiten und Mutter sind!); Siobhan Adcock; Marcy Dermansky; Rachel Fershleiser; Julia Fierro; Tammy Greenwood; Brian Gresko; Leslie Jamison; Nicole C. Kear; Victor LaValle; Amy Shearn, Robin Wasserman und zahllose andere, die mir mit Rat und Tat zur Seite gestanden haben, persönlich und online.

Ein besonderer Dank gilt allen, die mir beim Schreiben Zuflucht geboten haben, darunter Madhavi, Hormuz, Zahaan und Cyrus Batliboi; Amy Ben-Ezra und Farnsworth Lobenstine; Sophie McNeill und ihre Familie. Ohne die Chanoffs – Liisa, David und alle anderen – wäre dieses Buch niemals fertig geworden. Sie haben uns im magischen Loveladies am Meer drei Monate lang einen Zufluchtsort gegeben, von heute auf morgen, zu Beginn einer Pandemie.

Anne Hawkins ist seit fast (wirklich schon so lange?) zwanzig Jahren meine fantastische Agentin. Wo ist die Zeit hin? Moses Cardona hat mir sehr geholfen, als ich keinen Zugang zu meinen Unterlagen hatte. Seit ich mit Christine Kopprasch an *Bittersweet* gearbeitet habe, war es mein Traum, ein ganzes Buch mit ihr zusammen aufzubauen. Die Erfahrung war so beglückend, wie ich vermutet hatte. Ich danke der gesamten Belegschaft bei Flatiron, darunter Megan Lynch, Caroline Bleeke, Maxine Charles, Cat Kenney, Bob Miller, John Morrone, Jason Reigal, Nancy Trypuc, Samantha Zukergood und vielen anderen. Ich weiß jeden Augenblick zu schätzen, den Sie meinem Buch gewidmet haben.

Ein Dankeschön an Steve Koski, dass er mir die Lieder beigebracht hat, die von den Behausten gesungen wurden. Ich danke allen Bekannten, die ihr nicht in Kleinfamilien aufgewachsen seid, für eure Geschichten über die Jahre. Danke, Rosanna Murray, dass du über meine körperliche und geistige Gesundheit gewacht hast. Mein Dank gilt all den Frauen, die mich in dieser turbulenten Zeit aufgerichtet haben, zu viele, als dass ich sie alle aufzählen könnte, die meisten davon Mütter (was würden wir ohne die Mütter tun, die uns Tag für Tag immer wieder retten?). Ich danke auch den vielen Lehrerinnen und Lehrern meiner Kinder für den großen Einsatz, den Sie täglich beweisen. Und Maia Davis, die mir mit ihrem unermüdlichen Arbeitsethos und ihrem Mitgefühl großen Respekt eingeflößt hat: Du bist einfach super!

Und schließlich danke ich meinen Quaranteam(s) – ihr wart meine Zuflucht im Sturm, habt gelesen und recherchiert, Kinder gehütet und mich aufgemuntert, habt gekocht und mir immer wieder Grund gegeben weiterzumachen: Molly und Annikki Chanoff,

Amy March, Elizabeth Beverly und Rob Whittemore, Kai Beverly-Whittemore mit Artemis, Eon und Rubidium Wu. Und zu guter Letzt danke ich David, Kitsune und Quentin Lobenstine, die stark, mutig, lieb und klug sind und mich jeden Tag zum Lachen bringen.

Quellen

Angier, Bradford. *How to Eat in the Woods.* New York: Black Dog & Leventhal Publishers, 2016.

Hoffman, Claire. *Greetings from Utopia Park.* New York: HarperCollins, 2016.

Marrone, Teresa and Walt Sturgeon. *Mushrooms of the Northeast.* Cambridge, MN: Adventure Publications, 2016.

The National Audubon Society Field Guide to North American Birds: Eastern Region. New York: Knopf, 1994.

Penniman, Leah. *Farming While Black.* White River Junction, VT: Chelsea Green Publishing, 2018.

Pritchard, Forrest and Ellen Polishuk. *Start Your Farm.* New York: The Experiment, 2018.

Seymour, Tom. *Wild Plants of Maine.* Topsham, ME: Just Write Books, 2010.

Stout, Martha. *The Sociopath Next Door.* New York: Harmony Books, 2005.

Sundeen, Mark. *The Unsettlers.* New York: Riverhead, 2016.